그랜드 캉티뉴쓰 호텔

THE
GRAND CANDIDIUS
HOTEL

★

그랜드
캉디디유쓰
호텔

리보칭 장편소설

허유영 옮김

비채

캉티진 ●

호수순환도로

단층절벽

← 캉티뉴쓰
호텔 구역

캉티호
관리사무소

캉티호

▲ 주변 지도

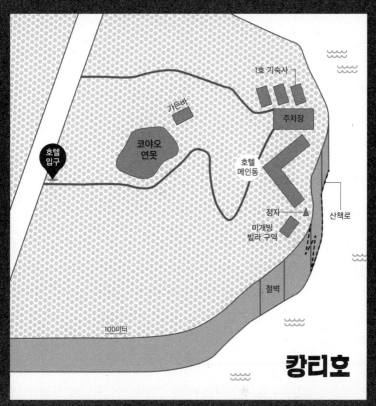

▲ 캉티뉴쓰 호텔 평면도

프롤로그

2015년 여행잡지 〈크라우디드선^{Crowded Sun}〉은 캉티뉴쓰 호텔을 이렇게 소개했다.

'캉티뉴쓰 호텔은 5성급 호텔이 갖춰야 할 모든 조건을 갖추고 있다. 안락한 객실, 훌륭한 서비스, 고급 스파, 좋은 술과 맛있는 안주. 하지만 이게 전부가 아니다. 이 호텔은 꿈의 결실이다. 타이완 중앙산맥에 남은 마지막 미개발지, 그 신비한 호수의 절경이 내려다보이는 60미터 절벽 꼭대기. 바로 그곳에 이 호텔이 자리 잡고 있다. 'ㅅ'자 형태로 지어진 순백의 건물이 활짝 벌린 천사의 두 팔처럼 대자연의 초록빛과 쪽빛을 가득 품고 있다. 호수와 절벽 사이로 난 좁은 산책길을 걷고 있으면 저절로 자연의 소리와 동화되는 기분을 느낄 수 있다. 우릉우릉, 쇄쇄……. 무슨 소리일까? 바로 이 숲의 오랜 정령이 부르는 송가이자 이 섬의 멈추지 않는 심장이 박동하는 소리다.'

하지만 그것이 송가든 심장박동이든, 왕쥔잉^{王俊英} 검사에겐 그 소리에 귀 기울일 여유가 없었다. 그는 호수순환도로 위를 달리는 지방검찰서 공무수행 차량 안에서 어젯밤부터 오늘 아침까지 연달아 발생한 일들을 곱씹으며 깊은 한숨을 내뱉었다.

캉티뉴쓰 호텔 사장 피격 사망 사건.

이 간단한 요약만으로도 대중의 이목을 집중시키기 충분했다. 정관계 및 경제계가 거미줄처럼 얽혀 자칫하면 나라의 뿌리까지 흔들 수 있는 복잡하고 까다로운 사건이, 하필이면 2016년 새해 첫날 발생했다. 원래 그는 이 사건과 조금의 관련도 없었다. 아내와 아이는 일본 여행을 떠나기로 되어 있었고, 그도 일찌감치 이 나흘짜리 연휴를 알차게 보낼 계획을 세워놓은 터였다. 그런데 엉덩이 무거운 아내가 신년 제야 행사에 갔다가 넘어져 다리가 부러지고 말았다. 빌어먹을. 나이도 먹을 만큼 먹은 사람이 신년 제야 행사에는 왜 갔는지. 넘어질 거면 차라리 넘어져 죽어버릴 것이지! 게다가 자펀佳芬의 일은 또 어떻게 안 걸까? 모텔에 들어가는 현장을 걸리기라도 했나? 자펀이 제 발로 찾아가 털어놓았나?

그의 중년기 초상화는, 말하자면 이랬다. 줏대 따윈 개나 줘버렸고 귀는 백지처럼 얇으며, 사회적으로 대단한 성공을 거둔 것도 아니고, 그렇다고 변변한 떡고물도 챙기지 못하면서 남의 죄를 무마해달라는 궂은 심부름만 끊임없이 떠맡겨지고 있다. 결국 아들 샤오쥔小駿의 해외유학은 언감생심이고, 아내는 이혼 통보를 준비하고 있으며, 자펀도 샤넬백을 선물받지 못한다는 이유로 이별을 통보할지 모른다. 왕쥔잉 검사 그도 한때는 학교의 자랑스런 동문이었다. 12직등職等* 검사, 중화민국 정의 수호의 마지노선. 허나 이 화려한 수식어는 세월의 뒤안길로 사라진 지 오래고 이제 늙을 일만 남은 그를 기다리고 있는 건 고독, 처량함, 당뇨, 중풍, 비위관,

---

* 총 14개 직등으로 나누어진 타이완 공무원의 직급체계 중 세 번째로 높은 직급.

휠체어, 간병인의 대소변 수발일 것이다.

하지만 그보다 더 끔찍한 건 이 사건의 담당형사가 바로 차이궈안蔡國安이라는 사실이었다.

차이궈안은 타이중臺中 시 중구 경찰계의 '두목'이었다. 성격도 일하는 방식도 모두 불도저 같은 사람이라 아무리 어려운 사건을 맡아도 거뜬히 해결해냈다. 게다가 경찰 고위 간부부터 뒷골목 조폭 똘마니까지 위아래로 탄탄한 인맥을 쌓은 덕분에 경찰국장도 일개 분대장인 그를 함부로 대하지 못할 정도로 끗발이 대단했다. 지방검찰서에서 그의 직인이 찍힌 서류는 어딜 가든 무사통과였다. 사람들은 이렇게 말했다. "제일 힘든 사건은 그에게 넘겨. 결재해달라는 대로 결재해주고, 공문도 달라는 대로 보내줘. 길어야 일주일이면 공소장이 당신 책상에 놓이게 될 테니까. 도장만 쾅 찍어서 법원으로 보내면 돼. 남는 시간엔 아이나 마누라와 놀아주든가 애인과 달콤한 시간을 즐기라고. 그게 바로 인생이지!"

이 사건도 차이궈안에게 수사 지휘권을 넘길까…….

왕 검사는 세차게 고개를 저었다. 염병할. 어쨌거나 그는 분대장 나부랭이일 뿐이다. '수사의 주체'가 누군지 잊어선 안 된다! 왕쥔잉은 주먹을 꽉 쥐며 얼굴을 험상궂게 일그러뜨렸다.

"기선 제압이 중요해! 일단 회의를 소집해서 경찰 놈들에게 똑똑히 보여주겠어. 보스가 누군지! 옛날 실력을 조금만 보여줘도 골빈 놈들이 놀라서 오줌을 지릴걸……. 나 말고 누가 이 사건을 해결하겠어? 아무리 날고 기는 범인도 내 눈은 못 속여. 더러운 흑막을 낱낱이 파헤쳐줄 테다. 핵심은 기자회견이야. 경찰들을 병풍처럼 세워놓고 내가 직접 수사결과를 발표하겠어! 내가 바로 왕 검사다. 에헴!"

왕 검사의 예상 시나리오가 클라이맥스에 도달했을 때쯤 공무수행차가 캉티뉴쓰 호텔 입구에 멈춰 섰다. 경찰이 공손하게 문을 열어주자 역할놀이에 심취한 왕 검사가 거들먹거리며 차에서 내리다가 중심을 잃고 넘어졌다. 다행히 큼직한 손 하나가 순발력 좋게 그의 머리를 턱 하고 잡아준 덕분에 첫 등장부터 체면을 구기는 건 면할 수 있었다.

"조심하십시오."

커다란 손이 농구공을 다루듯 왕 검사를 가만히 바닥에 '내려놓았다'. 왕 검사가 왈칵 짜증을 내려다가 시야에 들어온 경찰 조끼의 휘장을 보고 한 걸음 멈칫 물러섰다. 재빨리 서늘한 눈빛을 되찾으며 고개를 들었지만 기세는 이미 한풀 꺾인 뒤였다.

"귀…… 귀안, 수고해줘요."

울퉁불퉁 얽은 차이귀안의 얼굴 위로 형식적인 웃음이 번졌다.

"새해 복 많이 받으십시오. 영감님."

"새해 복 많이 받아요. 사건…… 사건은…… 어떻소?"

"영감님께서 도착해 지휘해주시길 기다리고 있었습니다."

왕 검사가 정장 외투의 매무새를 고치며 잔뜩 힘이 들어간 목소리로 말했다.

"시원시원해서 좋군. 긴말할 것 없이 앞장서시오."

차이귀안이 앞장서서 호텔 로비를 가로질러 날개를 펼친 듯 'ㅅ' 자 구조로 된 건물의 북쪽 날개로 향했다. 로비에 투숙객들이 듬성듬성 앉아 있었다. 아침에 사망 사건이 있었다는 소문을 들은 데다가 키다리 같은 경찰과 땅딸이 같은 검사가 바람을 일으키며 지나가는 것을 보고 자기들끼리 쑥덕거렸다.

왕쥔잉은 고개를 빳빳이 세우고 가슴을 한껏 앞으로 내밀며 잰

걸음으로 걸었다. 구두 굽이 대리석 바닥을 두들기는 소리가 따각 따각 로비를 울렸다.

"요즘 수사 중인 사건이 많다고 들었는데, 샤부쯔下廊子* 사건은 아직인 거요? 그런 창녀 사망 사건은 원래 경찰이 잘하지. 화이트칼라 범죄나 경제 범죄 같은 건 역시 나 같은 사람한테 어울리고 말이오. 내가 예전에 경제학을 이수했어요. 경제 관련된 건 아무래도 경찰이 맡기가 힘들 거요. 이따가 국장님한테 전화해서 제일 똘똘한 형사를 골라서 보내달라고 하지요. 애송이 두어 명 데리고……."

그의 말이 다 끝나기 전에 차이궈안이 소연회장 문을 열었다. 연회실 전체가 분주하게 돌아가고 있었다. 경찰 10여 명이 빠릿빠릿하게 탁자 사이를 오가고 휴대폰 버튼 소리, 팩시밀리 소리가 쉬지 않고 들렸으며, 사진, 평면도, 전과 기록이 화이트보드를 빼곡하게 채우고 그보다 더 많은 자료들이 복사기에서 한 장 한 장 복사되고 있었다.

차이궈안이 물었다.

"영감님, 방금 전 말씀을 제대로 못 들었습니다. 애송이 몇 명, 뭐라고 하셨죠?"

"그러니까 내 얘기는…… 요즘 우리 아들이 집에서 고양이 두세 마리를 안고 다녀요. 이 양복에 붙은 고양이 털 좀 봐요. 하하하……."

왕 검사의 마른 웃음 소리가 허공으로 공허하게 흩어졌다. 그가 또 말했다.

* 타이중 시의 한 지명.

"인력이 많군. 하, 예상 밖이네요……. 자, 그럼 회의를 소집해 수사 진척 상황에 대해 얘기해볼까요?"

그의 말이 떨어지기가 무섭게 형사 몇 명의 짜증스러운 눈빛이 날아와 그에게 꽂혔다.

차이궈안이 말했다.

"사건이 신고된 지 몇 시간밖에 안 돼서 지금 회의를 하는 건 무의미합니다. 보시다시피 다들 눈코 뜰 새 없이 바쁘기도 하고요."

"전원이 참석하지 않아도 돼요. 정예 인원만 모여서……."

"잠깐 걸으면서 제가 간단히 브리핑해드려도 되겠습니까?"

차이궈안이 왕 검사의 대답을 듣지도 않고 젊은 형사를 불렀다.

"위정, 자료 들고 따라와. 운동도 할 겸 잠깐 나가자고."

2016년 1월 1일 금요일 새벽 6시 28분, 캉티뉴쓰 호텔 뒤 호숫가 산책로에서 총에 맞아 죽은 듯한 남성 시신이 발견됐다는 신고가 긴급신고센터에 접수됐다. 39분 뒤 현장에 도착한 파출소 경찰이 폴리스라인을 치고 출입을 차단했고, 오전 9시경 형사와 법의학자가 차례로 도착했다. 기초적인 현장 감식 결과, 피살자는 캉티뉴쓰 호텔 사장 바이웨이둬이며, 등 왼쪽 심장 부위에 지름 0.5센티미터의 총알구멍이 나 있고 손과 얼굴에도 경미한 찰과상이 있었다. 연회색 기능성 소재 운동복 티셔츠와 검은색 트레이닝팬츠 차림에 스포츠양말은 신었지만 신발은 보이지 않았다. 또 잔돈 25위안* 외에 다른 소지품은 없었으며 온몸이 물에 젖고 머리카락과 옷은 진흙투성이였다.

---

* 본문에 나오는 화폐단위 위안币은 모두 뉴타이완달러NTD이며 1NTD는 한화로 42원 정도이다.

경찰이 판단한 사인은 총상이었지만 법의학자의 초기 부검 결과 새로운 사실이 발견됐다. 총탄이 피살자의 등으로 들어와 좌측 폐를 관통한 뒤 갈비뼈 사이에 꽂혔지만 심장과 동맥은 손상시키지 않았다는 점이다. 또 피살자의 호흡기에서 점액 분비물과 진흙이 대량으로 발견됐다. 숨이 끊어지지 않은 상태에서 물에 빠졌다는 증거였다. 법의학자는 피살자가 총을 맞고 즉사한 것이 아니라 총상을 입고 호수에 빠져 허우적대다가 산책로로 기어 올라온 뒤 과다출혈로 사망했다는 결론을 내렸다. 사체가 발견될 당시에 미미한 체온이 남아 있고 사후경직이 나타나지 않은 것으로 보아 사망한 지 1시간 반을 넘지 않았을 것이므로 사망추정시각은 새벽 5시에서 5시 30분 사이였다.

왕 검사가 깜짝 놀라 반문했다.

"산책로?"

"네. 산책로에서 발견됐습니다. 왜 그러시죠?"

"음…… 산책로는 보지 못했는데. 어느 쪽이오?"

세 사람이 있는 곳은 호텔 북쪽의 옥외 주차장으로, 주차장의 한쪽 면은 절벽이었다. 왕 검사가 난간에 몸을 기대며 멀리 시선을 던졌다. 샛말간 하늘과 험준한 산자락 사이에 고요히 자리잡은 캉티호가 은빛 거울처럼 반짝이고 있었다.

"절벽 아래에 있습니다."

대답한 사람은 젊은 경찰 뤄위정羅育政이었다. 그는 아까부터 기강이 바짝 잡힌 표정으로 등을 꼿꼿이 펴고 뒤를 따르고 있었다.

왕 검사가 목을 쭉 빼 절벽 아래를 내려다보았다. 깎아지른 듯한 절벽면에 바위와 나뭇가지가 비죽비죽 솟아 있고 시선을 더 멀리 옮기자 좁은 산책로가 어렴풋이 보였다. 산책로와 호수 수면의 높이가 거의 같아 보였다. 그때 누군가 뒤에서 등을 툭 밀었고, 왕 검사는 기겁하며 바닥에 엎드려 비명을 질렀다. 정신을 차리고 고개를 돌리자 차이궈안이 어느새 돌계단을 내려가고 있었다.

"내려가는 길은 이쪽입니다."

왕 검사가 속으로 사나운 욕을 퍼붓다가 문득 가로등에 설치된 CCTV를 발견했다. 그중 하나가 돌계단 입구를 향하고 있는 것을 보고 회심의 미소와 함께 고개를 끄덕이며 걸음에 속도를 냈다.

사망한 바이웨이둬는 올해 나이 쉰 살인 타이중 출신 사업가로, 결혼은 했지만 자녀는 없었다. 서른세 살에 웨이둬건설을 설립한 뒤 지금은 웨이둬건설, 캉티뉴쓰호텔주식회사, 웨이둬실업개발, 란신臨心건설 등 여러 기업체를 운영하고 있으며, 건설업과 호텔업을 넘나드는 과감한 사업 수완으로 수십억 몸값을 자랑하는 촉망받는 기업가였다.

2009년 캉티뉴쓰 호텔이 완공되자 바이웨이둬는 모든 사무실을 호텔 2층으로 이전하고 자신도 호텔 옆 직원기숙사로 이사했다(물론 그의 숙소는 직원기숙사 꼭대기층의 숙소 세 개 실을 통째로 터서 만든 레이크뷰 펜트하우스였다). 그의 아내와 호텔 직원들은 그가 매일 아침 8시부터 밤 9시까지 왕성하게 일하는 워커홀릭이었으며 딱히 누군가에게 원한을 샀다는 얘기를 들은 적이 없다고 입을 모았다. 사장에게 이런 불행한 일이 생겼다는 사실에 모두들 놀라고 가슴 아파하고 있었다.

경찰이 조사한 자료도 이런 증언을 뒷받침했다. 바이웨이둬는 몇 건의 건축관리법 위반과 민사분쟁으로 보이는 사기죄 고소 사건 외에 전과 기록이 전무했다.

왕 검사가 가쁜 숨을 몰아쉬며 물었다.

"하아, 하아……. 총은 찾았소?"

절벽의 돌계단은 자연적인 바위를 인공으로 깎아 다듬고 난간을 달아 만든 것으로 경사가 완만해 오르내리기가 수월했지만 평소에도 무릎이 시큰거리고 어젯밤 한숨도 자지 못한 왕 검사는 금세 숨이 턱까지 찼다.

앞에서 내려가던 차이궈안이 대답했다.

"총도 탄피도 찾지 못했습니다. 시신에 박힌 총알 외엔 없습니다."

이번에도 뤄위정이 빠릿빠릿하게 A4 종이 한 장을 왕 검사에게 내밀었다. 사체에서 발견된 총알을 네 방향에서 찍은 사진이었다.

"제2차 세계대전 때 일본에서 생산된, 6.5밀리미터 아리사카 탄입니다."

"엽총?"

두 형사가 놀란 표정으로 뒤를 돌아보았다.

"예전에 일본 경찰이 사용하던 총인데 지금은 원주민들이 사냥용으로 개조해서 사용하고 있습니다. 작년에 총기 불법 소지 사건을 영감님께 이관한 적이 있죠."

"하아…… 하아, 기억나오. 기소해서 유죄 판결이 나왔지. 그렇다면…… 이 사건의 용의자도 이곳 현지인일 거라는 말이오?"

"꼭 그렇지는 않습니다. 외지인도 마음만 먹으면 어렵지 않게 총알을 구할 수 있으니까요. 그 부분도 조사해보겠습니다."

"바이웨이뤄는 이 꼭두새벽에 왜 산책로에 나왔지?"

"조깅요. 매일 새벽 5시부터 한 시간씩 조깅을 했다고 합니다."

"이런 계단에서 조깅을?"

"무릎이 튼튼했나 봅니다."

왕 검사의 무릎 관절이 해체되기 직전에 드디어 절벽 아래 산책로에 도착했다. 돌계단과 연결된 산책로가 뿌연 안개를 뚫고 우뚝 솟은 절벽을 따라 뱀처럼 구불구불 이어져 있었다. 호수 수면과 거의 비슷한 높이의 산책로에 난간이 설치되어 있었다. 산책로는 왕 검사가 예상했던 것보다 훨씬 넓고 평평했으며 절벽을 따라 몇 미터 간격으로 LED등이 설치되어 있었다. 뤄위정은 이 산책로가 24시간 개방되어 있고, 잔잔한 물결 소리를 들으며 달빛에 은빛으로 반짝이는 호수를 감상하는 로맨틱한 밤 산책이 이 호텔의 마케팅 포인트라고 설명했다.

산책로를 따라 걷다가 절벽 면이 움푹 들어간 곳을 돌아 나오자 폴리스라인이 보였다.

차이궈안이 말했다.

"바이웨이둬의 시신이 발견된 현장입니다. 이렇게 엎드려 있었습니다."

뤄위정이 검사에게 현장 사진 몇 장을 건넸다. 바이웨이둬의 상체는 산책로로 나와 있고 하체는 호수에 잠겨 있었으며 등 뒤 총알 구멍에서 흘러나온 피가 상의를 검붉게 물들였다. 온몸이 진흙으로 범벅된 처참한 모습이었다.

왕 검사가 산책로 여기저기에 분필로 둥글게 그린 자국을 가리켰다.

"이게 뭐요?"

"혈흔입니다. 총을 맞은 지점인 것 같습니다. 피살자가 쓰러져 있던 곳에서 약 10미터 거리입니다. 피살자가 총상을 입고 호수에 빠져 일정 거리를 떠내려가다가 허우적거리며 산책로로 반쯤 올라와 숨졌을 거라는 법의학자의 판단과 일치합니다."

"피살자가 어느 쪽에서 뛰어왔소?"

"지금 우리가 온 방향에서 왔습니다. 호텔 사람들이 '1호 기숙사'라고 부르는 그의 숙소가 아까 그 주차장 옆에 있습니다."

왕 검사가 다소 작위적으로 들릴 만큼 낮은 목소리로 말했다.

"답이 나왔군. 이건 원한에 의한 살인이 분명하오. 범인은 피살자가 매일 조깅한다는 사실을 아는 사람이오. 오늘 새벽 총을 가지고 몰래 뒤따라오다가 조깅 중인 그를 뒤에서 쏜 거요."

두 형사가 서로 얼굴만 쳐다보자 왕 검사가 대답을 기다리지도 않고 피식 웃었다.

"지금 두 사람이 무슨 생각을 하고 있는지 알아요. 그렇게 뻔한 얘기를 할 필요가 있나 싶겠지……. 하지만 틀렸어. 난 아무도 생각할 수 없는 걸 간파했소. 디테일이 살아 있지……. 잊지 말아요, 디테일. 악마는 디테일에 있다는 걸……. 주차장 옆 가로등에 설치된 감시카메라 중 한 대가 돌계단 입구를 향하고 있소. 오늘 아침 녹화된 영상을 확인하면 용의자를 확정할 수 있을 거요…… 오, 괜찮아요. 물론 후회스럽겠지. 하지만 이 정도로 사소한 디테일을 잡아내는 건 아무나 할 수 있는 게 아니니까. 너무 자책하지 말아요. 두 사람 잘못이 아니오……."

차이궈안이 팔짱을 끼며 한숨 쉬자 뤄위정이 A4 종이 한 장을 앞으로 내밀었다.

"영감님, 아침에 도착하자마자 그 감시카메라 영상부터 돌려보았습니다. 이게 바로 5시 3분에 바이웨이둬가 산책로로 내려가는 장면입니다."

사진 속에 스포츠 점퍼를 입은 남자가 있었다. 또렷하지는 않지만 체형과 옷차림으로 바이웨이둬라는 걸 알아볼 수 있었다.

"그래서? 범인은?"

뤄위정이 고개를 저었다.

"없었습니다. 어젯밤 11시부터 오늘 아침 7시까지 그 감시카메라에 찍힌 사람은 바이웨이둬 한 사람뿐입니다."

왕 검사의 얼굴이 화훗 달아오르고 목소리도 가늘게 떨렸다.

"어, 어떻게 그런 일이. 그럼 범인이 어디서 총을 쐈단 말인가?"

뤄위정이 대답하기도 전에 왕 검사가 말했다.

"오, 아니, 아니. 그렇다면 산책로 반대쪽에서 내려왔겠군. 그래도 달라지는 건 없소. 바이웨이둬가 그를 보고 뒤돌아 도망치니까 뒤에서 총을 쏴서 호수에 빠뜨렸겠지. 오, 어느 쪽이든 비참하긴 마찬가지야!"

차이궈안은 또 한숨만 내쉬고 뤄위정이 작은 소리로 말했다.

"영감님, 산책로 다른 쪽 입구에도 감시카메라가 있습니다……. 어젯밤부터 오늘 아침 7시 사이에 찍힌 사람은 남녀 한 쌍이 유일합니다. 여기 사진이……."

"바로 그들이 용의자야. 체포하게!"

"그들이 최초 신고자입니다."

왕 검사의 얼굴에 있는 모든 미세혈관이 들고 일어난 듯 얼굴 전체가 시뻘게졌다. 그가 버럭 고함을 질렀다.

"어떻게 그럴 수가! 화면을 제대로 보지 않은 게 분명해……. 카메라에 사각지대가 있나?"

"그럴 가능성은 희박합니다. 저희가……."

그때 차이궈안이 끼어들었다.

"직접 가서 확인해보시겠습니까?"

차이궈안이 이 말을 툭 던지고는 거의 울 듯한 표정의 검사를 내버려둔 채 폴리스라인을 넘어 성큼성큼 걸어갔다.

왕 검사가 허겁지겁 차이궈안을 쫓아갔다.

"오, 이제 알았소! 절벽 위에서 총을 쏜 거요. 범인은 뛰어난 저 격수가 틀림없소. 절벽 위에서 총을 쏴서 절벽 밑에 있는 사람을 죽일 수 있는……. 모든 게 분명해졌군. 아주 단순한 사건이에요. 나처럼 유능한 사람은 타이완에서 아마 다섯 손가락에 꼽을걸?"

뤄위정이 또 고개를 저었다.

"그 가능성도 고려해봤지만, 역시 불가능합니다. 영감님, 여기 서 절벽 꼭대기가 보이세요? 안 보이시죠? 아무리 올려다봐도 돌 과 나무밖에는 안 보입니다. 위에서 내려다봐도 마찬가집니다. 제 가 절벽을 따라가며 몇 번을 살펴봤지만 절벽 밑까지 총탄이 닿을 수 있는 곳을 한 군데도 발견하지 못했습니다. 각도가 맞지 않든가 아니면 돌과 나무에 시선이 가려서 총을 쏠 만한 곳이 없었습니다. 범인의 총탄이 커브를 틀며 날아가지 않는 한 절벽 위에서 총을 쏘 아 산책로에 있는 사람을 맞히는 건 불가능합니다."

"그럴 리가! 조사에 허점이 있었던 게 분명해. 어떻게 그럴 수 가……."

차이궈안이 더 참기 힘들다는 듯 말했다.

"그러니까, 영감님이 직접 가서 다시 확인하시란 겁니다. 가시 죠."

또 3분도 안 돼 왕 검사가 손뼉을 치며 앞으로 달려왔다.

"아, 이제 알았소. 이번엔 진짜요. 호수…… 호수 말이오. 범인이 배를 타고 와서 총을 쏜 거요. 캉티호에 있는 배들을 조사하면 범 인은 독 안에 든 쥐요!"

이번에도 뤄위정이 고개를 가로저으며 찬물을 끼얹었다.

"그것도 불가능합니다. 보세요. 캉티호 관리사무소가 바로 저기 있습니다."

호수 건너편 물가에 장방형의 시멘트 건물이 있고, 그 옆에 간이 나루터가 있었다.

뤄위정이 말했다.

"호수관리소 직원들이 24시간 당직근무를 하며 호수를 감시하고 있습니다. 당직자에게 전화를 걸어 물어봤지만 오늘 새벽 5시부터 6시 사이에 호수에 떠 있는 배가 한 척도 없었답니다."

"어, 어떻게 그럴 수가. 그럴 리 없어. 그럼 범인이 어떻게 총을 쐈단 말이오?"

차이궈안이 말했다.

"이렇게 오리무중인 사건은 오랜만입니다. 영감님께서 관심이 많으신 듯하니 1, 2주쯤 머무르며 수사를 지휘해주시겠습니까? 공기 맑은 곳에서 다른 일은 잊어버리시고요. 영감님이라면 이 사건을 꼭 해결하실 겁니다. 조심하세요. 여기부턴 계단입니다."

산책로의 다른 쪽 출구에 코야오정이라는 정자가 있고, 그 옆에는 정식 운영을 시작하지 않은 빌라 구역이 있었다. 뤄위정이 왕 검사가 타고 온 공무수행 차량을 보내달라고 연락했다. 돌계단을 따라 절벽을 올라온 왕 검사는 이제 한쪽 다리도 들어 올릴 수 없는 상태였다.

왕 검사를 태운 차가 멀어지는 걸 보며 뤄위정이 말했다.

"왕쥔잉이 사건을 수사한다는 얘기는 들어본 적이 없어요. 오죽하면 저 사람 별명이 '왕미꾸라지'겠어요? 외근 나갈 일이 있을 때마다 숨어버린다고. 이번엔 왜 저렇게 열심인지 모르겠네요."

차이궈안이 예의 그 마른 웃음으로 대답을 대신하자 뤄위정이 물었다.

"정말로 안 돌아가고 직접 수사하겠다고 하면 어쩌실 거예요?"

"차이자펀蔡佳芬 얘기를 꺼내야지…….."

"차이차펀?"

"지방법원 매점 아가씨. 왕췬잉과 그렇고 그런 사이야."

뤄위정의 눈이 휘둥그레졌다.

"선배님은 어떻게 그런 것까지 아세요?"

"수사는 경찰의 임무지. 상대가 누구든."

뤄위정이 알쏭달쏭한 표정으로 고개를 끄덕였다.

"하지만 우리도 아직 그 문제를 풀지 못했잖아요. 범인은 대체 어디서 총을 쐈을까요?"

차이궈안이 냉랭하게 대꾸했다.

"나도 몰라. 알아내야지."

왕췬잉은 돌아가는 차 안에서 무릎과 종아리를 주무르며 생각에 잠겼다. 뻐근한 관절에서 흘러나온 무력감이 그를 친친 휘감았다.

차이궈안이 수사를 지휘하도록 둬야 하나? 그가 회의하자고 말해야만 회의가 열리고, 그가 서신을 쓰라면 쓰고, 통신영장을 신청하라면 신청해야 한단 말인가? 기자회견은? 빌어먹을 놈이 직접 기자회견을 하지는 않겠지? 그럼 언론의 관심을 한몸에 받는 나는 어디에 서 있어야 하지?

하지만 머릿속으로 궁리만 할 뿐 운전수에게 차를 돌리라고 할 생각은 없었다. 그곳에서 1, 2주는 고사하고 하루이틀 버틸 만한 밑천조차 자신에게 없다는 걸 알고 있었기 때문이다.

그래도 어쨌든 차이궈안의 코를 납작하게 해줄 필요는 있었다. 그의 수사 방식이 이 사건을 어디까지 발전시킬지 알 수 없었다.

그가 이 사건 수사의 적임자임은 분명했다. '또라이 기질'이 충만하기는 하지만, 적어도 비상한 두뇌를 가졌으므로.

왕췬잉이 휴대폰을 집어 들고 지방검찰서로 전화를 걸었다.

"원팡文芳, 응, 나 왕 검사……. 지금 경찰국으로 공문을 보내줘. 응, 그래. 전자공문으로……. 오후에 말고, 지금 바로……. 이름을 하나 불러줄 테니 받아적어. 푸얼타이. 푸얼모쓰福爾摩斯* 할 때 '푸', 푸얼모쓰 할 때 '얼', 푸얼타이伏爾泰** 할 때 '타이' ……일반적으로 푸얼타이할 때의 그 '푸'가 아니야. 그래. 푸얼타이. 그래, 바로 그 이름이야."

* '셜록 홈스'를 중국식으로 음역한 이름.
** '볼테르'를 중국식으로 음역한 이름.

제1장

**푸얼타이
교수**

1

젠딴^{尖端} 대학교의 푸얼타이 부교수가 캉티뉴쓰 호텔 소연회장의 임시 무대 위에 서 있다. 웨이즈^{威志}에게서 풍기는 박하와 감귤이 섞인 향기가 코끝을 간질였다. 샤워코롱 냄새였다. 푸얼타이는 지금까지 웨이즈가 그런 걸 바르는 걸 본 적이 없었다.

꽉 조여 맨 넥타이를 약간 풀었다. 무대 아래서 우렁찬 박수가 터지고 신부 샤라빙^{夏語冰}이 차 쟁반을 들고 무대 위로 올라왔다. 그녀는 끝단에 금색 국화를 수놓은 빨간 개량 치파오를 입고 있었다.

푸얼타이는 3주 전을 떠올렸다.

싱가포르에서 열린 심포지엄에 참석한 뒤 타이베이로 돌아와 웨이즈와 함께 세를 얻어 살고 있는 아파트 문을 열었다. 어쩐지 집이 휑뎅그렁했다. 가만히 보니 집의 절반이 비워져 있었다. 빈집털이라도 당했나? 그런 거 같진 않았다. 자물쇠를 뜯은 흔적도 없고 창문도 안으로 닫혀 있으며 진열장에 놓인 가면올빼미 대리석 조각도 멀쩡했다. 도둑이 든 건 아니었다. 드디어 집주인 아주머니가 못 참고 내쫓기로 한 걸까? 그것도 아닌 듯했다. 표본, 망원경, 부엉이 소리가 나는 대나무 피리까지 모든 게 그대로였다.

"어떻게 된 거지⋯⋯."

푸얼타이가 골똘히 생각에 잠겼을 때 웨이즈가 묵직해 보이는 종이박스를 들고 방에서 나왔다.

"어이, 왔어? 문 좀 열어줄래? 손이 없어서 말이야."

"뭐 하는 거야?"

그 말이 입술을 떠나는 순간 푸얼타이는 자기 질문이 잘못됐다는 걸 직감했다. 웨이즈가 콧잔등을 구기며 노한 시선으로 그를 획 노려보았다. 약이 바짝 오른 한 마리 복서 같았다.

"좋아. 대답하지 마. 내가 생각해낼게. 넌 지금 낡은 러닝셔츠 차림으로 종이박스를 들고 있어. 옷과 얼굴은 지저분하고. 그러니까⋯⋯ 넌 지금 이사를 하는 중인 거야. 왜 이사를 하지? 메모판에 영수증이 가득 붙어 있어. 표고버섯, 전복, 발채*⋯⋯, 또 토즈 가방, 페라가모 여자구두, 쥐란卓蘭의 융안永安에서 산 시빙喜餠** 영수증⋯⋯. 맙소사!"

푸얼타이가 소스라치게 놀라며 오른손 주먹으로 왼손 손바닥을 쳤다.

"웨이즈, 너 약혼하는구나!"

"참 대단한 추리력이다."

웨이즈가 흰자위를 드러내며 종이상자를 내려놓고 메모판에서 웨딩사진이 인쇄된 청첩장을 획 떼어냈다.

"지지난주에 말했잖아. 약혼식에 초대까지 했고!"

푸얼타이가 어리둥절하게 청첩장을 받아들었다.

---

* 파래와 비슷한 해조류의 일종.
** 결혼식이나 약혼식 등에 먹는 과자.

＊＊＊

샤이옌夏一릠 선생의 장녀 위빙 양과 화원야華文雅 선생의 장남 웨이즈 군의 약혼식이 열립니다. 바쁘신 와중에도 왕림하시어 축복해주시길 바랍니다.

장소 : 캉티뉴쓰 호텔 소연회장
일시 : 2015년 12월 31일(목) 낮 12시 30분

"내가 말했잖아! 신부에게 차를 받아달라고!* 그러니까 좀 번듯한 옷을 입고 참석해줄래? ……날 그런 눈으로 보지 마! 내가 일찍이 양친을 여의고 사고무친하다는 걸 너도 알잖아. 굳이 신랑 쪽 가족 여섯 명이 차를 받아야 한대. 외당숙 부부 두 쌍은 섭외했어. 사실 몇 번 만난 적도 없는 분들이야. 그 외에는 친척이 없어. 오죽하면 너한테 부탁하겠냐. ……바쁜 건 알지만 좀 도와줘. 1월 1일부터 사흘 연휴니까 호텔 방을 사흘 예약해놓을게. 핑계 삼아 며칠 잘 쉬다 오자. 오케이? 이게 지지난 주에 내가 네게 했던 말이야."

곰곰이 생각에 잠겼던 푸얼타이가 물었다.

"넌 어디로 이사하는데?"

"그것도 얘기했잖아……. LA로 가. 위빙의 집이 거기야. 난 거기서 박사 과정을 밟을 거야."

"난 어떻게 하라고?"

"집주인 아주머니에게 말해놨어. 월세를 절반만 받고 널 계속 살게 해주겠대. 단, 한밤중에 까마귀 소리를 내지 않는다는 조건으

---

* 중화권에서는 약혼식이나 결혼식에서 신부가 신랑의 가족에게 차를 따라주는 풍습이 있다.

로."

"가면올빼미야."

"그게 그거지." 웨이즈가 어깨를 으쓱했다. "이제 됐지? 12월
31일이야. 잊지 마. 양복에 넥타이 매고 와. ……위빙이 기다리고
있어. 난 간다!"

이것이 바로 2015년 12월 31일 낮 푸얼타이가 몸에 맞지도 않
는 양복을 걸치고 하객 수십 명 앞에서 축복, 희열, 난감함, 어색
함, 실망, 애통함이 교차하는 심정으로 두 쌍의 외당숙과 외당숙모
뒤에 선 채 신부가 내민 차 쟁반 위 찻잔을 집어 들게 된 자초지종
이었다.

"위빙, 축하해요. 오늘 예쁘군요."

신부가 살포시 웃으며 고맙다고 하자 푸얼타이가 차를 마시지
않고 말을 계속 이었다.

"웨이즈를 알고 지낸 지 오래됐어요. 그의 부모님도 알죠…….
위빙은 두 분을 못 봬서 아쉽군요. 내가 해주고 싶은 말은, 웨이즈
가 겉으로는 명랑하고 낙천적이고 열정 충만한 것 같지만 사실은
마음이 여리고 상처를 잘 받는 놈이라는 거예요. 밤마다 기타를 끌
어안고 우울한 사랑 노래를 부르다가 슬픔이 북받쳐 울음을 터뜨
리죠. 정말로 절절한 사랑에 빠진 것처럼요. 너무 걱정하진 마요.
위빙을 만나기 전에 사귄 여자라곤 딱 한 명뿐이니까. 하긴 그것도
혼자 좋아하다가 끝났죠……."

하객석에서 웃음이 터졌다. 웨이즈가 작게 헛기침을 했지만 푸
얼타이는 아랑곳하지 않았다.

"그러니까 내가 하고 싶은 얘기는, 웨이즈가 의사이긴 하지만 보

29

살핌이 필요한 친구라는 거예요. 사소하지만 특별히 챙겨줘야 할 것들이 있어요. 예를 들면 이불은 개지 말고 평평하게 깔아놔야 하고, 양말을 널 때는 반드시 발가락이 아닌 발목 쪽을 빨래집게로 집어야 해요. 가스레인지는 쓰고 나면 꼭 닦아야 하고요. 용변을 보기 전에 변기 커버 올리는 걸 잊지 말아요. 어쩌다 변기 커버에 소변이 튀어 있으면 심하게 화를 내니까. 아, 위빙이 여자라는 걸 깜박 잊었군요……. 음…….”

푸얼타이는 정강이에 묵직한 충격을 느낀 뒤 3초쯤 말이 없다가 차를 목구멍에 단숨에 털어 넣고 축의금 봉투를 쟁반에 놓았다.

“백년해로하시길!”

약혼식이 끝난 뒤 피로연이 열렸다. 약혼식은 전통식을 따랐지만 피로연은 뷔페식이었다. 호텔 직원들이 무대를 치우고 긴 테이블과 의자를 옮겨다 놓은 뒤 음식과 술을 푸짐하게 차렸다. 하객들이 각자 음식을 덜어다가 통유리 창 옆에 자리를 잡았다. 마서다馬社大 산의 겹겹이 싸인 봉우리가 식욕을 돋우고 캉티호의 잔잔한 물결이 훌륭한 안주가 되었다. 하객들은 이렇게 훌륭한 장소를 선택한 안목에 찬사를 보냈다.

푸얼타이는 입구에서 가까운 내빈석 옆에 앉아 레드와인을 홀짝이며 웨이즈와 미래의 장인 샤이옌이 테이블을 돌아다니며 하객들에게 술을 따라주는 모습을 조용히 응시했다. 샤이옌은 중간 키에 얼굴에 붉은 기가 도는 중년 남자였다. 미국 로스앤젤레스에서 도매 사업을 하고 있다고 했다. 약혼식 비용 전액을 신부 측에서 부담했으므로 하객도 대부분 그의 손님이었다. 그는 하객 사이를 돌아다니며 우렁우렁한 목청으로 중국어와 영어를 섞어 ‘닥터 화’를 소개했다. ‘젠좐 유니버시티’ 대학병원의 의사라고 했다.

푸얼타이는 레드와인 한 잔을 비운 뒤 다시 와인 한 잔과 땅콩 한 줌을 집어 들었다. 땅콩 한 알을 엄지와 검지 사이에 끼워 비빈 뒤 입에 넣었다.

"하이, 푸얼타이. 오늘 고마웠어요!"

청량한 목소리에 뒤를 돌아보니 위빙이 2캐럿짜리 다이아반지를 낀 손가락으로 술잔을 비스듬히 받쳐 들고 있었다.

푸얼타이가 신부와 술잔을 부딪쳤다.

"당연히 해야 할 일이죠. 아까 내가 한 얘기 다 사실이에요. 웨이즈가 사귄 여자가 한 명뿐이라는 것도."

위빙이 배시시 웃었다.

"알아요. 루샤오린盧筱琳이죠?"

"오……. 당신이 안다는 걸 웨이즈에겐 비밀로 해요……."

"웨이즈 정말 귀여워요. 참, 내가 지난번에 알려준 그거. 그녀가 좋아하던가요?"

푸얼타이가 고개를 끄덕이며 위빙과 또 한 번 건배를 했다.

두 사람은 마주 앉아 간간이 몇 마디씩 주고받았다. 웨이즈보다 여덟 살 어린 샤위빙은 화장품 회사 마케팅팀에 근무하고 있었다. 학교는 모두 미국에서 다녔고 3년 전 타이완 지사로 발령받은 뒤 웨이즈를 만났다. 타이완 동북부의 계절풍과 캘리포니아의 햇볕을 받아서인지 그녀는 균형 잡힌 아름다움을 지니고 있었다. 가녀리지만 탄탄해 보이는 몸매에 적당히 애교도 있으면서 행동이 시원시원했다. 푸얼타이는 여자와 대화를 길게 해본 적이 없지만 위빙과 나누는 대화는 이상하리만치 편하고 자연스러웠다.

"걱정 말아요. 웨이즈를 잘 돌볼게요."

"저 친구의 짧은 영어가 걱정이죠. 병명 외에는 '2월'도 영어로 쓸 줄 몰라요.”

위빙이 웃었다.

“우리 결혼식 때 신랑 들러리가 되어주지 않을래요? 젊고 예쁜
신부 들러리를 세울게요.”

푸얼타이가 진저리를 쳤다.

“정중히 사양할게요.”

“왜요? 사진 보여줄게요.”

“그건 나 말고 웨이즈의 의사 친구들에게 더 필요할 거예요. 난
영장류에는 별로 관심이 없어요.”

“샤론Sharon, 여기에 숨어 있었구나! 컴 온! 돈 비 샤이! 오늘 주
인공은 너야. 손님들에게 세이 헬로!”

샤론은 위빙의 미국 이름이고, 그녀를 부른 사람은 그녀의 아버
지 샤이옌이었다. 닥터 화가 그의 뒤를 따르고 있었다.

“Dad, I even have no idea who they are(아빠, 난 본 적도 없는
사람들이에요)!”

“무슨 아이디어가 필요해! 넌 웨이즈의 와이프잖니. 어서 와서
인사해!”

“아빠, 푸 교수님과 얘기하고 있잖아요. 이렇게 대화를 끊으면
실례예요.”

“오! 아이 엠 소리…….”

샤이옌이 푸얼타이의 손을 덥석 잡으며 반갑게 인사했다.

“프로페서 푸? 샤론과 웨이즈에게 얘기 많이 들었어요. 오늘 도
와줘서 고마워요……. 오, 이런! 미안해요. 정식으로 내 소개를 하
죠. 난 샤이옌이에요. 이언Ian이라고 불러요.”

푸얼타이가 땀이 축축한 샤이옌의 손바닥에서 손을 가볍게 빼내

며 인사했다.

"아버님, 파티가 아주 근사합니다."

"전부 샤론이 한 거예요. 내가 한 건 계산서에 페이한 것뿐."

샤이엔이 웨이터의 쟁반에서 술 두 잔을 집어 들고 그중 한 잔을 푸얼타이에게 건넸다. 테이블에 팔꿈치를 걸치는 걸 보니 길게 대화할 작정인 듯 했다.

"프로페서 푸, 웨이즈에게 들었는데 오니솔로지(ornithology, 조류학) 전문가라고요?"

"네, 그렇습니다. 제 전공입니다."

"게다가 프라이빗 아이 그러니까 명탐정이라던데. 경찰의 범죄 사건 해결에 많은 도움 줬다고 들었어요. 그런가요?"

"범죄 연구는 그냥 취미로 하는 겁니다. 하지만 범죄사건을 관찰하고 추리하는 재주가 남다르긴 하죠."

푸얼타이의 사전에 '겸손함'이란 없었다.

"하하하, 인터레스팅! 나도 크리미널 영화 좋아해요. 크리미널 연구며 셜록 홈스도. 하지만 진짜 명탐정을 만나게 될 줄은 몰랐군요. 재밌어요. 재밌어. 자, 치어스!"

술이 들어가자 샤이엔의 얼굴이 더 불그죽죽해졌다.

"프로페서 푸, 이렇게 만난 것도 인연인데, 렛츠 플레이 어 게임! 영화에서처럼 내 겉모습만 보고도 어떤 클루, 단서를 찾아내서 내가 어떤 사람인지 추리할 수 있나요? 내 성격이나 취미? 너무 간단한 건 안 돼요. 내가 홀세일(wholesale, 도매업)을 한다는 것도 웨이즈에게 이미 들었을 테고."

웨이즈와 위빙이 한목소리로 그를 말렸다.

"아버님, 그건 좀……."

"맞아요, 아빠. 교수님을 난처하게 하지 말아요!"

"저스트 포 펀, 재미로! 틀리면 어때? 현실은 영화와 다르다는 것쯤은 나도 알아."

푸얼타이가 차분하게 말했다.

"틀려도 개의치 않으신다면 해보겠습니다."

"이것 봐라. 프로페서 푸가 얼마나 호탕한지. 너희완 달라……. 프로페서 푸, 그럼 플리즈 고 어헤드!"

푸얼타이가 천천히 땅콩을 씹으며 말했다.

"아버님은 미국 시민권자이시고, 육군에 입대해 참전하신 적이 있습니다. 승마, 카누, 암벽등반 같은 아웃도어 스포츠를 좋아하고요. 미국의 패트리어트 즉 애국자이죠. 미국은 뭐든 다 강하고, 훌륭하다고 생각하세요. 유럽과 아시아 국가는 절대 따라올 수 없다고. 또 제일 좋아하는 색은 파란색이에요. 에메랄드빛 같은 푸른색요."

샤이엔이 푸얼타이를 한참 보다가 딸과 미래의 사위에게로 시선을 옮긴 뒤 고개를 끄덕였다.

"낫 베드. 정말 셜록 홈스 같아. 와우, 소름 돋았어."

그가 손뼉을 치며 말했다.

"……하지만 전부 아비어스obvious 클루잖아. 내 허리띠 장식에 'US Army Gulf War Veteran'이라고 새겨져 있는 걸 보고 육군에 입대했다고 판단했겠지. 이건 미국인이라면 다 알아보는 표시야. 내가 승마를 좋아한다는 건 옷깃에 단 캘리포니아승마협회 배지를 보고 알았을 테고. 하지만 난 사실 말을 타지 않아. 후원자일 뿐. 아웃도어 스포츠를 좋아한다고 말한 건 악수할 때 내 손에 굳은살이 많은 걸 알았기 때문이겠지. 손가락 마디 사이에 딱딱한 굳은살이 있으니 카누 아니면 클라이밍을 좋아한다고 생각했을 거야…….
내가 패트리어트라고 한 건 자네가 마신 레드와인이 호텔에서 제
공되는 버건디^{Burgundy}가 아니라 캘리포니아 나파^{Napa}이기 때문일
거고……. 맞아. 난 캘리포니아 술이 프랑스 술보다 더 훌륭하다고
생각해!"

샤이옌이 고개를 배뚜름하게 기울이고 잠시 생각에 잠겼다가 다
시 말했다.

"그런데 내가 로열 블루를 좋아한다는 건 어떻게 알았지? 단서
를 찾지 못하겠군. 지금 내 몸에 걸친 것 중에 파란색이 하나도 없
잖아."

위빙이 말했다.

"내가 방금 얘기했어요. 아빠가 로열 블루를 좋아하신다고."

샤이옌이 박장대소했다.

"오, 알겠어, 알겠어. 이거 반칙인데? 하하. 하지만 그래도 대단
해."

푸얼타이가 숨을 크게 들이쉬고는 목소리를 더 낮게 깔고 느리
게 말했다.

"제 얘기가 아직 안 끝났습니다. 위빙의 어머니이자 아버님의 부
인께서 오래전에 돌아가셨죠. 부인의 죽음이 아버님과 관계가 있
고요……. 더 정확히 말하면 그분의 죽음에 아버님도 책임이 있죠.
적어도 부인의 친정 식구들은 그렇게 생각하고 있습니다."

샤이옌의 미소가 얼어붙고 손에 든 술잔 속 술이 출렁였다.

웨이즈가 서둘러 사태를 수습했다.

"이제 됐어요. 아버님, 위빙, 다른 손님들에게도 술을 따라드려
야죠. 어서 가요……. 저분이 더지양행德記洋行 사장님이죠? 아버님

이 소개해주신 적 있잖아요."

샤이옌이 손을 들어 조용히 하라는 신호를 보낸 뒤 푸얼타이를 똑바로 응시했다.

"하우 두 유 노우 뎃, 어떻게 알지?"

푸얼타이가 말했다.

"오늘 위빙의 외가쪽 친척들은 한 명도 참석하지 않았지만 축의금 접수탁자에 큰 외삼촌, 작은 외삼촌, 이모 이름의 축의금이 있었습니다. 축의금 봉투에 쓴 이름은 친필이었지만 직접 참석하지 않고 다른 사람 편에 보낸 거죠. 다시 말해, 외삼촌 두 분과 이모가 아주 멀리 사는 것도 아니고 약혼식에 축의금을 보낼 만큼 위빙에게 관심도 있지만 약혼식에 참석하지는 않았습니다. 그렇다면 이곳에 그들이 만나고 싶지 않은 사람이 있다는 뜻이죠. 위빙 어머니의 죽음과 관련된 일이 아니라면 그들이 위빙에게 이렇게 중요한 날 불참할 이유가 없다고 추리했습니다."

샤이옌은 파랗게 질린 얼굴로 아무 말도 하지 않았다. 웨이즈가 '그래서 내가 처음부터 말렸잖아'라는 난처한 표정으로 약혼녀에게 눈짓하자 위빙이 조심스럽게 아버지의 소매를 당겼다. 푸얼타이는 승리를 자축하듯 잔에 든 와인을 단숨에 입에 털어 넣었다.

바이웨이둬가 등장한 것이 바로 이때였다. 단발머리 직원이 연회장으로 들어와 샤위빙에게 말했다.

"바이 사장님과 란藍 총지배인이 인사드리러 오셨어요."

짙은 회색 스트라이프 양복 차림의 바이웨이둬가 호텔 총지배인이자 아내인 란니蘭妮와 팔짱을 끼고 다가왔다.

"축하합니다! 진정한 선남선녀, 천생연분입니다!"

샤위빙이 미소 지으며 인사했다.

"고맙습니다, 바이 사장님."

란니는 40대 초반쯤 되어 보였고 로열 블루 칼라의 긴 원피스가 호리호리한 몸매를 돋보이게 했다. 그녀가 샤위빙의 손을 잡으며 환하게 웃었다.

"치파오가 아름답네요. 자수도 특별하고. 이렇게 아름다운 분을 보니 나까지 젊어지는 기분이에요……. 파티는 순조롭나요?"

위빙이 웃으며 말했다.

"원래 젊으시잖아요. 파티는 모든 게 순조로워요. 총지배인님이 신경 써주신 덕분이에요. 이쪽은…… 제 아버지예요. 아빠, 이쪽은 바이웨이둬 사장님과 란니 총지배인님이에요. 오늘 파티를 많이 도와주셨어요."

손님이 등장하자마자 샤이옌의 얼굴 근육에 마비가 풀렸다. 그가 활짝 웃으며 큰 소리로 인사했다.

"귀한 분들이 찾아와주시다니 정말이지 마이 그레이트 플레져! 제 딸이 미국에서 오래 살아서 모르는 게 많습니다. 경사스러운 자리에 국화 무늬가 있는 옷을 입다니. 총지배인님, 너무 개의치 마세요!"

란니가 말했다.

"그게 뭐가 어때서요? 전 그런 건 믿지 않아요. 어릴 적 저희 집에도 화초가 많았어요. 옆집에 사는 앞 못 보는 점쟁이 노인이 저희 아버지한테 화초가 많으면 좋지 않다고 했죠. 딸이 화초처럼 금세 시들어 죽는다나. 그런데 제가 자라서 그 노인에게 점을 보니 백 살까지 장수하고 무슨 일을 하든 복이 따라오고 훌륭한 남자와 결혼한다고 하더라고요……. 그런 미신은 신경 쓰지 마세요. 국화 무늬가 예쁘기만 한 걸요."

위빙이 말했다.

"고맙습니다. 두 분 사이가 좋으셔서 부러워요."

"결혼이란 아주 길고도 먼 길이에요. 두 분은 이제 출발선에 섰어요. 파이팅해요!"

바이웨이뒈가 샤이옌에게 명함을 건넸다.

"샤 사장님, 저는 바이웨이뒈라고 합니다. 만나 뵙게 되어 영광입니다. 미국에서 사업을 크게 하신다고 들었습니다. 언제 기회가되면 많이 가르쳐주십시오."

"가르칠 게 뭐 있어요? 이 호텔은 엑설런트예요. 내가 세계 곳곳의 수많은 호텔에 가봤지만 여기가 최고예요!"

바이웨이뒈가 미소 지었다.

"과찬이십니다. 고향에 대한 사랑을 담은 호텔입니다……. 캉티호는 제가 본 가장 아름다운 호수죠. 이곳 원주민 문화도 훌륭하고요. 이 호텔을 통해 '중앙산맥의 눈물'이라고 불리는 이곳이 얼마나 아름다운지 널리 알리고 싶습니다. 여기까지 와주신 것만 해도제겐 큰 영광입니다."

그때 푸얼타이가 불쑥 끼어들었다.

"고향을 훼손시키려는 게 아니고요?"

갑작스런 발언에 모두 어안이 벙벙해 말을 잇지 못했다. 웨이즈가 팔꿈치로 친구의 옆구리를 찔렀다.

바이웨이뒈가 미소를 잃지 않고 말했다.

"이쪽은…… 푸얼타이 교수님?"

"기억력이 좋으시군요."

"저희가 환경영향평가를 받던 당시 저우卅 교수의 보조였지요? 참 오랜만이에요. 저우 교수님은 잘 지내시나요?"

"은퇴하셨어요. 이 캉티뉴쓰 개발 건이 통과된 후 분을 참지 못하고 그만두셨죠."

"란니, 내가 예전에 저우웨이중周惟中 교수님 얘기를 한 적이 있지?"

바이웨이둬가 잠깐 고개를 돌려 아내에게 말하고는 다시 말을 이었다.

"국내 조류학의 최고 권위자인 저우 교수님과 토론하며 많은 걸 배웠지요. 매 서식지 보호에 관한 수많은 법률이 그분의 건의에 따라 만들어졌다는 것도요. 그래도 결국 저희 프로젝트에 동의해주셔서 기뻤답니다."

푸얼타이가 말했다.

"호텔 측이 내놓은 그 어떤 해결안에도 동의하신 적이 없는 걸로 기억합니다만."

"처음엔 논쟁이 있었지만 대화를 통해 모든 문제에서 공감대가 이루어졌지요. 저우 교수님이 계속 반대하셨다면 환경영향평가가 통과되지 못했을 거예요."

"마을이 폭파됐는데 환경평가위원이 계속 반대 입장을 고수할 수 있겠습니까?"

란니가 끼어들었다.

"푸 교수님, 우리 호텔에 오신 손님이지만 함부로 말씀하시면 곤란해요. 있지도 않은 일을 얘기하는 건 명예훼손이에요……. 그 새가 그렇게도 좋으면 교수님 집에서 기르세요. 아주 잘 어울리실 것 같네요."

"이미 많은 새를 기르고 있습니다. 저희 집에 놀러 오시겠어요, 미세스 바이?"

"전 란씨예요. 존중해주세요."

"자, 자, 그만들 하시죠."

바이웨이둬와 웨이즈가 동시에 끼어들었다.

웨이즈가 말했다.

"사장님, 총지배인님, 이렇게 훌륭한 장소를 제공해주셔서 진심으로 감사합니다. 모든 게 순조로워서 파티가 즐겁군요. 저도 위빙도 두 분께 감사하게 생각하고 있습니다. 이 잔은 두 분을 위해 건배하겠습니다."

"천만에요. 과찬이십니다."

바이웨이둬가 술을 들이켠 뒤 말을 이었다.

"미안합니다. 나와 란니는 약속이 있어서 이만. 참, 오늘 밤 산 밑에 있는 가든바에서 송년파티가 열릴 겁니다. 공연도 있고 불꽃놀이도 할 거예요. 술과 음식은 모두 무료예요. 일 년 동안 보내주신 성원에 보답하는 의미로 손님들을 위해 준비했습니다. ……샤 사장님, 꼭 참석해주세요."

"꼭 가리다. 꼭! 난 해마다 송년파티에 빠져본 적이 없어요. 사장님, 제 술잔도 받으시죠……."

단발머리 비서가 손님들에게 초대장을 나눠주었다.

바이웨이둬가 샤이옌이 따라준 술을 마신 뒤 갑자기 목소리를 낮게 깔고 푸얼타이에게 말했다.

"푸 교수님, 코야오苦鰯는 지금도 있습니다."

나중에 푸얼타이는 바이웨이둬가 피살되기 불과 20시간 전의 이 짧은 만남 중 그의 언행에서 앞으로의 비극에 대한 그 어떤 암시가 있었는지 돌이켜보려고 했다. 그에게서 초조함이나 두려움의 기색이 나타나진 않았던가? 손끝으로 테이블을 두드리거나, 손

수건을 꺼내 연방 땀을 닦거나, 대화에 집중하지 못하고 자꾸만 문
쪽을 쳐다보거나, 명함을 꺼내다가 실수로 명함 뭉치를 바닥에 떨
어뜨리는 등의 일들.

이상한 점은 전혀 없었다. 눈을 감으면 바이웨이둬의 모습이 선
했다. 살짝 말려 올라간 입가에는 미소가 걸려 있고, 말끔히 다림
질된 양복에는 비듬 한 톨 떨어져 있지 않았다.

이런 냉랭한 침착함, 깔끔한 세련미가 이 허점 없는 수수께끼에
대한 은유였다는 걸, 푸얼타이는 알지 못했다.

2

　약혼식은 오후 3시 반에야 끝이 났다. 그 후 단체사진 촬영, 손님 배웅, 각종 비용 결산 등 잡다한 일을 처리했고, 예비부부는 오후 5시가 거의 다 되어서야 진정으로 한숨 돌릴 수 있었다.

　손님들이 모두 돌아간 뒤 샤이옌은 바람 빠진 풍선처럼 넥타이를 느슨하게 풀고 몹시 피곤한 듯 'tired'와 'exhausted'를 연발하다가 진즉에 위빙에게 쫓겨 자기 방으로 갔다. 위빙도 기진맥진했다. 뒷정리가 마무리된 뒤 귀걸이를 빼더니 방에 가서 자야겠다고 했다. 웨이즈가 저녁은 어떻게 할 거냐고 물었지만 그녀는 대답 대신 손만 내저었다.

　그렇게 해서 두 남자만 남았다. 푸얼타이는 어서 빨리 양복을 벗어 던지고 싶었지만 웨이즈는 오랜만에 얻은 휴가를 낮잠으로 허비하고 싶지 않았다. 결국 두 사람은 사우나를 하기로 타협했다. 웨이즈는 이곳의 스파가 호텔의 자랑이라는 걸 강조했다. 300제곱미터*가 넘는 스파풀에 몸을 담그고 눈앞에 펼쳐진 절경을 감상할

---

*　1제곱미터는 0.3평이다.

수 있었다.

웨이즈가 후끈한 스파풀에 앉아 굵은 땀방울을 흘리며 말했다.

"이언에게 실례했다고 사과해. 네가 바이웨이뒤에게 했던 말 말이야."

푸얼타이가 "아" 하는 감탄사를 길게 뺐다.

"번복할 게 뭐 있어. 덮고 지나가면 그만이지."

스파를 이용하는 사람이 많지 않아 사우나실에 그들 두 사람 외에는 구석에 벌거벗은 뚱보 한 명밖에 없었다. 긴 의자에 벌러덩 드러누워 있는 그의 몸에서 우지끈 소리가 들리는 것 같았다.

웨이즈가 물었다.

"바이웨이뒤가 마지막에 말한 '코야오'라는 게 뭐야?"

"매. 이곳 원주민 방언이야."

"엄청나게 빨리 나는 독수리 말이야?"

"독수리가 아니고 매라니까. 영어로는 'Peregrine Falcon'이라고 해. 빨리 나는 게 아니라 빠른 속도로 하강하는 거야. 급강하할 때 속도가 시속 350킬로미터까지 가능해." 푸얼타이가 짧은 한숨을 내쉬었다. "매는 타이완의 겨울 철새야. 매년 10월부터 이듬해 2월까지 타이완에서 겨울을 보내지. 대부분 해안 절벽에 둥지를 틀어. 캉티호에 있는 거대한 절벽이 몇 안 되는 코야오의 산지 서식지야."

"오, 그래서 바이웨이뒤가 매 서식지 보호에 대해 얘기하면서 그 얘기를 한 거로군?"

푸얼타이가 고개를 끄덕였다.

"십 년 전 우리가 왔을 때 절벽에서 코야오 둥지 다섯 개를 발견했어. 어미새 다섯 마리와 아기새 열 마리가 살고 있는 걸 확인

43

했지. 그건 놀라운 성과였어. 북미 전역에서 살고 있는 매를 다 합쳐도 사천 마리밖에 되지 않으니까. 게다가 코아오서苦鶴社 주민들 말로는 그건 많은 것도 아니라고 했어. 예전엔 더 많았다면서. 이곳에 풍습이 있어. 돼지고기를 자른 날고기 조각을 지붕에 올려놓고 매가 날아와 그걸 낚아채 가면 그해는 운이 좋을 거라고 믿지⋯⋯."

"코야오서라⋯⋯ 어디서 들어본 것 같아." 웨이즈가 입술을 깨물고 생각에 잠겼다가 말했다. "폭발 사고가 있었던 마을인가?"

"'코야오서 가스 폭발 사고' 기억해?"

"응. 오래전 일이잖아." 웨이즈가 대단한 깨달음을 얻은 듯 말했다. "오, 코야오가 그 코야오였구나⋯⋯."

푸얼타이가 말했다.

"1999년 5월, 코야오서에서 가스 폭발 사고가 발생해 여섯 명이 죽고 수십 명이 중상을 입었어. 코야오서는 전체 주민이 400여 명밖에 안 되는 작은 마을이야. 그해 말, 캉티뉴쓰 호텔 개발프로젝트가 승인됐어."

"네 말은⋯⋯ 가스 폭발 사고에 다른 내막이 있단 뜻이야? 하지만 뉴스에서는 우연한 사고라고 했던 것 같아. 안 그래?"

"뉴스에서는 원자력발전소도 안전하다고 해."

웨이즈가 피식 웃었다.

"그럼 조사해봐. 장張 선생이 흔쾌히 조사에 협조해줄 거야."

푸얼타이가 고개를 저으며 얼굴에 흐르는 땀을 닦았다.

"사과는 내가 대신 할게." 웨이즈가 한숨을 내쉬며 손에 들고 있던 냉수를 불그죽죽한 얼굴에 뿌렸다.

푸얼타이가 말했다.

"바이웨이둬에게 사과할 필요 없다니까."

"아니. 장인어른께 말이야. 아까 장인어른 얼굴이 사색이 됐었어."

"난 그분이 원하는 대로 했을 뿐이야."

"사소한 얘기를 할 수도 있었잖아. 치아가 틀니라든가."

푸얼타이가 물 위로 머리를 내밀며 고래처럼 입으로 물기둥을 뿜어 올린 뒤 말했다.

"그것도 많이 자제한 거였어. 몰랐어? 위빙 어머니의 죽음이 그분이 누군가에게 산 원한 때문이란 얘기는 안 했잖아."

웨이즈가 기겁을 했다.

"젠장, 그런 얘긴 입도 뻥긋하지 마! 근데, 그건 어떻게 알았어?"

"그분 머리와 손에 흉터가 있더라. 호랑이가 할퀸 것 같은 흉터가……. 전쟁터에서 호랑이와 싸웠을 리는 없고, 그럼 흉기를 든 누군가와 격투를 벌였단 뜻이지. 그게 아마 아내의 죽음과 관련이 있을 거야. 아닐 수도 있지만."

두 사람 사이에 침묵이 흘렀다. 잠시 후 웨이즈가 침묵을 깼다.

"위빙의 어머니는 집에서 총을 맞아 돌아가셨어. 장인어른이 군에서 전역해 외상후스트레스장애 진단을 받았을 때였어. 불면증에 시달리고 집 밖에 나갈 땐 꼭 총을 가지고 다녔대. 의사는 사격장에서 사격을 하며 총소리를 들으면 증상 호전에 도움이 될 거라는 처방을 내렸지. 그래서 사격장에 갔다가 비슷한 증세를 겪는 퇴역군인을 알게 됐다는군. 서로 다른 부대에 속해 서로 다른 전선에서 싸웠지만 공통된 화제가 있었지. 누구의 사격술이 더 정확한지, 누가 더 많은 사람을 죽였는지 등등. 하지만, 얼마 지나지 않아 둘 사이가 틀어지기 시작했어. 그러던 어느 날 위빙의 부모님이 집 앞

정원의 잔디를 정리하고 있는데…… 갑자기 이상한 느낌이 들어 고개를 들어보니 멀지 않은 곳에서 누가 총을 겨누고 있었어. 장인어른이 '엎드려!' 하고 외쳤지만 총성은 이미 울린 뒤였고, 위빙 어머니가 관자놀이에 관통상을 입고 그 자리에서 즉사했대."

푸얼타이가 물었다.

"위빙도 현장에 있었어?"

"아니. 그해 위빙은 열여섯 살이었고 마침 여름캠프를 갔었다는군." 웨이즈가 스파풀에서 나와 수건으로 몸을 닦으며 말했다. "위빙이 그 충격에서 빠져나오기까지 몇 년이 걸렸대. 지금도 정원을 지날 때마다 두렵다고 해. 위빙의 외가 친척들은 그 사건으로 위빙의 아버지와 연락을 끊었고, 위빙이 타이완에 온 뒤에야 이모와 외삼촌과 왕래할 수 있었대. 하지만 외가 친척들은 지금도 위빙의 아버지를 만나려고 하지 않는다는 거야. 장인어른이 지금은 정상으로 돌아와 사업을 하고 있는데도 말이지."

"범인은 잡았고?"

"아니."

"그럼 사격장에서 만난 사람의 범행인지 어떻게 알아?"

"총탄이 증거야. 구경과 모델은 기억나지 않지만 사격장에서 쓰는 것과 동일한 총탄이었대. 특히 몇몇 노병들이 즐겨 쓰던 총탄이라는군. 팀인가 짐인가 하는 사람이 사건 며칠 전에 장인어른과 다퉜는데, 경찰이 그 사람 집에서 총을 찾아냈어. 하지만 그의 행방은 찾지 못했고."

푸얼타이가 스파풀에서 나가며 중얼거렸다.

"하지만 걸프Gulf는 '만'이라는 뜻인데……."

"뭐라고?"

푸얼타이가 고개를 저었다.

"아냐. 네가 미국에 가서 홍가에 살게 될까 봐 걱정이라고."

"어이, 다시는 위빙 앞에서 루샤오린 얘기 꺼내지 마."

"아……." 푸얼타이가 감탄사를 길게 늘였다. "위빙에게 말 안 했어?"

"안 했어. 위빙이 불편해할까 봐."

"위빙이 속 좁은 여자는 아닌 거 같아. 게다가 너와 루샤오린 사이에 아무 일도 없었잖아."

웨이즈가 대꾸하지 않고 주머니에 손을 찔러넣고는 아스팔트 위 돌멩이를 걷어찼다.

코야오봉 위에 위치한 호텔 건물 외에도 산봉우리에서 산비탈을 내려와 호수순환도로와 맞닿은 넓은 숲 전부가 캉티뉴쓰 호텔 소유였다. 투숙객들은 갈지자로 구불구불 이어진 아스팔트 차로를 따라 산책할 수도 있고, 지형이 험한 숲길을 등반하며 스릴을 즐길 수도 있었다.

웨이즈가 말했다.

"난 아직도 루샤오린과 헤어진 이유조차 몰라. 3년을 따라다녀서 겨우 한 달 사귀고 끝났어."

"오래된 일을 마음에 담아둬서 뭐 해?"

"물론 잊었지." 웨이즈의 웃음이 조금 떨떠름해 보였다. "다만…… 남자는 원래 결혼을 앞두고 자기 인생을 거쳐 간 여자들을 돌이켜보게 돼. 샤오린은 역시…… 특별했어."

푸얼타이가 하늘을 올려다보다가 말했다.

"그건 우리가 일부일처제를 너무 숭고하게 생각하기 때문이야. 마치 신성불가침의 신앙인 양. 사실…… 그건 그저 종족 유지에 가장 유리한 제도에 불과해. 인간이 다른 동물보다 더 우월하지도 않아. 조류 대부분이 일부일처제야. 사랑 때문이 아니라 새끼 새를 효과적으로 먹이려면 어른 새 두 마리가 필요하기 때문이지. 그 필요성이 사라지면 일부일처제는 곧 깨져버려. 예를 들면 참새만 한 바위종다리는 일반적인 상황에선 일부일처제지만, 기후가 적당하고 먹이가 충분한 환경에서는 일부다처제로 변해. 수컷이 자기 영역 내에서 여러 암컷을 거느리고 살아. 암컷 혼자서도 새끼들을 기를 수 있으니까……. 하지만 반대로 먹이가 부족할 때는 일처다부제로 변하지. 자기 영역을 가진 수컷이 영역을 갖지 못한 다른 수컷을 받아들이고 암컷도 새로 들어온 수컷과 교배할 수 있어. 단, 그 수컷 애인이 새끼들에게 먹이를 잡아다 주는 조건으로."

웨이즈가 푸얼타이를 물끄러미 쳐다보았다.

"그래서 뭐?"

"내 말은, 일반적인 상황에서 네가 위빙과 결혼한다면 그로 인해 잃는 것을 아쉬워하고 아름답게 느끼겠지만, 객관적인 조건이 달라져서 네가 샤위빙과 루샤오린을 모두 아내로 얻는다면, 반대로 아쉬울 것도 없고 아름답다고 느끼지도 않을 거란 얘기야."

웨이즈가 잠깐 생각하다가 말했다.

"네 말대로라면 반대로 내 아내가 바람을 피운다 해도 내 아내와 다른 놈이 붙어 있는 걸 감내해야 하겠구나."

"난 그런 얘긴 안 했어."

가든바는 비탈길 끝에 있었다. 무척 단순하게 설계된 직사각형 건물 앞에 희고 붉은 꽃이 만발해 있고 조금 더 가면 660제곱미터쯤 되어 보이는 연못이 있었다. 가든바 앞에 있는 야외 테이블은 이미 만석이었고, 연못가에 설치된 원목 무대 위에 '캉티뉴쓰 호텔 송년감사파티'라고 적힌 현수막이 걸려 있었다.

"이 연못이 코야오 연못이야." 푸얼타이가 말했다. "코야오서의 중심지도 바로 여기였지. 교회를 중심으로 집들이 지어져 있었어."

"루샤오린이 너한테 내 얘기 안 했어?" 웨이즈가 물었다.

"무슨 얘기? 샤오린이 나한테 왜……."

"나중에 너희 둘이 친해졌잖아. 샤오린이 너한테 보물을 찾아달라고 했다며."

"그건…… 내, 내가 보물 같은 건 애초에 없다고 얘기했어. 그 얘긴 누구한테 들었어?"

"저우 교수님한테."

푸얼타이가 뭐라고 말하려는데 위빙이 부르는 소리에 대화가 끊겼다. 두 사람이 위빙에게 다가갔다. 샤이엔과 샤위빙, 처음 보는 대머리 아저씨가 테이블에 앉아 즐겁게 얘기를 나누고 있었다. 불콰하게 달아오른 샤이엔의 얼굴을 보니 이미 꽤 마신 것 같았다. 대머리 아저씨는 검은 얼굴에 반소매 폴로셔츠, 하얗게 바랜 작업복 바지 차림이었다. 그의 손은 크고 거칠고 손톱은 바짝 깎여 있었다. 입에 물고 있는 담뱃대는 대나무 대롱에 나무로 된 연초주걱이 달려 있고 나무에 문양이 새겨져 있었다.

샤이엔이 우렁우렁한 소리로 말했다.

"오우, 웨이즈, 컴 온, 좋은 술이야. 자, 한잔해."

웨이즈가 위빙 옆에 앉아 장인이 건넨 술잔을 받더니 기침을 터뜨렸다.

"콜록콜록……. 좁쌀술인가요? 냄새가 왜 이렇게 독하죠?"

"하하하! 아투阿土가 소개해준 거야. 방금 두 세트 오더했어. 내년에 LA에서 출시하려고!"

49

샤이옌이 큰 소리로 말하며 대머리 아저씨의 목을 팔로 휘감
았다.

"이쪽은……."

"황아투黃阿土라고 해요. 아투라고 불러요."

대머리 아저씨가 싱글벙글 웃으며 명함을 건넸다. 명함에 '캉티
호 지역발전협회 이사장', '캉티호 차문화홍보협회 이사장', '캉티
호 향우회장', '캉티호 가라오케파티회 주임위원' 등 다양한 직함
이 빼곡히 적혀 있었다.

샤이옌이 말했다.

"대단한 양반이야. 술을 팔면서 꽃도 재배한대."

황아투가 옆에 있던 커다란 배낭에서 주머니 하나를 꺼냈다. 손
으로 짠 베주머니에 멧돼지 그림이 있었다.

"'산주저우루山豬走路'라는 좁쌀술이우. 캉티호 특산품이지. 영어로
는 샌디워커Sandie Walker. 백 퍼센트 좁쌀만 써서 신기술로 증류하기
때문에 기존 좁쌀술보다 훨씬 진해요. 석 잔만 마셔도 염라대왕과
상견례를 할 수 있다우. 출시된 지 얼마 안 돼서 지금은 돈이 있어
도 못 사요. 타이완삼나무를 조각해서 만든 수제 상자에 넣어주는
데, 오늘 닥터 화와 미스 샤를 위한 축하선물로 특별히 한 세트 가
져왔다우."

웨이즈가 고맙다고 인사치레를 하고 주머니를 받았다. 그는 이
미 그다음에 일어날 일을 알고 있었으므로 급하게 푸얼타이에게
눈짓하고는 말했다.

"아투 선생님을 만나 뵙게 되어 영광입니다. 여기 있는 꽃들이
다 손수 기르신 건가요? 이건 무슨 꽃인데 이렇게 향기가 좋죠?"

황아투가 말했다.

"빨간 건 부겐빌레아, 흰 건 야합화*. 모두 여기서 자생하는 꽃들이지……. 닥터 화, 그 술은……."

"와, 야합화로군요. 나무에 달려 있는 생화는 처음 보네요. 예전에 우리 병원 주임선생님이 사무실에서 이 꽃을 길렀는데, 그땐 병에 꽂힌 것만 봤어요."

"그건 꽃만 꺾어서 키우는 거지. 야합화는 밤에만 향기가 난다우. 날이 밝기 전에 꽃을 꺾어다가 물에 꽂아 키워야 향기가 유지되지. 닥터 화, 그 술……."

"여기 있는 나무들도 향기가 좋군요. 오, 향기로워요. 그렇지, 위빙? 우리도 이 나무를 심자."

황아투가 담배 한 모금을 빨고는 웃으며 말했다.

"이 야합화들은 아주 오래된 것들이라우. 예전에 일하던 곳에서 옮겨왔지. 그때 이웃에 린林 선생이라는 맹인이 살았는데 꽃향기가 너무 진해서 밤에 잠을 못 자겠다고 온종일 투덜댔다니까!"

웨이즈는 꽃 얘기를 더 나누고 싶었지만 황아투가 술 한 잔을 그의 앞으로 내밀며 씩 웃었다.

"닥터 화, 그 술은 약혼 축하선물이니까 첫날밤 화촉을 밝혀놓고 천천히 드시고……, 테이블에 있는 술은 신년을 축하하는 축배니까 단숨에 들이켜요. 이렇게 만난 것도 인연인데 전통 격식에 따라 우선 술부터 석 잔 합시다."

화웨이즈가 홍구이궈**처럼 벌건 얼굴로 손사래를 쳤다.

"아투 아저씨, 제 주량이……."

황아투가 다가가 그의 어깨를 짚으며 말했다.

---

* 자귀나무 꽃.
** 紅龜粿. 타이완에서 명절이나 행사 때 만들어 먹는 붉은 떡.

51

"한 잔을 반씩 나눠 마시는 게 이곳 풍습이라우. 석 잔을 마셔도 한 잔 반씩 마시는 셈이니까 별 문제 없을 거예요! 자!"

화웨이즈는 사양하고 싶었지만 샤이옌까지 옆에서 부추기기 시작했다. 그가 이러지도 저러지도 못 하고 난처해하자 푸얼타이가 끼어들었다.

"아투 아저씨, 제가 마시겠습니다."

그의 앞에 술이 찰랑찰랑 담긴 잔 세 개가 놓였다.

"푸 교수님? 어이쿠, 명성은 익히 들었어요. 명탐정이시라고! 석 잔으로는 부족하고 다섯 잔 어떠우?"

황아투가 푸얼타이의 어깨에 팔을 걸쳤다. 두 사람이 술 다섯 잔을 단숨에 비우자 샤이옌이 옆에서 박수를 치며 좋아했다.

황아투가 푸얼타이의 어깨를 짚은 채 담배를 한 모금 빨았다.

"하하하! 시원하게 들이켜는구먼. 탐정은 술도 잘 마셔야 하나?"

푸얼타이가 대답 대신 뜬금없는 질문을 던졌다.

"구야오원古耀文 목사님을 아세요?"

"구야오원을 아는 사람이 또 있군?"

담배 한 모금을 빨아들이는 황아투의 입가가 냉소를 짓듯 살짝 말려 올라갔다.

"예전에 코야오를 관찰하러 왔을 때 구 목사님이 내주신 술이 바로 이 술이었습니다."

"이 술이 우리 코야오서의 특산품이기 때문이지! 전통 방식 그대로 빚었다는 게 그냥 하는 얘기가 아니라니까."

샤위빙이 물었다.

"코야오서가 뭐예요?"

웨이즈가 조금 전 푸얼타이에게 들은 얘기를 해주자 샤위빙이 고개를 끄덕였다.

"10년 전에 여기 사람들이 살았단 말이야? 지금 모습으로는 전혀 상상이 안 돼. 가스 폭발 사고가 심각하긴 했나 봐. 아투 아저씨, 그때 여기 사셨어요?"

황아투가 담뱃대를 입에 문 채 우물거리며 대꾸했다.

"물론이지. 바로 저쪽에 살았지. 한밤중에 꽝, 하는 소리가 천지 사방을 울렸다우. 우리 집과 내 두피의 절반이 그때 날아갔지……. 하마터면 머리가 통째로 터질 뻔했다니까."

황아투가 민둥민둥한 머리에 난 긴 흉터를 가리키자 갑자기 분위기가 무거워졌다.

황아투가 말했다.

"하지만 가스 폭발로 코야오서 마을이 사라진 건 아니라우. 그거야말로 과장된 얘기지. 가스 폭발 때는 집 몇 채가 무너지고 몇 사람이 죽은 정도였으니……. 진짜 끔찍한 건 9.21 대지진*이었지. 가스 폭발도 견뎌낸 집들이 그때 거의 다 무너졌으니까. 산사태로 오십 명 넘게 매몰됐고…… 결국 코야오서도 사라졌다우……."

"생존자들은요?"

위빙의 목소리가 가늘게 떨렸다.

"바이웨이둬 사장님이 은인이시지. 사장님께서 거처를 마련해주셨거든. 일부는 평지로 이주하고 일부는 호수 근처에 남아 있다가 이 호텔이 생기면서 일자리를 얻었다우. 나 같은 사람은 화초 키우는 재주밖에 없어서 도시로 내려갔으면 영락없이 굶어 죽었을 거예요. 바이 사장님이 흔쾌히 호텔 조경을 맡겨주셔서 지금까지 굶

---

* 1999년 9월 21일 타이완에서 발생한 규모 7.7의 대지진.

지 않고 살고 있지."

푸얼타이가 술 한 잔을 더 마시고는 물었다.

"아투 아저씨, 코야오도 보셨어요?"

"푸 교수님이 무슨 얘길 하고 싶은지 알아요……. 우리가 배를 곯고 우리 아이들이 학교에 갈 수 없고 노인들이 아파도 병원에 갈 수 없더라도, 그 열 몇 마리 새들은 보호해야 한다는 거 아니우? 만약 교수님이라면 그런 희생을 할 수 있겠어요? 새를 위해 희생해서 우리가 얻는 게 뭐란 말이우?"

분위기가 얼어붙으려고 할 때 무대 옆에서 소란이 벌어졌다. 누군가 쓰러진 것 같더니 잠시 후 단발머리 직원이 그들 쪽으로 달려왔다. 그녀가 뭐라고 말하기도 전에 웨이즈가 푸얼타이에게 말했다.

"날 좀 도와줘."

두 사람이 직원을 따라 사람들이 모여 있는 곳으로 달려갔다. 정장 차림의 란니가 바닥에 무릎을 꿇고 앉아 있고, 체구가 작은 중년 여자가 그녀의 무릎을 베고 누워 있었다. 얼굴은 창백했고 두 눈은 꼭 감겨 있었다. 웨이즈가 상체를 숙여 그녀의 맥박을 재고 눈꺼풀을 벌려 안구의 움직임을 살펴보고 이마를 만져보았다.

"괜찮아요. 혈압이 떨어져서 일시적으로 기절한 겁니다. 놀라지 마세요."

웨이즈가 여자의 인중을 문지르고 엄지와 검지 사이를 주무르자 그녀가 서서히 정신을 차렸다.

"이게 몇 개죠? 세 개요? 오케이. 큰 이상은 없습니다."

란니가 웨이즈의 손을 잡고 인사했다.

"고마워요. 닥터 화가 없었으면 큰일 날 뻔했어요! 정말 고마워요. 마침 여기 계셔서 다행이에요."

웨이즈가 웃었다.

"별거 아닙니다. 빈혈은 흔한 증상이죠. 어디 가서 휴식을 취하시게 하세요."

란니가 말했다.

"그럴게요……. 아, 이렇게 하는 게 좋겠어요. 감사의 뜻으로 저희 호텔에 묵으시는 동안 객실 비용은 제가 지불할게요. 사례로 받아주세요."

"아닙니다. 아니에요. 총지배인님, 너무 과합니다. 저는 그저……."

란니가 직원에게 말했다.

"커커, 들었지? 그렇게 처리해줘……. 닥터 화, 사양하지 마세요. 결혼 선물도 아직 못 드렸잖아요. 이것도 약소해요."

웨이즈가 연거푸 고맙다고 인사하는데 옆에 있던 푸얼타이가 물었다.

"이분이 누굴 보고 기절한 건가요? 남자 같은데. 팔목에 세게 쥐인 자국이 있군요."

란니가 그를 흘겨보고는 쌀쌀맞게 대꾸했다.

"교수님과 상관없는 일이에요. 만나선 안 될 사람을 만났을 뿐이에요."

테이블로 돌아와 보니 황아투는 돌아가고 샤이옌은 테이블에 엎드려 횡설수설하고 있었다. 위빙은 샤이옌이 방금 전 아투가 억지로 권하는 술 석 잔을 마시고 정말로 염라대왕과 상견례를 하러 갔다고 했다.

웨이즈와 위빙은 샤이옌을 객실로 데려가 쉬게 하기로 했다. 푸얼타이는 그들이 샤이옌을 부축해 셔틀카에 오르는 것을 지켜보았다. 셔틀카 헤드라이트가 누르스름하게 전방을 비추었다. 웨이즈가 위빙에게 입맞춤하자 위빙이 한 떨기 들국화처럼 시원한 미소를 지었다.

코야오봉이 호수 바람을 막아주는 데다가 지구온난화 때문인지 코야오 연못가는 12월 말답지 않게 후텁지근했다. 푸얼타이는 녹색 트렌치코트를 벗어 옆에 있는 샌디워커 상자에 걸쳐놓았다. 웨이즈와 위빙은 돌아오지 않을 테니 자리 하나를 더 차지하고 편하게 앉았다.

바테이블에 무료로 제공하는 음식이 차려졌다. 야합화 수풀 앞에 긴 줄이 만들어졌다. 푸얼타이는 줄 앞으로 걸어가 바텐더에게 땅콩 한 접시를 달라고 해서 자리로 돌아왔다. 땅콩 껍질을 비벼 깐 뒤 입에 넣으며, 기름기로 번들거리는 입에 멧돼지 고기와 민물고기 구이를 밀어넣는 사람들을 관찰했다. 저우 교수님이 했던 말이 떠올랐다.

'그 탐욕스러운 사람들을 믿지 말게. 결국엔 아무도 새를 지키기 위해 굶으려 하지 않을 거야. 새들은 인간의 탐욕 때문에 멸종되지.'

미소가 달콤한 여자 진행자가 무대 위로 올라왔다. 그녀는 먼저 공연의 첫 무대로 캉티초등학교 학생들의 저음무*를 준비했으나 학생들에게 갑작스런 사정이 생겨 취소됐다는 아쉬운 소식을 전했다. 그 외에도 훌륭한 공연이 많이 준비되어 있다고 말한 뒤 바이웨이뒤 사장을 소개하며 관객들의 뜨거운 박수를 유도했다.

---

* 杵音舞. 여럿이 둥글게 서서 절굿공이 같은 방망이로 바닥을 두드리며 추는 춤.

"……캉티뉴쓰 호텔은 '최고의 서비스, 지역과의 상생'이라는 이념을 변함없이 지켜오고 있습니다. 캉티호의 아름다움과 현지 주민들의 친절함을 더 널리 알리기 위해 고품격 서비스를 제공하겠습니다. 한 해의 결실을 경축하는 이 자리에 이렇게 많은 분들이 함께해주셔서 기쁩니다. 특히 현장님, 관광처 장 처장님, 위생국 왕국장님께 진심으로 감사드립니다……."

푸얼타이는 혼자 땅콩을 씹으며 좁쌀술을 홀짝였다. 루샤오린을 떠올렸다. 큰 키에 붉은 머리를 흩날리고 다니던, 보물찾기 서클의 여학생이었다. 무슨 성니콜라스의 십자가를 찾는다며 교회 옆 감국화 수풀 속으로 기어 들어가던 그녀. 그때 그는 웨이즈가 그녀와 사귀는 건 불가능하다고 직감했다. 하지만 일이 그렇게 전개될 줄은 예상하지 못했다.

무대에서 공연이 시작됐다. 두 젊은이가 무대로 나왔다. 한 명은 키보드, 다른 한 명은 기타 겸 보컬이었다. 진행자는 그들이 무슨 오디션프로그램에서 몇 강까지 올랐던 이들이며 데뷔앨범을 준비하고 있다고 소개했다. 그들은 유행가 몇 곡을 부른 뒤 이야기를 시작했다. 그중 한 명이 내년에 군 입대*를 앞두고 있는데, 이백의 시를 모티프로 〈친구를 보내며〉라는 노래를 만들었다고 했다. 간단한 소개 후 노래를 부르기 시작했다.

난 믿어. 기억은 비단실 같다는 걸
우리 운명을 묶어 이어주리라는 걸
고갤 들어 드넓은 하늘을 봐

---

* 타이완의 징병제는 2018년 말에 폐지되었으며 지금은 4주 동안 군사 훈련만 받는다.

저건 우릴 위해 펼쳐진 끝없는 파랑

떠가는 구름은 떠나는 네 마음

지는 해는 오랜 친구인 내 사랑

손 흔들며 이곳을 떠나니

널 태운 말도 쓸쓸히 운다

손 흔들고 멀리 떠난 너를

여기서 기다릴게. 언제까지나

술기운이 오르자 푸얼타이는 열여덟 살 그해 남자기숙사 4동 221B호의 문을 처음 열었을 때를 떠올렸다. 먼저 와 있던 남학생이 그를 보자마자 자기소개를 했다.

"난 화웨이즈라고 해. 의예과. 수영팀과 기타 서클에 가입했어. 잘 부탁해!"

푸얼타이는 그의 옆을 지나 짐가방을 침대에 툭 던지며 중얼거렸다.

"말로만 듣던 선샤인보이*군. 뭘 그렇게 열심히 살아?"

그 선샤인보이가 벌써 전문의가 되어 결혼을 앞두고 있다. 미국으로 떠난다고……. 푸얼타이는 문득 입이 가벼운 저우 교수님이 원망스러웠다. 원래 스스로 털어놓으려고 했던 얘기지만 웨이즈가 먼저 말을 꺼내자 말문이 막혀버렸다.

결혼을 앞둔 남자는 자기 인생을 스쳐 간 여자들을 돌아보게 된다니…….

빌어먹을, 대체 누가 얘기한 거야?

---

* 항상 긍정적이고 활력이 넘치는 남자를 뜻함.

진행자가 카운트다운과 불꽃놀이를 예고할 때 푸얼타이는 이미 의식이 혼미했다(황아투의 말을 빌리자면, 염라대왕과 상견례를 하러 갔다). 음악은 계속 울려 퍼지고 바비큐 냄새는 더 진해졌다. 하늘을 수놓은 불꽃의 빛이 망막 위에서 폴짝폴짝 뛰어다녔다(눈을 감고 있는데도 빛이 보인다고?). 누군가의 목소리가 그의 귓구멍을 비집고 들어왔다. 남자 목소리였다.

"푸얼타이 교수? 하이, 괜찮아요?"

3

이튿날 새벽 6시 15분, 푸얼타이가 침대에서 몸을 일으켰다. 머리가 빠개질 듯 아프고 속이 메슥거리고 목이 탔다. 그는 외출복에 양말까지 신은 채 508호 객실에 누워 있었다. 트렌치코트는 소파에 걸쳐져 있고 그 옆에 샌디워커가 담긴 종이백이 놓여 있었다. 어젯밤 일을 떠올리려 하자 '떠가는 구름은 떠나는 네 마음, 지는 해는 오랜 친구인 내 사랑'의 선율이 저절로 귓가에 맴돌았다. 머릿속 무음 버튼을 누르고 다시 기억을 더듬었지만 아무것도 없는 공백이었다.

무의식적으로 옆자리를 더듬었다. 아무도 없었다. 누가 잤던 흔적도 없었다.

침대에서 내려와 세수를 하고 머리를 빗은 뒤 트렌치코트를 걸치고 밖으로 나갔다. 바로 옆 510호 객실 벨을 눌렀지만 아무 인기척도 없었다. 다시 길게 누르자 웨이즈가 새집 지은 머리로 문을 열더니 잔뜩 쉰 목소리로 짜증을 냈다.

"빌어먹을 푸얼타이, 제발. 겨우 6시라고!"

"조식 시간이야."

"조식은 6시 30분에 시작해!"

"그럼 호숫가에 산책하러 가든가."

"젠장. 혼자 가. 졸려 죽겠어."

푸얼타이가 코를 쿵쿵거렸다.

"어제 파티에 다시 안 오더라."

"장인어른 만취한 거 너도 봤잖아."

"장인어른 모셔다드린 뒤엔 뭘 했어?"

"너랑 상관없잖아……. 젠장, 굳이 들어올 것까진 없잖아! 위빙은 자기 방에서 자고 있어!" 웨이즈가 푸얼타이를 밀었다. "산책을 하든 아침을 먹든 혼자 해. 난 잘 거야. 내버려둬. 일어나서 연락할게. 어서."

웨이즈가 문을 쿵 닫았다.

그렇다면, 웨이즈는 아니다. 누굴까?

푸얼타이가 로비로 내려왔다. 평면도를 따라 호텔 남쪽 동에 있는 옆문으로 나왔다. '젠 스타일 가든'을 거쳐—중국소나무와 나한죽이 서 있는 뜰을 우회해 생뚱맞게 서 있는 동자승 석상 옆을 지나—절벽 끝으로 갔다. 그곳에 작은 정자가 있고 호숫가 산책로 입구라고 쓰여 있는 푯말이 있었다.

정자에 이미 사람이 있었다. 청바지에 까만 다운점퍼를 입은 단발머리 여자가 호수를 바라보고 서 있었다. 그녀가 손목시계를 보고 잠시 뒤 또 시계를 보다가 뒤에서 나는 발소리에 급하게 고개를 돌렸다. 푸얼타이는 아는 척도 하지 않고 절벽 끝에 서서 사방을 둘러보았다.

"산책로 입구는 저쪽이에요. 하지만 새벽에는 돌계단이 젖어 있으니 내려가지 않는 게 좋을 거예요."

여자의 목소리는 밋밋했지만 푸얼타이는 그녀가 어제 바이웨이 뒤와 란니가 약혼식 피로연에 들를 때 함께 왔던 호텔 직원이라는 걸 기억하고 있었다. 이름이 '커커'라고 했던 것 같았다. 이목구비는 백지처럼 나부죽하고, 귀밑까지 똑 떨어지는 단발머리를 한 그녀는 1960, 70년대 삐라에서 보았던 중국 공산당 여성 간부 같은 분위기를 풍겼다.

푸얼타이가 말했다.

"그런 안내문은 못 봤는데요."

"선의로 알려드리는 거예요."

"고맙습니다. 제 신발 밑창이 버텨줄 거예요."

"꼭 내려가시겠다면 저와 함께 내려가는 게 좋겠어요." 그녀의 목소리는 여전히 밋밋했지만 말투에서 약간의 짜증이 묻어났다.

"그럴 필요 없어요. 혼자 조용히 걷고……."

푸얼타이의 말이 끝나기도 전에 그녀가 돌계단으로 발을 내디디자 푸얼타이가 어깨를 으쓱였다. 그 순간 훅 끼치는 진한 향기에 자기도 모르게 가슴이 설렜다.

하늘이 희붐하게 밝아오고 호수는 바람 한 점 없이 잔잔했다. 진청색 수면이 LED 불빛 아래에서 느리게 느리게 물결쳤다. 물이 응고되어 손으로 떠올릴 수 있을 것 같은 착각이 들었다.

"쉬루이사許瑞莎 수녀님은 건강하세요?"

푸얼타이의 갑작스런 물음에 여자의 걸음이 우뚝 멈췄지만 고개를 돌리지 않았다.

푸얼타이가 말했다.

"거기서 강의를 한 적이 있어요. 성요안나수녀회에서 부엉이에 대한 강의를 했죠. 쉬 수녀님이 아이들을 대신해 제게 물으셨어요.

내가 기르는 부엉이가 흰색인지, 얼마 만에 한 번씩 편지를 보내는지. 그땐 그 질문들이 무엇을 의미하는지 몰랐죠……. 쉬 수녀님도 연세가 많아 건강이 좋지 않으실 텐데. 거기서 얼마나 계셨어요? 쉬 수녀님을 잘 아세요?"

그녀가 말없이 다시 계단을 내려갔다. 향기가 점점 짙어졌다. 푸얼타이는 갈증을 느꼈지만 자꾸 말하고 싶었다.

"전화해야 해요? 역시 전화가 낫겠죠? 휴대폰 갖고 있어요? 아니. 갖고 있겠죠. 이건 추리할 필요도 없죠. 외투 주머니 안에 있으니까. 내 생각엔 전화를 거는 게 제일 매너 있는 방법인 것 같아요. 그러지 않으면 그분은 당신이 내려온 줄도 모르고 위에서 당신을 계속 기다릴 테니까……. 아주 간단해요. 그분에게 당신이 산책로 중간까지 내려왔으니 여기로 내려와서 만나자고 하면 돼요. 아니면……."

여자가 걸음을 우뚝 멈추고 뭐라고 중얼거렸다.

"방금 뭐라고 했어요?" 푸얼타이가 앞으로 다가가 그녀의 시선을 따라 전방을 보았다.

산책로에 사람이 엎드려 있었다. 하반신은 호수에 잠기고 온몸은 진흙 범벅이었으며 등에서 흘러나온 핏자국이 선명했다.

"저, 저기…… 웨이둬?"

여자가 달려가 그를 살펴보다가 허공을 찢는 비명을 질렀다.

푸얼타이도 산책로 전방을 응시했지만 그는 다른 것에 시선을 빼앗겨 있었다. 그가 허리를 굽히고 조심스럽게 작은 녀석을 들어 올렸다.

아직 살아 있다. 하느님, 감사합니다.

소연회장 구석에 웨딩용 패널로 분리해놓은 공간이 있었다. 패널에 바른 붉은 벽지 위에 쌍희囍자가 크게 붙어 있고 양옆에 웨이즈와 위빙의 이름이 적혀 있었다.

"……그러니까 산책로 입구부터 시신이 발견된 지점까지 한 사람도 보지 못한 게 확실합니까?" 뤄위정 경관이 물었다.

푸얼타이가 나무상자의 네 귀퉁이에 핫팩을 조심스럽게 넣으며 고개를 끄덕였다. "확실해요."

"소리는요? 아무 소리도 못 들으셨나요? 중요한 단서가 될 수 있으니 잘 생각해보세요."

"쉬, 쉬, 조심……. 자, 얌전히 있어." 푸얼타이가 손바닥으로 받쳐 든 작은 물체를 상자 안에 넣고는 상자 밑에 깐 지푸라기와 나뭇가지를 조심스레 정리했다.

"푸 교수님?"

"못 들었어요. 아무 소리도 못 들었어요." 푸얼타이가 만사태평하게 대답했다.

"호수 위에는요?" 뤄 경관이 또 물었다. "당시 호수의 시야는 어땠습니까? 호수에 떠 있는 배는 없었습니까?"

푸얼타이가 스티로폼 도시락을 열고 핀셋으로 작은 날고기 조각을 집었다. "쉬, 쉬, 좀 먹어봐. 다행히 오늘 메뉴에 메추라기찜이 있더라. 안 그랬으면 너 딱딱하고 떫은 오리를 먹을 뻔했어……. 좋아. 조금 더 먹어. 옳지. 착하다."

옆에 앉아 있던 차이궈안이 일어나 나무상자를 집으려고 하자 푸얼타이가 그의 손을 눌렀다. "살인사건의 목격자예요……. 일급보호종이기도 하고요."

차이궈안이 손을 놓고 차갑게 말했다. "푸얼타이 교수님, 경찰의 신문에 조금도 긴장하지 않으시는군요."

푸얼타이가 어깨를 으쓱였다. "익숙해서요."

"북부 지국 동료들에게 교수님 얘기를 많이 들었습니다."

"지저분한 글자가 섞여 있었겠죠."

"음, 그 정도면 양호하죠. 제가 들은 제일 지저분한 묘사는 아마도 '고추를 입에 문 니미럴 자식'일 거예요. 유치원생의 동시처럼 순수하고 참신한 느낌이었죠." 차이궈안이 웃을 듯 말 듯한 표정을 지었다. "대부분은 긍정적인 얘기였어요. 명탐정 교수님이라고 하더군요. 관찰력과 추리력이 남다르시다고. 아무리 미궁에 빠진 사건도 교수님에겐 지하철에서 성추행범 잡는 것처럼 쉽다던데."

"성추행범 잡는 건 쉽지 않아요. 하지만 그 문제는 나중에 토론하기로 하죠……. 다른 평가에 대해선 대체로 만족해요. 내 관찰력과 추리력은 확실히 남다르죠." 푸얼타이가 또 날고기를 집어 나무 상자로 가져갔다. "형사 사건에서 난 항상 벌새의 날갯짓을 볼 수 있어요. 하지만 경찰들은 보잉777이 지나가도 보지 못하죠."

"재미있는 비유로군요. 고속카메라로 찍은 벌새를 텔레비전에서 본 적이 있습니다. 조금 큰 파리 같더군요. 전기파리채로도 때려잡을 수 있을 것처럼." 차이궈안이 말했다. "그런데 명탐정들은 어떻게 가는 곳마다 살인사건이 일어나는지 모르겠습니다. 교수님에게 경찰을 붙여서 따라다니게 하면 살인사건을 미리 막을 수 있을까요?"

"무림의 고수는 어느 객잔에 가든 또 다른 고수를 만나는 것과 같아요. 그러지 않으면 드라마가 나올 수 없으니까."

"겸손하시군요……. 하늘이 미제 사건을 해결하라는 큰 임무를 내리고 교수님을 보내준 건 아닐까요?"

푸얼타이가 들고 있던 핀셋을 내려놓고 빙그레 웃었다. "도움이 필요하면 단도직입적으로 말씀하세요. 나는 남을 돕길 좋아하는 성격이라 허심탄회하게 도움을 청하면 성의껏 협조해요."

"그게 아니라……."

"난 너무 분명한 사실은 반복하지 않아요. 시체가 발견됐을 당시 아직 온기가 남아 있었으므로 사망추정시각은 한 시간 이내예요. 총상이 아주 작고 총탄이 관통하지 않은 것으로 보아 먼 거리에서 쏜 것 같고, 호텔 1층과 2층에서 근무하고 있던 직원들이 총소리를 듣지 못했으니 소음기를 달았을 거예요. 전문 저격수가 치밀한 계획에 따라 범행을 저질렀다는 뜻이죠. 산책로 출입구는 남쪽과 북쪽 두 곳에만 있는데 출입구의 CCTV는 이미 조사해보셨겠지요. 호수에 배가 없었다는 것도 알고 있을 거고, 절벽 위에서 총을 쏘았을 가능성이 있는지도 이미 조사하셨겠지요. 여기서 더 진전이 없는 것 같군요. 그게 아니라면 지금 여기서 날 귀찮게 하고 있을 리 없죠. 이런 가능성을 모두 배제한다면 가능한 범행 수법은 두 가지뿐이에요. 첫째……."

"잠시만요……." 차이궈안이 검지를 자기 입술 앞에 가져다 댔다. "푸 교수님, 오해하셨나 봅니다. 방금 전 제 얘기는 도움을 요청하려는 게 아니었습니다."

"네? 아니라고요?"

"교수님이 타이베이에서 잘나가신다는 건 알고 있습니다. 참견 많은 성격을 좋아하는 사람들도 있죠. 교수님이 그들의 수고를 덜어주었을 테니까요……. 하지만 여긴 중부고, 이건 내 사건입니다!" 차이궈안이 탁자를 가볍게 쳤다. "나는 누가 내 사건에 참견하는 걸 아주 싫어합니다. 지방검찰서나 조사국은 그렇다 쳐도 교수님 같은 아마추어들은, 워워, 참아주시죠. 교수님은 그저 몇 가지 가설을 세워놓고 그중 하나가 얼어걸리면 온갖 미사여구와 함께 페이스북에 글을 올려 나는 천재고 경찰은 바보다. 벌새가 어떻고, 무슨 777이 어떻고……. 이런 거 숱하게 봤습니다."

푸얼타이가 말없이 핀셋을 들고 새에서 먹이 주기를 계속했다.

"하지만 교수님 말씀도 맞습니다. 지금 가장 큰 의문점은 범행 수법입니다. 범인이 어디에서 총을 쐈는지 모르겠습니다."

"괜찮으시다면, 제가 도와드……."

"안 괜찮으니, 도와주지 마세요!" 차이궈안이 푸얼타이의 신분 증을 돌려주었다. "협조해주셔서 감사합니다. 푸얼타이 선생님, 오늘은 여기까지 하죠. 돌아가셔도 됩니다. 댁으로 돌아가셔도 된다는 말씀입니다. 원칙적으로는 투숙객들이 호텔에 남아 조사에 협조해주길 바라지만…… 선생만은 예외입니다. 선생은 연락처를 남기고 댁으로 돌아가실 것을 권합니다. 빠르면 빠를수록 좋습니다. 댁에 가서 새를 보살피는 데 전념하세요."

푸얼타이가 아무 말도 하지 않고 나무상자를 번쩍 들고 밖으로 나가려다가 두 걸음을 내딛고는 고개를 돌려 말했다. "참, 안개가 끼긴 했지만 시야에 영향을 줄 정도는 아니었어요. 배도 없었고 호수 위에 아무것도 없었어요."

"뭐라고요?"

"방금 전 이 경관님의 질문에 대한 대답이에요." 푸얼타이가 뤄 위정을 가리켰다. "경민警民협력, 가족 같은 경민!"

화웨이즈, 샤이옌, 샤위빙 세 사람이 호텔 2층의 레스토랑 '양漾'에서 막 점심 식사를 마쳤을 때 푸얼타이가 한 손에 나무상자를 들고 다른 한 손에는 트렁크를 끌고 들어왔다. 샤이옌이 호들갑스럽게 말했다. "프로페서 푸, 짐은 왜 들고 와요?"

웨이즈가 덤덤하게 말했다. "아마 또 이상한 비유를 했을 겁니다. 올챙이와 잠수함이라든가."

"아냐." 푸얼타이가 트렁크를 내려놓았다. "이번엔 벌새와 보잉 777이었어."

"예상대로구나." 웨이즈가 커피 한 모금을 마셨다.

"이게 뭐예요? 만져봐도 돼요?" 위빙이 나무상자 안을 들여다보았다. 병아리만 한 아기새였다. 흰색 솜털 틈으로 회갈색 날개가 막 자라기 시작하고, 동그랗고 까만 눈동자로 상자 바깥의 기이한 생명체를 올려다보고 있었으며, 둥근 갈고리처럼 생긴 부리는 삼엄하게 경계하는 작은 첨병처럼 야무지게 다물어져 있었다.

"새끼 매예요. '아쿠'라고 이름 지어줬어요……." 푸얼타이의 말투가 온화했다. 그가 핀셋과 메추라기 고기를 위빙에게 건넸다. "먹이를 줘봐요. 이렇게 작은 고깃덩이를 집어서 입에 넣어주기만 하면 스스로 먹어요. 부리에 쪼이지 않게 조심해요."

위빙이 그가 시키는 대로 핀셋으로 고깃덩이를 집어 부리 안에 넣어주자 아쿠가 냉큼 삼키고는 더 달라는 듯 찍찍거렸다.

"어머나, 귀여워라. 집에 데려가서 키울 수 있어요?"

"조금 더 크면 귀여움은 사라지고, 2, 3주만 있으면 날 수 있어요. 기르려면 매일 수십 킬로미터는 쫓아다녀야 할 거예요……. 어느 곳에는 매를 사냥용으로 훈련시키는 전통이 있긴 하지만 타이완에서는 일급 보호종이라 기를 수 없어요." 푸얼타이가 진지하게 대답했다.

"프로페서 푸, 그래서 그 짐은 포 왓for what? 우리가 묵는 동안 호텔의 숙식비가 모두 공짜, 프리인걸." 샤이옌이 말했다. 그의 눈두

68

덩은 퉁퉁 붓고 안색은 창백했다. 샌디워커의 위력이 채 가시지 않은 듯했다.

푸얼타이가 자기 앞에 놓인 커피잔을 들어 단숨에 들이켰다. "여긴 제가 할 일이 없군요. 타이베이로 돌아가 이 작은 생명체를 돌봐줘야 해요."

"방금 전 웨이터에게 의문투성이 사건이라고 들었어요." 위빙이 말했다. "바이웨이둬가 절벽 아래 산책로에서 사망했는데 CCTV 영상에서 산책로로 내려가는 사람을 발견하지 못했다고……. 이런 건 푸얼타이 씨가 전문이잖아요? 수수께끼를 내버려두고 어딜 가요?"

푸얼타이가 또 웨이즈의 홍차를 가져다가 한 모금 마셨다. "틀렸어요. 친애하는 숙녀님, 내가 범죄를 연구하는 건 인류 사회에 대한 관심을 잃지 않기 위해서예요. 솔직히 말하면 정말 재미있어서 하는 건 아니에요. 차라리 여름 내내 습지에 엎드려 물떼새들의 구애춤을 관찰하는 게 훨씬 낫죠. 인간들의 무도장에 끼어들고 싶은 생각은 없어요. 하지만 어쨌든 나도 인간인 이상 이 사회에서 살아야 하잖아요. 그러니까 난 무슨 정의로운 사명감 따위로 여기 남아서 경찰, 기자, 단순한 호기심으로 기웃대는 구경꾼들에게 내 섬세한 추리를 반복해서 들려주고 싶지 않아요. 그러면 그들은 내게 부엉이 모자를 씌우거나 어깨에 까마귀를 올려놓고 함께 사진을 찍은 다음 그 사진을 인터넷에 올리고 조류 명탐정은 이 사건을 이렇게 저렇게 추리했다고 글을 쓰겠죠. 그러면 또 다른 머저리들이 튀어나와 '부엉이도 사건을 해결할 수 있다', '조류 셜록' 등의 기사와 평론을 발표할 거고요. 그런 일들은 인류 사회에 대한 내 관심을 사그라뜨릴 뿐만 아니라, 범죄를 연구하는 내 본래 취지와도 맞지 않아요. 결론은, 난 집에 돌아가겠다는 것."

"하지만 이건 당신들의 마지막 사건이잖아요."

"마지막 사건?"

"당신과 웨이즈가 함께 조사하는 마지막 사건이라고요." 위빙이 말했다. "설마 미국까지 웨이즈를 따라올 생각은 아니죠?"

푸얼타이와 웨이즈가 서로를 보았다.

마지막 사건이라고? 푸얼타이는 갑자기 뒤통수에서 추억을 촘촘히 땋은 머리가 자라나는 것 같은 묵직한 기분을 느꼈다.

"푸얼타이 교수님." 그때 백발이 성성한 한 남자가 그들의 테이블로 다가오더니 푸얼타이에게 손을 뻗으며 예의 바르게 말했다. "말레이시아 중국어뉴스그룹의 뉴스 본부장 마이관제麥冠傑라고 합니다. 명성은 익히 들었습니다."

푸얼타이가 손도 뻗지 않고 심드렁하게 대답했다. "타이완 언론은 정말 형편없군요. 이렇게 큰 사건이 발생했는데 말레이시아 기자보다도 늦게 오다니."

"저는 때마침 이 호텔의 초청으로 특집 기사에 대해 의논하러 왔다가 겸사겸사 연휴를 보내는 중이었습니다." 마이관제는 말레이시아 화교 억양이 진한 중국어를 구사했으며 지난 세기 영국 신사 같은 분위기가 풍겼다. "교수님의 기사는 많이 접했지만 이런 상황에서 만나게 될 줄은 몰랐습니다. 정말 끔찍한 살인사건이에요. 안 그래요?"

"이젠 익숙합니다." 푸얼타이가 말했다. "피곤해 보이는데 방에 가서 더 주무시는 게 좋겠습니다."

"나이가 들어선지 잠자리가 바뀌니 잠이 안 오는군요." 마이관제가 옆에 있는 다른 세 사람을 향해 물었다. "이분들은?"

"화웨이즈입니다. 의사이자 제 조수예요. 이 친구의 약혼녀 샤위 빙 씨 그리고 위빙 씨의 부친인 샤이옌 선생입니다."

마이관제가 세 사람과 공손하게 악수를 나눈 뒤 의자를 끌어다 가 푸얼타이 옆에 앉았다. "푸 교수님, 이 사건을 어떻게 생각하십니까?"

푸얼타이가 말했다. "아무 생각도 안 해요. 막 떠나려던 참이었어요."

마이관제가 의외라는 듯 놀랐다. "무슨 말씀이세요? 유명한 푸 교수께서 막 발생한 사건을 두고 떠나시다뇨?"

"저는 동물학자예요. 범죄 연구는 그저 취미일 뿐이죠. ……됐습니다. 긴 얘기 하고 싶지 않아요. 취재를 하려면 경찰에 직접 물어보세요. 만약 저에 대해 궁금하신 거라면, 죄송합니다. 전 관심이 없습니다."

"사건 얘기는 밀어두고, 술 얘기나 할까요?" 마이관제가 샌디워커가 든 쇼핑백을 가리켰다. "저도 타이완의 좁쌀술을 좋아합니다. 멧돼지 구이와 함께 마시면 궁합이 잘 맞죠. 사라왁에도 투악tuak이라는 쌀술이 있어요. 맛이 아주 비슷해요. 다음에 몇 병 가져다드리지요."

"이 사건은 저와 관련이 없다고 말씀드렸잖아요. 술을 먹여도 소용없어요. 이 술은 마음에 들면 가져가셔도 좋습니다. 마시지 말고 잘 두세요. 나중엔 로스앤젤레스에나 가야 살 수 있을 테니까요."

"그저 편하게 얘기나 나눕시다. 개인적인 생각 같은 거요. 말레이시아 독자들이 교수님께 관심이 많아요."

푸얼타이가 고개를 돌려 레스토랑 입구를 보았다. 두리번거리고 있는 뤄위정 경관을 보고 푸얼타이가 냉소했다. "한마디로…… 난 저들의 공문 체계가 또 무너졌다고 생각했어요." 그가 이렇게 말하며 마이관제 쪽으로 다시 고개를 돌렸다. "길게 얘기할 시간은 없어요. 사실 이건 아주 단순한 사건이에요. '범인은 황아투다'라고 쓰시면 됩니다."

그 자리에 있던 사람들이 깜짝 놀라 일제히 외쳤다. "뭐라고?!" "어떻게 그럴 수가?" "이유가 뭐요?" "황아투가 누굽니까?"

푸얼타이가 손을 내젓는데 어느새 성큼성큼 걸어와 그의 앞에 우뚝 선 뤄위정이 마뜩찮은 기색으로 툭 던지듯 말했다. "푸 교수님, 바이웨이둬 살인사건 조사에 협조해주시길 요청합니다."

4

차이궈안이 공문을 책상에 탁 내려놓으며 으르렁거리듯 말했다. "지방검찰서에서 도움을 요청할 줄 이미 알고 있었다고요?"

푸얼타이가 아쿠에게 먹이를 주며 말했다. "아침에 왕쿤잉 검사님과 함께 들어오시는 걸 봤어요. 다만 서류절차가 이렇게 오래 걸릴 줄은 몰랐죠. 시간 낭비하지 마세요. 산책로와 절벽에서 총을 쏘거나 배에서 총을 쏘았을 가능성을 배제한다면 두 가지 가능성이 남는다고 방금 말씀드렸잖아요⋯⋯."

"잠깐. 잠깐." 차이궈안이 말했다. "푸 교수님, 이 공문은 교수님을 조사에 '참여시키라는' 공문이지 조사를 '주도하게 하라는' 공문이 아닙니다. 그러니까⋯⋯ 그쪽 두 자리에 푸 교수님과 닥터 화가 앉으면 되겠군요. 새 먹이를 주든 꾸벅꾸벅 졸든 상관없습니다. 우린 지금 회의를 할 겁니다."

"질문은 해도 되겠죠? 먼저 손 들고 허락받을게요. 약속해요."

"왕쿤잉 검사님의 체면을 봐서 세 개만 받겠습니다."

"다섯 개."

"네 개. 더 이상의 흥정은 없습니다." 차이궈안이 외쳤다. "모두

들어와! 회의 시작!"

사건담당팀의 첫 번째 회의였다. 주요 목적은 각 수사관들이 조사한 자료를 취합해 정리하는 것이었다. 첫 번째 보고는 뤄위정이 했다. 그는 아마 이 이야기에서 가장 책임감이 투철한 캐릭터일 것이다. 살인사건 브리핑은 벌써 세 번째인데도 허리를 꼿꼿이 펴고 계엄 시기의 아나운서처럼 한 글자씩 또박또박 힘주어 발음하며 지금까지의 조사진행상황을 장황하게 늘어놓은 건 옥의 티지만.

현장감식 결과에서 새롭게 밝혀진 건 없었다. 법의학자의 부검 후에도 사망추정시각이 오늘 새벽 5시 30분경이라는 판단은 유지됐다. 피살자의 폐와 복부에 물이 차고, 그 물에 섞인 조류藻類, 손톱 밑에 낀 진흙, 수초 부스러기 등이 발견됐다. 이로써 피살자가 호숫가의 수심이 낮은 곳을 기어 산책로로 반쯤 올라간 뒤 사망했음이 재확인되었다. 이 외에는 피살자의 시신이나 사망 현장에서 다른 의미 있는 물증이 발견되지 않았다.

경찰이 산책로 양쪽 출입구에 설치된 CCTV 영상을 확대해 조사해본 결과, 어젯밤 산책로를 마지막으로 떠난 사람은 중국 동북부에서 온 중년 부인 네 명이었다. 그들은 밤 10시 31분 남측 정자를 통해 산책로를 벗어난 뒤 산을 내려와 송년파티에 참석했다. 그들은 바이웨이둬의 이름을 알지 못했으며, LED조명이 산책로를 환하게 비추었고 자기들 외에 다른 사람은 보지 못했다고 했다. 그들은 큰맘 먹고 온 타이완 여행에서 살인사건을 마주쳤다는 사실에 무척 찝찝해했다.

CCTV 영상에서 그녀들 다음으로 등장한 사람은 바이웨이둬였다. 새벽 5시 3분, 그는 북측 주차장 입구에서 간단히 몸을 푼 뒤 돌계단을 뛰어 내려갔다. 그다음이 바로 푸얼타이와 장커커張可可로 그들은 6시 20분 남측 정자 출입구를 통해 내려갔다.

양쪽 CCTV 모두 출입구에서 조금 떨어진 거리에 있어서 사각지대는 존재하지 않았다.

경찰은 범인이 배를 이용해 범행했을 가능성을 염두에 두고 캉티호 관리소의 당직근무자에게 재차 확인했다. 하지만 어젯밤 10시부터 오늘 아침 7시 사이에 호수에 배가 한 척도 없었고, 호숫가에 있는 나루터마다 CCTV가 설치돼 있어 허점이 있을 리 없다는 대답이 돌아왔다.

마지막 가능성은 절벽 위에서 총을 쏜 것이다. 코야오봉의 절벽 높이는 약 60미터로 사정거리 내에 있기는 하지만 왕 검사에게 이미 보고한 내용처럼 절벽에 울퉁불퉁하게 바위가 솟아 있고 관목 수풀도 있어서 절벽 위에서는 피살자가 총에 맞은 위치를 볼 수 없다. 총탄이 커브를 틀어 날아가지 않는 한, 범인의 사격 실력이 아무리 뛰어나도 피살자를 명중시키는 건 불가능했다.

이밖에도 호텔 경비요원, 프런트 데스크 및 2층 레스토랑 아침 근무조 직원들 모두 총성을 듣지 못했고, 수상한 사람도 보지 못했다고 했다. 호텔 1층 곳곳에 설치된 CCTV 영상에서도 수상한 점이 발견되지 않았다.

현장에 있던 유일한 단서는 피살자의 몸속에 남아 있던 총탄이었다.

감식반 요원이 빔프로젝터를 켜자 여러 각도에서 찍은 총탄 사진이 화면에 나타났다. 감식 결과, 6.5×50mm 첨두형 아리사카 총탄은 일본에서 1934년 이후에 생산된 것으로 일본제 38식 소총, 44식 소총, 11식 경기관총에 사용됐다. 피살자의 몸에 난 총상의 직경이 작고 상처 주위에 화약의 흔적이 없으며, 총탄이 몸을 관통하지 못한 것으로 보아 사격 거리가 30미터 이상인 것으로 추정되며, 총상이 원형으로 나 있으므로 탄도가 수평이거나 수평에 가까웠을 가능성이 컸다.

"일제강점기에 38식과 44식 소총은 산악지대 경찰이 사용하던 총이었습니다. 해방 후 일본군이 돌아간 뒤 대량의 총이 원주민의 소유가 되어 엽총으로 개조되었습니다. 여기 사진 몇 장 보이시죠. 이렇게 일본 황실의 국화 문양이 새겨져 있습니다. 사진이 몇 장 더 있습니다. 이렇게, 일본 황실 국화 문양을 깎아버리고 총신이나 개머리판에 토템 문양을 새겨넣는 겁니다……. 이런 총이 너무 많고 단속도 허술했습니다. 1990년대 들어서 합법화되어 원주민은 1인당 총 두 자루와 총알 60알을 등록할 수 있게 되었습니다." 감식반 경관이 자료 한 뭉치를 꺼냈다. "캉티호 지역에서 등록된 총 112자루의 등록 자료입니다. 근방의 다른 지역까지 확대하면 총 432자루입니다."

뒤이어 관계자 조사였다. 바이웨이둬의 신상 자료는 초기 보고서에 포함되어 검사에게 전달됐다. 나이 50세, 자수성가, 건축업으로 돈을 벌어 호텔업에 진출했음. 부지런하고 정상적인 생활을 했으며 원한을 산 적도 없음.

바이웨이둬의 아내 란니, 42세, 중부 지역 부동산 재벌 란후안藍虎安의 무남독녀. 젊은 시절 '란공주'로 불렸다. 그런 그녀와 가진 것 없는 바이웨이둬의 결혼이 큰 화제가 된 바 있다. 바이웨이둬의 사업 성공은 전적으로 처가 덕분이었다. 특히 란후안이 뉴질랜드로 이민 간 뒤 란씨 집안의 타이완 사업은 대부분 이들 부부가 넘겨받았다. 란니는 현재 캉티뉴쓰 호텔 총지배인이자 웨이둬건설, 웨이둬실업개발 등 관계 기업의 이사 또는 감사로 있다.

란니는 12월 31일 아침 8시 바이웨이뒈와 함께 사무실로 출근했으며, 낮에 간단한 점심을 먹고 함께 연회장에 가서 약혼하는 커플을 축하해주었고, 그 뒤로는 각자의 일을 보았다. 바이웨이뒈는 프레지던트룸에 투숙한 VIP에게 인사를 하러 가고, 그녀는 고객의 컴플레인을 처리한 뒤 제야를 함께 보낼 친구를 데리러 차를 몰고 산을 내려갔다. 그녀가 호텔에 돌아온 시각은 저녁 7시경이었으며, 친구에게 호텔을 구경시켜준 뒤 송년파티에 참석했다가 새해 카운트다운이 끝난 뒤에 바이웨이뒈와 귀가했다.

그녀와 친구는 밤새도록 얘기를 나누었고 새벽 5시에 바이웨이뒈가 트레이닝복 차림으로 조깅을 하러 나갔다. 그녀는 창가에 서서 그가 산책로로 내려가는 것을 보았으며, 그것이 남편의 마지막 모습이 될 줄은 상상도 하지 못했다.

란니의 증언에 따르면, 바이웨이뒈는 매일 새벽 조깅을 했다. 날씨가 맑든 비가 오든 새벽 5시에 호숫가 산책로를 따라 한 시간 동안 달렸다. 어젯밤 늦도록 송년파티에 참석한 오늘 새벽도 예외가 아니었다.

두 사람의 결혼에 대해 묻자 그녀는 바이웨이뒈에게 첫눈에 반해 그와 결혼하기로 결심했다고 했다. 란후안도 외동딸의 고집을 꺾지 못해 하는 수 없이 사위에게 전폭적인 경제적 지원을 해주었다. 결혼 후 부부가 함께 노력해(물론 부유층이 정의하는 종류의 노력이다) 서서히 웨이뒈그룹을 일궈냈다. 두 사람의 생활은 비교적 단순했다. 사업을 하면서 크고 작은 분쟁을 피할 수는 없었지만 누구에게 큰 원한을 산 일은 없었다.

단발머리 직원 장커커도 참고인 조사를 받았다. 그녀는 3년 전부터 이 호텔에서 일했고, 작년에 '사장 및 지배인 특별비서'로 승

진해 바이웨이뒤와 란니 두 사람의 일을 수족처럼 도맡아 처리하고 있었다. 그녀는 시신을 발견하고 큰 충격에 휩싸인 듯했다. 조사 과정에서 주체하지 못하고 울음을 터뜨렸다. 그녀는 호텔의 직원숙소에 살고 있었다. 12월 31일 당일 아침 8시에 사무실에 출근했으며, 점심 식사 후 사장, 총지배인과 함께 연회장에 가서 화웨이즈와 란니의 약혼을 축하해주고 고객의 컴플레인이 있다는 프런트의 연락을 받고 란니와 함께 가서 처리했다. 오후에는 사무실에서 송년파티에 관한 일을 처리하고, 저녁에는 송년파티에 참석했으며, 새해 카운트다운이 끝난 뒤 숙소로 돌아와 잠자리에 들었다. 오늘 아침 잠이 오지 않아 맑은 공기를 쐬러 호숫가 산책로로 가던 중 녹색 윈드재킷을 입은 이상한 사람과 마주쳤고 산책로로 내려갔다가 시신을 발견했다. 그 전후로 다른 사람은 보지 못했고 아무 소리도 듣지 못했으며 호수에 배도 없었다고 진술했다.

바이웨이뒤의 성격에 대해 장커커는 그가 점잖고 신중하며 정석대로 일을 처리하는 사람이었다고 말했다. 무슨 일이든 규정에 맞게 차근차근 진행하고 비용이 많이 들더라도 편법은 쓰지 않으며, 직원들에게 너그러워 그의 직원들 중 10년 넘게 근속하는 사람이 많았다. 호텔 개발을 추진하던 단계에 우여곡절이 있었다고 들었지만 근래 몇 년 동안 호텔이 안정적인 궤도에 올라 매년 흑자를 내고 있었고 자금도 충분했다. 그래서 그녀는 원한이 얽힌 보복 범죄는 아닐 거라고 했다.

그녀는 총지배인 란니를 무척 매력적인 리더라고 평가했다. 시원스런 성격에 때로는 과감한 돌파력을 발휘해 신중한 바이웨이뒤의 부족한 면을 보완해주었다. 그들 부부의 사생활에 관해서는 모범적인 부부였으며 아이가 없어서 늘 연인 같았다고 했다. 한번은 바이웨이둬의 부탁으로 루프톱에서 촛불을 켜놓고 두 사람만의 저녁 식사를 하는 이벤트를 준비해주었는데, 바이웨이둬가 란니를 에스코트해 의자에 앉히는 모습을 보고 젊은 여성 직원들이 모두 반했었다는 얘기도 했다.

경찰은 또 바이웨이둬와 오래 일한 임원 몇 명도 신문했다. 그들의 증언도 장커커와 다르지 않았다. 웨이둬건설 영업부사장은 바이웨이둬가 란니와의 결혼으로 커다란 비빌 언덕을 얻은 건 사실이지만 란씨 집안의 후광만큼이나 스트레스도 컸다고 했다. 그래서 한동안 바이웨이둬가 우울해하는 것 같았고 최근 조깅을 시작하고 건강이 좋아지고 표정도 많이 밝아졌다고 했다.

마지막 신문 상대는 푸얼타이였다. 그의 증언은 조금도 도움이 되지 않았다. 그가 처음부터 끝까지 산책로에서 주운 새를 보살피느라 딴전을 피웠기 때문이다.

푸얼타이가 나무상자를 흔들어 보였다. "이 녀석은 평범한 새가 아니에요. 살인 현장의 유일한 생존자이자 일급 보호종이라니까요."

뤄위정 경관이 몇 시간의 현장감식을 실시한 뒤 내린 결론은 바이웨이둬 피격 사건은 범인의 범행수법이 불분명하고 동기도 추가 조사가 필요하다는 것이었다.

웨이즈가 나직이 말했다. "무슨 결론이 그래? 결론이 없는 것과 다를 게 없잖아." 푸얼타이가 낄낄거렸다.

차이궈안이 두 사람을 흘겨보았다. "산정, 자네가 하게."

땅딸막하고 통통한 체구의 마오산정毛善政이 앞으로 나섰다. "이건 우리가 바이웨이둬의 신상자료를 조사하다가 발견한 겁니다. '코야오서 가스 폭발 사고'. 모두 기억하실 겁니다……. 이 자료를 전달해주세요."

작성 시기가 1999년 5월인 조사보고서였다. 웨이즈가 보고서를 받아들고 푸얼타이를 보았다.

"코야오서는 캉티호 지역에 위치한 원주민 마을로 산자락 아래 코야오 연못 옆 평평한 들판에 자리 잡고 있습니다. 인구는 약 450명이고, 수백 년 전부터 이곳에 거주해왔습니다. 1997년 행정원이 코야오 연못에서 코야오봉에 이르는 토지를 코야오서의 전속 보호구역으로 지정했습니다. 1999년 5월 10일 새벽 1시경 코야오 연못 옆 가스공장에서 가스 폭발이 발생해 사망 6명, 부상 28명의 인명피해를 내고 가옥 35채가 전소됐습니다."

마오 경관이 모두를 둘러보며 계속 말했다. "자료에 따르면, 바이웨이뒤가 1999년 1월 현정부에 캉티뉴쓰 호텔 개발 허가를 신청하자 코야오서 주민들이 강하게 반대했습니다. 구야오원 목사가 '캉티호 환경보호연맹'을 조직해 웨이뒤 기업에 맞서 투쟁했는데, 반대가 최고조에 달하며 코야오서가 있는 산 전체를 봉쇄하고 외부인 출입을 금지했습니다. 산을 봉쇄한 지 일주일째 됐을 때 가스 폭발 사고가 발생했습니다. 폭발 사고가 일어난 가스공장이 교회 바로 뒤에 있었기 때문에 구 목사 부부가 두 아들과 함께 그 자리에서 사망했으며 집의 절반이 파손됐습니다. 그리고 그해 말 캉티뉴쓰 호텔 개발계획이 통과됐습니다."

"가스 폭발이 고의적인 사고였나요?" 한 경찰이 물었다.

마오 경관이 대답했다. "당시에는 고의적인 폭발의 증거가 없었으므로 단순 폭발 사고로 판단했습니다."

현장에 있는 경찰들이 서로 귀에 대고 쑤군거렸다. 뭔가 미심쩍지만 심증만 있을 뿐 물증이 없는 상황은 아주 흔하다.

차이궈안이 말했다. "고의로 일으킨 폭발이었는지 아니었는지는 중요하지 않아. 중요한 건 바이웨이뒤를 살해한 범인이 그걸 인위적인 폭발이라고 믿고 있다는 거지."

"선배님은 그게 살해 동기라고 생각하세요?" 뤄위정이 말했다.

"범인은 오래된 엽총을 사용했어. 마을이 자리 잡고 있는 땅에서 그것도 새해 첫날을 골라서……. 한번 조사해볼 만하다고 생각하지 않나?"

경찰들이 고개를 끄덕이자 차이궈안이 말했다. "산정, 샤오둥小東은 가스 폭발 사고 당시 코야오서의 주민 명부와 엽총 등록 리스트를 대조해봐. 십중팔구 그중에서 동기도 있고 총도 있는 사람이 범인일 거야. 위정, 현장 조사를 계속해. 최대한 모든 방문객을 신문하고. 아쥔阿軍, 바이웨이뒤의 과거 자료를 더 많이 수집해. 필요하다면 조사국에 협조를 요청해. 그 외에는 모두 하던 일을 계속하고. 질문 있나?"

경찰들이 일제히 말했다. "없습니다!"

"그럼 회의는 여기까지. 우린……."

"실례지만, 잠깐만요……." 경관들이 일제히 고개를 돌려 시선이 향한 곳에 푸얼타이가 있었다. 푸얼타이가 손을 들고 말했다. "차이 경관님, 질문 있습니다."

차이궈안이 냉소를 지었다. "지금까지 질문하지 않고 참으신 것이 놀랍군요."

"범행 수법은 조사하지 않으십니까?"

차이궈안이 말했다. "그 문제에 긴 시간을 쏟을 필요 없어요. 범행 수법에 대한 의문은 용의자를 잡으면 저절로 해결되니까."

푸얼타이가 말했다. "제가 범행 수법에 관한 의문을 풀 수 있다면요?"

차이궈안이 말했다. "질문을 하라고 했지 의견을 말해도 된다고 하지는 않았습니다만…… 좋습니다. 말씀해보시죠."

"산책로로 내려간 사람이 바이웨이둬가 아닐 수도 있습니다."

경관들이 술렁였지만 푸얼타이는 개의치 않고 말을 이었다. "여러분은 '산책로'를 '밀실'로 생각하는 것 같습니다. 그래서 범인이 어떻게 밀실에 들어갔는지, 또는 어떻게 밀실을 만들었는지에만 초점을 맞추고 있어요. 여러분이 생각하는 세 가지 방법, 즉, 돌계단으로 내려가거나 배를 타거나 절벽 위에서 총을 쏜 것은 모두 이 밀실 방정식의 해^解이지만, 완전한 해는 아닙니다. 우리는 여기서 한 가지 사실을 염두에 두어야 합니다. 산책로가 절벽 아래 호숫가에 있어서 출입할 수 있는 방법이 국한적이기는 하지만, 그래도 역시 산책로는 개방된 공간이라는 점이죠. 물리적인 이동을 가로막는 벽이나 지붕이 없으니 출입할 수 있는 방법은 아주 많습니다. 출입하는 주체가 '사람'이 아니라고 가정한다면 가능성은 더 많아지고요.

따라서 바이웨이둬가 산책로에서 총을 맞은 것이 아니라 산책로 이외의 다른 곳에서 총을 맞았지만 숨이 끊어지지 않았고, 범인이 총상을 입은 그를 로프에 묶어 절벽에서부터 호수로 내려보냈을 수 있습니다. ……물에 던진 것이 아니라 내려놓은 거죠. 60미터 높이의 절벽에서 떨어뜨리면 호수에 빠져도 몸에 타박상이 생길 수밖에 없습니다. 물에 빠진 바이웨이둬가 고통을 참으며 간신히 산책로로 기어 올라왔지만 결국 숨을 거둔 거죠. 그런 다음 범인이 바이웨이둬의 트레이닝재킷을 입고 바이웨이둬로 위장한 뒤 적당한 시점에 CCTV 앞을 지나감으로써 알리바이를 만든 겁니다.

CCTV 화면 속에서 트레이닝재킷을 입은 '바이웨이뒈'는 정면이 보이지 않고, 산책로에서 발견된 그의 시신은 재킷을 입지 않고 있었다는 점에 주목하세요."

뤄위정이 말했다. "재킷은 바이웨이뒈가 조깅을 하다가 벗었거나 물에 빠질 때 물살에 쓸려 벗겨졌을 수도 있습니다. ……게다가 5시 3분에 산책로로 내려간 사람이 범인이라면 그는 어떻게 시신이 발견되기 전에 산책로를 벗어났을까요?"

푸얼타이가 손가락 세 개를 펼쳐 보였다. "최소한 세 가지 가능성이 있습니다."

"잠깐." 차이궈안이 그의 말을 잘랐다. "교수님이 어떻게 유명해졌는지 이제야 알겠군요. 교수님의 생각은 아주 창의적입니다. 일리도 있고요. 하지만 안타깝게도 사실에 부합하지 않아요. ……그가 집을 나선 뒤 산책로로 내려가는 걸 피살자의 부인이 직접 봤다는 걸 잊으셨습니까?"

푸얼타이가 차분하게 대꾸했다. "그건 부인의 말이 사실일 때 가능하죠."

"부인이 거짓말을 하고 있다는 말씀인가요?"

"남편이 죽은 뒤 부인이 거짓말을 한다는 건 경찰들이 기본적으로 세우는 가설이라고 알고 있습니다만?"

차이궈안이 차갑게 웃었다. "재미있군요. 하지만 부인의 말은 거짓이 아닙니다. 바이웨이뒈가 산책로로 내려가는 걸 목격한 사람이 또 있습니다."

바이웨이뒈가 산책로로 내려가는 걸 본 또 다른 목격자는 란니의 친구 거레이였다. 어젯밤 송년파티에서 기절했던 바로 그 여인이다. 그녀는 란니의 고등학교 동창으로 어느 정도 이름이 난 변호사다. 란니의 초대를 받아 새해 연휴를 보내러 호텔에 온 것이었다. 거레이는 파티에서 기절하는 바람에 예정보다 일찍 란니의 집('1호 기숙사')에 가서 휴식을 취하다가 란니와 거실에 앉아 졸음을 쫓으며 밤새 얘기를 나누었으며, 바이웨이둬는 침실에서 잠을 잤다고 했다. 새벽 5시가 되자 바이웨이둬가 트레이닝재킷을 입고 집을 나서는 걸 직접 보았고, 란니와 창가에 앉아 그가 산책로로 내려가는 것을 본 뒤 쏟아지는 졸음을 더는 참지 못해 자러 들어갔다고 했다.

차이궈안이 말했다. "5시에도 바이웨이둬는 멀쩡히 살아서 두 여성 앞을 지나갔습니다. 범인이 3분 만에 그를 총으로 쏜 뒤 로프에 매달아 산책로로 내려보낸 다음 그로 위장하고 산책로로 내려가는 건 불가능합니다."

"만약 공범이 있다면……."

"역시 불가능합니다!" 차이궈안이 말했다. "핵심 증거는 산책로에서 발견된 혈흔입니다. 총격을 당하는 순간 뿜어져 나온 혈흔이 있었습니다. 따라서 총격을 당한 곳은 산책로가 확실합니다. 다른 곳일 수 없습니다!"

푸얼타이가 말없이 손가락으로 턱을 만지작거렸다.

"오늘 회의는 여기까지 합시다. 모두들……."

"아뇨. 아직 제 얘기가 안 끝났습니다." 모두의 고개가 돌아가고 손을 들고 있는 푸얼타이에게로 시선이 쏠렸다.

차이궈안의 목소리가 한 톤 올라갔다. "미안합니다, 푸 교수님. 이미 질문 네 개를 다 채우셨습니다. 저희는 교수님의 이상주의에 장단을 맞춰드릴 시간이 없습니다……."

푸얼타이가 몸을 꼿꼿이 펴고 천천히 말했다. "범인의 수법에 두 가지 가능성이 있다고 말씀드렸죠. 방금 전 그중 한 가지가 배제됐으니, 이제 정답이 나왔군요."

5

캉티뉴쓰 호텔 건물의 'ㅅ'자 형태와 절벽이 만들어낸 삼각형 형태의 야외 테라스에 풀장과 노천카페가 있었다. 절벽 가장자리를 따라 심어놓은 키 작은 나무와 스테인리스 난간을 넘으면 근 20층 높이의 깎아지른 듯한 절벽이었다.

푸얼타이 일행은 풀장 주위에 앉거나 선 채 흩어져 난간에 묶인 로프를 주시하고 있었다.

"찾았습니다!" 뤄위정이 무전기를 들고 흥분한 목소리로 외쳤다. 그는 난간에 기댄 채 아래를 내려다보았지만 절벽 곳곳에 있는 바위와 나무들이 시야를 가려 소방대원이 하강한 지점이 보이지 않았다.

"움푹 파인 곳이 있고…… 새 둥지군요. 사람이 밟은 흔적이 있다고요? 나뭇잎에는 화약이 묻어 있고요? ……오케이, 좋습니다! 우선 사진을 전송해주세요. 지금 즉시…….."

소방대원이 발견한 곳은 호수면에서 약 15미터 높이의 절벽이었다. 그곳에 발코니처럼 안으로 움푹 들어가고 바닥이 평평한 자리가 있는데 밖에서는 나무에 가려 잘 보이지 않았다. 넓이는 약

1제곱미터로 한 사람이 딱 들어갈 정도였으며, 그 속에 빈 둥지가 있었다. 깃털이 흩어져 있고 바닥에 먼지를 쓸어낸 흔적이 있었다.

경찰들이 약속이나 한 듯 일제히 분주해지기 시작했다. 너무 바빠서 말 한마디 할 시간도 없을 정도였다. 뤄위정은 계속 무전기를 향해 외치고, 차이궈안은 호텔로 달려 들어가 어젯밤 야간근무 직원을 찾아오라고 외쳤다. 모든 경찰이 암묵적으로 푸얼타이 쪽으로 눈길을 돌리지 않았다. 눈만 마주쳐도 뭔가를 빼앗길까 봐 두려워하는 듯했다.

"어메이징! 프로페서 푸, 역시 명탐정다워요! 교수를 보는 폴리스들의 눈빛이 귀신을 만난 것 같군!" 목소리의 주인공은 샤이옌이었다. 웨이즈가 이미 전 과정을 그와 위빙에게 얘기해준 뒤였다.

"별거 아닙니다, 이언. 경찰은 상상력이 부족하죠. 그들은 누가 지나간 구불구불한 오솔길에서 식빵 부스러기를 찾아다니면서 바로 옆 고속도로의 표지판은 보질 못한답니다." 푸얼타이가 마티니를 들고 비치체어에 누운 채 말했다.

"흠…….. 그런데 절벽에 하이드^{hide}할 수 있는 공간이 있다는 건 어떻게 알았지?"

푸얼타이가 윈드재킷의 앞자락을 열어 깃털을 움츠려 체온을 유지하고 있는 아쿠를 보여주며 말했다. "이 녀석이 알려줬지요."

"이 터키가?"

"이건 매, 그러니까 팰컨이에요!" 푸얼타이가 윈드재킷을 다시 여몄다. "이 녀석이 목격자라고 말씀드렸잖습니까. 살인사건 현장에서 유일하게 살아남은 생존자이기도 하고요. ……하지만 추위에 약한 녀석에게 지금 바람은 너무 세군요."

샤이옌과 딸은 서로 얼굴만 쳐다보았고, 웨이즈는 옆에서 말없이 나무상자의 핫팩을 새것으로 갈아주었다.

"코야오의 뜻에 대해서는 웨이즈에게 들으셨죠? 캉티호 옆 절벽이 매가 이동할 때 둥지를 짓는 지점입니다. 둥지는 대부분 높고 평평한 곳에 지으니까, 절벽면에서 움푹 들어간 곳이 이상적인 조건이죠. 오늘 아침 산책로에서 새끼 매를 발견한 순간 절벽에 몸을 숨길 곳이 있음을 직감했습니다.

새끼 매가 둥지 밖으로 떨어진 원인은 몇 가지 가능성이 있어요. 어미새가 병약한 새끼를 일부러 내치기도 하지만 아쿠는 충분히 크고 건강하니 그렇진 않을 거고, 또 아기새가 비행 연습을 하다가 떨어질 때가 있지만 아쿠는 아직 너무 작으니 그 가능성도 탈락. 그렇다면 세 번째 가능성이 답이겠죠. 다른 생명체에 의해 던져졌다.

아쿠의 정수리에 있는 깃털 하나가 제 시선을 끌었습니다. 잡아당겨서 끊어진 듯한데 끊어진 면이 납작한 걸로 보아 누가 밟았거나 잡아 비튼 것 같았죠. 그래서 아쿠가 누군가에 의해 절벽 아래로 내던져졌다고 판단했습니다. 그렇다면 두 가지 가능성이 있겠죠. 첫째, 어떤 물체(가령 사람 시신이랄까)가 절벽에 매달린 채 내려올 때 휩쓸려 떨어졌을 수 있고, 둘째, 누군가 로프를 타고 내려와 일부러 던졌을 수 있습니다. 첫 번째 가능성이 배제되면 자연히 두 번째 가능성이 정답이겠죠." 푸얼타이가 아쿠의 머리를 쓰다듬자 아쿠가 기분 좋은 듯 게슴츠레하게 눈을 떴다.

"아기새의 부모는 어디 있어요?" 위빙이 물었다.

"죽었을 거예요." 푸얼타이가 마티니를 한 모금 홀짝였다. "보통은 암컷과 수컷이 번갈아 아기새를 돌보고 외부침입자를 공격하죠. 범인이 사나운 매 두 마리의 공격에 대응하면서 바이웨이둬를 조준하는 건 불가능해요. 아마도 범인은 진즉에 이곳을 발견하고 절벽에서 내려가기 전에 미리 독을 바른 먹이로 암컷과 수컷을 죽였을 거예요. 그런 다음 절벽을 내려갔다가 둥지에 남아 있던 아기 새를 발견하고는 놀라서 허둥지둥 붙잡아 절벽 밑으로 차버린 겁니다."

"아쿠라는 이름처럼 씁쓸한 운명이네요. 태어나자마자 고아가 됐잖아요."

푸얼타이가 품에서 아쿠를 꺼내 웨이즈가 새 핫팩을 넣어준 나무상자에 넣고 고기를 먹여주었다. 아쿠가 성긴 날개깃털을 파닥거리며 만족스러운 듯 머리를 양옆으로 흔들었다.

"몇 주만 더 있으면 날 수 있을 거예요……. 생후 40일 된 아성조*는 멋지게 날아오를 수 있어요. 이 녀석이 나는 걸 꼭 보세요. 날개를 쫙 펴고 하늘에서 빙빙 돌다가 날개를 접고 땅을 향해 내리꽂죠. 비행하는 자태가 이보다 더 아름다운 새는 보지 못했어요." 푸얼타이가 아쿠의 머리를 쓰다듬었다. "코야오가 정말로 남아 있을 줄이야……."

차이궈안이 다시 돌아와 의자를 끌어다 놓고 앉았다. 그의 표정이 무척 복잡했다. 한참 뒤 그가 입을 열었다. "고맙…… 푸 교수님, 감식반 요원들이 지금 막 내려갔는데……."

"뭐라고요? 처음에 뭐라고 하셨죠?"

"고.맙.습.니.다!" 차이궈안이 한 글자씩 힘주어 말했다. "여기서 말씀하시겠습니까, 아니면 안으로 들어가시겠습니다?"

푸얼타이가 로비 쪽을 보았다. 몰려들어 기다리고 있는 기자들

---

* 亞成鳥. 완전한 성조가 되기 전의 새.

틈에서 마이관제의 백발이 보였다.

"여기서 얘기할게요."

"좋습니다." 차이궈안이 말했다. "감식반 요원들이 절벽을 타고 내려갔지만 아무것도 발견하지 못했습니다. 절벽 난간에서 로프에 쓸린 흔적을 찾아 증거를 채취하는 중입니다. 현 상황에서…… 이제 우리가 해야 할 건 뭡니까?"

푸얼타이가 말했다. "저 안에서 한참 동안 있다 나오셨는데, 어떻게 해야 할지 다 알고 계셔야 하는 거 아닌가요?"

차이궈안이 고개를 끄덕였다. "이 야외 테라스가 호텔 로비 밖에 있으니 범인이 이곳을 통해 절벽으로 내려갔다면 반드시 로비를 가로질러 나갔을 겁니다. 로비에 CCTV도 있고 직원이 24시간 근무합니다."

"CCTV 영상을 다시 돌려볼까요?" 옆에 있던 뤄위정 경관이 물었다.

"아니. 위정, 로비에 있는 CCTV 석 대가 모두 프런트 쪽을 찍고 있어서 쉽게 피할 수 있어. 그보다는 프런트 직원들의 눈이 더 중요해. 오늘 아침에 어젯밤 야간근무를 한 직원들에게 물었고 방금 다시 한번 확인했지만 수상한 사람은 보지 못했다는군. 이상하지 않아?"

뤄위정이 뒤통수를 긁적였다. "범인이 일반 투숙객과 함께 다녀서 주의를 끌지 않았던 걸까요?"

차이궈안이 고개를 저었다. "이런 수법으로 살인을 하려면 총신이 최소한 90센티미터는 돼야 하고 소음기와 야간투시경도 있어야 해. 또 이거, 로프, 등산로프도 있어야 하고 비상용으로 5, 60미터 길이의 로프가 하나 더 있어야지. 범인이 이것들을 그대로 짊어지고 이동했을 리는 없고, 대형 배낭이나 트렁크를 사용했겠지. 그런데 여긴 호텔이야. 직원들이 제일 주의 깊게 지켜보는 게 짐가방을 든 손님이란 말이지. 깊은 밤이라 해도 범인이 큰 가방을 잔뜩 들고 로비를 가로질러 가는데 그걸 아무도 신경 쓰지 않았을 리 없어."

뤄위정이 말했다. "설마 범인이 투명인간일까요? 아니면 직원들이 거짓말을 하고 있거나."

"모든 직원이 거짓말을 할 수는 없잖아." 차이궈안이 말했다. "하지만 방향은 맞았어. 투명인간. 범인이 큰 짐가방을 들고 프런트 직원들 앞을 지나가는데 아무도 보지 못했어. 혹은 봤지만, '수상한 인물'이라고 여기지 않았거나."

"어떻게 그럴 수가 있죠?"

차이궈안이 말했다. "문득 생각난 가설인데, 직원들에게 물어보니 모두 똑같은 대답을 하더군."

"황아투……." 옆에 있던 샤이옌이 중얼거렸다.

"그걸 어떻게 아셨습니까?" 차이궈안이 놀란 표정으로 묻자 샤이옌이 푸얼타이에게로 시선을 옮겼다.

"황아투와는 어떻게 아시죠, 푸 교수님?"

웨이즈가 대신 말했다. "어제 송년파티가 열리기 전에 같이 술을 마셨습니다. 그 사람…… 겉보기에는 무척 쾌활한 사람인 것 같았어요. 살인을 할 사람 같지 않았습니다. 게다가…… 바이웨이뒤에게 무척 고마워했고요. 그의 입으로 직접 한 말입니다." 샤이옌 부녀가 고개를 끄덕여 동조했다.

푸얼타이가 말했다. "하지만 그가 한밤중에 절벽으로 내려가서 기다리고 있다가 먼 거리에서 총을 쏘아 명중시킨 뒤 흔적도 없이 사라질 수 있는 사람이라면, 너한테 살의를 감추는 것쯤은 아주 쉽겠지."

차이궈안이 고개를 끄덕였다. "호텔 직원이 이구동성으로 말한 이름이 바로 황아투였습니다. 그가 호수 구역 무슨무슨 협회 이사장이면서 호텔의 정원 조경을 도맡아 했답니다. 그래서 한밤중에 큰 가방을 들고 로비를 드나드는 건 아주 흔한 일이었다고 합니다. 야간근무 직원들도 그를 잘 알기 때문에 그가 지나가도 굳이 인사하지 않았고요."

"자기가 코야오서 사람이라고 했소. 또 그 가스 익스플로전 사고 때 중상을 입었다고도 했지." 샤이옌이 갑자기 생각난 듯 놀라며 말했다.

"그 사람 이름으로 등록된 엽총이 있습니다." 또 다른 경관이 명단을 건넸다. 황아투의 이름에 동그라미가 그려져 있었다.

"무엇보다도 행방이 묘연합니다!" 차이궈안이 말했다. "오늘 황아투나 그의 차를 봤다는 사람이 없습니다. 조금 전 호텔 직원을 통해 연락했지만 휴대폰이 꺼져 있더군요. 집 전화도 안 받고."

호수에서 불어온 바람에 모두들 눈을 가늘게 감으며 천천히 고개를 끄덕였다.

샤위빙이 물었다. "하지만 아투 아저씨가 마을의 복수를 한 거라면 왜 그렇게 긴 세월을 기다렸다가 이제야 했을까요?"

"그걸 밝혀내는 게 우리가 할 일입니다." 차이궈안이 일어나 옆에 있는 경찰들에게 말했다. "샤오잉小英, 황아투에 관한 신상자료를 수집해줘. 취안짜이全仔* 자넨 그의 차량번호를 교통대에 넘기

---

* 중화권에서 젊은 남자의 성이나 이름 중 한 글자 뒤에 '짜이仔'를 붙여 애칭으로 부르곤 한다.

고 도로에 찍힌 CCTV를 조사하고. 위정, 검사님께 우리가 이 사람을 용의자로 찾아냈다고 말씀드리고 이민서에 출국 금지를 요청해달라고 해. 산정, 나와 같이 황아투의 집으로 가세. 위치는 캉티진이야. 차로 10분 거리. 완전무장해. 그에겐 총이 있어."

각각의 임무를 부여받은 경찰들이 알겠다고 대답했다.

"차이 경관님!" 푸얼타이가 갑자기 손을 들었다. "또 참견해서 미안하지만, 조사해볼 데가 한 곳 더 있습니다."

"그게 어디죠?"

푸얼타이가 말했다. "산책로가 개방된 공간이라고 말씀드렸죠? 범인이 산책로에 접근할 수 있는 방법은 총 네 가지가 있습니다. 범인이 반드시 원래 왔던 루트로 빠져나가지 않았을 수도 있습니다. 지금 밝혀진 건 범인이 절벽을 따라 '하강'하는 방식으로 산책로에 진입했다는 것과 그가 계단을 통해서나 배를 타고 현장을 빠져나가지 않았다는 겁니다. 하지만 그가 다시 절벽을 기어 올라갔을 거라고 단정할 수는 없죠. 그 루트 말고 다른 두 루트로 산책로를 빠져나갔을 수도 있습니다. 사실 제가 황아투라면 절벽타기를 선택하지 않았을 겁니다. 바위와 나무가 비죽비죽 솟아 있는 절벽을 타고 올라간다면 심하게 더럽혀진 옷차림이 프런트 직원들의 주의를 끌 테니까요."

뤄위정이 손가락을 구부리며 숫자를 셌다. "절벽타기, 계단, 배……. 아무리 세어도 세 가지인데요. 산책로를 빠져나가는 또 다른 방법은 뭐죠?"

"수영." 푸얼타이가 짧게 대답했다.

6

화웨이즈는 무리에서 떨어져 혼자 있을 때면 남들이 자신에게 관심을 갖는 유일한 이유가 '푸얼타이'가 되는 걸 여러 번 경험했다. 경찰과 기자들은 늘 풍부한 상상력을 발휘해 푸얼타이의 성장배경을 궁금해하고, 범죄를 어떻게 수사하는지 알고 싶어했으며, 지금까지 어떤 사건을 해결했는지, 그의 추리 실력이 정말로 인구에 회자되듯 신기에 가까운지 물었다. 하지만 사람들이 가장 궁금해하는 건 역시 그들 두 사람의 관계였다. 소극적으로 이것저것 에둘러가며 묻지만 단도직입적으로 그들이 묻고 싶은 건 바로 두 사람이 사귄 지 얼마나 됐느냐는 것이다.

그럴 때마다 화웨이즈의 대답은 간단했다. "푸얼타이의 괴상한 성격은 성장배경이나 교육과 아무 관계도 없어요. 타고난 겁니다. 하느님이 그의 영혼 가운데 '사회화'에 속한 부분을 가져가고 대신 그 자리에 지능을 넣어주셨죠. ……그는 내가 지금까지 만난 사람 중 제일 똑똑하지만, 제일 인정머리 없는 사람이기도 해요. 만약 그가 의과대학에 갔더라면 지금쯤 드럭스토어에서 에이즈 특효약을 일반 진통제와 나란히 놓고 팔고 있을 겁니다. ……각설하

고, 푸얼타이는 범죄 연구가 인간을 이해할 수 있는 지름길이라고
했습니다. 범죄 수사를 돕는 건 더 사람다워지기 위해서죠. 그러지
않으면 조류 연구를 계속하지 못하고 언젠가는 등에 날개가 돋아
날아가버리고 말 테니까. 어쨌든 중요한 건 우린 보통의 친구 사
이이고, 난 결혼을 앞두고 있다는 사실입니다. ……아니! 여자하고
요! 젠장!"

이 말은 그날 오후 내내 그와 경찰들이 나눈 대화를 요약한 것이
다. 심하게 반복되는 화제에 멀미가 날 지경이어서 저녁에 호텔에
들어갔지만 당장은 룸메이트의 얼굴을 보고 싶지 않아 걸음을 돌
려 507호 벨을 눌렀다. 위빙이 문을 열어주자마자 뭐라고 말할 틈
도 주지 않고 입술로 그녀의 입을 막았다.

"웨이즈, 안 돼……. 방에…….."

위빙이 버둥거리며 밀쳐내려고 했지만 웨이즈는 그녀의 보드라
운 육체가 품 안에서 꿈틀거리는 느낌에 갑자기 몸이 훅 달아올랐
다. 그녀를 침대에 밀어 쓰러뜨리고 그녀의 혀끝을 빨며 셔츠 단추
를 끌렀다.

"웨이즈, 황아투를 조사하러 간 일은 어떻게 됐어?"

웨이즈가 귀신을 본 듯 소리치며 침대에서 솟구쳐 일어났다. 그
제야 구석에 앉아 있는 푸얼타이가 눈에 들어왔다. 그는 온 정신을
집중해 차예단* 껍질 까기에 몰두하고 있었고, 옆에 놓인 상자 속
에서 아쿠가 화등잔만 해진 눈으로 인간의 기이한 교미 행위를 관
찰하고 있었다.

"황아투를 조사하러 간 일은 어떻게 됐어?" 푸얼타이가 반복해

---

* 茶葉蛋. 간장, 찻잎, 오향 등을 넣고 삶은 계란.

서 물었다.

"너…… 여기서 뭐 해?"

"계란 먹고 있잖아." 푸얼타이가 묵직한 비닐봉지를 건넸다. "자, 차예단. 아주 많아. 식었지만 맛있어."

웨이즈가 영문도 모른 채 계란을 받은 다음 약혼녀 쪽으로 고개를 돌렸다.

"호수관리소에서 사 왔대." 위빙이 말했다.

"사 온 건 좋은데 뭣 하러 이렇게 많이 샀어?"

푸얼타이가 통째로 입에 넣은 차예단을 우물거려 간신히 목구멍으로 넘긴 뒤 막혔던 숨을 토해내며 말했다. "호수관리소에서 수확이 아주 많았어. 특히 이 차예단…….."

웨이즈가 의자에 앉아 알 수 없다는 표정으로 차예단을 까기 시작했다.

"호수관리소부터 얘기해봐."

그날 오후 토론에서 차이궈안은 결국 푸얼타이에게 설득당해 뤄위정과 푸얼타이를 캉티호관리소로 보내 '제4 루트'의 가능성을 조사해보게 했다.

호수관리소로 가는 길에 뤄위정은 자신도 처음에 '수영'의 가능성을 생각했었다고 말했다. 배에 비하면 심야의 호수에서 남에게 발견될 확률이 지극히 낮기 때문이다. 하지만 이 가설은 호수관리소의 장 부주임에 의해 보기 좋게 깨부수어졌다. 그는 캉티호의 지형이 특수해서 호수 서쪽 기슭부터 북쪽 기슭까지 20여 킬로미터가량 화강암 절벽이 이어져 있다고 했다. 고도 30~70미터의 절벽이 그대로 호수 밑바닥까지 내리꽂혀 있어 입수가 불가능하고, 캉티뉴쓰 호텔 산책로에서 가장 가까운 입수 지점이 바로 호수관리소 옆 나루인데 거기서부터 산책로까지 직선거리로 2킬로미터 가까이 되기 때문에 90센티미터 길이의 엽총을 메고 그렇게 먼 거리를 수영해서 이동하는 건 불가능하다고 했다.

하지만 그는 범인이 수영으로 산책로를 벗어날 수 있다는 건 미처 생각하지 못했다. 엽총과 로프를 호수에 버리고 방한복을 입는다면 2킬로미터 수영이 아주 불가능한 얘기는 아니었다. 오늘 일출시간이 6시 25분이었으므로 범인이 일출 전에 맞은편 기슭에 닿았다면 관리소 당직근무자에게 발각될 염려도 없다.

하지만 야간당직자인 자오趙는 이 가설을 듣자마자 불같이 화를 냈다. 짙은 외성* 억양을 가진 그는 오늘 새벽 호수에 아무것도 없었다고 이미 경찰에 얘기했으며, 배도 없었고 수영하는 사람도 없었다고 또 한 번 강조했다. 늙었다고 무시해? 이래 봬도 시력은 젊은 사람 뺨치게 좋아! 내가 못 보고 놓쳤을 거라고? 이런 염병, 일단 덤벼! 한번 겨뤄보자! 겨뤄보고도 그런 소릴 씨부릴 수 있는지 보자고!

장 부주임이 서둘러 끼어들어 중재했다. 그는 수영이 불가능한 이유를 몇 가지 더 열거했다. 오늘 새벽 5시에 캉티호 동쪽 기슭의 위산雨山댐에서 수위 조절을 위한 방류를 실시했다. 그 때문에 지난주 호수관리소에서 방류 시간에 호수 물이 탁해지고 호수 바닥의 암류가 급해져서 위험하니 호수에 들어가지 말고 각별히 유의할 것을 현지 주민들에게 공지했다. 그는 또 화가 나서 씩씩거리는 자오에게 오늘 새벽 호수를 찍은 CCTV 영상을 돌려보게 했다. 호수관리소의 CCTV 중 총 13대가 호수 위를 촬영하고 있다. 사유지인

---

* 원래부터 타이완에 살던 원주민이 아니라 중국의 국공내전에 패한 장제스蔣介石 군대를 따라 중국에서 내려온 이들을 외성인外省人이라고 부른다.

캉티뉴쓰 호텔을 제외하고 코야오봉 일대의 호수 전역에 사각지대라곤 없었다.

"영상에서 아무도 발견되지 않았어?" 웨이즈가 묻자 푸얼타이가 고개를 끄덕였다.

"그럼 제4 루트도 탈락이네……. 이 차예단은 또 뭐야?"

푸얼타이가 차예단 하나를 또 집어 들었다. "마음에 걸리는 게 있어……. 자오 씨의 바지에 찍힌 발자국 두 개. 각각 다른 발자국이었어."

"그게 뭐가 마음에 걸려?"

"그 발자국이 그의 신발 모양이었으니까."

웨이즈가 뭔가 깨달은 듯 "아" 하는 소리를 길게 뺀 뒤에 물었다. "그거랑 차예단이 무슨 상관인데?"

푸얼타이가 콧방귀만 뀔 뿐 대꾸하지 않았다.

화웨이즈와 차이궈안이 맡은 황아투의 행방 수색은 아무런 진전이 없었다. 호텔 직원, 협회사무실, 이웃들 모두 그를 보지 못했다고 했다. 캉티진에 있는 그의 집에도 이상한 점이 없었다. 신화新華 건설에서 새로 지은 2층짜리 단독주택으로, 실내가 청결하지는 않았지만 엉망진창은 아니었다. 거실 가구는 목조가구이거나 대나무를 짜서 만든 것들이었고, 텔레비전, 냉장고, 세탁기 등 가전제품은 모두 오래된 것들이었다. 앞마당과 뒤뜰에는 화분, 지지대, 비료등 농사기구나 원예용품이 있고, 2층 서재에 데스크톱 PC가 있었는데 윈도우 XP가 깔린 구식 컴퓨터였다. 컴퓨터에 저장된 파일은 대부분 농업 및 원예 사업에 관한 것들이고, 책상 옆에는 각종 주문서 및 영수증 사본이 놓여 있었다.

그의 포드 에코노반 트럭도 그와 함께 사라졌다. 경찰은 용의차량을 찾기 위해 호수순환도로에 설치된 CCTV 영상을 샅샅이 조사했다. 밤 12시 이전에 용의자든 용의차량이든 찾아내지 못하면 검사에게 수배령을 내려달라고 요청하기로 했다.

"황아투. 올해 쉰 살. 미혼이며, 경찰 기록에 따르면 과거 이력이 아주 복잡해. 막노동, 제철소, 식당, 농회*, 호텔에서 일한 경험이 있고, 상해죄, 불법감금죄, 기물파손죄로 처벌받은 전과도 있어. 대략 10년 전에 호수로 돌아온 뒤 돈으로 연줄을 만들어 현지의 유력인사가 됐대. 사람들은 그가 바이웨이둬와 각별한 사이라고 알고 있어. 캉티뉴쓰 호텔의 사업은 황아투를 통해야만 성사된다는 말이 나돌 정도로." 웨이즈가 손에 든 메모장에서 시선을 들고 계속 말했다. "하지만 바이웨이둬를 살해한 동기가 뭔지는 아직 확실치 않아."

푸얼타이가 말없이 고개를 끄덕이자 웨이즈가 입에 있는 차예단을 삼킨 뒤 물병을 열고 꿀꺽꿀꺽 물을 들이켰다.

"질문이 있어." 위빙의 말에 두 남자의 시선이 그녀에게로 쏠렸다. "황아투의 집에 여자 옷이나 여자 신발 같은 건 없었어?"

웨이즈가 고개를 저었다. "그건 왜?"

위빙이 말했다. "그냥 내 느낌인데, 황아투의 범행동기가 마을의 옛날 사건에 대한 복수가 아닐 수도 있을 것 같아."

"어째서?"

"당신이 아까 오후에 말한 것처럼, 황아투가 마을의 복수를 하려고 했다면 왜 이제 와서 복수를 했겠어? 그가 바이웨이둬와 친분을 맺은 지 오래됐으니 지금까지 그를 죽일 수 있는 더 좋은 기회

---

* 우리나라의 농협 같은 곳.

99

가 있었을 거야. 그런데 어째서 새해 첫날 새벽 5시에 이렇게 힘든 방법으로 복수를 했을까? 또 황아투는 코야오 사람들이 길조로 여기는 매를 두 마리나 죽였어. 마을의 복수가 목적이었다면 그가 그런 행동을 했을까?"

푸얼타이와 화웨이즈가 서로의 얼굴을 보았다. 웨이즈가 말했다. "황아투가 코야오서 출신인 건 확실해."

"코야오서에서 태어났을 수는 있어. 하지만 자기가 조사해 온 그의 이력을 보면 오랫동안 마을을 떠나 있었던 것 같아. 그렇지? 어쩌면 그는 코야오 혈통을 진즉에 벗어버리고 한인漢人*이 되었는지도 몰라……. 난 그가 코야오서와 무관한 동기로 바이웨이둬를 살해했을 수도 있다고 생각해."

"어떤 동기가 있을까?"

위빙이 망설이다가 작고 짧게 말했다.

"여자."

"어떤 여자?"

"장커커. 그 단발머리 비서 말이야."

"뭐?!" 두 남자가 일제히 외쳤다. 푸얼타이가 그렇게 놀라는 건 웨이즈도 거의 본 적이 없었다.

"그 얼굴 없는 귀신 같은 비서 말이야? 찬바람이 쌩쌩 돌던데. 황아투가 그런 여자 때문에 살인을 했다고?"

위빙이 천천히 말했다. "당신 앞에서만 무표정하지. 알고 보면 남자를 밝히는 여자야……. 남자들은 이런 반전을 좋아하잖아. 안 그래?"

---

* 역사적으로 오랜 세월 타이완에서 살아온 원주민이 아니라 중국에서 타이완으로 이주한 한족.

"그녀가 남자를 밝힌다는 걸 어떻게 알아?"

"냄새로 알지." 위빙이 말했다. "오늘 아침 경찰이 도착했을 때 로비에서 그 여자와 스쳐 지나갔어. 옷차림은 수수했지만 내 옆을 스칠 때 진한 향수 냄새가 끼쳤어. 우리 경쟁사 제품이었어. 마침 나한테 그 향수의 샘플이 있어……." 그녀가 가방에서 역삼각형 모양의 작은 향수병을 꺼냈다.

웨이즈가 가져다가 입구에 코를 대고 냄새를 맡더니 미간을 찡그렸다. "냄새가 이상한데."

위빙이 말했다. "바보. 향기는 그렇게 맡는 게 아니야. 시향지를 써야지. 제일 좋은 건 몸에 직접 뿌려보는 거고. 체온과 체취가 향수에 생명력을 불어넣거든." 그녀가 향수를 귀 뒤에 뿌린 뒤 웨이즈에게 몸을 가까이 붙였다. "어때?"

"오, 달링. 당신 너무 섹시해."

"그렇지?" 위빙이 능글맞게 들러붙는 약혼자를 손으로 밀쳤다. "그러니까, 이 향수는 뭐랄까…… 좀 그래. 정상적인 여자는 아침 6시에 신선한 공기를 쐬러 갈 때 이런 향수를 뿌리지 않아. 이건 가슴 설레는 남자와 데이트를 하러 갈 때 뿌리는 비밀병기 같은 거야. 샤오린처럼."

푸얼타이가 고개를 끄덕였다. "그렇군요. 그러니까 그녀가 오늘 아침 정자에 나와 있었던 건 사실……."

"잠깐, 잠깐." 웨이즈가 위빙에게 말했다. "방금 뭐라고 했어? 샤오, 뭐?"

위빙이 빙긋 웃었다. "샤오린. 루샤오린 말이야. 자기 첫사랑 아냐?"

웨이즈가 3초쯤 멍해 있다가 고개를 홱 돌려 푸얼타이를 향해

101

외쳤다. "내가 위빙에게 말하지 말라고 하지 않았어?"

"그…… 그게 뭐 그리 대단한 일도 아닌데. 위빙도 별로 개의치 않았어." 푸얼타이가 난처한 표정으로 헛기침했다. "위빙, 그러니까 당신 얘기는, 새벽 6시에 장커커가 향수를 뿌리고 정자에 나온 건 다른 목적이 있을 것이고, 그건……."

"잠깐, 잠깐……." 웨이즈가 또 그의 말을 잘랐다. "샤오린이 이런 향수를 뿌렸다고 네가 얘기했어? 어떻게 알아? 난 개가 향수 뿌린 걸 본 적이 없어. 푸얼타이 넌 샤오린이 향수를 뿌린다는 걸 어떻게 알아?"

"어, 그건 말이지……. 웨이즈, 일단 이 사건에 집중하는 게 어때? 지나간 일은……."

"샤오린에게서 이런 향기를 맡은 적이 있어? 개가 널 만날 때 향수를 뿌리고 나왔어?"

"내 생각엔…… 가끔 어떤 일들은…… 지나간 과거의……." 푸얼타이는 태어나서 지금까지 이렇게 말을 더듬어본 적이 없었다.

"생각났어. 내가 개한테 준 꽃이 늘 기숙사 쓰레기통에 처박혀 있었어……. 개도 술을 좋아했고. 그러니까 너희 둘이…… 술 마시러 나간 거야." 웨이즈가 심호흡으로 숨을 고르며 계속 말했다. "너희 둘이 술 마시러 나갈 때 샤오린이 향수를 뿌렸구나. 술…… 향수…… 그래서 너희가……."

"둘이 잔 게 분명해." 위빙이 장난기 가득한 얼굴로 말을 보탰다.

"아악!" 웨이즈가 포효하듯 고함을 지르는 순간 푸얼타이가 바닥으로 나가떨어졌다.

"오래전부터 네게 말하고 싶었어. 그런데…… 정말 입이 안 떨어지더라." 푸얼타이가 해명하며 검푸르게 변한 눈가를 얼음주머니로 눌렀다.

"친구의 여자친구와 잤으니 입이 안 떨어지는 게 당연하지." 웨이즈가 쏘아붙였다. 위빙이 멍든 그의 뺨에 맨소래담을 발라주었다.

"아니……. 그래, 솔직히 말할게. 내가 샤오린과 잔 건 너희가 헤어지고 한참 지난 뒤였어." 푸얼타이가 말했다. "날 믿어, 웨이즈. 너흰 정말 맞지 않았어!"

"넌 잘 맞았고?"

"나도 안 맞았어. 샤오린은 정말 이상한 여자야. 어떤 남자도 그 애와는 맞지 않을 거야." 푸얼타이가 얼굴 근육을 움직여보았다. "내가 샤오린과 가까워진 건, 샤오린이 성니콜라스 십자가인가 뭔가 하는 걸 찾아 코야오서에 왔을 때였어. 그때 너희는 이미 헤어진 뒤였어……. 그 십자가 얘기 전혀 모르지? 샤오린이 너한테 말할 용기가 없었대. 그 얘길 하면 네가 자길 바보라고 욕할 것 같았다나. 가서 고시 공부나 열심히 하라며 보물찾기 서클에서도 쫓아낼까 봐 겁이 났다고 했어. ……그리고 꽃은, 넌 샤오린이 꽃을 들고 있는 걸 싫어한다는 것도 모르지. 그 앤 꽃을 받을 때마다 버렸고 그걸 무척 괴로워했어. 둘의 가치관이 너무도 다르다는 걸 알면서도 네가 너무 오랫동안 자길 따라다녔기 때문에 사귀자는 네 말을 차마 거절하지 못했던 거야. 매번 너와 데이트할 때마다 힘들고 괴로웠고, 결국 이별을 택할 수밖에 없었어."

"샤오린이 너한테 그런 얘길 했어?"

"그래. 우린 많은 얘길 나눴어. 말이 썩 잘 통했지. 우리 둘 다 무리 안에서 적응하지 못했잖아. 그 앤 오래되고 낡은 물건들을 좋아했고, 난 새를 좋아했지. 그래서 그땐 아주 많은 얘기를 나눴어……. 그래, 네 말처럼, 우린 만날 때마다 술을 마셨어. 샤오린은 술을 좋아하고, 또 잘 마셨어. 걔가 언제부터 이런 향수를 뿌리기 시작했는지는 기억나지 않지만, 우리 둘 다 만취한 날 같이 잤어."

"딱 한 번?"

푸얼타이가 대답하지 않았다.

"세 번? 열 번? 젠장, 설마 아직도 연락하는 건 아니겠지?"

"지금 싱가포르에 있어. 고고학을 가르쳐……."

"어쩐지 싱가포르에 뻔질나게 드나들더라니! 맙소사, 모든 수수께끼가 풀렸어." 웨이즈가 머리를 감싸 쥐고 소리를 지르며 침대 위로 쓰러져 뒹굴었다. 한참을 그러고 있다가 벌떡 일어나 앉아 심호흡을 한 뒤 머리를 쓸어 정리하고 약혼녀에게 말했다. "위빙, 미안해. 조금 화가 났을 뿐이야. 그 여자에겐 아무 감정도 없어. 벌써 언젯적 일인데. 난 그저…… 여자한테 눈이 멀어 친구를 배신한 이 개자식에게…… 환멸을 느낄 뿐이야. 달링, 내가 사랑하는 사람은 당신뿐이야. 믿어줘."

위빙이 웃으며 대답했다. "알아."

웨이즈가 한숨을 내뱉고 푸얼타이에게 사과했다. "야, 푸얼타이, 미안해. 내가 너무 세게 때렸어……. 다음에 걔한테 안부나 전해줘라."

푸얼타이가 고개를 끄덕이고는 위빙에게 말했다. "위빙 씨, 앞으로 걱정할 필요 없겠어요. 이놈은 극도로 화가 났을 때도 고작 이 정도로 끝나네요."

웨이즈가 푸얼타이의 눈앞으로 주먹을 홱 뻗으며 입을 가늘게 찢어 뇌까렸다. "그 입 한 번만 더 놀려봐!"

그러고는 둘이 동시에 웃음을 터뜨린 뒤 아무 일 없었다는 듯 서로 주먹을 쿡 부딪혔다.

위빙이 표정을 가다듬고 짐짓 엄숙하게 말했다. "여심저격 로맨틱 가이 두 분, 이제 소녀가 추리를 완성할 수 있도록 허락해주시겠습니까?" 두 남자가 얼마든지 들어줄 수 있다며 얌전히 자리를 잡고 앉자 위빙이 아까 하던 얘기를 계속했다. "내 추측은 이래. 장커커가 새벽 6시에 그렇게 농밀하고 섹시한 향수를 뿌리고 밖으로 나간 목적은 신선한 공기를 쐬는 것이 아니라 애인과의 데이트였어."

"바로 황아투?"

"아니. 바이웨이뒤겠지. 그는 매일 5시에 산책로 북측에서 남측으로 조깅을 했고, 장커커가 바로 산책로 남측에서 기다리고 있었어. 그들의 밀회 장소는 아마 그 옆에 있는 빌라였을 거야. 아직 영업하지 않는 곳이야."

"고달픈 밀회로군." 웨이즈가 말했다.

"어쩔 수 없지. 그 사람 부인이 보통은 아닌 것 같더라고."

"그러다가 황아투도 장커커를 사랑하게 됐고 질투심에 바이웨이뒤를 죽였다? 황아두가 장커커를 좋아했을 거라고 추측할 만한 단서가 없지 않아?"

위빙이 입술을 비죽 내밀었다. "단서는 없어. 하지만…… 일종의 직감이지. 어제 오후 우리와 술을 마시던 황아투는 사랑에 빠진 남자의 모습이었어! 손톱을 가지런히 다듬고 피부 관리도 받는!"

웨이즈가 말했다. "너무 끼워 맞추기식 추리야. 장님 코끼리 만지기 같아."

위빙의 목소리가 날카로워졌다. "화웨이즈, 그 입 한 번만 더 놀려봐! 푸얼타이, 당신 생각은 어때요? 내 추리가 그럴듯한가요?"

양손을 모아 손끝을 맞대고 있는 푸얼타이의 눈동자에 광채가 돌았다. 대단한 발견을 한 듯 들뜬 표정이었다. "두 사람 다 최고의 탐정 조수예요. 탐정이 생각하지 못한 걸 일깨워주잖아요. 위빙의 향수 이론, 또 방금 전 웨이즈가 한 얘기도……."

"황아투가 장커커를 좋아했다는 단서가 없다는 얘기 말이야?"

"아니. 방금 전 네가 한 말."

"끼워 맞추기?"

"아니, 그 뒤에."

"장님 코끼리 만지기?"

"그래. 장님 코끼리 만지기!" 푸얼타이가 긴 한숨을 내쉬더니 씩 웃었다. "장님이 코끼리를 만진다고? 장님이 어디 그렇게 흔하겠어?"

7

"······경찰의 끈질긴 수사 끝에 마침내 중요한 목격자를 찾아냈습니다. 호텔의 한 경비원이 오늘 새벽 5시경 호텔 바깥쪽 경비초소에서 황셴(黃嫌, 황아투의 본명)이 차량번호 XY-3521의 트럭을 몰고 지나가는 것을 보았다고 증언했습니다. 경찰이 호텔 단지 내 숲에서 그 차량을 발견했으며, 조사 결과 황셴이 차를 그곳에 버려두고 걸어서 호텔 로비를 가로질러 야외 테라스로 나간 뒤, 로프를 이용해 절벽면의 움푹 파인 곳으로 내려가 숨어 있다가 바이웨이둬가 산책로를 지나갈 때 총을 쏘아 살해한 것으로 추정됩니다. 도주 방향은 아직 확실히 밝혀지지 않았지만, 절벽을 다시 올라간 뒤 미리 준비해둔 다른 차량을 타고 빠져나갔을 가능성이 있습니다. 현재 경찰이 황셴의 도주 경로를 확인하기 위해 도로에 설치된 CCTV 영상을 조사하고 있습니다."

기자회견이 열린 곳은 대연회장이었다. 차이궈안이 마이크를 잡고 뤄위정, 마오산정 등 형사들이 엄숙한 표정으로 그의 위에 나란히 도열했다. 란니는 검은 옷에 검은 선글라스를 쓰고 단상 아래 제일 앞줄에 앉아 있었고 그녀 옆에 장커커와 거레이가 앉았다.

"검찰이 황셴에 대한 수배령을 내렸습니다. 각 언론사마다 사진이 전달됐을 겁니다. 용의자의 행방을 찾는 데 적극적으로 협조해주시기 바랍니다. 총을 소지했을 가능성이 있어 상당히 위험합니다. 민간인이 발견한다면 섣불리 행동하지 말고 반드시 경찰에 신고해주시길 간곡히 부탁드립니다."

차이궈안이 단상 아래 앉아 있는 기자 열 몇 명의 피로에 찌든 얼굴을 둘러보며 결론을 내렸다. "이상으로 경찰의 수사브리핑을 마칩니다. 호텔 측 란니 총지배인께서 하실 말씀이 있다고 합니다. 총지배인님, 이쪽으로 오시지요."

란니가 일어나 향 냄새 섞인 미풍을 일으키며 단상으로 올라갔다. 그녀가 감정을 차분히 가라앉히고 천천히 입을 열었다. "늦은 시간에 관심을 갖고 참석해주신 여러분께 감사드리고, 경찰의 노고에도 경의를 표합니다. 경찰 수사를 통해 범인이 하루 빨리 체포될 것이라고 믿습니다."

기자들 사이에서 문자메시지 알림음이 한두 번 울렸다. 란니가 계속 말했다. "이 호텔은 저와 바이웨이둬가 십수 년 쏟은 노력의 결과물이자 그의 평생 꿈이었습니다. 그는 손님들이 호수의 절경을 보고 감탄하는 표정과 호텔에 묵은 뒤 돌아갈 때의 흡족한 미소를 볼 때 가장 기쁘다고 입버릇처럼 말했습니다……. 그는 그런 사람이었습니다. 꿈꾸기를 좋아하고, 주변 사람들이 기뻐할 때 행복해하는 사람이었습니다. 그는 좋은 남편이자, 훌륭한 사업 파트너였습니다. 이제 바이웨이둬는 떠났지만 우리 그룹은 그의 꿈을 계속 지켜나갈 것입니다. 이 호텔과 이 산과 숲을 지킬 것입니다. 여러분의 지지와 격려를 부탁드립니다. 감사합니다."

"총지배인님!" 란니가 단상에서 내려오려는 순간 머리가 긴 기자가 급하게 손을 들고 질문했다. "총지배인님과 황아투는 어떤 사이였나요?"

란니가 당황해 머뭇거리다가 더듬거리며 말했다. "아투는 저희 호텔의 오랜 사업 파트너입니다. 그가 어째서 이런 끔찍한 일을 저질렀는지는 저도 모르겠습니다. 제겐 엄청난 충격입니다."

그 기자가 또 캐묻듯이 질문했다. "단순히 공적인 사업 파트너 사이였다는 말씀이신가요? 두 분 사이에 사적인 관계는 전혀 없었나요?"

란니가 선글라스를 벗고 부릅뜬 눈으로 말했다. "질문의 의도가 뭔가요? 저와 황아투 사이에 공적인 왕래 외에는 없었습니다. 사적인 관계가 무슨 의미인지 분명히 말씀해주세요!"

"총지배인님!" 또 다른 남자 기자가 손을 들었다. "고인과의 사이는 어땠습니까?"

란니의 부릅뜬 눈동자가 그를 향했다. 그녀가 약간 성난 목소리로 대답했다. "그건 또 무슨 의미이죠? 우리 부부는 지금까지 그어떤 불화도 없었습니다. 기자님은…… 어떤 매체 소속인가요? 무슨 얘길 하고 싶으신 거죠?"

문자메시지 알림음이 또 울리고 다른 기자가 손을 들었다. "최근 두 분 사이에 위기가 있진 않았나요? 가령…… 바이웨이둬 사장님의 외도 사실을 알게 됐다든가."

란니가 반응하기도 전에 제일 앞줄에 앉아 있던 장커커가 벌떡 일어나 기자를 향해 삿대질하며 외쳤다. "지금 무슨 말을 하시는 겁니까? 총지배인님과 황아투의 관계를 의심한 것도 모자라 사장님의 외도까지 묻다니요? 이런 질문이나 받으려고 기자회견을 여셨어요? 차이 경관님, 지금 이 상황이……."

앞줄에 앉아 있는 남자 기자가 손을 들고 휴대폰을 보며 물었다.

"혹시 장커커 씨가 바이 사장님과 내연 관계였습니까?"

"뭐라고요?"

장커커가 숨을 급히 들이쉬며 외쳤지만, 목소리의 떨림을 없애지는 못했다.

"장커커 씨가……." 그 기자가 휴대폰을 들고 계속 읽었다. "매일 새벽 6시 코야오정에서 바이 사장님의 조깅이 끝나기를 기다렸다는 게 사실인가요? 장커커 씨의 랑콤 마, 마그…… 미안하지만 이걸 뭐라고 읽죠?"

"마니피크^{Magnifique}." 옆에 있던 여자 기자가 작은 소리로 알려주었다.

"아, 그래요. 바이웨이둬 사장님이 이 향수를 좋아하셨나요? 사장님의 조깅이 끝나면 두 분이 아직 입주 전인 빌라에 가서 밀회를 나누셨나요?"

장커커의 얇은 입술이 벙긋거렸지만 외마디 소리조차 내지 못했다. 고개를 홱 돌리는 그녀의 표정이 달리는 차를 피해 길을 건너는 생쥐 같았다.

"너였구나! 이 천박한!" 란니가 처량하고 날카로운 비명을 터뜨리며 고양이처럼 장커커를 덮쳤다. 기자들의 얼굴에 켜켜이 쌓인 피로가 싹 사라지고 카메라와 캠코더가 벌 떼처럼 몰려들었다.

분위기가 어느 정도 달아오르자 주인공이 등판했다.

"빌어먹을, 푸얼타이! 지금 뭐 하자는 겁니까?" 차이궈안이 부하들에게 질서 유지를 지시하고 있다가 대연회장으로 들어오는 푸얼타이를 발견하고 버럭 고함을 질렀다.

"진실이 밝혀졌고, 덤으로 기자들의 정신이 번쩍 들게 됐죠. 이

걸 '참여형' 사건 해결이라고 할까요? 다 함께 사건 해결에 참여하는 기분을 느낄 수 있잖아요. 헤이, 융쥔永君, 오랜만이야. 요즘 신나게 노는군? 목에 클럽 스탬프 자국이 남아 있잖아. 샤오후이小惠, 살이 쪽 빠졌어요. 지방흡입이 성공적이네……."

푸얼타이가 기자들과 인사를 나눈 뒤 차이궈안 앞으로 다가가 무표정한 얼굴로 말했다. "차이 경관님, 난 경관님을 도와준 거예요. 기자회견을 다시 여는 수고를 덜어드렸잖아요. 한 번에 해결하면 간단하고 좋지 않습니까?"

"해결하긴 개뿔! 바이웨이둬의 외도를 밝혀낸 게 그렇게 대단한 일입니까? 황아투가 범인이라고 할 때는 언제고, 이젠 또 아니라고 말할 거예요? 빌어먹을, 머리에 염병이라도 걸렸어요?"

"아뇨. 황아투가 총을 쏜 건 확실합니다. 하지만 그건 그의 결정이 아니었어요."

"살인을 교사한 자가 따로 있단 말입니까?"

푸얼타이가 고개를 끄덕이며 머리가 산발이 된 채 옆에 서 있는 란니에게 시선을 옮겼다. "란 총지배인님, 황아투에게 살인을 청부하셨죠?"

거레이가 벌떡 일어나 외쳤다. "란니, 아무 말도 하지마!"

"내 대답은 이것뿐이에요. 웨이둬가 날 배신했어!" 란니가 장커커를 노려보며 표독스럽게 쏘아붙였다. "이 여우 같은 년! 더러운 잡종을 거둬주고 돈도 지위도 줬는데, 내가 널 그렇게 믿었는데 내 남편을 유혹해? 내 손으로…… 내 손으로 널 죽여버릴 거야!"

장커커는 벌겋게 부어오른 두 볼을 감싸고 고개를 숙인 채 아무 말도 하지 못했다.

뤄위정이 물었다. "이해가 안 갑니다. 황아투가 어떻게 란니의 교사를 받고 살인을 할 수가 있는지."

"그건 황아투가 란씨 집안 사람이기 때문이죠." 푸얼타이가 말했다.

그 자리에 있던 경찰들이 일제히 놀라고, 란니는 푸얼타이를 노려보며 아무 말도 하지 않았다.

푸얼타이가 말했다. "이 관계는 잘 감춰져 있었죠. 표면적으로 황아투는 호수 구역의 유력인사로, 이 지역 농산품을 판매하는 사업가이고, 란니는 도시에서 온 호텔 총지배인이므로 둘 사이에 아무런 연결고리도 없어 보입니다. 그런데 사실 황아투는 오래전부터 란니 총지배인의 부친인 란후안에 충성하는 심복이었습니다. 총지배인이 결혼한 후론 란후안이 딸을 보호하기 위해 은밀하게 붙여놓은 보디가드였고요."

"고등학교에 올라갈 때부터 아버지가 내게 아투를 붙여주셨는데……." 란니가 말했다. "그걸 어떻게 알죠?"

"운이 좋았죠." 푸얼타이가 말했다. "어제 웨이즈와 위빙의 약혼식 때 총지배인님이 이렇게 말씀하셨죠. 어릴 적 집에 꽃을 많이 심었다, 이웃에 맹인 점쟁이가 살았다고요. 그런데 어젯밤 황아투와 가든바에서 대화를 나눌 때 그도 이렇게 말했습니다. 정원에 핀 꽃들은 자신이 예전에 일하던 곳에서 가져다 심은 것들이고, 그때 옆집에 맹인이 살았다고……. 타이완에 커다란 야합화를 심을 수 있는 곳이 얼마나 될 것이며, 야합화 정원 바로 옆집에 시각장애인이 살 확률은 또 얼마나 되겠습니까? 그래서 황아투의 과거 자료를 자세히 살펴보니, 그가 젊은 시절 여러 차례 체포되었을 때 보증인이 되어준 사람이 모두 동일인이라는 걸 알게 됐습니다. 바로 란후안이었죠.

이 연결고리가 맞춰지자 그 뒤는 저절로 풀렸습니다. 샤위빙 씨의 전문적인 향수 추리를 통해 장커커와 바이웨이둬가 불륜 관계였다는 것과 그를 저격한 사람이 황아투라는 것도 쉽게 알아냈습니다. 황아투의 살인은 과거 마을의 사고에 대한 복수가 아니라 보스의 분부에 따라 배신자를 죽인 것이었습니다."

란니가 중얼거렸다. "그게 사실이라는 걸 믿지 않았어요. 하지만 그 사람에게 정말로 다른 여자가 있었어요. 그것도 한 명이 아니라 여러 명이…… . 이 사실을 아투에게 말했더니 날 도와주겠다고 했어요. 결국 그가…… ."

"란니, 더 이상 아무것도 말하지 마. 여긴 자백하기에 적당한 장소가 아니야." 거레이가 벌떡 일어나 단호한 말투로 푸얼타이에게 항의했다. "푸 교수님에 대해 들은 적이 있어요. 명탐정에게 드라마틱한 장면이 필요하다는 것도 알아요. 하지만 기자들을 이용해 란니를 신문한 건 너무 지나쳤어요! 이건 불공평해요. 기자들이 내일 어떤 기사를 내보낼지 아십니까? 이게 추후에 있을 재판에 얼마나 큰 영향을 미치게 될지 아십니까? 이건 비공개수사 원칙을 명백하게 위반하는 행위라는 것도 아십니까?"

푸얼타이가 미소 띤 얼굴로 대답했다. "거 변호사님, 법률로 따지면 제가 어떻게 변호사님을 이기겠어요? 하지만 방금 전 기자회견에서 경찰이 황아투가 범인이라고 말했을 때는, 어째서 그때는 이렇게 발끈하고 일어나 재판에 영향이 있고 비공개수사 원칙에 위배된다고 항의하지 않으셨나요? 변호사라면 당연히 그렇게 하셨어야죠!"

"당신…… ."

"저는 경찰도 아니고 검사도 아닙니다. 저는 그저 범죄연구가이고, 진실을 찾아내는 데 흥미가 있을 뿐입니다. 법원에서 어떻게 재판을 하든 그건 저와 상관없는 일입니다."

푸얼타이가 거레이 앞으로 다가갔다. "거 변호사님, 변호사님과 총지배인님이 얼마나 각별한 친구 사이인지도 모르고, 변호사님이 바이 사장의 외도 사실을 알고 있었는지 전 잘 모르겠습니다. 하지만 변호사님이 오랜 친구로서 그의 외도를 알고 있었을 거라고 추측합니다. 그런데도 총지배인님은 지금까지 변호사님께 그 어떤 법률적 조언도 구하지 않았지요? 안 그래요?"

거레이가 시선을 조금 위에 둔 채 아무 말도 하지 않았다.

"란니 총지배인님이 변호사님을 송년파티에 초대한 것은 그저 수다나 떨고 회포를 풀기 위한 것도 아니고, 이혼 상담을 하려는 것도 아니었습니다. 총지배인님은 자신의 알리바이를 위해 변호사님을 부른 겁니다. 바이웨이둬가 살해당한 그 시간에 자신이 집에 있었다는 알리바이를 위해서죠. 그러면 적어도 경찰은 그들 부부 사이가 원만했는지 깊이 조사하지 않을 테니까요. 이 모든 건 사전에 계획된 거예요. 안 그렇습니까, 란 총지배인님?"

란니는 고개를 돌려 외면하고 거레이가 정색을 하고 대답했다. "푸 교수님, 친구 사이를 이간질할 필요는 없잖아요? 나와 란니는 고등학교 동창이고 친한 친구예요. 하지만 난 지금 란니를 보호하려는 게 아니에요. 단지 억측투성이의 이런 추리 방식이 매우 위험하다는 걸 지적하는 거예요. 자세한 조사도 거치지 않고, 명확한 증거도 없이 그저 우연히 얻은 자료에 상상력을 덧붙여 내린 결론에 불과하니까요……. 이런 허술한 추리는 재판에서 인정받지 못해요!"

"란 총지배인님이 이미 시인하지 않으셨나요?"

"재판에서는 피고인의 자백이 유일한 증거가 될 수 없어요."

"또 재판 얘기예요? 거 변호사님, 말했잖아요. 저는 경찰도 아니고, 변호사도 아니에요……." 이때 푸얼타이의 휴대폰에서 문자메시지 알림음이 울렸다. 휴대폰을 내려다보는 그의 입가에 미소가 번졌다.

"죄송하지만, 역시 제 추리가 맞은 것 같군요." 그가 말했다. "황아투를 찾았습니다."

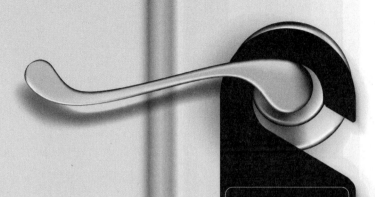

제2장

뤼밍성 경관

1

뤄밍싱은 샤오쉐리蕭雪莉를 다시 만나게 될 줄 꿈에도 상상하지 못했다.

12월의 어느 일요일 저녁. 부슬비가 도시를 부옇게 감싸고 오피스 빌딩들은 대부분 불이 꺼진 채 컴컴한 어둠 속에서 편히 쉬고 있었다. 뤄밍싱은 축축한 골목을 지나 성당 계단을 통해 지하로 내려갔다. 낮은 조도의 노르스름한 불빛이 실내에 온기를 불어넣고 사람이 많은 탓에 공기는 조금 답답했다. 다이어트 동호회의 정기 모임이 절반쯤 진행되고 있었다. 뤄밍싱은 차 한 잔을 따라 손에 들고 구석에 앉았다. 단상에서 자신의 경험담을 발표하고 있는 사람은 줄리아라는 여성 회원이었다. 40대 초반인 그녀는 곱슬곱슬한 머리에 얼굴에는 화장기가 없고 눈두덩이 부어 있었다. "이슬라바마드……. 회사에서 나를 그런 곳에 출장 보낼 줄은 정말 몰랐어요. 동료들 모두 위험한 곳이라고 했지만 그래도 갈 수밖에 없었어요. 그게 을乙의 운명이고, 내가 20년 동안 비서로 일할 수 있었던 비결이니까……."

줄리아의 달콤한 음성과 활력 넘치는 말투가 피곤해 보이는 외

118

양과 전혀 걸맞지 않았다. 그녀가 계속 말을 이었다. "본사에서 일하는 동료와 기차역에서 만났어요. 몹시 추웠고 사람도 많았지만 그를 한눈에 알아볼 수 있었어요. 그는 다른 사람들보다 머리 하나가 더 크고, 롱코트에 양복을 입고 페도라를 썼으며 WEI 배지를 가슴에 달고 있었어요. 동양인이 그런 차림을 하면 대개는 우스꽝스럽지만 그는 아주 근사했죠. 우리는 일주일 동안 맡은 업무를 성공적으로 처리한 뒤 홀가분한 기분으로 자축하기로 했어요. 호텔 바에서 밤새도록 술을 마셨고 그는 잔뜩 취했어요. 그를 부축해 호텔방으로 데려다줬는데 그가 내게 키스했어요. 그러곤…… 달콤한 밤을 보냈죠."

앉아 있는 사람들 사이에서 가벼운 웃음이 터졌지만 뤼밍싱은 웃지 않았다.

"다음 날 그보다 일찍 일어나서 그가 입을 옷을 준비해놓고 먼저 식당으로 내려왔어요. 그의 잔에 커피를 따르고 크림과 각설탕도 가져다 놓은 뒤 테이블로 다가와 앉는 그를 미소로 맞이했어요. 그가 블랙커피를 한 모금 맛본 뒤 설탕과 크림을 더 넣어야겠다고 했죠. 내가 준비해둔 옷을 입고 있었는데, 영 안색이 좋지 않았어요. 왜 그러느냐고 물었더니 한참을 망설이다가 난처한 표정으로 말했어요. 어젯밤에 돼지 한 마리와 섹스하는 꿈을 꿨다고. 게다가 그 돼지가 자기 몸에 올라타 꽥꽥 소리를 질렀다고. 소시지를 보니까 그 생각이 나서 속이 울렁거린다며 접시에 놓인 소시지를 밀어냈어요. 아마 너무 오랫동안 욕구를 풀지 못해 그런 꿈을 꾼 거 같다고 했죠."

누가 터지는 웃음을 재빨리 삼켰다. 줄리아가 담담하게 말했다. "사실 그건 양고기 소시지였지만. 결국 내가 먹었죠. ……기름진 음식을 먹은 건 그때가 마지막이었어요. 출장에서 돌아온 뒤 다시는 그를 만나지 않았고 나는 이 동호회에 가입해 매일 세 시간씩 운동하고 탄수화물 섭취량을 300그램 이하로 제한했어요. 단것도 먹지 않았고요……. 그 계획을 실천한 지 오늘로 3년 하고도 74일이 됐고, 총 32킬로그램을 감량했어요. 지금은 정말 행복해요. 이 동호회에, 모두에게 감사를 전합니다. 앞으로도 다이어트를 계속할 거예요. 주님께 감사합니다!"

우레 같은 박수 소리가 지하실을 가득 채웠다. 뤄밍싱은 단상에서 내려오는 줄리아의 허리를 보며 15킬로그램은 더 빼야 할 것 같다고 생각했다.

키 크고 후리후리한 야오째 신부님이 말했다. "이렇게 화끈한…… 하하, 아니에요. 이렇게 희망적인 경험담을 들려준 줄리아에게 고마워요. 다이어트가 쉽지 않다는 걸 우린 다 알죠. 하지만 우리가 하느님을 알고 하느님의 인도를 받아들이기만 한다면 강인한 의지로 사탄의 유혹에 맞설 수 있답니다. ……자, 이제 또 다른 분의 경험담을 들어볼까요? 손 드는 분이 없으면 제가 지명할게요. 셋째 줄에 앉은 형제님?"

야오 신부의 시선이 똑바로 자신을 향하자 뤄밍싱은 좌우를 둘러보다가 모두의 시선이 자신에게 쏠린 걸 알았다. 그가 한숨을 후 내쉬고 몸을 일으켜 단상으로 올라갔다. 불빛이 눈을 찔러 청중의 얼굴은 보이지 않고 누가 더 뚱뚱한지만 구분할 수 있었다. 하지만 그녀만큼은 또렷하게 보였다. 알록달록한 니트 코트에 숱이 많지 않은 밝은 갈색 머리, 오른손가락 사이에 끼워져 있는, 아직 불을 붙이지 않은 담배가 그에게 인사하듯 살짝 올라가 있었다.

뤄밍싱은 이마에서 땀이 비어져 나오는 걸 느꼈다. "안녕하십니까? 저는 뤄짜이駱仔라고 합니다. 보시다시피 뚱보입니다." 그가 마이크를 들었다. "오늘 저는 아무 얘기도 하지 않겠습니다."

츠산궁慈善宮 앞 노점상들이 모두 장사를 마친 시각, 유일하게 아중阿忠의 철판에서만 김이 모락모락 피어오르고 있었다. 대형 비닐 파라솔 아래 놓인 간이테이블에서 샤오쉐리가 그릇에 코를 박고 국수 가닥을 게걸스레 입에 밀어 넣었다. 뤄밍싱 앞에는 그릇도 젓가락도 없었다. 그는 유리잔에 무가당 녹차를 따른 뒤 귀한 음료를 음미하듯 조금씩 마셨다.

"용건이 뭐야?"

샤오쉐리가 고개도 들지 않고 돼지고기완자를 입에 넣었다.

뤄밍싱이 녹차 한 모금을 더 들이켜고는 100위안짜리 지폐 두 장을 테이블에 내려놓고 일어났다. 자리를 뜨려는데 샤오쉐리가 얼른 그의 팔을 낚아챘다. "뤄짜이, 뤄 선생, 이러지 마. 할 말 있으면…… 좋게 해."

"그걸 알면 너나 말해."

샤오쉐리가 그의 팔을 붙잡은 손에 더 힘을 주며 만면에 웃음을 띠고 말했다. "이…… 이러지 마. 너…… 너무 오래 기다려서 배가 고파서 그랬어. 우리 오래된 사이잖아. 옛정을 생각해서……."

뤄밍싱이 여자를 홱 뿌리쳤다. "미쳤군! 옛정이라고? 날 좀 봐. 날 보라고. 내가 지금 어떤 꼴이 됐는지. 이게 다 너 때문이야! 뭘 더 어쩌라고? 뒷골목에서 남자들이나 기다릴 것이지 왜 나타나? 얌전히 몸이나 팔 것이지 성당엔 왜 나타나? 성당이 너 같은 애가 와도 되는 덴 줄 알아? 젠장, 날 좀 놔줄 수 없어? 사라져줄 수 없느냐고!"

121

그가 참았던 울화를 한꺼번에 쏟아붓고 자리를 떴다. 하지만 뒤에서 훌쩍이는 소리가 들리자 몇 발짝 가지 못하고 한숨을 푹 내쉬었다. 그는 몸을 돌려 여자를 일으키며 아중에게 수건을 빌려달라고 했다.

"뤄짜이, 제발, 제발 도와줘. 앞이 막막해. 제발." 샤오쉐리가 흐느꼈다. 그녀의 머리칼은 축축하게 젖어 숱이 더 적어 보였고 파르스름한 두피가 드러났다.

"어떤 사람을…… 떠나고 싶어."

"그게 누군데?"

"말할 수 없어. 어쨌든 남자야." 샤오쉐리의 목소리가 떨렸다. 그녀는 외투 주머니에서 담배갑을 꺼내 툭툭 두드려 한 개비를 뽑았다. 몇 번을 누른 끝에 겨우 라이터를 켰다.

"떠나려는 이유는?"

"그게 뭐가 중요해? 찢어지면 찢어지는 거지 이유는 뭐 하러 물어?"

잠시 정적이 흐른 뒤 뤄밍싱이 천천히 입을 열었다. "내가 뭘 어떻게 해줘야 되는데? 그 남자랑 흥정이라도 해줘? 얼마를 뜯어내려고?"

"돈 문제가 아냐." 샤오쉐리가 담배를 한껏 빨았다. "숨을 곳을 구해줘."

뤄밍싱이 차 한 모금을 마시고 또 물었다. "그 사람한테 얼마 빚졌어?"

"돈 문제가 아니라고 했잖아."

"그놈이 때려?"

"날 죽일 거야." 여자의 얼굴에 경련이 일었다. "캐묻지 말고 당분간 숨을 곳 좀 구해줘. 다른 건 묻지 말고. 응?"

"상대가 어떤 사람인지 모르니 어디가 안전할지 알 수가 없군."

"그냥…… 당신이라고 생각하면 돼." 샤오쉐리가 담배를 한 모금 빨고 입술을 파르르 떨며 말했다. "꼭 도와줘야 돼. 안 그러면…… 난 분명 죽을 거야."

다음 날 아침 뤄밍싱은 차로 30분 거리에 있는 샤부쯔로 향했다. 전화 몇 통을 걸고 몇 사람을 만났다. 그들 중 대부분은 몇 년 만에 만나는 사람들이었고, 아무도 지금의 그의 모습을 알아보지 못했다.

정오가 지났을 무렵 뤄밍싱이 시내로 돌아와 카페에서 점심을 먹고 새 고객을 만났다. 말총머리를 한 30대 초반의 젊은이였다. 자갈 사업을 하고 있는 그는 반년 전 루짜이盧仔가 급하게 필요하다고 해서 자갈 열 트럭을 급하게 납품했는데, 물건 값의 10퍼센트만 받고 연락이 끊겼다고 했다.

뤄밍싱은 젊은이와 한참 얘기를 나눴다. 루짜이의 생김새, 발주 정보, 자갈 사업의 상황, 정부 사업의 입찰 비리 등등.

저녁이 되자 뤄밍싱은 런아이루仁愛路를 따라 샤마춰下馬厝로 갔다. 오피스 빌딩 몇 동이 비탈을 따라 오르락내리락 지어져 있었다. 20년 전 한 건설사가 '타이완의 토스카나'를 표방하며 개발했던 곳이지만 지금은 그저 몰락한 상권으로 전락했다. 런아이루에만 사람이 조금 몰릴 뿐 다른 골목의 점포들은 거의 문을 닫고 쓰레기와 낙서만 가득했다.

뤄밍싱은 골목을 돌다가 점포의 절반이 문을 닫은 메이화梅花빌딩 후문으로 들어갔다. 엘리베이터를 타고 한 층 올라가 전자부품 매장들을 지나쳐 런아이루와 맞닿은 정문으로 나갔다. 런아이루를 몇 바퀴쯤 돌다가 '전통 비법'이라고 써 붙인 음료수 가게에서 무가당 율무차 한 잔을 산 뒤 택시를 타고 집으로 돌아왔다.

　다음 날 그는 또 몇 통의 전화를 하고 은행, 자물쇠 가게, 휴대폰 매장, 대형 마트에 차례로 들른 뒤 커다란 비닐쇼핑백 몇 개를 차에 실었다. 오후 5시경에는 공중전화로 샤오쉐리에게 전화를 걸어 준비하고 있으라고 일렀다.

　집으로 돌아와 계란 두 개를 삶아 편의점에서 사 온 양상추와 함께 먹은 뒤 샤워를 하고 잠깐 텔레비전 뉴스를 보았다. 서비스업에 종사하는 여성들이 모 명품 브랜드 바지의 허리둘레가 너무 작다고 불평한다는 얘기, 코맹맹이 젊은이가 노약자석에 앉았다가 두들겨 맞은 얘기, 노부부가 횡단보도를 2분 동안 건너는데 아무도 도와주지 않았다는 얘기 같은 것들이었다. 텔레비전과 전등을 끄고 소파에 누워 잠을 청했다.

　새벽 2시 33분, 뤄밍싱은 차를 몰고 츠산궁 후문으로 갔다. 샤오쉐리가 가방을 들고 어두운 곳에 몸을 숨기고 있었다. 그녀는 뤄밍싱이 시킨 대로 모자와 마스크를 쓰고 있었지만 지난번에 입었던 그 알록달록한 니트 코트를 입고 있었다.

　"뤄짜이, 역시 이럴 줄 알았어. 대단해. 이틀 만에 숨을 곳을 찾다니!" 그녀는 소풍 가는 초등학생처럼 들떠 있었다.

　뤄밍싱이 알루미늄포일을 꺼냈다. "휴대폰 내놔."

　"무슨 휴대폰?"

　"휴대폰 줘봐."

　샤오쉐리가 HTC 사의 스마트폰을 건네려다가 멈칫 손을 움츠리며 경계하는 눈초리로 물었다. "뭘 하려고?"

　뤄밍싱이 그녀의 휴대폰을 낚아채 전원을 끈 뒤 알루미늄포일로 겹겹이 감았다. "전파를 차단해야 돼. 3G 스마트폰을 가지고 다니면 하루도 안 돼서 위치를 들킬 거야." 그가 노키아 3250을 꺼내 여자에게 건넸다.

"선불 유심을 끼워놨어. 다른 사람 명의로 산 거야……. 급할 때만 써. 평소에는 공중전화 쓰고. 동전 넣고 거는 거."

"요즘 공중전화가 어디 있다고……."

"잘 찾아보면 있어."

뤄밍싱이 엑셀을 밟았다. 좁고 구불구불한 길을 지나 73번 고속도로로 들어섰다. 차가 시내를 반쯤 빙 돌아 베이수시北樹溪대교에서 샤부쯔로 내려간 뒤 어느 아파트 입구에 멈춰 섰다.

"3층 2호. 먼저 올라가." 뤄밍싱이 여자에게 열쇠를 건넨 뒤 짐가방과 잡다한 물건을 들고 뒤뚱거리며 좁은 계단을 3층까지 올라갔다. 3층 2호에 도착하기도 전에 여자의 새된 외침이 복도를 울렸다. "미쳤어! 뤄짜이, 야반도주한 날 위해 이렇게 비싼 집을 구했어? 당신 정말 날 사랑하는구나?"

집을 보고 뤄밍싱도 어리벙벙했다. 23제곱미터 남짓한 복층 원룸에 가구와 주방가전이 완비돼 있고 시원한 통유리 거실 창으로 강변공원 녹지가 훤히 내려다보였다.

"진짜이金仔 이 허섭스레기가 '호화 원룸'으로 여자들을 꾀었군……."

뤄밍싱이 짊어지고 올라온 물건들을 바닥에 부려놓았다. "까불지 말고 입조심해……. 열쇠는 하나뿐이니까 잃어버리지 말고. 아무도 집에 들이지 마."

샤오쉐리가 열쇠를 받으며 고개를 끄덕였다.

뤄밍싱이 또 말했다. "이건 잡다한 일용품들이야. 필요한 게 있으면 이 근처에서 사지 말고 멀리 가서 사. CCTV에 찍히거나 점원에게 특별한 인상을 남기면 문제가 될 수 있어."

샤오쉐리가 고개를 갸웃 기울여 바닥에 있는 짐들을 내려다보며 고개를 끄덕였다.

"짐가방 열어봐. 뭘 가져왔는지 보자."

"볼 거 없어. 속옷 몇 벌뿐인데 볼 게 뭐 있다고……."

"네 머리를 어떻게 믿어? 확인해야겠어……. 꺼내봐!"

샤오쉐리가 입을 비죽거리며 가방을 열었다.

"이런 걸 입고 밖에 나가겠다고?" 뤄밍싱이 극소량의 원단에 스팽글이 달린 미니 원피스를 들어 올렸다.

"뭐 어때? 아주 정상적인데."

"넌 계속 뒷골목에 뻗치고 서서 남자나 기다리는 게 정상이지……. 이 옷은 내가 가져간다. 봉지 안에 티셔츠 몇 벌 있어. 그거 입어. 수수하게 입을수록 좋아. 화장하지 말고. 선글라스나 마스크도 쓰지마. 평범한 동네 아주머니처럼 하고 다니라고. 남들 시선 끌지 말고."

"이거? 이 정도로 수수하게?" 샤오쉐리가 가슴이 푹 파인 와인색 니트 티셔츠를 집었다. 어깨에 활짝 펼친 공작 깃털도 달려 있었다.

뤄밍싱이 그 옷도 휙 낚아채 구석으로 던져버리고 또 물었다. "이건 또 뭐야?"

"향로. 향은 피워야지……. 사부님이 그랬어. 우리 같은 일을 하는 사람들은 하루라도 향을 안 피우면 18층 지옥에 떨어져서 아귀들한테 겁탈당한대!"

뤄밍싱이 힘 빠지는 표정을 지었다. "옆집 사람이 당장 알아챌 거야. 새로 이사 온 미친 여자가 날마다 향을 피워댄다고. 이것도 압수."

"하지만 사부님이……."

"생각해봐. 아귀에게 겁탈당한다 해도 50년 뒤의 일이야. 네 맘대로 해." 뤄밍싱이 또 이상하리만치 커다란 남자 운동화를 꺼내며 욕했다. "니미럴. 이건 또 뭐야? 화분이냐?"

"아냐……. 아무래도…… 여자 혼자 사니까 문밖에 남자 신발을 둬야 마음이 놓여."

"누가 널 귀찮게 한다고." 뤄밍싱이 그 운동화를 자기 가방에 넣고 잔소리를 계속했다. "남의 눈에 띄는 짓 하지 마. 문밖에 아무것도 놓지 말라고. 누가 말을 걸며 인사를 해도 길게 얘기하지 말고. 알았어?"

"감옥살이네."

뤄밍싱이 녹차를 꺼내 한 모금 마셨다. "네 기둥서방이 어떤 놈인지는 모르지만 아마 덜떨어진 놈이겠지. 이렇게까지 조심할 필요도 없을 거야. 하지만 만약 나라면, 네가 말했듯 나 같은 사람이라면……. 타이완은 손바닥만 해서 타이마리太麻里*에서 바람이 불면 타이베이 101 빌딩이 흔들리는 곳이야. 네가 인터넷에 접속하든, 전화를 걸든, 신용카드를 쓰든, 아니, 이웃과 싸우기만 해도, 인터넷 검색을 하고 전화국, 운전면허관리소, 파출소에 가면 널 금세 찾아낼 수 있어. 그런 다음 널 죽이겠지."

여자가 고개를 축 늘어뜨리며 대답했다. "알았어. 이렇게 완벽하게 준비해줬으니 안심이야."

---

* 타이완 남부 타이둥臺東에 있는 지역.

뤄밍싱이 또 녹차를 한 모금 마시고 가죽 재킷에서 1천 위안짜리 지폐 열 몇 장을 꺼냈다. "1만 5천 위안이야. 우선 보태 써. 신용카드나 체크카드는 쓰지 말고. 단 한 번도 안 돼."

"나도 돈 있어." 샤오쉐리가 크라프트지 봉투를 꺼냈다. 봉투 안에 지폐 한 뭉치가 들어 있었다. 10년 동안 몸 팔아 번 돈이야. 당신 돈 필요 없어."

"우선 보태 써."

"난 손님 돈만 받아." 뤄밍싱을 응시하는 그녀의 눈동자가 흐릿해졌다.

뤄밍싱이 말없이 돈을 쥔 손을 내리다가 그녀의 소매를 스쳤다.

샤오쉐리가 담담하게 말했다. "나중에 다 갚을게. 곧…… 돈이 생기거든. 당신은 전생에 나한테 빚진 거 없으니 갚을 필요 없어. 하지만 나한테 이렇게 잘해줘서 진짜 기뻐. 그때도……."

그녀의 말이 끝나기도 전에 뤄밍싱이 몸을 획 돌려 밖으로 나갔다. 그는 비틀거리며 계단을 내려와 자동차 시동을 켜고 가장 빠른 속도로 떠났다. 새벽 4시, 밤은 지나가고 아침은 오지 않은 시각. 세상은 어둡고 적요했다. 핸들을 잡은 뤄밍싱의 손이 떨렸다. 그의 배에서 나는 꼬르륵 소리가 잠든 도시를 깨울 듯 크게 들렸다. 어디 가서 실컷 배불리 먹고 싶었다. 지금 한 번이면 족했다.

다음 날 뤄밍싱은 정오가 되어서야 일어났다. 일어나자마자 사과와 저지방우유로 점심을 먹고 옷장 속에 하나뿐인 번듯한 정장 코트를 입고 집을 나섰다. 경찰국에 갈 때는 무슨 일이 있어도 번듯한 옷차림을 한다는 것이 그의 철칙이었다.

시경찰국 북구 지국의 지하에 탁구실이 있었다. 오후 5시 무렵 탁구대 여섯 개가 모두 차 있고 탁구공 튕기는 소리와 시끄러운 육

두문자가 여기저기서 터져 나왔다.

뤄밍싱은 복식용 탁구대 옆에 앉아 키 작은 남자가 서브 넣는 것을 보고 있었다. 경기가 막 시작됐지만 그리 오래 기다릴 필요가 없다는 걸 그는 알고 있었다. 예상대로 5분 뒤 키 작은 남자는 과장된 탄식 소리와 함께 3:11로 경기에 패했다.

"롱핌플은 그렇게 받아치면 안 돼. 아, 진짜…… 마음이 너무 약해. 공이 전부 노스핀으로 오잖아. 스텝을 더 연습해. 원, 투, 스매싱, 오케이? 스텝이 제일 중요해." 키 작은 남자가 동료와 함께 패배의 이유를 분석했다. 동료는 키가 큰 젊은이였다.

"쑤웨이蘇偉, 여전히 말로 하는 탁구는 국가대표군."

쑤웨이가 어리둥절한 표정으로 물었다. "어…… 뉘시더라?"

"염병할! 나야 뤄밍싱! 눈이 멀었냐?

"선배!" 쑤웨이가 깜짝 놀랐다. "어쩌다 이렇게 뚱…… 이렇게 되셨어요? 전…… 전혀 못 알아보겠네."

"나잇살이야."

"그래도 이건 너무 심……." 쑤웨이가 몸을 돌려 동료에게 말했다. "위정, 내가 늘 얘기했지? 뤄밍싱 경관님이야. 예전에 자네 본부 최고참이었어. 그 뭐냐, 양광陽光총격사건, 싼허三和토막살인사건, 굵직한 사건들 모두 이분이 해결했어. 선배, 이쪽은 뤄위정이에요. 지난달에 수사대로 발령받았어요."

"선배님, 안녕하세요." 뤄위정이 인사하자 뤄밍싱이 손을 내저었다. "떠난 지가 언젠데. 다 지나간 얘긴 해서 뭣해. 자네한테 용건이 있어서 왔어, 쑤웨이."

"잘 오셨어요!" 쑤웨이가 침을 꿀꺽 삼켰다. "그런데 선배도 알겠지만, 내가 도울 수 있는 거라면 돕겠지만 도울 수 없는……."

"루짜이 알아? 시멘트 장사하는."

"아…… 어떤 루짜이요?"

"어설픈 연기 집어치워. 시멘트 장사하는 루짜이가 몇 명 돼? 큰 대가리 밑에 있는 똘마니 있잖아!"

"아…….." 쑤웨이가 말꼬리를 길게 빼다가 대답했다. "알아요. 그놈은 왜요? 또 무슨 사고를 쳤어요?"

"그놈 지금 어딨어?"

"내가 어떻게 알아요?" 쑤웨이가 땀을 닦으며 급하게 해명을 했다. "큰대가리가 빵에 가고 밑에 있는 똘마니들이 다 흩어졌어요. 루짜이가 어디 처박혀 있는지 내가 어떻게 알아요?"

뤄밍싱이 천천히 몸을 움직였다. "반년 전에 큰대가리를 잡아넣은 게 자네잖아."

쑤웨이가 입을 꾹 다문 채 땀을 닦고 물을 마셨다. 뤄밍싱이 계속 말했다. "큰대가리는 오래전에 했던 도시계획법 위반 사건으로 체포됐어……. 은퇴해서 멀쩡히 사업하다가 옛날 일에 발목이 잡혔지."

"큰대가리는 과거에 저지른 짓만 해도 평생 빵에서 썩고도 남아요. 난 정당한 직무를 집행한 거예요." 쑤웨이가 말했다. "하고 싶은 얘기가 뭐예요?"

"큰대가리가 손을 씻은 지가 언젠데 이제 와서 일이 터졌어……. 자네가 사람을 시켜 손을 쓰지 않았다면 불가능하지."

"워워, 선배. 무슨 말씀을 그렇게 하세요!" 쑤웨이가 어이없다는 과장된 표정을 지었다. "내가 손을 썼다뇨? 그 바닥 알력다툼이 얼마나 심한지 잘 아시잖아요. 가끔은 우리가 그걸 조금…… 음, 이용해서, 몸통은 잡고 꼬리는 놓아주는 거죠. 잘 알면서 그러신다."

"아무래도 상관없어. 내가 알고 싶은 건 루짜이가 제 두목을 배신하고 어디로 도망쳤느냐, 이거야."

쑤웨이가 한숨을 내쉬었다. "그놈은 왜 찾으세요?"

"별거 아냐. 합법적인 일이야. 성가시게 만들진 않을게. 약속해."

탁구 경기가 쑤웨이 팀의 패배로 끝났다. 이긴 팀이 쑤웨이를 놀리며 도발하자 쑤웨이가 몇 마디 되받아치고는 신문 한 귀퉁이에 이름과 주소를 써주며 잔뜩 내려앉은 목소리로 부탁했다. "내가 알려줬다는 건 비밀이에요."

"고마워." 뤄밍싱이 신문을 통째로 접어 코트 안에 품은 뒤 일어났다. 탁구장을 빠져나오려다가 갑자기 무슨 생각이 났는지 문 앞에서 몸을 휙 돌리더니 서브 넣을 자세를 취하고 있는 쑤웨이에게 외쳤다. "쑤웨이, 샤부쯔가 자네 관할이지?"

그다음 일주일 동안 뤄밍싱은 루짜이의 행방을 '쫓는' 데 열중했다. 고객을 만족시켜 기꺼이 돈을 지불하게 하기 위해서라면 셔츠가 땀범벅이 되고 신발 밑창이 닳더라도 최선을 다한다는 게 그의 신조였다.

수요일 밤 11시, 뤄밍싱이 차를 몰고 다오카좡道卡庄 베이밍루北明路에 있는 어느 가라오케로 갔다. 좁은 복도를 따라 룸이 길게 이어져 있었다. 시원한 옷차림의 아가씨들이 벽에 바짝 붙어 그에게 길을 비켜주었다. 408호 룸 앞에 섰다. 〈너를 쫓는다〉의 흥겨운 리듬이 문을 사이에 두고도 귀를 멀게 할 것처럼 크게 들렸다. 문을 열자 양쪽에 아가씨를 하나씩 끼고 정중앙에 앉아 있는 남자가 눈에 들어왔다. "루 선생, 할 얘기가 있어서 왔습니다."

나중에 그는 이 행동이 신중하지 못했음을 인정했다. 그런 시간적, 공간적 환경에서 역광을 받아 얼굴을 분간할 수 없는 거대한 몸집의 남자가 들어오며 오랫동안 감추고 산 자기 이름을 부른다면, 누구라도 차분히 대응할 수 없을 것이다. 뤄밍싱의 말이 끝나기가 무섭게 위스키병 두 개가 그의 얼굴을 향해 날아오고 뒤이어 인조대리석 스툴이 그의 눈앞에서 들어 올려졌다. 뤄밍싱이 얼굴에 흐르는 피와 위스키를 닦으며 몸을 일으키는 사이 재빨리 문을 비집고 나간 루짜이가 비상구를 통해 도망쳤다.

뤄밍싱은 계단 추격전을 하고 싶지 않았다. 엘리베이터 문이 열리고 1층에서 내리자 후문을 열려고 허둥대는 루짜이가 보였다. 그가 성큼성큼 다가갔다. "루짜이, 널 어떻게 하려는 게 아니야. 좋게 말로 하자. 돈 얘기는……." 그의 말이 끝나기도 전에 루짜이가 문을 열었다. 그가 밖으로 뛰쳐나가려다가 우뚝 멈췄다. 문밖에 스쿠터 한 대가 시동이 걸린 채 서 있고, 반바지에 슬리퍼, 검은 하이넥 트레이닝재킷 차림에 불투명한 헬멧으로 얼굴을 가린 사람이 걸터앉아 총을 쥔 오른손을 똑바로 전방으로 뻗고 있었다.

뤄밍싱이 전속력으로 달려나갔지만 이미 늦었다. 그의 손이 문 손잡이에 닿기도 전에 세 발의 총성과 함께 루짜이가 바닥에 고꾸라지고 스쿠터는 유유히 자리를 떴다.

뤄밍싱은 근처 병원에서 봉합 수술을 받았다. 홍콩 억양이 강한 의사가 벌어진 상처를 꿰매며 말했다.

"이렇게 덩치 좋은 분이 싸우다 다치셨어요? 실력을 제대로 안 보여주셨네. 하하하, 실례했습니다."

그때 평상복을 입은 사람이 진료실로 들어왔다. "선배님, 수사 1팀의 차이궈안입니다. 명성은 많이 들었습니다."

뤄밍싱이 계면쩍은 표정으로 고개를 숙였다. "명성은 무슨…….

다 망쳤어. 내 잘못이지. 젠장, 다 망쳤어."

차이궈안이 의아한 표정을 지었다. "뭘 망쳤다는 말씀이십니까?"

"루짜이는 돈을 떼어먹고 도망친 놈일세. 손가락 두세 개쯤 내놓으면 그만이지 죽을 것까지는 없단 말이지. 나 때문에 죽은 거야. 제기랄. 내가 죽인 거야!"

차이궈안이 어리둥절한 표정으로 말했다. "루짜이는 멀쩡합니다."

"뭐라고? 총 세 발을 맞고도 멀쩡하다고?"

"맞지 않았어요. 총은 벽을 향해 발사됐습니다." 차이궈안이 말했다. "총을 쏜 놈도 붙잡았습니다. 열 몇 살 먹은 꼬마예요. 지난주에 그 가라오케에서 술 취해 난동을 부리다가 쫓겨났는데 어디서 총을 구해 가지고 복수를 하겠다고 찾아갔답니다. 그런데 갑자기 후문에서 누가 뛰어나오니까 놀라서 얼떨결에 총을 난사하고 도망쳤다더군요."

"루짜이가 바닥에 쓰러지는 걸 내 눈으로 똑똑히 봤는데……."

"놀라서 기절한 거예요. 오줌까지 싼 걸요. 목격자 진술을 마치고 돌려보냈습니다."

뤄밍싱의 입에서 스프링처럼 욕이 튀어나왔다. "염병할!" 그가 벌떡 일어났다. "날 이렇게 자책하게 만들어놓고, 빌어먹을……. 나 먼저 가보겠네. 의사 양반, 고마워요!"

차이궈안이 그의 팔을 잡았다. "잠깐만요. 선배님, 도움을 청할 일이 있습니다."

"또 무슨 일이야? 루짜이는 멀쩡하고 총 쏜 놈도 붙잡았는데 나한테 또 무슨 볼일이 있어?"

"샤오쉐리를 아세요?" 차이궈안이 물었다.

뤄밍싱은 꼬리뼈를 바늘로 찔린 듯 짜르르한 감각이 온몸으로 번져 꼼짝할 수가 없었다.

"죽었습니다." 차이궈안이 말했다. "어제 피살됐습니다."

2

샤오쒜리가 피살된 장소는 샤부쯔의 원룸 아파트였다. 얼굴이 퉁퉁 붓고 치아는 다 빠지고 머리카락이 두피까지 뭉텅이로 뽑힌 채였다. 하얀 시폰 원피스가 갈가리 찢기고 전신 곳곳에 타박상이 있었다. 직접적인 사인은 두부 충격으로, 이마의 두개골이 깨지고 두개골 내 다량 출혈이 있었다. 현장에는 옷가지가 널브러지고 깨진 그릇이 나뒹굴었으며 옷장과 벽에 핏자국이 낭자했다.

현장 사진을 들여다보는 뤄밍싱의 머릿속에 사건의 경과가 그려졌다. 샤오쒜리가 허겁지겁 집 안으로 도망쳐 들어와 손에 잡히는 걸 닥치는 대로 범인에게 던지며 저항한다. 범인이 그녀의 머리채를 잡고 옷장 모서리에 내리쪅어 이마가 깨지고 치아가 날아간다. 범인이 다시 그녀를 붙잡자 발버둥치며 저항하다가 두피가 뜯기고, 범인은 그녀의 늑골을 부러뜨리고 벽으로 밀어 들어 올린 뒤 뭐라고 말하며 따귀를 후려갈긴다. 그녀의 얼굴이 찐빵처럼 부풀어 오르고 입안 점막이 파열돼 피와 침이 섞여 입가에 흐른다. 마지막으로 그녀는 더 높이 들어 올려진 뒤 복층 바닥판 구석으로 내던져진다.

뤄밍싱이 철제 접이식 의자에서 균형을 유지하려고 엉덩이를 움찔거렸다.

"일반인들만 이런 사진을 보면 밥을 못 먹는 줄 알았는데, 선배님도 그러시군요……. 시신을 너무 오랜만에 보셨나?" 차이궈안이 도시락을 우물거리고 씹으며 물었다.

"퇴직한 지 10년이네. 시간이 참 빨라." 뤄밍싱이 갈비덮밥 도시락을 손으로 밀었다.

"선배님의 퇴직이 그 여자와 관련이 있습니까?"

"그런 셈이지."

차이궈안이 냅킨으로 입 주위를 닦았다. "우선 제 얘길 들어보세요. 제가 알고 있는 게 맞는지. 피살자 샤오쉐리. 마흔 살. 서류상으로는 무직. 실제로는 츠산궁 뒷골목의 매춘부. 열일곱 살 때 매춘을 시작해 서른 살까지 쉰한 차례 체포됨. 그녀의 뒷배가 든든하다는 건 그 바닥 사람이라면 다 알고 있으며, 츠산궁의 '여왕 고양이'라는 별명도 있었음. 그녀의 든든한 뒷배는 경찰 분대장이었고, 그녀는 그의 내연녀였음."

"그 여잔 내 정보원이었네." 뤄밍싱이 말했다.

"선배님의 퇴직사유서에 그렇게 쓰여 있더군요. 샤오쉐리와의 내연 관계로 인해 가정 불화가 생겼고, 정위안룽鄭源榮을 추격해 체포하는 과정에서 리李 대원이 사망함."

"그게 이 일과 관계가 있나?"

"관계가 없습니까?" 차이궈안이 웃을 듯 말 듯한 표정을 지으며 반문했다. "선배님이 정보원과 내연 관계를 맺었고, 그로 인해 선배님은 경찰에서 퇴출당했습니다. 지금 그 여자가 선배님이 구해준 아파트에서 사망했고요. 그런데도 아무 관계가 없다고요?"

뤄밍싱이 침묵하다가 말했다. "어떤 남자에게서 도망치고 싶다면서 당분간 숨어 지낼 곳을 구해달라고 부탁하더군."

"그 남자가 누구죠?"

"몰라."

"뭘 하는 사람이래요?"

"몰라."

"보신 적 있어요?"

"못 봤네."

CCTV 돌아가는 미세한 진동이 들릴 만큼 조사실에 정적이 감돌았다.

"뭘 감추고 계시죠?" 차이궈안이 유산균 음료의 은박지 마개를 뜯었다. "선배님과 샤오쉐리는 오랫동안 질긴 관계를 맺어왔습니다. 아마도 이런 사이였겠죠. 선배님이 성가신 일을 처리해주면, 그녀가 그 보답으로 선배님의 물렁물렁한 거시기를 빨아준 겁니다. 하지만 그녀는 늘 시비를 몰고 다니는 여자였죠. 한번 히스테리를 부리면 상대의 살인 충동을 부를 만큼. 그래서 가끔 선배님이 그녀를 때렸고 그녀도 맞받아 때렸습니다. 그 원룸 아파트가 선배님이 구해준 몇 번째 아파트인지는 모르겠습니다만, 그날 둘이 거기 같이 있었습니다. 성관계를 했을 수도 있고 안 했을 수도 있고. 어쨌든 그녀가 또 히스테리를 부리기 시작했고 둘이 몸싸움을 벌였습니다. 때리고 물건을 던지고, 그러다가 선배님이 이성을 잃고……. 매춘부와 손님의 스토리는 결국 새드엔딩이 됐죠."

뤄밍싱은 대답하지 않고 옆에 앉은 젊은 형사에게로 시선을 옮겼다. 그는 허리를 곧게 펴고 앉아 다 먹은 도시락을 건드리지 않은 새 도시락처럼 반듯하게 다시 덮어 묶고 있었다. "뤄위정이라고 했던가? 우리 만난 적 있지?" 뤄밍싱이 물었다.

젊은 형사가 몸을 약간 굽혔다. "뤄위정. 경찰대 168기. 현재 정사좌偵查佐*입니다. 선배님…… 음, 선배님, 조사에 협조해주십시오."

"신고자가 누군가?"

뤄위정이 차이궈안에게 시선을 옮겨 그가 고개를 끄덕이기를 기다렸다가 말했다. "궈스신郭世信이라는 남자 대학생입니다. 아파트 4층에 살고 있습니다. 오늘 오후 15시 15분에 샤부쯔 파출소에 와서 신고했습니다. 계단에서 시체 썩는 냄새 같은 악취가 나서 살펴보니 3층 2호가 냄새의 근원지인데 벨을 눌러도 대답이 없어서 신고하러 왔다고 했답니다."

"현관 자물쇠가 망가져 있었나?"

"아뇨. 문이 자동으로 잠겨 있어서 저희가 열쇠공을 불러서 열었는데, 자물쇠가 망가지거나 억지로 뜯어낸 흔적은 없었습니다." 뤄위정이 들고 있던 서류철을 펼쳤다. "열쇠는 피살자의 손가방 안에 있었습니다."

뤄밍싱이 중얼거렸다. "피살자가 문을 열어주었군. 면식범의 소행이야."

차이궈안이 말했다. "범인이 열쇠를 가지고 있었을 수도 있죠."

"사망 시각은?"

"법의학자의 판단으로는 대략 48~56시간 전, 그저께인 12월 21일 오후에서 저녁 사이입니다. 주변 탐문 결과 4층 3호에 사는 회사원 여성이 21일 밤 9시경에 아래층에서 다투는 소리를 들었다고 합니다."

---

* 타이완 경찰 직위의 일종.

"이 정도로 심하게 싸웠는데 들은 사람이 한 사람뿐이라고?"

차이궈안이 다리를 꼬며 말했다. "지은 지 얼마 안 된 아파트라 입주율이 절반도 안 된다는 걸 아셨잖습니까."

뤄위정이 계속 말했다. "아직 아파트 CCTV도 운영되기 전입니다……. 사건 현장 아파트의 소유자 홍잉원洪英文과 아는 사이시죠?"

"그를 찾아냈나?"

"아뇨. 정보원에 따르면 스위스에 있다고 하더군요. 누가 그 아파트를 관리하고 있는지는 알아내지 못했습니다."

"그런 다음에 날 찾아낸 건가?"

뤄위정이 머뭇거리며 대답하지 않았다.

"오후 3시에 신고를 받고 저녁에 날 찾아내다니." 뤄밍싱이 머리에 난 상처를 만지작거리며 중얼거렸다. "훌륭해. 어떻게 찾았지?"

"샤오쉐리에 관해 조사하면 선배님의 이름이 바로 나오죠. 마치 정화조를 열면 똥이 보이는 것처럼, 너무도 당연하게 말입니다." 차이궈안의 신발 끝이 뤄밍싱의 무릎 앞에서 까딱거렸다. "뤄 경관님도 아실 겁니다. 사건은 대략 이렇고, 누구든 한번 지나간 곳에는 반드시 흔적이 남는다는 사실을요. 협조해주신다면……."

뤄밍싱은 차이궈안의 커다란 신발이 자기 바짓단을 의식적으로든 무의식적으로든 계속 스치는 것을 보고 있었다. 전형적인 경찰의 수법이었다. 슬슬 상대의 심기를 거슬러 경찰모욕죄나 공무집행방해죄를 추가로 저지르게 한 다음 조건을 제시해 흥정하는 것이다.

"내가 아는 건 다 말했네." 뤄밍싱이 냉정하게 말했다.

"다시 묻겠습니다. 선배님이 샤오쉐리를 죽였습니까?"

"죽이지 않았네."

"그녀를 죽이겠다고 협박한 남자는 누굽니까?"

"몰라."

"그 아파트 열쇠를 갖고 계십니까?"

"없어." 뤄밍싱이 말했다.

"21일 밤 9시에 어디 계셨습니까?"

"난…… 난…… 집에 있었네." 뤄밍싱이 부릅뜬 눈으로 전방을 응시했다.

"목소리에 점점 자신감이 떨어지시네요? 낙담하지 마세요. 첫 살인은 원래 다 그렇죠." 차이궈안이 차갑게 웃었다. "자수의 조건은 알고 계시죠? 한 번 더 기회를 드리겠습니다. 선배님의 범행이 맞습니까?"

뤄밍싱이 두 팔로 배를 감싸고 고개를 들어 천장을 올려다보았다.

차이궈안이 공문 한 장을 뤄밍싱 앞으로 툭 던지며 느릿느릿 말했다. "뤄밍싱 선생, 당신을 현 시각으로 12월 21일 밤 샤오쉐리를 살해한 혐의로 체포합니다. 당신은 묵비권을 행사할 수 있으며 변호사를 선임할 권리가 있습니다. 가족에게 연락하길 원한다면 전화를 걸 수 있도록 협조할 것입니다. ……하지만 그러지 않을 것 같군요." 그가 일어나 서류철을 정리한 뒤 마지막으로 한마디 덧붙였다. "선배님, 유치장에서 보내는 첫 밤, 편히 쉬십시오."

경찰국 유치장은 밤이 깊을수록 아름다웠다. 폭행, 음주운전, 매춘, 마약, 절도 등 갖가지 범죄를 저지른 사람들이 자정 전후로 좁디좁은 공간에 속속 욱여넣어졌다. 토사물, 마약, 알코올 냄새가 뒤섞여 공기 중에 둥둥 떠다녔다. 쓰레기가 터질 듯이 꽉 찬 거리의 휴지통 같았다.

뤄밍싱의 비둔한 몸집이 사람들의 흘긋거리는 시선을 끌었다. 그가 한 귀퉁이에 신문을 깔고 앉자 옆에 있는 마약쟁이가 얌전해 졌다. 얼굴에 개기름이 번들번들한 키 작은 남자가 말을 걸었지만 뤄밍싱은 들은 척도 않고 흠 속에 머리만 처박은 타조처럼 재킷을 바짝 끌어올려 머리에 뒤집어썼다.

10년 전 샤오쉐리를 처음 만난 곳이 바로 이 유치장이었다.

샤오쉐리는 그때 이미 경찰국 단골손님이었다. 그녀는 바닥에 책상다리를 하고 앉아 비통한 얼굴의 여자들 몇 명과 암탉처럼 모 여 두런두런 얘기를 나누고 있었다. 뤄밍싱이 그녀를 데리고 나와 양춘면 한 그릇을 사주고 담뱃불을 붙여주며 그녀가 털어놓는 기 구한 인생 이야기를 들어주었다. 그때만 해도 그녀의 뺨 근육이 자 유자재로 움직이고 붉은 입술이 앙증맞은 동물처럼 연기 속에서 달싹거렸다.

뤄밍싱은 서른두 살의 분대장이었다. 경찰국 내부에 잡음이 많 고, 츠산궁 뒷골목은 온갖 부류의 사람들이 뒤섞여 있으므로 그곳 에 충실한 끄나풀 하나만 심어놓을 수 있다면 출세의 지름길을 탈 수 있었다. 처음에는 어쩌다 한 번씩 만났다. 자주 만나기 시작한 건 양광총격사건 이후였다. 모텔에 가자고 제안한 건 그녀였다. 의 심받을까 봐 두렵다며 아무도 없는 곳에서 만나자고 했다. 뤄밍싱 이 사건 조사가 아닌 목적으로 그런 곳에 간 건 처음이었다. 어떤 방을 원하느냐는 프런트 직원의 물음에 머릿속이 하얘졌다가 비즈 니스룸을 선택했다. 더블침대, 소파, 텔레비전이 있고 욕실 파티션 은 투명한 유리였다.

그녀는 객실에 들어가자마자 덥다며 에어컨을 최대 강도로 틀어놓고 외투를 벗어던지더니 침대에 올라가 담뱃불을 붙이며 텔레비전을 켰다. 시폰 원피스 자락이 올라가 허벅지가 절반쯤 드러났다.

두 사람은 쉬어가기로 한 두 시간을 꽉 채워 머무르며 재떨이 가득 담배꽁초를 남겼다.

이런 관계는 2년 동안 유지됐다. 정위안룽 사건이 일어나기 전까지.

"뤄밍싱!"

재킷을 걷자 창밖에서 쏟아져 들어온 햇빛이 눈을 찔렀다. 제복을 입은 경찰이 문 앞에 서서 짜증스러운 표정으로 손가락에 끼운 열쇠를 돌리고 있었다.

"물어볼 게 아직 남았나?" 뤄밍싱이 손으로 얼굴을 비비며 마른 세수를 했다. 입안이 바짝 마르고 혓바닥이 깔끄러웠다.

"이제 안 물어볼 겁니다. 보증인이 나타났으니 나가셔도 됩니다." 경찰이 대답했다. "빠뜨린 물건 없는지 확인하고 나오세요."

"뤄 형제님! 풀려나셨군요. 주님, 감사합니다!" 야오 신부가 유리창에 비낀 햇살처럼 해사한 미소로 그를 맞이했다.

"우리가 어떻게 이런 곳에서 만나게 됐는지 이상하죠? 줄리아 자매님 덕분이에요……. 줄리아 자매님이 어제 다이어트 요가 후기를 물어보려고 뤄 형제님에게 전화를 걸었는데 뜻밖에도 경찰이 받더랍니다. 형제님이 유치장에 수감돼 있다는 걸 알고 자매님이 곧바로 형제님, 자매님 들에게 연락했어요. 모두들 기꺼이 돕겠다고 나섰지요. 그래서 다 함께 아침 일찍 경찰국으로 달려왔답니다. 12월 21일 밤 뤄 형제님이 성당에서 다이어트 요가 입문반 수업에 참석했었다고 우리가 증언했어요."

자기와 비슷하게 뚱뚱하거나 더 뚱뚱한 사람들의 시선이 도망칠 곳 없이 자신에게 똑바로 달려드는 걸 보며 뤄밍싱은 갑자기 부끄러워졌다. 그들이 차례로 다가와 그를 끌어안았다. 줄리아는 맨 마지막에 서 있었다. 굽슬굽슬한 파마 머리에 화장을 한 그녀가 낯을 가리듯 어색한 미소를 입가에 띄웠다.

"줄리아, 고마워요." 그가 말했다.

"별일 없으면 됐어요." 줄리아가 그를 조금 더 꼭 끌어안고 조금 더 오래 있었다.

야오 신부가 손뼉을 쳤다. "정말 잘됐어요. 성경 말씀에 '너는 말 못 하는 자와 모든 고독한 자의 송사를 위하여 입을 열지니라'라고 했지요. 주님 감사합니다. 우리 둥글게 서봅시다……. 뤄 형제님 뭐라고 하셨죠? ……네, 맞아요. 바로 여기서. 자, 모두 어깨동무를 하고 '12단계'를 외워봅시다. 1단계, 우리가 비만과 맞서 싸우지 못해 우리 삶이 걷잡을 수 없이 변해버렸음을 인정한다. 2단계, 우리보다 더 큰 힘이 있음을 믿고, 그 힘이 우리의 정신 건강과 또렷한 이성을 회복시켜줄 수 있음을 믿는다. 3단계, 우리의 의지와 삶을 우리가 알고 있는 하느님께 의탁한다……."

"열기가 후끈하군요."

언제 와 있었는지 차이궈안이 뤄밍싱 옆에서 불쑥 말했다. "그날 밤 이 뚱뚱한 분들과 요가를 했다고 진즉 말씀하셨으면 선배님을 힘들게 하지 않았을 텐데요. 요가복을 입은 뤄 경관님은 보나 마나 아주 섹시하겠죠!"

뤄밍싱이 그를 노려보며 아무 말도 하지 않았다.

차이궈안이 그의 어깨에 팔을 얹고 들릴 듯 말 듯한 목소리로 말했다. "젠장, 당신 짓이라는 걸 난 알아! 내가 증거를 찾아낼 테니 알리바이를 어떻게 꾸며냈는지 털어놓으시지. 빌어먹을 뚱보 양반!"

뤄밍싱은 뒷풀이를 하자는 동호회 회원들의 열정적인 권유를 한참의 실랑이 끝에 사양한 뒤 버스를 타고 집에 돌아왔다. 현관 앞에 도착하자 갑자기 시장기가 몰려왔다. 그제야 어젯밤부터 아무것도 먹지 않았다는 생각이 났다. 골목 어귀에 있는 오래된 식당에 가서 통밀 만터우饅頭*와 무가당 두유를 시켜놓고 테이블에 흩어져 있는 신문을 보며 아침 식사를 했다. 기사는 대부분 선거에 관한 것이었다. 총통 후보 세 사람에 대한 여론조사 결과를 분석하는 사설 몇 편이 있었고, 토론은 한 달 전과 별로 차이가 없었다. 사회면을 펼쳤다. 한 지방법원에서 보험금을 타내려고 교통사고로 위장해 부친과 아내를 살해한 도사**에게 '후천적 냉혈한'이라며 무기징역을 선고했다는 기사가 실려 있었다.

뤄밍싱은 집에 돌아와 샤워와 면도를 하고 깨끗한 옷으로 갈아입은 뒤 텔레비전을 켰다. 역시 선거에 관한 뉴스였다. K당 진영에서 D당의 총통 후보 가족이 부동산 투기를 했다고 비난하자 D당은 K당이야말로 초대형 부동산투기집단이라고 반박했다. 30분 동안 똑같은 뉴스만 계속됐다. 텔레비전을 끄고 컴퓨터를 켜 인터넷에 접속한 뒤 마침내 중앙통신사CNA에서 짤막한 단신 기사를 발견했다.

'샤부쯔 윤락녀 피살사건. 치정에 의한 살인인 듯.'

검색 프로그램에 '차이궈안'을 입력하고 SNS 메시지 몇 개를 보

* 밀가루 반죽에 소를 넣지 않고 쪄낸 빵.
** 도교의 성직자.

냈다. 약 3시간 뒤 그에 대한 기본적인 정보를 파악할 수 있었다. 타이중 출신. 2000년 졸업. 형사국 수사대에서 4년간 근무한 뒤 2005년 '매 사냥 프로젝트' 때 부상을 입고 국제팀으로 전보되어 영국 스코틀랜드에서 연수. 파리 인터폴에 파견됐다가, 귀국 후 일선 현장에서 근무하고 싶다는 본인 의사에 따라 서른다섯도 안 된 나이에 분대장으로 승진했다. 그를 아는 사람들은 대부분 그를 일처리가 빠르고 '상사 관리'에 능하고, 조사국*, 헌병지휘부와의 관계를 노련하게 처리하며, 흑사회와 관계가 좋고, 거침없는 범죄 수사로 독보적인 역할을 한다고 평가했다. 그의 충실한 추종자도 있지만 그를 싫어하는 사람도 적지 않았다.

뤄위정에 대해서도 알아보았지만 자료가 많지 않았다. 경찰대를 졸업하고 보안팀에서 근무하다가 올해 초 형사대대로 발령받았다. 그를 본 사람들은 척추교정기를 장착한 것처럼 등이 꼿꼿하고 유능한 젊은이라고 평했다.

밤 10시가 넘자 옷을 갈아입고 밖으로 나갔다. 30분쯤 차를 달려 샤부쯔의 아파트로 갔다. 3층 2호를 포함해 아파트 전체의 3분의 2가 불이 꺼져 있었다. 계단을 올라가자 그 집 문에 폴리스라인이 설치되어 있었다. 손잡이를 돌려 보니 잠겨 있었다. 주머니에서 비상용 열쇠를 꺼내 문을 열고 휴대폰 플래시를 켰다.

집 안은 어지럽혀진 그대로였지만 조사실에서 본 사진과 조금 달라져 있었다. 경찰 수사의 흔적이었다. 허리를 굽혀 플래시로 집 안을 구석구석 비춰보았다. 뭘 찾으러 온 건지 그 자신도 알지 못했다. 이론상으로는 모든 유의미한 증거가 이미 경찰에 의해 증거

---

* 범죄 수사 및 정보 업무를 담당한 타이완 법무부 소속 기관.

실로 옮겨졌을 것이다. 그는 행인이 떨어뜨리고 간 빵부스러기를 찾아 헤매는 광장의 비둘기 같았다.

한 귀퉁이에서 꾸깃꾸깃 뭉쳐진 알루미늄포일을 줍고, 서랍에서 샤오쉐리의 얼굴이 클로즈업된 사진 두 장을 꺼냈다. 집 안 한가운 데 선 채 고개를 들어 가장자리가 검게 변색된 핏자국을 올려다보 았다. 쓸쓸한 눈동자가 원망하듯 그를 응시하는 것 같았다. 까치발을 하고 팔을 뻗어 핏자국을 가만히 어루만졌다. 그날 샤오쉐리가 했던 말이 뇌리를 스쳤다. "이렇게 완벽하게 준비해줬으니 안심이야." 그녀의 표정은 평온했다. 마치 그가 그녀에게 바람막이와 우산이 되어주겠다는 약속이라도 한 것처럼.

아파트를 나와 골목 몇 개를 지나 노점상에서 프라이드치킨, 오징어다리튀김, 고구마튀김을 한 봉지 샀다. 강변공원 벤치에 앉아 튀김이 들어있는 종이봉투를 모두 찢어 열었다. 기름 냄새가 커다랗고 따뜻한 손처럼 그의 얼굴을 감쌌다. 얼굴 근육이 팽팽하게 당겨지고 위장을 칼로 긋는 것처럼 뒤틀리게 아팠다.

한참을 거기 앉아 있다가 음식이 다 식고 나서야 다시 음식을 봉투에 싸 가지고 일어났다. 공원을 절반쯤 걷다가 마침 술을 마시는 노숙자 몇 명을 발견하고 그들에게 주었다.

마지막 CCTV 영상까지 다 돌려본 뤄웨이정 경관이 늘어지게 기지개를 켰다. 창으로 들어오는 부윰한 새벽빛 사이로 둥글게 부유하는 먼지들이 현미경으로 본 미생물 같았다. 화장실에서 길게 소변을 보고 손과 얼굴을 씻고 나자 몸에 조금 기운이 도는 것 같았다. 경찰국을 나가 두 블록 떨어진 제5시장 입구의 치러우騎樓*에 자리를 잡고 앉아 차오몐炒麵**과 쭝허탕綜合湯***을 시켰다.

사람들은 그에게 경찰 일에 그렇게 죽기 살기로 매달릴 필요 없다고 했다. "경찰이라고 다를 거 없어. 그저 밥벌이야. 설마 영화랑 착각하는 거야? 무표정한 얼굴로 유머를 날리고, 갑자기 차에 날개가 돋쳐 날아가고, 아무렇게나 총을 난사해도 악당만 명중시키고? 틀렸어. 그랬다간 고소당하기 딱 좋지!" 사람들은 늘 이렇게 말했다. "핵심은 자신을 지키는 거야. 인사고과와 인맥이 제일 중요해. 좋은 기회를 잡아서 승진하면 장땡이야!"

뤄위정은 경찰 바닥을 알지도 못했고, 넘치는 혈기만으로 좋은 형사가 될 수 있다고 생각하지도 않았다. 하지만 '영화인 줄 아냐'는 비아냥은 혐오했다. 성실한 범죄 수사를 천진난만한 얼간이나 하는 짓으로 치부하다니. 그의 마음속에 커다란 뒷모습 몇 개가 있었다. 그들의 이야기는 지혜를 발휘하면 미제사건도 해결할 수 있으며 노력으로 억울한 누명도 씻어줄 수 있음을 보여주었다. 범죄 사건 해결은 경찰의 가장 탄탄한 바탕이며, 두껍고 단단한 땅을 디디고 있어야만 허리를 곧게 펼 수 있다는 걸 그들이 가르쳐주었다.

뤄위정은 그런 경찰이 되고 싶었고, 이 살인사건은 그가 내디딘 첫발이었다. 게다가 이 사건에는 그 뒷모습들이 바로 눈앞에 있었다.

뤄밍싱이 그의 앞에 앉으며 말을 걸었다. "아침이 너무 부실하군."

"서…… 선배님!" 뤄위정은 돼지곱창이 목에 걸릴 뻔했다. "제…… 제가 여기 있는 걸 어떻게 아셨습니까?"

---

* 비를 맞지 않고 걸어 다닐 수 있도록 보행로와 접한 건물의 1층을 안쪽으로 들어가게 지은 회랑.

** 볶음국수.

*** 배추, 물만두, 각종 완자를 넣고 끓인 국물요리.

뤄밍싱이 대꾸 없이 만터우를 한입 베어 물으며 물었다. "조사는 어떻게 되어가?"

"순조롭습니다. 음…… 아주 순조로운 건 아니고요. 그럭저럭 요."

"자네 살쪘어. 조심해. 너무 오래 앉아 있지 마."

"저를 기억하세요?"

"탁구실에서 바로 알아봤지……." 뤄밍싱이 말했다. "2004년 실습반 제2소대. 차이이린*의 광팬."

"정말 기억하시는군요!" 뤄위정이 아이돌을 만난 소녀처럼 흥분했다. "그때 실습에서 정말…… 많은 걸 배웠습니다. 선배님께서 토막살인사건을 해결하시는 것도 직접 볼 수 있었고요. 진짜 대단하셨어요. 제가 형사대에 지원한 것도 그 경험 때문이었습니다. 감사합니다, 선배님."

"아이러니하게도 난 경찰을 관두고 용의자 신분이 됐군." 뤄밍싱이 쓴웃음을 지었다. "차이궈안 밑에서 일하기 괜찮지? 맡는 사건마다 다 해결한다고 들었어."

"궈안 선배가 선배님을 많이 닮았어요. 두 분 다 사건을 보자마자 핵심을 찾아내서 단서를 끈질기게 추적하시잖아요. 경찰국 선배들이 궈안 선배를 선배님의 복사판이라고 불러요."

뤄밍싱이 만터우 한입을 또 우걱거리고 씹으며 나직이 말했다. "그래서 말인데, 차이궈안에게 알려주게."

"뭘요?"

"내가 쑤웨이에게 여자 하나를 샤부쯔에 데려다놓을 테니 보살

* 蔡依林. 타이완의 유명한 배우 겸 가수로, 한국에는 '채의림'으로 알려졌다.

펴달라고 했던 날, 자네가 옆에 있었잖아." 뤄밍싱이 말했다. "그 여자, 남자관계가 복잡해. 내가 첫 번째 용의자가 아닐 거란 말일세. 유치장에서 밤새 고민하고 내린 결론이야."

"저도……." 뤄위정이 우물거렸다. "도와드리고 싶지만."

"괜찮아. 자넨 경찰이고, 이건 자네가 마땅히 해야 하는 일이야." 뤄밍싱이 말했다. "지금 수사는 어떻게 되고 있나?"

"용의선상에 몇 명 올려두긴 했지만, 큰 진전은 없습니다."

"아직도 내가 제일 유력한 용의자야?"

"궈안 선배는 그렇게 생각해요." 뤄위정이 생각에 잠겼다가 다시 말했다. "하지만 선배님의 그 동호회 분들에게 물어보니 선배님이 21일 밤 자신들과 같이 다이어트 요가를 했다고 일관되게 대답했어요. 선배님의 요가복이 형광 초록색이었다는 것까지 모두 일치했고요……. 그런데 선배님, 그런 다이어트 동호회가 있다는 건 처음 알았어요. 하나같이 초고도비만이어서 그 사람들 틈에 있으니 선배님은 유덕화처럼 보이던걸요."

"용의자가 또 있나?"

"피살자 휴대폰의 주소록과 SNS에서 이름 십수 개를 찾아냈어요. 샤오카이청蕭凱程, 마쥔바馬俊八, 장짜이莊仔……."

"경찰이 발견했을 때 휴대폰 전원이 켜져 있었어?"

"꺼져 있었어요. 꺼진 지 한참 된 것 같았어요. 마지막 통화가 12월 13일이고, 마지막 SNS 대화는 15일이었어요. 부재중전화와 미확인메시지가 잔뜩 쌓인 걸 보면 그 후에는 그 휴대폰을 사용하지 않은 것 같았어요."

"그 휴대폰은 어디서 찾았지?"

"거실 탁자 위요." 뤄위정이 말했다. "우리가 휴대폰에서 찾은

SNS와 문자메시지는 모두 성매매 연락 혹은 윤락녀들끼리 나누는 지저분한 대화였어요. 12월 15일에 주고받은 마지막 SNS 메시지도 왕메이주王美珠라는 윤락녀에게 온 건데 거시기가 알감자만 한 남자가 걸리는 바람에 거시기 찾다 볼일 못 봤다는 내용이었죠."

뤄밍싱이 말없이 고개만 끄덕였다.

뤄위정이 계속 말했다. "휴대폰에 있던 열 몇 명의 이름 중에 지금 수감 중이거나 입원 중, 해외도피 중인 사람을 제외하고 일고여덟 명을 추려냈는데 죄다 경찰국 단골이에요. 한 선배는 그들 전부 이런 살인사건을 저지를 깜냥도 없는 똘마니들이라고 했어요…….하지만 궈안 선배의 생각은 저랑 비슷해요. 아무리 하찮은 똘마니도 눈이 뒤집히면 여자 하나 죽이는 건 가능하죠."

"이건 그냥 내 의견이니 듣든지 말든지 맘대로 해…….." 뤄밍싱이 말했다. "그놈들 조사해봤자 시간 낭비야."

뤄위정이 의아한 표정으로 물었다. "왜요? 그들이 누군지도 모르시잖아요."

"내가 추적을 피하려고 샤오쉐리의 휴대폰을 끄고 알루미늄포일로 싸놓았어. 그 휴대폰이 탁자 위에 꺼내져 있었다면 그건 범인의 짓이야. 휴대폰을 꺼냈다면 그걸 켜서 검사해봤겠지. 그런데 굳이 그걸 탁자에 올려놓고 갔다면 그건…….."

뤄위정이 손뼉을 쳤다. "그 휴대폰에는 범인에 관한 자료가 없겠군요!" 뤄밍싱이 고개를 끄덕이자 그의 미간이 일그러졌다. "거기서 찾은 이름들을 일일이 조사하느라 여섯 명이나 투입됐는데……. 젠장, 가뜩이나 인력도 부족한데."

"현장에서 또 뭘 찾았나?"

"낡은 가죽지갑요. 잔돈이 조금 들어 있었어요. 그리고 현금 몇

만 위안이 들어 있는 크라프트지 봉투하고…… 깨진 그릇 조각들.
혈흔이 묻어 있었어요. 또 재떨이. 역시 혈흔과 머리카락이 있었어
요. 그 외엔 없어요. 귀안 선배가 현장에 수집할 만한 증거가 별로
없다고 했어요."

"크라프트지 봉투에 든 돈은 그 여자 돈이야."

"수표번호를 조사하라고 사람을 보내긴 했는데 그 역시 헛수고
겠네요." 뤄위정이 고개를 숙여 국물을 마셨다. "지금까진 이게 전
부예요. 우리가 아는 건 그날 피살자가 강둑에서 산책하고 귀가했
다는 것뿐이죠. 범인이 그녀의 뒤를 밟았는지는 모르지만 어쨌든
자물쇠를 뜯지 않고 원룸에 들어갔어요. 그런 다음……."

뤄밍싱의 미간이 볼록해졌다. "잠깐. 강둑이라고 했나? 무슨 강
둑?"

"베이수시 강둑요." 뤄위정이 말했다. "거기 있는 CCTV 두 대에
샤오쉐리가 찍혔어요. 대략 저녁 8시 15분에서 40분 사이에 그녀
가 강둑을 따라 아파트 방향으로 걸어가는 화면을 찾았어요. 피살
당시 옷차림과 동일하고요."

"강둑이라……." 뤄밍싱이 곰곰이 생각에 잠겼다. "택시를 찾아
야겠군."

"택시요?"

뤄밍싱이 천천히 말했다. "사망 당시 샤오쉐리는 원피스를 입고
있었지. 산책 나가는 옷차림이 아니야. 십중팔구는 무슨 일이 있어
시내에 다녀왔을 거야. 베이수시 강둑엔 버스정류장이 없으니 시
내에서 강둑까지 택시를 타고 갔겠지."

"그렇죠. 그렇죠." 뤄위정이 연방 고개를 끄덕였다. "그런데 왜
곧장 집으로 가지 않고 강둑으로 갔을까요?"

"누가 자길 미행하는 걸 눈치채고 일부러 강둑에서 내린 거야. 강변공원에는 저녁마다 운동하는 사람들도 있고 시야가 트여서 미행하기가 쉽지 않지……. 그 택시 운전수를 찾으면 샤오쉐리가 어딜 갔었는지 알아낼 수 있을 거야. 어쩌면 누가 그녀를 미행했는지도 알아낼 수 있겠지."

뤄위정의 눈이 번쩍 뜨였다. "알겠습니다. 21일 밤. 베이수시 강둑까지 여자 승객 하나를 태운 택시……. 그렇군요."

"내가 그 여자한테 미행 따돌리는 기술을 알려줬어. 하지만 상대는 나보다 훨씬 노련했나 보군."

뤄위정이 숟가락을 내려놓고 입을 닦으며 일어났다. "고맙습니다. 당장 찾으러 가겠습니다. 꼭 찾아내겠습니다."

"우선 잠이나 좀 자." 뤄밍싱이 말했다. "경찰 일을 그렇게 죽기 살기로 하지 말라고."

뤄밍싱은 30분 더 앉아 있다가 식당 주인아주머니가 루러우판滷肉飯*을 들고 와 도와달라고 작은 소리로 말하자 그제야 정신이 들었다. 뤄밍싱은 루러우판 값을 치르고 주인아주머니가 추천하는 무가당 녹차도 샀다. 무척 썼다. 건강에 좋을 것 같았다.

그는 제5 시장을 가로질러 민주루民族路에서 핑덩제平等街로 꺾어져 집으로 돌아왔다. 오는 길에 화더우시華都西식당 앞에서 서성거렸다. 식당이 오래전에 폐업하고 방치되어 철문에 녹이 슬고, 빨간색과 파란색 줄무늬로 된 간판은 치러우에 비뚜름하게 걸려 있었으며 잡초와 쓰레기더미 위를 모기가 왱왱거리고 날아다녔다. 뤄밍싱은 예전에 이 식당에 몇 번 와본 적이 있다. 레스토랑 내부는 늘 어두

---

* 돼지고기덮밥.

컴컴했고 공기 중에 눅진하게 밴 기름 냄새가 코끝에 들러붙었다. 스테이크는 웰던으로 구운 뒤 페퍼콘 소스를 듬뿍 뿌린 형태였다. 뤄밍싱은 그것도 나쁘지 않았다. 적어도 도자기 접시에 담겨 나온 모양이 야시장에서 파는 스테이크보다는 훨씬 고급스러워 보였다. 이곳은 예전 정위안룽이 시안당西安堂 두목 밍거明哥를 죽인 곳이다. 그는 밍거를 레스토랑 입구에 무릎 꿇게 하고 구경꾼들을 향해 이마를 땅에 찧어가며 세 번 절하게 한 뒤 총을 쏘아 그의 머리통을 날려버렸다.

샤오쉐리가 자신이 정위안룽을 만난 적이 있다고 했을 때 뤄밍싱은 그녀를 허언증 환자라고 생각했다. 하지만 그녀의 묘사가 상당히 구체적이었다. 170센티미터 키에 스포츠형 머리, 피부는 까무잡잡하고 약간 살집이 있으며, 왼쪽 눈가에 상처가 있고 왼쪽 약지에 옥반지를 끼고, 서쪽 지방 억양이 강한 사투리를 구사한다고 했다. 그 남자가 자신과 같은 층에 있는 미스 류劉를 자주 찾아왔는데, 보통 일주일에 하루이틀은 꼭 와서 자고 갔으며 가끔은 돈인지 총인지 마약인지 모를 뭔가가 들어있는 무겁고 큰 가방을 들고 온다고 했다.

뤄밍싱은 이 단서를 가지고 며칠 동안 탐색했고, 시간만 잘 맞춘다면 좁은 계단에서 혼자서도 정위안룽을 제압할 수 있다는 생각에 피가 점점 뜨거워지는 걸 느꼈다. 샤오쉐리에게 일주일 동안 다른 손님은 받지 말라고 하자 그녀는 말없이 담배만 피웠다. 새빨간 그녀의 입술이 자욱한 담배 연기 뒤에서 달싹거렸다.

뤄밍싱이 샤오쉐리의 방에서 잠복한 지 나흘째 되던 날 마침내 정위안룽을 발견했다. CCTV를 통해 그가 총 두 자루를 지니고 있는 걸 확인했다. 배낭 속에도 기관총이나 엽총 같은 것이 들어있을 것 같았다. 그는 오후 4시가 조금 넘어 미스 류의 방에 들어간 뒤 나오지 않았고, 미스 류만 두 번 나와서 술과 먹을 것을 사가지고 들어갔다.

"저년이 백여우야." 샤오쉐리가 따뜻하게 데운 송이주를 건넸다. "빤쓰도 안 입고 아무나 만지게 한다니까. 쌍, 나도 털 깎으면 저년 이랑 뭐가 달라?"

이건 뤄밍싱이 기억하는 그날의 마지막 말이었다. 정신이 들었 을 때 처음 들린 건 여자의 비명 소리였다. 귀에 익은 소리. 아내 목소리였다. 눈을 번쩍 떠보니 자신이 벌거벗은 채 침대에 누워 있 고 샤오쉐리도 실오라기 하나 걸치지 않은 몸뚱이로 그의 위에 올 라타 있었다. 아내는 문 앞에 주저앉아 악을 쓰고 울부짖으며 닥치 는 대로 그들에게 집어던지고 그를 파렴치한 경찰이라고 욕했다.

모든 게 그렇게 끝났다. 정위안룽이 뛰쳐나와 샤오쉐리의 방을 향해 총 네 발을 연달아 쏘았고, 그중 한 발이 샤오쉐리의 머리를 뚫고 들어갔다. 그다음 정위안룽이 계단으로 뛰어 내려가며 아내 의 목을 틀어쥐었고 뒤따라 달려 나온 뤄밍싱과 계단참에서 대치 했다. 아마 그때가 뤄밍싱의 인생 중 가장 긴 10분이었을 것이다. 그 후 어느 운 없는 제복경찰—아마 주변을 순찰하다가 총소리를 들은—이 계단을 뛰어 올라오다가 정위안룽이 팔을 뒤로 돌려 쏜 총알 두 발에 얼굴이 날아갔다. 이 틈을 놓치지 않고 뤄밍싱이 쏜 총알이 정위안룽의 미간에 명중했고, 그의 이마에서 뿜어져 나온 검붉은 피와 함께 소란이 끝났다.

이 총격 사건이 엄청난 파장을 몰고 왔다. '경찰, 윤락녀에게 성 상납 받아', '유혈 낭자한 아파트 총격 사건' 등의 헤드라인이 각종 매스컴을 가득 채웠다. 하지만 가장 격한 반응이 나타난 곳은 경찰

내부였다. 그들은 현장에서 사망한 제복경찰의 사진을 뤄밍싱의 책상 위에 쌓아놓고 죽은 경찰의 아내가 어린아이를 안고 뤄밍싱이 출퇴근하는 길목에 엎드려 통곡하게 했다.

두 달간의 조사 후 감찰실에서 그에게 정직 처분을 내리고 그가 맡았던 모든 사건을 재검토하기로 했다. 총과 경찰증을 반납하던 순간 뤄밍싱은 자기 삶의 일부도 총알에 관통당해 갈가리 찢기는 기분이었다. 그는 사직서를 내고 이혼합의서에 도장을 찍은 뒤 마위안터우麻園頭*에 있는 집을 떠나 구시가지에 있는 23제곱미터짜리 작은 원룸에서 냉장고 3대를 놓고 살았다. 냉장고에는 각각 맥주, 아이스크림, 초콜릿케이크를 채웠다.

샤오쉐리는 죽지 않았다. 중환자실에서 일주일간 입원한 뒤 운 좋게(혹은 나쁘게) 깨어났지만, 총알 파편이 두개골 안에 남아 반쪽 얼굴 신경이 마비됐다. 뤄밍싱도 그 소식을 들었지만 찾아가지 않았다. 다시는 그녀를 만난 적이 없었다. 며칠 전 그녀가 성당 지하실에 나타나기 전까지는.

뤄밍싱은 원룸에 도착해 바지를 벗고 무가당 녹차를 컵에 따른 뒤 책상다리를 하고 침대에 앉았다. 창밖 하늘색이 칙칙했다. 한랭기단이 싣고 온 황사가 도시를 얇은 막으로 감싼 듯했다.

가만히 앉아 녹차를 조금씩 마시며 이 살인사건을 곱씹어 생각했다.

12월 13일, 10년 동안 연락이 끊겼던 샤오쉐리가 갑자기 성당에 나타나 어떤 남자에게서 도망치고 싶다며 숨을 곳을 구해달라고

---

* 타이완 타이중 시에서 계획적으로 개발한 신흥 도심지.

했다. 이틀 뒤 샤오쉐리를 샤부쯔의 원룸으로 데려다준 뒤 다시 만나지 않았다. 21일 밤 9시경 그녀가 살해됐다. 범인은 성성이*처럼 그녀가 있던 아파트로 쳐들어가 그녀를 때려죽인 뒤 연기처럼 사라졌다. 목격자도, 증거도, CCTV 영상도, 아무것도 없다.

뤄밍싱은 이것이 별 볼 일 없는 똘마니가 홧김에 이성을 잃어 우발적으로 저지른 일이라 생각하지 않았다. 범인은 샤오쉐리의 머리를 붙잡아 복층 바닥판 모서리에 수차례 짓찧었다. 몇 번을 한곳에 정확히 찧었다는 건 힘세고 냉정하고 잔혹한 팔뚝이 있어야만 가능한 일이다. 미치광이나 마약쟁이처럼 젓가락질할 때조차 덜덜 떨리는 손으로는 결코 그렇게 할 수 없다.

더 중요한 건 범인은 냉정할 뿐만 아니라 자신감도 넘쳤다는 사실이다. 피살자의 휴대폰을 보란 듯이 현장에 두고 갈 수 있는 간 큰 살인범은 그리 많지 않다. 몇 번을 다시 조사해도 소용없다. 보통의 살인범들은 봉투에 든 현금을 발견하면 금품을 노린 범행이 아니더라도 수사에 혼선을 주기 위해 일부러 돈을 가져간다. 하지만 이 사건의 범인은 그런 트릭 따위 가소롭다는 듯 당당했으며, 밤 9시에 사람들이 살고 있는 아파트에서 여자를 무참히 살해했다.

그 남자(현장을 보면 범인은 남자일 가능성이 높다)는 누굴까? 샤오쉐리와는 무슨 관계일까? 샤오쉐리가 떠나려고 했던 남자일까? 만약 그렇다면 샤오쉐리는 왜 그를 떠나려고 했을까? 그녀가 떠나려고 했던 이유가 바로 이 살인의 동기일까? 만약 그가 아니라면 범인은 누구이며 왜 이런 수법으로 살인을 했을까?

---

* 중국 전설 속 짐승. 사람과 비슷한데 몸은 개를 닮았고 주홍색 털이 덥수룩하게 나 있다. 한국에서 이야기하는 성성잇속의 포유류와는 다르다.

뤄밍싱은 다시 녹차 한 모금을 마시며 더 깊은 생각에 잠겼다.

12월 21일 오전, 살해당하기 전 샤오쉐리가 외출했다. 그녀의 옷차림으로 보건대 중요한 사람을 만나러 간 듯했다. 어딜 갔을까? 누굴 만났을까? 어째서 행방이 노출될 위험을 무릅썼던 걸까? 행방이 노출돼 미행당한 걸까? 어디서부터 미행당하기 시작한 걸까? 그녀를 미행한 사람이 범인일까? 그녀는…… 잠깐!

뤄밍싱이 벌떡 일어났다. 그 바람에 잔에 있던 녹차가 쏟아졌다.

한 가지 물건이 그의 뇌리를 스쳤다. 당연히 있어야 하지만 아무도 언급하지 않은 물건.

시계를 보니 아직 늦지 않았다. 침대에서 스프링처럼 튕겨 내려와 바지를 입고 서둘러 집을 나섰다.

오후 시간 번화한 시내의 중화통신 지점이 손님으로 북적였다. 급하게 휴대폰 비용을 납부하러 온 사람, 새 휴대폰을 고르는 대학생, 계약 내용 때문에 귀까지 벌겋게 달아올라 항의하는 아주머니. 한 시간 가까이 기다린 뒤에야 그의 차례가 되었다. 그는 자기 신분증을 건네며 전화번호 하나를 불러주었다. 30초 뒤 직원이 통화내역서를 뽑아주었다. 내역서에는 단 두 줄만 있었다. 한 줄은 발신전화, 다른 한 줄은 수신전화였다.

그건 그날 뤄밍싱이 샤오쉐리에게 준 노키아 3250 선불폰의 통화내역이었다. 그 휴대폰은 경찰의 증거명단에도 없었고, 그가 피살 현장을 조사하러 갔을 때도 없었다.

통화내역 중 발신전화는 지역번호 049로 시작하는 시내전화이고, 발신 시각은 12월 16일 오후 3시 41분, 통화 시간은 5분 48초였다.

수신전화는 0952로 시작하는 휴대폰 번호로 건 전화이고, 수신

시각은 12월 16일 오후 4시 15분, 통화 시간은 12분 31초였다.

뤄밍싱은 근방을 한참 돌아다닌 끝에 거리의 한 귀퉁이에서 동전투입식 공중전화를 찾아냈다. 그는 먼저 0952로 시작하는 번호로 전화를 걸었다. 신호음이 울리자마자 곧바로 음성사서함으로 연결됐다.

다음으로 049로 시작하는 시내전화 번호로 전화를 걸자 신호가 두 번 울린 뒤 누가 전화를 받았다. 달콤한 여자 목소리였다.

"안녕하세요. 캉티뉴쓰 호텔입니다. 무엇을 도와드릴까요?"

3

뤄밍싱은 10년 동안 이 도시를 벗어난 적이 없었다. 차를 몰고 출발한 뒤에야 도시의 동쪽 끝에 고속도로가 새로 생겼다는 걸 알고 놀랐다. 고속도로가 계곡과 고원 지대를 넘어 안개구름을 서리서리 감고 있는 산등성이로 이어졌다. 이정표를 따라 산간분지 작은 마을의 인터체인지로 내려와 현도縣道를 따라 서북쪽으로 향했다. 터널을 지나 우회전해 산업도로로 진입한 뒤 30분을 더 달리자 탁 트인 캉티호 전경이 도로 끝에서 펼쳐졌다. 20킬로미터에 걸쳐 이어진 웅장한 단층절벽은 마치 거대한 용이 호숫가에 누워 있는 듯하고, 캉티뉴쓰 호텔은 용이 물고 있는 여의주처럼 새파란 하늘에서 영롱하게 빛났다.

호수순환도로를 따라 시계 반대 방향으로 10여 분을 달리자 '캉티뉴쓰 호텔에 오신 것을 환영합니다'라고 새겨진 커다란 석주가 길옆에 우뚝 서 있었다. 거기서 우측으로 방향을 틀어 아무도 지키고 있지 않은 경비실을 지나 호텔 입구로 들어섰다. 도로 양쪽으로 아름드리 메밀잣밤나무와 해피트리가 하늘을 향해 쭉쭉 뻗어 있고, 코야오 연못과 가든바를 지나자 구불구불 위로 올라가는 비탈

길이 나타났다.

뤄밍싱이 차에서 내려 벨보이에게 열쇠를 건넨 뒤 화려한 셔츠의 매무새를 정리하고 선글라스를 밀어 올린 뒤 프런트로 걸어가 짧게 내뱉었다.

"체크인."

프런트 데스크 뒤에 있는 올림머리를 한 젊은 직원이 뤄밍싱의 신분증을 받아들고 고객 응대에 최적화된 미소를 지었다.

"금방 체크인해드릴 테니 잠시 로비에서 기다리세요."

뤄밍싱이 바테이블에서 무료로 제공하는 스프라이트 한 잔을 마시며 호텔을 천천히 관찰했다. 난색조로 맞춘 바닥재, 기둥, 프런트 데스크가 자연광 아래에서 아늑하면서도 고급스러운 분위기를 풍기고, 로비는 입구에서부터 양쪽으로 벌어지는 부채꼴 형태였다. 가장 눈길을 사로잡는 건 3층 높이의 통유리를 통해 한눈에 내려다보이는 캉티호와 호수 너머 마서다 산의 절경이었다. 통유리창 앞에 있는 카페테리아와 가든바에 투숙객들이 빈자리 없이 앉아 있고 창밖 야외 테라스에는 풀장과 식사용 테이블이 있지만 낮에는 운영하지 않았다.

뤄밍싱이 다시 프런트로 가서 유들유들한 말투로 말을 걸었다. "이 호텔에 방 잡기가 어찌나 힘들던지 마누라가 두 달 전에야 겨우 예약을 했네. 로비에서 보는 호수 풍경만 해도 기다릴 만한 가치가 있군요. 어쩐지 예약 잡기가 하늘의 별 따기더니……. 마누라가 잘 찾아올지 모르겠어요. 산길이 운전하기가 아주 고약해. 골짜기로 꼴아박기 십상이겠어……."

"뤄 선생님, 죄송하지만 예약 내역이 없네요." 올림머리 직원이 미간을 찡그리며 컴퓨터 모니터에 시선을 고정한 채 말했다. "혹시 사모님 성함으로 예약하신 게 아닐까요? 사모님 성함이……?"

"샤오쉐리……, 참, 우린 아직 신분증을 안 바꿨어요*. 알죠? 각자 사생활을 존중하는 의미로."

"역시 없네요." 직원이 말했다. "예약확인서나 카드영수증, 전자영수증은 없으세요?"

"그런 건 없는데. 전화해서 물어볼게요. 거 이상하네……." 뤄밍싱이 휴대폰을 꺼내 귀에 대고 일부러 목청을 돋워 말했다. "여보, 지금 어디야? 구관舊關? 거긴 뭣 하러 갔어? 뭐? 차가 막힌다고? ……알았어. 그건 됐고. 나 지금 호텔인데 예약 내역이 없대. 영수증 같은 거 없느냐고 묻는데. 안 가져왔다고? 그럼 어떻게 해? 휴대폰으로 전화를 걸어서 예약했다고? 알았어. 알았어. 얘기해볼게. 운전 조심해……."

뤄밍싱이 전화를 끊고 난감한 표정을 지으며 큰 소리로 말했다. "마누라가 영수증을 안 가져왔대요. 그래도 방을 예약한 건 틀림없다는데……. 당신들이 뭘 잘못 알고 있는 거 아니오? 실랑이할 거 없이 마누라가 전화로 예약했다니까 통화기록을 조회해봐요."

"죄송합니다, 뤄 선생님. 저희는 그런 기록이 없습니다……."

"하, 어떻게 그럴 수가 있어요?" 뤄밍싱이 과장된 말투로 따졌다. "내가 그 분야에서 일하는 사람이야. 이렇게 큰 호텔은 중앙전화관리시스템이 있어서 모든 통화가 다 기록되고 녹음까지 된다니까? ……자, 이게 내 마누라 휴대폰 번호예요. 12월 16일 오후 3시쯤에 전화했다니까 그날 통화기록 찾아봐요. 녹화된 걸 들어보면 우리가 예약을 했는지 안 했는지 단번에 알 수 있을 거 아뇨?" 여

---

* 타이완 신분증에는 결혼 유무가 기재된다.

직원이 망설이자 그가 한마디 덧붙였다. "이거 나랑 친한 기자들이 들으면 흥미로워할 텐데……."

올림머리 직원이 상사와 작은 소리로 한참 상의한 뒤 대답했다. "뤄 선생님, 우선 로비에 앉아 계세요. 윗분께 여쭤보고 올게요."

뤄밍싱이 데스크를 쾅 내리치며 버럭 소리쳤다. "신년 연휴가 우리한테 얼마나 중요한 줄 알아? 오늘 만족할 만한 대답을 가져오지 않으면 뒷감당을 해야 할 거요! 서둘러요!"

올림머리 직원의 당황한 표정을 보며 뤄밍싱은 속으로 조금 미안했다. 로비 소파에 앉아 말없이 스프라이트를 마셨다. 로비를 오가는 사람들은 대부분 편안한 차림의 가족 단위 손님들이었지만 결혼식 하객처럼 정장을 갖춰 입은 사람들도 간간이 눈에 띄었다.

샤오쉐리는 왜 이 호텔에 전화를 걸었을까? 객실을 예약했나? 샤오쉐리라는 이름으로 예약된 내역이 없다면 다른 이름으로? 왜 호텔을 예약했지? 휴가를 보내려고? 누굴 만나려고? 어쩌면 이 호텔 투숙객에게 전화를 걸었을 수도 있다. 그렇다면 누굴까? 그녀가 호텔에 전화를 건 뒤 0952로 시작하는 휴대폰으로 전화가 왔다. 조금 전 통화한 사람이 다시 전화를 건 걸까?

뤄밍싱은 0952로 시작하는 그 휴대폰의 통화내역도 찾아보았다. 무기명 선불유심을 사용한 것으로 8월 21일에 구매한 후 샤오쉐리와 통화한 단 한 통의 통화기록밖에 없었다. 추적을 피하기 위한 수법이 분명했다.

마지막으로 제일 중요한 의문이 남아 있었다. 뤄밍싱이 샤오쉐리에게 준 노키아 3250 휴대폰은 어디로 갔을까? GPS를 이용해 그 휴대폰의 위치를 추적하려고 했지만 며칠 동안 아무 신호도 잡히지 않았다. 범인에 의해 부수어졌을 수도 있고, 단순히 배터리가 방전돼 꺼져 있을 수도 있다. 범인이 현장에서 가져간 걸까? 그렇다면 어째서 범인은 많은 정보가 들어 있는 스마트폰은 남겨두고 단 두 건의 통화기록밖에 없는 GSM 휴대폰을 가지고 갔을까?

"뤄 선생님, 이쪽으로 오시겠어요?" 올림머리 직원이 돌아왔다. 그녀의 얼굴에 또다시 고객응대용 미소가 걸렸다. 뤄밍싱이 가벼운 헛기침을 두 번 한 뒤 거들먹거리며 다가갔다. "어떻게 됐어요? 예약기록을 찾았어요? 기록이 누락된 거죠?"

직원이 미소를 지었다. "윗분께서 직접 설명해드릴 테니 이쪽으로 오시겠어요?"

그녀를 따라 엘리베이터를 타고 2층으로 올라가 '직원 전용'이라는 표시가 있는 복도를 지나 회의실에 도착했다. 문을 열고 들어가자 단발머리에 이목구비가 반듯한 젊은 여자가 탁자 앞에 앉아 있고 그 옆에 건장한 체구의 중년 남자가 서 있었다.

단발머리 직원이 인사치레 따위는 생략하고 곧바로 본론으로 들어갔다. "안녕하세요. 저는 사장님의 특별비서 장커커라고 합니다. 단도직입적으로 말씀드리죠. 뤄 선생님은 객실을 예약한 적도 없고 이곳에 휴가를 보내러 온 것도 아닙니다. 선생님껜 부인도 없고요. 선생님은 사설탐정으로 어떤 물건을 찾으러 저희 호텔에 오셨습니다. 저희는 선생님의 조사에 협조할 수 없습니다." 그녀의 말은 기관총처럼 조금의 흔들림도 머뭇거림도 없었다.

한 줄기 식은땀이 등줄기를 타고 흘렀지만 뤄밍싱은 아직 포기하지 않았다. "5성급 호텔이 서비스가 왜 이래요? 기자들에게 제보할 테니 당…… 당신들 두고 보쇼!"

장커커가 차가운 말투로 말했다. "그럼 어서 돌아가세요. 왜 안 가시죠? 선생의 반응을 보려고 일부러 로비에서 기다리시게 했어요. 정말로 객실을 예약했다면 조바심이 나서 아내에게 전화를 걸든가, 아내분이 전화를 걸어왔겠죠. 적어도 초조한 기색이라도 보였을 겁니다. 하지만 전혀 그렇지 않았어요. CCTV로 지켜보니 선생님은 로비에 앉아서 주위를 두리번거리며 유심히 살피셨죠. 그래서 저희 보안팀 왕ᵐ 주임을 시켜 선생님의 신원을 조사해보니 쉽게 찾아지더군요, 뤄밍싱 전 경관님."

뤄밍싱이 양손을 펼쳐 어깨를 으쓱해 보이고는 의자를 끌어다 앉았다. "장커커 비서님, 대단히 예리하시군요. 이 호텔 직원들도 모두 비서님 같은가요?"

"쓸데없는 얘기로 시간 끌 생각 마세요. 저희는 고객의 프라이버시를 최대한 보호합니다. 이건 제1 원칙이에요. 저희 호텔은 선생님 같은 분은 환영하지 않습니다. ……왕 주임, 뤄 선생님을 배웅해드려요. 옆문으로 안내해요. 이분 사진을 전 직원에게 전송해서 주의하도록 당부하고요."

뤄밍싱이 뭐라고 더 말하려고 했지만 왕 주임이 그의 팔을 붙잡았다. "가시죠."

뤄밍싱이 낮게 깐 목소리로 경고했다. "건드리지 마시오."

"가시죠." 왕 주임이 힘주어 일으키자 뤄밍싱이 재빨리 그의 손가락을 꺾으며 일어나 미끄러지듯 뒤로 물러나며 그의 팔을 뒤로 꺾으려고 시도했다. 예상대로라면 왕 주임이 바닥에 엎드려 아파 죽겠다고 신음해야 정상이지만 뤄밍싱은 자기 체구와 회의실 크기를 계산에 넣지 못했다. 그가 뒷걸음으로 물러나다가 벽에 세워놓은 장식장에 부딪히며 머리 위 선반에 있던 꽃병이 넘어져 머리 위로 물이 쏟아지고, 왕 주임은 탁자 위로 엎어지며 그의 발에 차인 의자 두 개가 바닥으로 나뒹굴었다.

"와우, 스펙터클하군요." 로열 블루 원피스를 입은 귀부인이 회의실로 들어오자 모두 일어나 공손히 인사했다. "총지배인님."

귀부인이 뤄밍싱에게 다가와 미소를 지었다. "정말 뤄밍싱이야? 맙소사, 어쩌다 이렇게 변했어? 미리 듣지 않았으면 몰라볼 뻔했네……. 나 란니야. 기억해?"

뤄밍싱이 가쁜 숨을 몰아쉬며 휴지 두 장을 뽑아 얼굴을 닦았다. "기억하고말고. 옛날에 둘이 그렇게 친하더니. 하나도 안 변했군……. 아니, 변했어. 더 젊어졌어. 그런데, 어떻게 여길?"

"내가 이 호텔 총지배인이야." 란니가 웃으며 명함을 건넸다. "남편과 함께 이 호텔을 경영하고 있어. 저녁에 기회가 되면 남편을 소개해줄게. 내 특별비서 커커는 봤지? 똑똑하지?"

"똑똑해. 날 완벽하게 물먹였어. 온몸이 흠뻑 젖었군." 뤄밍싱이 얼굴을 닦았다. "날 손봐주라고 시켰어?"

"고객의 프라이버시를 보호하는 건 우리 호텔의 원칙이야. 너한테만 일부러 그런 건 아냐."

"통화내역을 보고 싶었을 뿐이야."

란니가 의자에 앉아 미소를 지었다. "어쩌다 이렇게 됐는지 모르겠네. 좋아. 총지배인의 친구의…… 음, 친구니까. 융통성을 발휘해줄게. 뭘 찾고 있는지 얘기해봐. 이유가 타당하다면 도와줄 수 있어. 레이레이*를 봐서."

뤄밍싱이 얼굴을 닦으며 머리를 빠르게 굴렸다. "어떤 남자가 아내를 찾아달래."

"다른 남자랑 야반도주라도 했대?"

---

* 중국인들은 이름 중 한 글자를 중첩해 애칭으로 부르는 습관이 있음.

"아니. 정신분열증으로 장기간 치료받던 중 지난달에 가출했대. 아내가 혹시 자살할까 봐 걱정하고 있어."

"그 여자가 우리 호텔에 왔었다고?"

"그 여자가 이 호텔로 전화한 기록이 있어. 누구한테 전화했고 무슨 얘기를 했는지 알고 싶어."

란니가 고개를 끄덕이더니 또 물었다. "젊은 부부야?"

"아니…… 음, 나이는 조금 있어. 결혼한 지 20년쯤 됐을 거야." 뤄밍싱이 눈동자를 굴렸다. "10년 전부터 아내의 정신에 문제가 생겨 남편이 돌봐왔지. 아내가 실종된 지 2주가 넘어가니 남편도 우울증에 걸렸어. 형편이 넉넉한 사람들도 아니라 돈도 안 받고 도와주는 거야."

"대단한 남편이네……" 란니가 생각에 잠겼다가 일어나며 장커커에게 말했다. "커커. 도와드려. 필요한 게 있다고 하면 최대한 협조해드려. 좋은 일 하는 셈 치고. 하지만 이번 한 번뿐이야. 다음은 안 돼." 그녀가 무슨 생각이 난 듯 고개를 돌려 뤄밍싱에게 말했다. "이왕 여기까지 왔는데 급할 거 없잖아? 하루 묵고 가. 내가 초대하는 걸로 할게. 오늘 밤에 송년파티가 있어. 커커. 뤄 경관님께 객실 잡아드려. 난 산 아래로 친구 마중 다녀올게. 저녁에 올 거야. 사장님께 파티에 늦지 않게 참석하시라고 말씀드리는 거 잊지 말고."

총지배인이 나가자 분위기가 훨씬 부드러워졌다. 올림머리 직원과 왕 주임도 차례로 밖으로 나가고 장커커만 냉담한 얼굴로 앉아 있었다. 뤄밍싱이 다시 의자를 끌어다 앉아 예의 바르게 물었다. "장 비서님."

"알고 싶으신 게 뭔가요?" 장커커의 말투는 여전히 차가웠다. 그녀의 귀여운 이름과 좀체 어울리지 않았다.

"12월 16일 오후 3시가 조금 넘어서 이 번호에서 걸려온 전화의 통화내용을 듣고 싶소."

장커커가 전화번호를 받아 종이에 메모한 뒤 뤄밍싱에게 돌려주고는 냉랭하게 말했다. "프런트와 고객센터의 외부전화만 녹음하고 있어요. 이 전화는 사장실로 연결돼서 녹음이 안 됐어요."

"사장실?"

"네. 무슨 문제 있나요?"

"그…… 그럼 사장님께 직접 물어봐도 될까요?"

"물어보셔도 소용없어요. 그날 사장님은 이 전화를 받지 않으셨어요."

뤄밍싱이 실망한 얼굴로 중얼거렸다. "이 단서도 물거품이 됐군……."

"하지만 통화내용을 알아요. 제가 전화를 받았으니까요."

"젠장! 지금 나랑 장난치는 거요?" 뤄밍싱이 홧김에 버럭 외쳤다가 화를 눌러 삼키며 최대한 차분하게 물었다. "이 여자가 뭐라고 하던가요?"

"바이웨이뒤 사장님을 바꿔달라고 했어요. 사장님께선 부재중이라고 했더니 돌아오시면 전화를 부탁드린다며 메모를 남겼어요." 장커커가 말했다. "린※ 선생에 관한 일이라고 했어요."

뤄밍싱은 스파 사우나 안에 앉아 있었다. 벌그죽죽하게 달아오른 몸에서 땀이 비 오듯 쏟아졌다.

란니를 만난 건 우연이었고, 그녀가 호텔 총지배인이라는 사실도 예상 밖이었다. 하지만 란니를 만났으니 이제 누굴 만나게 될지는 예상 범위 내에 있었다.

고등학교 2학년(어쩌면 고등학교 3학년 올라가는 여름방학일 수도 있다) 때를 떠올렸다. 주동자가 누구였는지는 기억나지 않지만 남학생과 여학생 각각 예닐곱 명이 기차를 타고 놀러 갔다가 대학생들의 '열쇠 뽑기*'를 흉내 내 커플을 정한 뒤 2인 자전거를 함께 탔다. 그때 그와 커플이 된 여학생이 바로 란니였다. 그녀는 무리에서 제일 눈에 띄는 여학생이었다. 무릎에서 15센티미터쯤 올라오는 미니스커트를 입고 페달을 밟을 때마다 새하얀 허벅지가 드러났다.

하지만 뤄밍싱의 시선은 자꾸만 다른 여학생에게 쏠렸다. 그리 크지 않은 키에 긴 생머리, 멜빵 반바지를 입고 종아리가 초등학생처럼 볼품없이 가늘기만 했다. 그녀는 줄곧 란니 옆에 말없이 서서 부드러운 미소를 짓고 있었다. 그녀의 웃음에 신기한 힘이 있는 듯했다. 거친 파도 속에서 쪽배를 지탱해주는 닻처럼 보고만 있어도 마음이 편해졌다. 뤄밍싱은 그녀에게 전화번호를 물었고 그 후로 몇 번 만났다. 란니도 단짝 친구로 함께 나와 어색한 분위기를 띄워주었지만 그 후에는 그녀를 본 적이 없다. 6년 뒤 결혼식 때 정신없는 와중에 란니와 서로 술을 따라준 적은 있지만 그때 그녀가 무슨 일을 하고 있었는지, 결혼을 했었는지는 전혀 기억나지 않았다.

그녀의 남편이 이 호텔 사장이고 그녀가 총지배인일 줄은 예상하지 못했다.

더 예상하지 못한 건 샤오쉐리가 그날 호텔에 전화를 걸어 그녀

---

* 남학생들의 자전거 열쇠를 모아놓고 여학생들이 그중 하나를 뽑으면 그 자전거 열쇠 주인과 커플이 되는 방식.

의 남편을 찾았다는 사실이었다.

사우나 안에서 다른 두 남자가 무심한 대화를 나누고 있었다. 어떤 살인사건에 대해 얘기하고 있었다. 미국에서 일어난 사건이며 퇴역군인과 관계된 사건인 듯했다. 뤄밍싱은 어떻게 어딜 가나 살인사건을 마주치는지 알다가도 모를 일이라고 자조했다. 흑백무상黑白無常*이 자길 따라다니는 건 아닐까 하는 생각을 했다.

장커커는 그날 샤오쉐리가 전화를 걸어 바이웨이둬를 바꿔달라고 했지만 바이웨이둬에게 전화를 돌리는 대신 그녀가 남긴 메시지만 전해주었다고 했다.

그렇다면 10일 당일 저녁 샤오쉐리가 받은 0952로 시작하는 전화는 사장인 바이웨이둬에게서 걸려온 전화일 것이다. 그건 사장에게도 숨기는 게 있다는 뜻이다. 호텔 사장이 본인 명의의 휴대폰이 아니라 일회용 선불유심칩을 넣은 휴대폰으로 전화를 건다는 건 어쨌든 자연스러운 일이 아니다. 게다가 그 선불카드는 갑자기 산 것이 아니라 석 달 전에 미리 준비해둔 것이었다.

사장이 바로 샤오쉐리가 피하려던 그 남자였을까?

이런 생각이 든 순간 뤄밍싱은 좀 우스웠다. 란니 같은 여자와 결혼한 남자가 샤오쉐리 같은 거리의 여자와 바람을 피우고, 게다가 굳이 그녀를 붙잡기 위해 치밀한 미행을 계획한다? 옆집 개도 웃을 일이다. 하지만 괄약근을 약간 조이며 그는 생각을 바꿨다. 남자의 바람은 종종 아리따운 미인과의 진정한 사랑을 위해서가 아니라, 그저 색다른 맛을 즐기기 위해서일 때도 있다. 샤오쉐리

* 중국 전설 속의 저승사자로 흰옷을 입은 백무상과 검은 옷을 입은 흑무상이 함께 다니며, 나쁜 짓을 저지른 사람은 흑무상이 지옥으로 데려가고, 착한 일을 한 사람은 백무상이 다시 사람으로 태어나게 해준다.

와 란니의 극명한 차이가 사장의 아랫도리를 불끈거리게 한 건 아닐까.

하지만 만약 그렇다면 샤오쉐리는 왜 그에게서 도망치려고 했을까? 도망치기 전에 왜 그에게 전화를 했을까? 끊기 힘든 미련 때문에? 아니면 불륜 관계를 폭로하겠다고 협박해 돈이라도 뜯어내려고? 그것도 아니면, 샤오쉐리가 도망치려고 한 남자가 바이웨이둬가 아니라 그들의 관계를 증오하는 제3자이고, 그 제3자가 이들의 관계를 파헤치고 둘 사이의 연락을 감시하는 바람에 바이 사장이 선불유심폰을 쓰고 샤오쉐리도 숨어야만 했던 걸까? 샤오쉐리는 12월 16일에 오간 두 건의 통화 때문에 행적이 들통나 결국 제3자에 의해 살해당한 걸까? 란니의 모습이 뤄밍싱의 뇌리를 떠다녔다. 본처가 남편의 내연녀를 살해하는 건 그리 드문 일도 아니다. 살해하기 전 잔인하게 폭행하고 잘못을 다그치는 것도 가능하다.

그렇다면…… 사장이 아니라 란니?

뤄밍싱이 나올 때는 사우나 안에 아무도 없었다. 찬물로 몸을 식힌 뒤 냉수풀에 한참 동안 몸을 담갔다. 온몸의 근육과 뼛속 세포 하나하나까지 상쾌해지는 것 같았다. 10년 만에 처음 느끼는 기분이었다. 그는 란니가 이 사건에 연루되지 않았기를 진심으로 바랐다. 어쨌든 호텔에서 누리는 이 휴식은 그녀의 호의 덕분이니 말이다.

목욕을 마치고 나와 가든바로 향했다. 사람이 많지 않았다. 바테이블에서 빈 잔을 달라고 해 구석에 있는 높은 테이블을 골라 앉은 뒤 자판기에서 뽑은 무가당 녹차를 잔에 따라 천천히 마셨다. 가든바 주위에 붉은 꽃과 흰 꽃이 뒤섞여 피어 있어 달콤한 향기가 답답한 공기 중으로 은은하게 퍼졌다.

시간이 갈수록 손님이 많아졌다. 그리 멀지 않은 테이블에 중년 남자 두 명이 앉아 있는데 산골짜기를 통째로 들었다 놨다 할 것처럼 목소리가 컸다. 그들 옆에는 젊은 여자가 앉아 있었다. 그들의 관계를 짐작할 수가 없었다. 부녀지간은 아닌 것 같았다. 그녀가 두 중년 남자 중 어느 한쪽과도 닮지 않았기 때문이다.

잠시 후 사장인 바이웨이둬가 그의 눈앞에 나타났다(지난 몇 시간 동안 이미 인터넷에서 바이웨이둬에 관한 모든 기사를 검색했다). 바이웨이둬 옆에 키가 크지 않은 백발의 중년 남자가 서 있었다. 두 사람이 무슨 대화를 나누는 것 같은데 둘 사이에 흐르는 기류가 그리 우호적이지는 않았다. 뤄밍싱이 잔에 든 녹차를 다 마시고 또 한 병을 따르려고 할 때 누군가 그의 어깨를 툭 쳤다. 고개를 돌리자 란니가 서 있었다. 그녀가 한 손으로 입을 가리고 다른 손으로 그의 등 뒤를 가리키며 작게 속삭였다. "뤄밍싱, 날 탓하지 마. 저기 누가 왔는지 볼래?"

뤄밍싱이 란니가 가리키는 방향으로 시선을 옮겼다. 그의 전처가 천천히 그의 시야 속으로 들어왔다. 그녀는 머리가 길어지고 몸도 조금 풍만해졌으며 눈가와 목에 세월의 흔적이 늘어나 있었다. 오로지 그 미소만이 천 년의 모래바람에도 풍화되지 않은 둔황敦煌석굴의 불상처럼 예전 그대로였다.

뤄밍싱은 순간적으로 얼어붙어 더듬거렸다. "저…… 저 사람이 어떻게 여길?"

"오늘 송년파티에 오기로 진즉에 예정돼 있었어. 그런데 오늘 네가 호텔에 올 줄 누가 알았겠어?" 란니가 말했다.

"왜…… 이런 짓을. 난 먼저……." 하지만 그에게 도망칠 틈도 주지 않고 그녀가 다가왔다. 그가 더듬더듬 말했다. "거…… 거……
오랜만. 잘 지냈어?"

"안녕하세요." 그녀가 가볍게 묵례를 하고 란니 쪽을 보았다.
"란니, 이분은?"

"뤄밍싱. 너와 결혼했던 남자."

그녀의 시선이 다시 그에게로 옮겨갔다. 그녀는 미소가 가시지
않은 눈길로 머리부터 발끝까지 그를 한번 훑어보더니 두 다리에
힘이 풀린 듯 바닥에 쓰러졌다. 뤄밍싱이 팔을 붙잡아 부축하고,
놀란 란니가 소리쳤다. "거레이! 거레이! 너 왜 이래……. 맙소사,
손이 얼음장 같아. 미안해. 이럴 줄은 몰랐어……. 빨리 의사 불러.
어서!" 그녀가 뤄밍싱에게 말했다. "넌…… 자리를 피해주는 게 좋
겠어. 얘가 이렇게 충격받을 줄은 몰랐어!"

뤄밍싱은 곧바로 자리를 뜨지 않고 의사가 달려오자 그제야 사
람들 속에서 빠져나와 도로를 따라 호텔로 향했다. 남의 눈에 띄든
말든 개의치 않았다. 숨이 가쁘고 심장이 조여오는 것 같았다. 뒤
에서 들리는 파티의 박수 소리, 환호성, 음악, 노랫소리가 한데 뒤
엉켜 쫓아도 쫓아도 따라오는 모기처럼 귓속으로 파고들었다.

산책로를 몇 번이나 돌고 헤매다 겨우 호텔로 돌아왔다. 갑자기
허기가 밀려왔다. 호텔 바 앞을 지나다가 자기도 모르게 햄버거를
주문할 뻔했다. 아니 적어도 프렌치프라이에 어니언링 또는 달콤
한 음료수라도 달라고 하고 싶은 주체할 수 없는 충동을 느꼈다.
하지만 숨을 꾹 참고 묵묵히 걸어 방으로 돌아왔다. 어질러져 있는
옷가지를 여행가방에 밀어 넣은 뒤 카드키를 가지고 프런트로 내
려가 체크아웃하겠다고 했다.

그는 지난 10년간 차근차근 다시 쌓아 온 인생이 송두리째 무너

지는 걸 느꼈다. 샤오쉐리의 저주가 과거와 현재를 가르는 결계를 뚫고 들어와 진즉에 흩어져버렸어야 하는 유령들이 그 구멍을 통해 스멀스멀 다가오는 것 같았다. 란니처럼, 거레이처럼.

이곳을 떠나야 한다. 현재로, 정상적인 생활로 돌아가야 했다. 완전히 무너져 산산이 부서지기 전에.

서둘러 주차장으로 가서 차에 올랐다. 막 시동을 걸려는 순간 전방 어둠 속의 소란이 그의 주의를 끌었다. 트럭 안에서 두 사람이 다투고 있는 것 같았다. 얼굴은 보이지 않고 조수석에 앉은 사람이 몹시 흥분해 삿대질하며 떠드는데 운전석에 앉은 사람은 허리를 곧게 펴고 앉아 입에서 담배 연기만 내뿜고 있었다. 그의 손에 들려 있는 게 담뱃대인지 시가인지는 보이지 않았다. 조수석에 앉은 사람이 한참 고함을 지르다가 협상이 체결된 듯 차에서 내리자 시동 거는 소리가 나고 트럭이 주차장의 다른 쪽 출구로 빠져나갔다. 트럭에서 내린 사람이 호텔 쪽으로 갈 때 그의 얼굴이 보였다. 바이웨이뒤였다.

뤄밍싱이 숨을 후 내쉬고는 열쇠를 주머니에 넣고 차에서 내려 빠른 걸음으로 그를 따라갔다.

"바이 사장님, 안녕하세요. 저는 뤄밍싱이라고 합니다. 총지배인님의 친구입니다."

바이웨이뒤가 고개를 돌려 경계의 눈초리로 그를 보다가 곧 태연한 표정을 지었다. 그가 뤄밍싱에게 손을 내밀며 미소를 지었다. "뤄 선생님, 반갑습니다. 란니는 아직 산 아래 송년파티에 있을 텐데요? 제 차를 타고 함께 가시겠습니까? 한 시간 있으면 신년 카운트다운을 할 겁니다."

"사장님께 묻고 싶은 게 있습니다." 뤄밍싱이 주머니에서 샤오쉐리의 얼굴이 크게 나온 사진을 꺼냈다. "이 여자를 아십니까?"

바이웨이둬의 얼굴에서 미소가 싹 가셨다. 그가 눈을 가늘게 뜨고 목소리를 눌러 물었다. "누구시죠?"

"란니의 친구라고 말씀드렸잖습니까." 뤄밍싱이 말했다. "이 여자와 무슨 관계입니까?"

바이웨이둬가 주위를 둘러본 뒤 대답했다. "여기선 말하기 그렇고, 제 사무실로 가시죠."

뤄밍싱이 바이웨이둬를 따라 호텔 2층으로 올라갔다. 긴 복도 끝에 있는 사장실은 상상한 것보다 훨씬 작고 가구도 책상과 책장 두 개가 전부였다. 바이웨이둬가 차 한 잔을 따라 건넸지만 뤄밍싱이 받지 않자 어깨를 으쓱이고는 자기가 다 마셨다.

"21일 밤 어디 계셨나요?" 뤄밍싱이 물었다.

"여기요. 여기서 일했습니다." 바이웨이둬가 말했다. "저는 그 여자의 죽음과 아무 관계도 없습니다. 혹시 그 일 때문에 찾아오신 거라면 말이죠."

"그 여자와 무슨 관계였습니까?"

바이웨이둬가 차를 한 잔 더 따랐다. 태도와 표정이 모두 차분했다. "저를 어떻게 찾아내셨죠?"

"내 질문에 먼저 대답하세요. 샤오쉐리와 무슨 관계였습니까?"

"말했잖아요. 아무 관계도 없다고." 바이웨이둬가 싸늘하게 다시 물었다. "저를 어떻게 찾으셨습니까?"

뤄밍싱은 품격과 자신감을 온몸으로 발산하는 이 남자 앞에서 이유를 알 수 없는 우울함에 휩싸였다. 그가 숨을 깊이 들이쉬었다. "샤오쉐리가 이 호텔로 전화를 걸어 사장님 비서에게 메모를 남겼는데 '린 선생'과 관계된 일이라고 했다더군요."

"그런데 왜 경찰이 아니라 뤄 선생이 날 찾아온 겁니까?"

"그 휴대폰은 내가 샤오쉐리에게 준 겁니다. 살해 현장에서 휴대폰이 발견되지 않았지만 저는 전화번호를 알고 있죠."

"그러니까 선생님이 그 여자의……."

"친구입니다." 뤄밍싱이 또 물었다. "샤오쉐리와 무슨 대화를 나눴는지 알고 싶습니다. '린 선생'은 누군가요?"

바이웨이둬가 한숨을 내쉬었다. "뤄 선생님, 질문에 대답하고 싶지만, 지금은 때가 아닙니다. 내일이면 진실이 대부분 밝혀질 겁니다."

"쿨럭……." 뤄밍싱은 목구멍이 근질거렸다. "지금 당장 대답해요!"

"12시간도 못 기다립니까?"

"쿨럭, 난 지금 돌아가야 해요. 쿨럭, 그러니까 지금 대답해요. 둘이 대체 무슨 관계였습니까? 누가 그녀를 죽였습니까?"

바이웨이둬가 차를 한 모금 더 마시더니 주머니에서 마스크를 꺼내 천천히 얼굴에 썼다. "시간이 다 됐군요. 3분."

뤄밍싱이 무슨 말인지 몰라 어리둥절해하고 있을 때 갑자기 목구멍을 파고드는 찌릿한 통증이 느껴졌다. 그가 바닥에 엎드려 미친 듯이 기침을 하기 시작했다.

"괜찮아요, 뤄 선생." 바이웨이둬가 품에서 작은 산소통을 꺼내며 나지막이 중얼거렸다. "목구멍, 눈, 배가 아프다가 어느 정도가 되면 정신을 잃겠지만 몇 시간만 있으면 깨어날 거예요. 판매상의 말이 맞는다면 이 독가스의 치사율은 7퍼센트밖에 안 되니까. 부디 선생이 그 7퍼센트에 속하지 않기를."

뤄밍싱은 말을 할 수 없었다. 바닥에 쓰러져 몸을 움츠린 채 기침을 하고 토하고, 토사물이 목을 막아 또 기침을 했다. 마스크를 쓴 바이웨이뒤의 웅얼거리는 음성만 귓가에 가물거렸다. "뤄 선생, 해피 뉴 이어."

4

    나중에 뤄밍싱은 자신의 아둔함을 자책했다. 그 방은 누가 봐도 빈 골방이었고 공기 중에 이상한 냄새가 떠다녔으며, 바이웨이둬가 마시는 차도 어쩐지 수상했다. 하지만 골 빈 부나방처럼 불꽃을 보자마자 앞뒤 가리지 않고 달려들었고 결국 토사물을 끌어안고 2016년 새해를 맞이했다. 그는 바이웨이둬가 소형 압력가스통을 이용해 애덤자이트나 최루가스 같은 시위진압용 가스를 뿌렸을 것으로 추측했다. 바이웨이둬는 고결방지제를 섞은 차를 마시고 가스를 과량으로 들이마시기 전에 마스크를 썼을 것이다.

    하지만 이 모든 건 그저 추측일 뿐, 뤄밍싱이 깨어났을 때 방 안 공기는 상쾌했고 책상에는 아무것도 없었다. 창으로 비스듬히 들어온 햇빛이 반대편 벽에 기하학 도형을 그리고 벽에 걸린 시계는 11시 35분을 가리키고 있었다.

    그때까지 뤄밍싱은 바이웨이둬가 몇 시간 전 총을 맞고 죽었다는 사실을 알지 못했다. 물론 차이궈안, 뤄위정 등 젊은 엘리트 형사들이 아래층 연회장에서 단서를 찾기 위해 열띤 수사를 벌이고 있다는 사실도 몰랐다. 가까스로 의식을 회복했지만 머리가 납덩이처럼 무겁고 온몸이 욱신거렸다. 간신히 벽에 몸을 의지해 방을 나간 뒤 직원 통로 뒤에 있는 엘리베이터를 타고 1층으로 내려가 비틀거리며 남자 화장실로 향했다. 막대걸레 빠는 수조에 수도꼭지를 끝까지 열어놓고 머리를 밀어 넣어 개처럼 머리를 힘껏 털다가 고개를 들어 숨을 쉬고 또 머리를 수조에 처박기를 네다섯 차례 반복하고 나니 조금 정신이 드는 것 같았다. 핸드타월을 뽑아 얼굴을 닦고 고개를 들자 뤄위정이 소변기 앞에 서서 그를 보고 있었다. 바지 지퍼를 올리는 것도 잊고 떡 벌어진 입을 다물지 못한 모습으로.

"선배님, 이러시면 제가 도와드릴 수가 없어요." 뤄위정이 난처한 표정으로 말했다. "여기 왜 오셨는지 말씀해주세요."

"연휴를 보내러 왔다니까. 몇 번이나 말했잖아."

"그, 그건 믿을 수가 없어요. 선배님은 살인사건 용의자이고, 지금 여기서 또 다른 살인사건이 일어났어요."

"이렇게 요란한 셔츠를 입고 있는데 더 설명이 필요해?" 뤄밍싱이 약간 성난 표정으로 침을 삼켰다. "그럼 자네 상사 궈안에게 가서 말하게. 날 봤다고."

"선배님, 제발. 전 선배님을 돕고 싶습니다……."

두 사람이 있는 곳은 캉티뉴쓰 호텔 411호실이었다. 뤄밍싱이 냉장고에서 생수 두 병을 꺼냈다. 한 병에 100위안이었다. 냉수보다 가격이 그의 정신을 번쩍 들게 했다.

"말 돌리지 말고, 바이웨이둬가 절벽 아래 산책로에서 총을 맞고 죽었고, 범행에 사용된 총은 구식 일본 소총을 개조한 엽총이라고? 그다음은?" 뤄밍싱이 말했다.

뤄위정이 한숨을 내쉬었다. "그다음은, 범인이 어디서 총을 쐈는지 모르겠어요. 방금 보여드린 대로 CCTV를 피해서 산책로로 내려가는 건 불가능해요. 절벽 위에서 아래로 총을 쏠 수 있는 지점도 없고요. 다른 데서 총을 맞고서 산책로 중간까지 가서 쓰러져 죽었을 리는 없겠죠?"

"호수에서 쏘았을 수도……."

"그것도 불가능해요." 그의 말을 끊는 뤄위정의 말투에 짜증이 묻어 있었다. "사건 발생 시각에 호수 위에 보트 하나 떠 있지 않았답니다. 호수관리소 당직자와 신고자의 증언이 일치해요."

뤄밍싱이 또 침을 꿀꺽 삼켰다. "난 모르겠어. 포기."

"네? 이대로 포기하신다고요?"

"어떻게 된 건지 모르겠으면 틀어박혀서 공상이나 하고 있지 말고 발로 뛰면서 다른 단서를 찾아. 수사 방법은 많고 살인 수법은 하나야. 그 수법을 모르겠으면 용의자를 잡아다가 물어보면 되잖아."

뤄위정이 웃음을 터뜨렸다. "귀안 선배도 그렇게 말했어요. 선배님을 잡아다가 며칠 가둬놓으면 어떻게 알리바이를 조작했는지 털어놓을 거라고."

"역시 동문 출신답군." 뤄밍싱이 고개를 끄덕였다. "샤오쉐리 사건은 어떻게 되어가?"

뤄위정이 기지개를 켰다. "샤오쉐리를 태운 택시를 찾았어요."

"그래? 어떻게?"

"택시기사 이름은 셰우싼瞅武三, 61세. 도박 및 절도 전과가 있어요. 그가 직접 전화를 걸어 제보했어요. 21일 저녁 7시경 샤마춰런아이루에서 흰색 원피스 차림의 여자를 태워 샤부쯔 베이수시 둑길에 내려줬대요. 그 여자가 샤오쉐리가 분명하다고 했어요. 택시를 잡을 때 뭔가 급한 듯 자꾸 뒤를 돌아봐서 기억이 난대요. 무슨 일이 있느냐고 물었더니 아무 일도 없다고 했고, 샤부쯔까지 택시비가 565위안 나왔는데 천 위안짜리 지폐를 주면서 거스름돈은 필요 없다고 하더니 서둘러 강변공원 쪽으로 갔대요."

뤄밍싱이 고개를 끄덕였다. "그전부터 미행당하고 있었군……."

"지금은 그날 오후 샤마춰에서 샤오쉐리의 행적을 찾고 있어요. 런아이루의 상가들을 조사했지만 그녀를 기억하는 사람이 없었어요. 그 일대의 CCTV를 다 조사하고 있으니 뭐든 찾아내겠죠."

"샤마춰는 찾아볼 필요 없어. 내가 거기 가라고 한 거니까."

"그게 무슨 말씀이세요?"

"혹시 미행을 당한다면 우선 샤마춰 쪽에 가서 길을 헤매는 척하라고 했어. 거긴 골목이 복잡하고 샤부쯔에서도 머니까 거기서 미행을 따돌린 뒤 다시 택시를 타고 자리를 뜨라고 했지. 그러니까 그날 샤오쉐리의 목적지는 샤마춰가 아니었을 거야."

"미행을 따돌리는 기술까지 가르쳐주셨군요. 좀 한 번에 말씀해주세요. 저희가 그 빌어먹을 샤마춰를 탐문수사하는 데 사흘 밤낮을 꼬박 썼다고요!"

"이젠 더 말할 게 없어. 이게 전부야. 샤마춰를 고른 건 교통이 편리하기 때문이지. 런아이루를 지나가는 버스가 최소 다섯 대는 있고, 샤마춰역에 고속열차가 한 시간에 열 대씩 정차하고, 또 택시도 많잖아. 샤오쉐리가 샤마춰로 어떻게 이동했는지 알아보면 어딜 갔었는지 알 수 있을 거야."

"모래밭에서 바늘 찾기예요." 뤄위정이 힘없는 말투로 말했다. "게다가 지금 우리 인력 중 3분의 2는 여기 사건에 묶여 있는 걸요."

그때 뤄위정의 휴대폰이 울렸다. "네, 선배님. 아뇨……. 바람 쐬러 나왔습니다. 네? 푸 교수한테 가서 사건 수사에 협조해달라고 부탁하라고요? 지방검찰서 공문요? ……아, 저는 못 봤어요. 찾아볼게요. 네."

뤄위정이 전화를 끊고 구시렁거렸다. "뭐야……. 명탐정은 무슨."

"지금 뭐라고 했나?"

"아, 아무것도 아니에요." 뤄위정이 물병을 닫았다. "지방검찰서에서 공문이 와서 처리할 일이 생겼어요. 저는 이만 가볼게요……. 선배님을 만났다는 건 귀안 선배에게 비밀로 할게요. 하지만 선배님이 귀안 선배 눈에 띄게 되면, 음…… 그땐 제가 도와드릴 수 없어요."

뤄위정이 방에서 나가자 뤄밍싱은 진흙처럼 침대 위에 널브러졌다. 온몸의 근육이 마디마디 욱신거리고 머릿속은 밑이 보이지 않는 구멍에 빠진 듯 계속 가라앉기만 했다. 간신히 몸을 일으켰지만 균형을 잃고 침대 밑으로 굴러떨어졌다. 그렇게 10분쯤 사투를 벌여 악취가 풀풀 풍기는 옷을 벗은 뒤 엉덩이를 드러내고 엉금엉금 욕실로 들어갔다. 샤워기의 강한 물살 아래 얼굴을 대자 모공이 하나씩 열리며 숨을 쉬는 것 같았다. 바닥에 앉아 샤워젤, 샴푸, 트리트먼트를 한꺼번에 정수리에 듬뿍 짰다. 물줄기를 따라 흘러내린 거품이 두둑한 복부 지방 위에 모였다.

젠장, 일이 왜 이렇게 됐지?

샤오쉐리의 죽음에 관한 단서는 하나도 찾지 못했는데 바이웨이둬마저 살해됐다. 사건 전체가 바닥에 떨어진 털실 뭉치처럼 구를수록 점점 엉켜 어디서부터 풀어야 할지 알 수가 없었다. 두 사건 사이에 연관성이 있을까? 단순히 우연의 일치일까? 5성급 호텔 사장과 1성급도 안 되는 거리의 여자는 서로 어떤 사이였을까? 바이웨이둬는 어째서 무기명 선불유심칩을 넣은 휴대폰을 준비해두었을까? 어째서 시위진압용 가스를 휴대하고 다닌 걸까? 샤오쉐리는? 그녀의 말은 어디까지가 진실이고 어디서부터가 가짜인가? 아니면 처음부터 그녀에게 완벽하게 속아서 그녀를 도와준 걸까?

분명한 건 단 하나. 12월 16일 샤오쉐리와 바이웨이둬가 서로에게 전화를 한 번씩 했다는 사실뿐이었다. 하지만 그들이 무슨 대화를 나눴는지는 여전히 수수께끼였다.

얼굴에 흐르는 거품을 씻다가 어젯밤 바이웨이둬가 했던 말이 갑자기 생각났다.

그는 질문에 대답하고 싶지만 아직 때가 아니라며 12시간을 기다리라고 했다.

왜?

어제 대화했던 시간에서 12시간이 넘게 지났는데 바이웨이둬의 대답이 밝혀졌는가?

아니면, 그 대답이 밝혀지는 걸 막기 위해 범인이 바이웨이둬를 죽인 걸까?

그도 아니면, 바이웨이둬의 죽음 자체가 그 대답일까?

샤워기 물소리 사이로 초인종 소리가 파고들었다. 서둘러 거품을 씻어내고 몸을 닦은 뒤 수건을 두르고 나가 문을 열었다. 실오라기 같은 단서 하나라도 놓칠까 봐 마음이 급했다.

하지만 문밖에 서 있는 사람은 뤄위정이 아니라 거레이였다. 그녀는 편안한 셔츠에 청바지 차림이었고 옅은 화장을 한 얼굴을 따라 자연스럽게 휘어지며 흐르는 머리가 단정해 보였다.

뤄밍싱은 멍한 상태로 정지됐다. 배에 힘이 풀리며 뱃살이 축 늘어져 허리에 감은 수건이 스르르 떨어졌다.

"안녕?" 거레이가 평온한 미소로 인사를 건넸다. "오랜만이야!"

"어젠 창피하게 기절해버렸네. 당신이 이렇게 뚱뚱해졌는지 몰랐을 뿐이야." 그녀가 손에 든 핫초콜릿을 조금 마시며 태연하게 말했다.

"아깐 미안했어. 당신이 올 줄은 몰랐어. 고의는 아니야……."

"잘 지내?"

"만날 그렇지 뭐. 당신은? 신문에서 봤어. 이혼 전문 변호사가 된 거 같더라?"

"경험자니까." 거레이가 웃었다. "농담이고. 그냥 일이지. 특별한 건 없어."

두 사람은 호텔 2층 레스토랑에 앉아 있었다. 런치 시간이 끝날 무렵이라 손님이 거의 없었다. 뤄밍싱은 앞에 놓인 블랙커피를 들다가 거레이의 오른손을 흘긋 보았다. 아무것도 없었다. 반지 자국도 없었다.

나이는 여자의 적이라지만, 능력 있는 여자의 아름다움은 나이를 먹어가며 더 빛을 발하기도 한다. 뤄밍싱의 눈에는 거레이가 그런 여자였다. 젊었을 땐 깡말랐던 몸매에 나잇살이 붙으며 보기 좋게 곡선이 생기고, 이목구비도 세월에 다듬어져 부드럽고 우아해졌다. 예전 그대로의 미소가 평온함에 농익은 멋을 얹어주어 전보다 훨씬 매력적이었다.

뤄밍싱은 척추를 타고 내려와 손가락 끝 말초신경까지 질주하는 짜릿한 감각을 주체할 수 없어 커피가 쏟아지지 않게 잔 손잡이를 꼭 쥐고 버텼다.

"아침에 바이웨이둬 피살 사건은 들었지? 의문점이 많던데."

"응."

"절벽 아래 산책로에서 총을 맞았는데 CCTV에는 산책로로 내려가는 사람이 찍히지 않았대." 거레이가 말했다. 특유의 금속성이 섞인 허스키한 목소리였다. "어젯밤 란니 집에서 묵었어. 새벽에 바이웨이둬가 트레이닝복 차림으로 나가는 걸 내 눈으로 봤어. 아침 인사까지 했는걸. 산책로 계단으로 내려가는 것도 봤고. 그런데 그가 죽다니. 지금 생각하면 너무 무서워. 정말⋯⋯."

입으로는 '무섭다'고 말하면서도 그녀의 얼굴에는 여전히 미소가 걸려 있었다. "란니가 시신을 확인하고 경찰에게 신문받을 때 동행했어. 란니는⋯⋯ 뭐라고 해야 할지 모르겠어. 기억해? 예전에 내가 란니는 복을 타고난 애라고 입버릇처럼 말했던 거. 예쁘고, 돈 많고, 좋은 남편과 결혼하고⋯⋯. 그런데 이런 일이 생기다니. 어떻게 위로해야 좋을지 모르겠어."

"당신이 란니로 태어났으면 좋겠다고 했던 일 기억나."

거레이가 약간 놀란 듯하더니 웃으며 말했다. "학생 때 일을 아직도 기억해?"

뤄밍싱이 대답했다. "학생 때 일은 나만 기억하잖아."

두 사람 사이에 긴 침묵이 흘렀다. 그러다 둘이 동시에 말했다. "거레이, 나⋯⋯." "당신은 여길⋯⋯." 둘이 똑같이 말을 멈췄다가 또 동시에 말했다.

"먼저 말해."

"당신 먼저 말해."

"당신 먼저." 거레이가 또 미소 지었다.

"거레이." 뤄밍싱이 나직한 말투로 그녀를 불렀다. "사실 그리 중요한 얘긴 아니야. 다만 당신이 알고 있었으면 해. 나와 그 여자…… 샤오쉐리는, 아무 사이도 아니었어. 만나서 정보를 교환하고 그 여자에게 비용이 지급되도록 지출품의서를 올리고. 그게 전부야. 그날…… 그날도 그 여자 방에서 잠복근무 중이었어. 당신이 본 건 그 여자가 일부러 꾸민 거야. 나와 그 여자 사이에는 아무 일도 없었고 그 후에 만난 적도 없어. 단 한 번도.

그땐 당신이 날 만나주지 않았고 나도 사람을 만나는 게 두려웠어. 총도 없고 방탄조끼도 없고 경찰증도 없으니까 꼭 벌거벗고 거리를 돌아다니는 것처럼 허전하고 당황스러웠지. 혼자 있을 때는 심장을 도려내고 싶을 정도로 공황에 빠졌어……. 좋아하는 거라곤 그저 먹는 것뿐. 먹을 때만 생각을 멈출 수 있었으니까. 그렇게 2년을 살았더니 체중은 100킬로그램이 늘고 고혈압에 고지혈증에 당뇨병에…… 온갖 증상이 다 나타났어. 아이스크림 가게에서 쇼크가 올 때까지 먹은 적도 있어. 그래서 당신을 찾아갈 수가 없었어. 날 이해해줄 수 있겠어?"

거레이의 표정이 하늘에 뜬 뭉게구름처럼 담담했다.

"지금 그 얘길 왜 해?"

"말했잖아. 중요한 얘긴 아니라고. 그냥…… 당신을 만났으니까 그때 무슨 일이 있었는지 말해주고 싶었어. 날 떠올릴 때마다 오입질한 배신자라고 생각하는 건 원치 않아."

"그건 내가 당신을 생각해야 가능한 얘기지."

"적어도 당신이 날 찾아왔을 때 조금 전 같은 그런 모습이면 내가 자주 생각나겠지?"

거레이가 웃으며 고개를 저었다. "바이웨이둬 사건에 대해 물어보려고 온 거야……. 이제 내가 질문해도 되겠지?"

"난 이제 형사도 아닌데 뭘 알겠어. 당신이 모르는 건 나도 몰라."

"캉티뉴쓰 호텔엔 왜 왔어?"

뤄밍싱이 어깨를 으쓱였다. "연휴 보내러……. 새해잖아."

"어제 란니는 다른 얘길 하던데."

"아, 란니한테 얘기한 걸 잊었군. 맞아. 어떤 남자의 실종된 아내를 찾고 있어. 아내가 정신적으로 문제가 있대……."

거레이가 상체를 앞으로 당기며 뤄밍싱의 콧잔등을 톡 쳤다. "당신은 거짓말할 때 콧구멍이 커지지."

그녀의 숨결이 뤄밍싱의 콧속으로 빨려 들어왔다.

"내가 여기 온 이유가 왜 궁금해?"

"당신은 전직 경찰이야. 총을 쏠 줄 알고 사격 실력도 좋아. 게다가 마약상, 매춘부들과 자주 왕래하잖아. 당신이 갑자기 여기 나타난 것과 바이웨이둬의 죽음이 단순한 우연이라고 생각하지 않아."

뤄밍싱이 '샤부쯔 살인사건' 스크랩북을 펼쳐 보였다. "샤오쉐리의 죽음과 바이웨이둬의 죽음 사이에 연관이 있는지 어떤지 나도 몰라. 두 사람이 불륜 관계였고 샤오쉐리가 헤어지려 하니까 바이웨이둬가 그녀를 죽였을 수도 있지, 하지만 그렇다면 누가 바이웨이둬를 죽였는지 설명이 되지 않아. 아니면 누군가 불륜 남녀를 둘다 죽였을 수도 있지. 조강지처의 반격이랄까."

거레이가 샤오쉐리의 사진을 보며 말했다. "이 여자를 다시 만난 적 없다고 하지 않았어?"

"내…… 내 말은 이 사건이 일어나기 전까진 만난 적이 없다는······."

"상관없어. 그냥 물어본 거야." 거레이가 미소를 지었다. "란니가 범인일 거라는 뜻이야?"

"그럴 가능성이 있다는 얘기지."

"불가능해. 란니일 수 없어. 란니는 어젯밤 내내 나와 같이 있었어. 바이웨이뒤와 다투지도 않았고. 오늘 아침 바이웨이뒤는 아무렇지 않게 운동하러 나갔고 그가 죽을 때 란니는 나와 함께 침대에 누워 있었어."

"킬러를 고용했을 수도 있지. 둘을 동시에 죽이려고."

"란니는 그런 애가 아냐."

"동기는 있어."

"시간이 맞지 않아." 거레이가 A4 종이에 출력한 사진을 꺼냈다. "란니가 당신의 쉐리를 죽였을 리 없어. 시간상으로 불가능해."

사진의 배경은 불빛이 어스름한 카운터였다. 카운터 뒤 벽에 'T-Vont'라는 금속으로 된 글자가 붙어 있고 글씨 가장자리를 따라 짙은 보라색 빛무리가 번져 있었다. 카운터 앞에 남자 하나, 여자 하나가 서 있는데 남자는 양복을 말쑥하게 차려입고, 여자는 알록달록한 니트 코트를 걸치고 있었다. 객실 카드키를 받아 객실로 통하는 복도로 향하고 있는 듯했다. 바이웨이뒤와 샤오쉐리였다.

"이 사진 어디서 났어?" 뤼밍싱의 눈이 휘둥그레졌다.

"휴대폰으로 찍었어." 거레이가 담담하게 말했다. "12월 21일 오후 5시경."

"란니가 이 둘을 미행해달라고 부탁했어?" 뤼밍싱이 자리를 박차고 일어났다. "란니가 쉐리를 죽인 거야!"

거레이의 표정은 여전히 평온했다. "불가능해. 난 이 사진들을 곧바로 란니에게 전송하지 않고 다음 날 이메일로 보냈어. 그 메일이 내 메일함에 보관돼 있어. ……샤부쯔 살인사건이 발생한 21일 밤에 란니는 바이웨이둬의 불륜 상대가 누군지 몰랐어. 아니, 바이웨이둬의 불륜 사실조차 몰랐어. 그러니까 란니는 샤오쉐리를 찾아낼 수 없었어."

뤄밍싱이 다시 앉아 천장을 올려다보았다. "란니가 아니라면…… 란니가 아니라면…… 레이레이, '린 선생'이라고 들어봤어?"

"린 선생?" 거레이가 모르겠다는 표정을 지었다. "아니……. 아, 들어봤어. 예전에 란니의 옆집에 맹인 점쟁이가 살았는데 그 점쟁이를 린 선생이라고 불렀던 거 같아. 그건 왜?"

"아무것도 아냐." 뤄밍싱이 고개를 젓고 커피를 마셨다. "그렇다면 샤오쉐리 피살 사건의 가장 유력한 용의자는 바이웨이둬로군."

"만약 그렇다면 바이웨이둬를 죽인 가장 유력한 용의자는 바로 당신이야. 안 그래? 애인의 죽음에 대한 복수로……. 유독가스를 마시고 기절했었다지만 증인이 없잖아?"

"난 샤오쉐리와 그런 관계가 아니라고 했잖아!"

거레이가 뭐라고 말하려다가 갑자기 뭘 발견한 듯 A4 종이를 가져다가 사진을 들여다보며 미간을 찡그렸다.

"그 여자가 날 찾아와 도와달라고 했지만, 결국 살해되고 말았어. 다만 난, 난 그저……." 뤄밍싱이 말을 뚝 멈추고 거레이가 들고 있는 사진을 보았다. 그 순간 뤄위정이 했던 말이 머리를 스쳤다. '택시기사 이름은 셰우싼, 61세. 도박 및 절도 전과가 있어요. 그가 직접 전화를 걸어 제보했어요. 21일 저녁 7시경 샤마취 런아이루에서 흰색 원피스 차림의 여자를 태워 샤부쯔 베이수시 둑길

에 내려줬대요.'

뤄밍싱이 허리를 곧추세우며 물었다. "이 모텔, 위치가 어디야?"

"강베이港北 1가. 내 사무실 근처."

"거레이, 어쩌면 이게 중요한 단서일 수도 있어." 뤄밍싱이 일어나 A4 종이를 접어 주머니에 넣었다. "난 정말로 샤오쉐리와 아무 일도 없었어. 그녀가 죽은 이상 나 몰라라 할 수 없었던 거야……. 언제 기회가 되면 긴 얘기 나누자. 십 년이나 못 봤으니 할 얘기도 많겠지."

그가 몸을 돌리는데 거레이가 갑자기 물었다. "리밍쿤李明昆을 기억해?"

뤄밍싱이 다시 몸을 돌려 멍한 표정으로 고개를 저었다. "누구?"

거레이가 미소 지었다. "아냐. 아무것도."

5

뤄밍싱은 차를 몰고 호텔을 출발해 붐비는 도시로 돌아왔다. 탁한 공기, 혼잡한 교통, 고작 하룻밤 떠나 있었을 뿐인데 오랜 세월이 흐른 듯한 느낌마저 들었다. 'T-Vont 비즈니스호텔'이 있는 낡은 오피스 빌딩을 찾았다. 대부분의 층에 식당과 당구장이 영업 중이어서 높은 층에 위치한 이 비즈니스 호텔이 상대적으로 매우 은밀하게 느껴졌다. 어두침침한 로비로 들어서자 키 큰 남자 직원이 객실 예약번호를 물었다. 뤄밍싱이 그저 둘러보러 왔다고 하자 직원은 예약하지 않은 손님은 받지 않는다고 예의 바르게 말했다.

뤄밍싱이 오피스 빌딩을 나섰다. 눈앞에 있는 강베이 1가는 서쪽으로 향하는 일방통행로이고, 길 양쪽에 새 건물과 낡은 건물이 줄지어 서 있었으며, 치러우 아래 오토바이, 입간판, 화분, 노점상 등이 뒤섞여 있었다. 그는 차량 진행 방향을 거슬러 동쪽으로 걸어가며 니트 코트를 입은 샤오쉐리의 사진을 노점상들에게 보여주고 그녀를 본 적이 있는지 물었다. 마침내 에그카스텔라를 파는 노점상 아주머니가 그녀를 본 기억이 난다고 했다. 며칠 전 그녀가 에그카스텔라를 달라고 하더니 신호등이 녹색에서 노란색으로 바뀌는 순간 급하게 찻길을 건너 전철역 쪽으로 뛰어갔다고 했다.

"행색을 보니 그 여자도 팔자가 기구해 보입디다." 아주머니가 한마디 덧붙였다.

마위안터우麻園頭 역으로 가서 역무원들에게 샤오쉐리의 사진을 보여주었지만 모두 본 적이 없다고 했다. 역마다 정차하는 12위안짜리 전철표를 샀다. 5분 뒤 열차가 도착했고, 두 개 역을 지나 샤마춰에서 내렸다. 다시 사진을 꺼내 역무원들에게 물어보았다. 한 젊은 역무원이 그 알록달록한 니트 코트를 기억했지만 그 여자인지 확실하지 않고 언제 보았는지도 기억나지 않는다고 했다.

가느다란 실마리이지만 앞으로 한 걸음 더 나아갔다.

샤마춰 시내로 나갔다. 골목 몇 개를 지나자 반쯤 버려진 메이화梅花 빌딩이 나왔다. 방화문을 열고 지하로 들어가자 바로 오른쪽에 엘리베이터가 있었다. 미행을 따돌리기에 최적의 노선이다. 미행하는 사람이 아무리 대담해도 미행당하는 사람이 문을 열고 들어가자마자 바로 뒤따라 들어가지는 못하기 때문이다. 그러므로 미행당하던 사람은 10~15초간 미행자의 시야에서 벗어날 기회를 얻게 된다. 이 틈에 엘리베이터를 타고 빌딩의 복잡한 출구 속으로 자취를 감출 수 있다.

지하실을 한 바퀴 둘러보았지만 아무것도 발견하지 못했다.

엘리베이터를 타고 1층 상가로 올라갔다. 변전기, 자판기, 남녀 화장실 사이를 둘러보았지만 역시 아무 소득도 없었다. 다른 층에 내렸나? 그 18층짜리 건물은 대부분의 층이 텅 빈 채 방치되어 있었다. 한 층 한 층 내려오며 찾아본다면……. 그때 한 귀퉁이에서 두꺼운 먼지를 뒤집어쓴 알루미늄 사다리가 그의 시야 가장자리에 들어왔다. 사다리 중간에 최근에 사용한 듯 만진 흔적이 몇 개 있었다. 알루미늄 사다리를 엘리베이터 안으로 가져다 놓고 사다리를 밟고 올라갔다. 엘리베이터의 센서형 조명 옆에 난 작은 틈을 가볍게 밀어젖히자 뭔가가 턱, 하고 떨어졌다.

그녀의 니트 코트였다.

사라진 노키아 3250 휴대폰이 코트 주머니 안에 있고 달러 지폐가 든 크라프트지 봉투와 두 번 접은 A4 종이도 있었다.

단미구생斷尾求生. 뤄밍싱은 생명의 위협을 느끼면 천적에게 꼬리를 잘라주고 도망쳐 목숨을 구하는 도마뱀을 떠올렸다. 샤오쉐리는 미행자를 따돌릴 수 없다는 걸 알고 자신의 가장 중요한 물건을 외투로 감싸 엘리베이터에 숨긴 것이다. 이것이 바로 그녀가 거레이의 사진 속에서는 니트 코트를 입고 있지만 택시기사는 그녀를 '흰 원피스 차림의 여자'라고 진술한 이유였다.

뤄밍싱은 화장실에 들어가 변기 뚜껑을 닫고 방금 찾아낸 것들을 그 위에 펼쳐놓았다. 노키아 휴대폰에는 특별한 게 없었다. 통화기록 두 건 외에는 아무런 메시지도 없었다. 크라프트지 봉투 속에 약 5만 달러가 들어 있었다. 신권 지폐가 종이띠에 가지런히 묶여 있는 것으로 보아 위조지폐 같지는 않았다.

A4 종이에는 사진 한 장이 프린트되어 있었다. 태블릿PC 화면을 찍은 사진으로, 화면 속에 SNS 대화 몇 줄이 있었다.

KUO　　　1월 1일 새벽, 바이가 조깅할 때 WEI305가 실행에 옮길 겁니다. 제가 카드를 쥐고 있으니 WEI305가 계획을 틀진 못할 겁니다.

린 선생　　총과 탄알은? 작은 단서도 남겨선 안 돼.

KUO　　　총과 탄알은 제가 줬으니 출처를 찾을 수 없고, 그가 호텔에 있는 것도 자연스러운 일이라 의심받지 않을 겁니다.

린 선생   자료는 아직 못 찾았나?

KUO   사람이 죽으면 자료도 의미가 없습니다.

린 선생   내일 절반 보내겠네. 잔금은 뉴스가 나온 직후에 지급하지.

대화가 오간 날짜는 12월 10일이었다. 화면 속 대화 배열을 볼 때 'KUO'가 태블릿PC 주인의 닉네임인 듯 했다.

뤄밍싱은 그것들을 잘 싸서 들고 왔던 길로 되돌아가 마위안터우에서 택시를 탔다. 어스름이 내려앉으며 도시의 불빛이 하나둘씩 켜졌다. 불을 밝힌 간판들이 이 도시의 밤에 열기를 불어넣으려 할 때 뤄밍싱은 니트 코트를 겨드랑이에 끼고 한껏 달뜬 남녀들 사이를 지나쳤다.

A4 종이 속 메시지 몇 줄이 어두운 미로에서 창문 하나를 열어 주었다. 그의 예상과 완전히 다른 방향이었다. 바이웨이둬와 샤오쉐리가 비밀 휴대폰으로 통화하고 T-Vont에서 만난 건 밀회가 아니라 거래를 위한 것이었다. 바이웨이둬는 5만 달러를 주고 A4 종이 속 정보를 샀다. '린 선생'이 보낸 킬러가 1월 1일 새벽에 그를 죽이려 한다는 정보를.

뤄밍싱은 어젯밤 바이웨이둬가 한 말을 떠올렸다. '질문에 대답하고 싶지만, 지금은 때가 아닙니다. 내일이면 진실이 대부분 밝혀질 겁니다.' 바이웨이둬는 그 일이 일어날 걸 이미 알고 있었다는 뜻이 아닌가? 게다가 그것이 샤오쉐리의 죽음과 관련되어 있다는 것까지 말이다.

하지만 12월 21일에 이미 누군가 자신을 죽이려 한다는 걸, 심지어 언제 죽일 것인지도 알았다면, 그는 어째서 무방비 상태로 조깅하러 나갔을까? 혹시…… 그가 샤오쉐리를 믿지 않은 걸까? 샤오쉐리가 거짓정보를 팔았다고 생각한 걸까? 하지만 만약 그렇다 해도 그는 여전히 샤오쉐리를 죽인 가장 유력한 용의자다. T-vont에서 그녀를 만난 뒤 그가 그녀를 미행했을 가능성이 있다. 비밀을 알고 있는 그녀를 죽이려 했을 수도 있고, 5만 달러를 다시 빼앗으려 했을 수도 있다.

하지만 샤오쉐리의 정보가 진짜라면…….

메시지 내용을 보면 바이웨이둬 살해의 주모자는 린 선생이고, KUO는 킬러인 WEI305와 연락하는 브로커인 듯했다. 샤오쉐리가 이 비밀스러운 대화 내용을 사진 찍은 건 그녀가 KUO와 가까운 사이이기 때문에 가능했을 것이고, 그와 동거했을 가능성이 크다. 이 대화를 우연히 발견한 그녀가 가치 있는 정보임을 직감하고 몰래 사진을 찍은 뒤 뤄밍싱에게 숨을 곳을 구해달라고 해놓고 바이웨이둬에게 연락해 이 정보를 판 것이다.

하지만 그녀는 결국 KUO에게 발견되어 살해당했다.

린 선생은? '사람이 죽으면 자료도 의미 없다'는 KUO의 말로 추측하건대 바이웨이둬가 린 선생에게 위협이 될 만한 그의 약점을 쥐고 있었기 때문에 린 선생이 킬러를 고용해 그를 죽인 것 같았다. 샤오쉐리가 호텔에 처음 전화를 걸었을 때 '린 선생'을 언급하자 바이웨이둬가 곧바로 전화를 걸었다. 바이웨이둬도 '린 선생'이라는 닉네임을 알고 있었다는 뜻이다.

린 선생, KUO, WEI305는 누굴까? '자료'란 뭘까?

사건 해결의 열쇠는 여전히 바이웨이둬에게 있을 것이다. 그의 광범위한 인맥 속에서 린 선생을 찾아야만 브로커 KUO도 킬러 WEI305도 찾을 수 있다.

WEI305.

WEI.

뤄밍싱은 머릿속 창문을 하나씩 열어보았다. 창문 사이로 햇빛이 들어와 안개 자욱했던 미로가 환해지고 갈림길, 막다른 길, 비밀통로, 출구가 훤히 보이기 시작했다.

'당신이라고 생각하면 돼.' '문밖에 남자 신발을 둬야 마음이 놓여.' '샤부쯔가 자네 관할이지?' '선배님을 돕고 싶어요.' 복층 바닥판의 핏자국, 범인의 알 수 없는 자신감, 형사국 국제팀, WEI. 이제 보니…… 모든 건 WEI에서 시작됐다.

뤄밍싱은 시계를 본 뒤 핸들을 돌려 도심으로 향했다.

성당 지하실은 연휴 저녁 구시가지에서 빛과 온기가 있는 몇 안되는 곳 중 하나였다. 다이어트 동호회의 신년모임에는 평소보다 더 많은 사람이 참석했다(대부분 연휴 동안 식욕이 다시 폭발할까 봐 두려운 사람들이었다). 뤄밍싱은 한참을 찾다가 티테이블 옆에 있는 줄리아를 찾았다.

"뤄 형제님, 해피 뉴 이어." 그를 보고 줄리아의 눈이 반달 모양이 되었다. 그녀가 따뜻한 차를 건넸다. "오늘도 발언하실 거예요?"

"하이, 줄리아. 해피 뉴 이어……. 고마워요. 줄리아를 만나러 왔어요."

줄리아의 눈이 더 가늘어졌다. "무슨 일이에요? 요가 연습 도와줄 사람이 필요해요?"

"아뇨. 다이어트와 상관없는 일이에요." 뤄밍싱이 물었다. "줄리아가 지난번에 경험담을 발표하면서 파키스탄에 갔던 얘기를 했잖아요. 그때 동료가 WEI라고 적힌 배지를 달고 있었다고 했죠? 그게 회사 이름인가요?"

"네, 맞아요. 그건 왜요?" 줄리아가 어리둥절한 표정으로 물었다.

"회사의 정식 명칭이 뭐죠?"

줄리아가 고개를 저었다. "뤄 형제님, 실제 직업은 비공개로 하는 게 동호회 규칙이잖아요. 잊었어요?"

"동호회가 아니면……. 음, 우린 그냥 친구겠죠? 어디 가서 차라도 한잔할래요?"

"내가 졌어요." 줄리아가 웃으며 뤄밍싱의 어깨를 툭 쳤다. "안 돼요. 오늘은 도우미라서 일찍 못 빠져나가요. 좋아요. 알려줄게요. 우리 회사는 윌슨전기회사예요. Wilson Electronics Inc."

"미국 회사예요?"

"네. 오클랜드에 본사가 있어요."

"뭐하는 회사인데 파키스탄으로 출장을 가요?"

"파키스탄 얕보지 마세요. 중앙아시아의 대국이에요. 그곳 회사의 기전 시스템 구축을 도와줬어요. 기존 엔지니어가 일처리를 못해서 우리가 가서 수습하고 마무리해줬어요." 줄리아가 작은 소리로 말했다. "파키스탄 얘기는 그만할 수 없어요? 내겐…… 좋은 기억이 아니라고요."

"미안해요. 마지막 질문이에요. 'WEI305'가 무슨 뜻인지……."

뤄밍싱의 말이 끝나기 전에 눈앞이 흐려지며 누군가 쓰러지려는 그의 허리띠와 외투를 붙잡았다. 의식이 완전히 사라지기 전 그는 자신이 외야뜬공을 놓친 외야수보다 더 등신 같다고 생각했다. 이틀 밤 연속 기절하다니. 이러고도 전직 형사이자 사설탐정이라고 할 수 있느냔 말이다.

깨어났을 때 그는 자신이 여전히 성당 지하실에 있다는 걸 알았다. 주위가 텅 비어 있었다. 그는 철제 의자에 앉아 두 손이 뒤로 묶인 상태였으며 마른 사람과 뚱뚱한 사람의 그림자가 전등불에 길어져 '하나님이 세상을 이처럼 사랑하사'라고 쓰인 시멘트 벽을 타고 올라가 있었다.

"뤄밍싱 경관, 미안해요. 약을 과하게 탔네요." 야오 신부가 미소를 지었다. "사람이 많은 곳에서 해서는 안 될 말을 하는 걸 원치 않았어요."

뤄밍싱이 입안에 있던 찐득한 가래를 퉤 뱉었다. "모임 때마다 말없이 앉아만 있다가 오늘은 얘기를 좀 하려고 했더니 쓰러졌군."

"평소에 말을 많이 했었어야죠. 그랬다면 당신이 요주의 인물이라는 걸 알고 줄리아도 말조심했을 거고, 우리도 이렇게까지 하지는 않았을 거예요."

"역시 내 추측이 맞았군? WEI, 'Western Enterprises Inc.', 중국어로는 '서방회사'라고 하지. 1950년 타이완과 미국의 합작회사로 설립되어 미국 CIA의 타이완 내 스파이 활동을 위장하는 가짜 회사였으며 1955년에 해산됐어. 하지만 서방회사 또는 WEI라는 암호명이 지금도 타이완과 미국의 합동 스파이 활동에 흔히 사용되고 있지……. 다만, CIA가 다이어트 동호회로 위장했다는 사실이 놀랍군."

야오 신부가 웃음소리 섞인 목소리로 말했다. "신분을 위장하기 용이한 동호회를 만들 거라면 타이완 사회에 조금이나마 도움이 되는 게 일석이조 아니겠어? 줄리아도 얼떨결에 튀어나온 세 글자가 신분 발각의 단서가 될 거라곤 예상하지 못했겠지?"

"내 잘못이야." 웃음기 하나 없는 표정과 낮게 깔린 목소리는 줄리아를 완전히 다른 사람처럼 보이게 했다. "죽여버릴까?"

야오 신부가 머리를 감싸고 고함을 질렀다. "오 마이 갓! 툭하면 죽여버리자고 하지 말라고 했잖아! 우린 정보요원이지 킬러가 아냐. 영화에서처럼 남의 영토에서 멋대로 사람을 죽일 순 없다고. 언더스텐드, 알아들었어? 그건 오직 불가피한 경우에만 가능해." 그가 뤄밍싱을 돌아보며 물었다. "WEI의 일은 어떻게 알았지?"

뤄밍싱이 메마른 입술을 혀로 핥은 뒤 대답했다. "우리 함께 일한 적 있잖아. 안 그래? 형사국 국제팀 3조. 테러리스트의 활동이나 미국에 위협이 되는 범죄에 대해 CIA가 타이완과 협력하는 창구는 조사국이나 군정국이 아니라 형사경찰국이지. 난 거기에 있었고 당신들 서류를 처리했어."

"그랬군. 우린 동료니까 앞으로는 '디어 칼리그'라고 불러야겠군."

"난 경찰복을 벗은 지 오래야." 뤄밍싱이 말했다. "정보를 캐내려는 것도 아니고 당신들 신분을 폭로하려는 것도 아니야. 그냥 한 가지 물어볼 게 있어."

"'물어보는 것'과 '정보를 캐내는 것'의 차이가 뭐지?"

"암호명 WEI305를 가진 요원이 누구야?"

"말했잖아. '물어보는 것'이 바로 '정보를 캐내는 것'이라고." 야오 신부가 말했다. "경찰은 정보요원에 대해 결코 알아선 안 돼. 낮이 밤의 어둠을 알지 못하는 것과 같지."

뤄밍싱이 고개를 저었다. "그건 내가 얼마나 알고 있는지 몰라서 하는 소리지. 난 WEI 암호명을 붙이는 원칙을 알아. 3으로 시작하는 건 배신한 요원을 의미하지……. 그들을 체포하는 것이 우리 형사국의 임무 중 하나였으니까. 탈영병을 체포하는 헌병처럼."

야오 신부가 의자를 끌어다 앉았다. 그가 고심하는 표정으로 말했다. "이런, 이러면 당신을 없애버려야 할지 고민하게 되잖아?"

"당신이 고민해야 할 건 내게 WEI305의 신분을 알려줄 것인가 말 것인가지. 당신들이 궁금해할 정보가 나한테 있으니까."

야오 신부가 거절했다. "이런 거래는 받아들일 수 없어……."

"타이완 경찰 중 누군가가 사적인 이익을 위해 직무상에서 알게 된 WEI에 관한 정보를 이용, 조직을 배신한 정보요원에게 범죄 행위를 종용했다면? 어떻게 생각하나?"

야오 신부와 줄리아가 의미심장한 눈빛으로 서로를 보았다.

"배신한 정보요원을 위협해 돈을 벌려고 한 위인들이라면 더 큰 돈을 주면 CIA 정보도 기꺼이 팔아넘기겠지. WEI의 정보가 타이완에서는 별로 돈이 되지 않을 수도 있지만 CIA와 연계해 정보를 교환하고 그 정보를 체계적으로 처리한다면 그 정보를 사려는 사람들이 줄을 서겠지?"

야오 신부가 한참 생각 끝에 입을 열었다. "WEI305에 관한 자료를 주겠다. 단, 네가 알고 있는 모든 걸 얘기해."

"역시 뛰어난 정보요원답군." 뤄밍싱이 입술을 가늘게 찢으며 웃었다. "시작하기 전에 시원한 녹차 한 병 사다주겠나? 무가당으로. 고마워."

6

뤼밍싱이 캉티뉴쓰 호텔로 돌아왔을 때는 이미 자정에 가까운 시각이었다. 상앗빛 밝은 달빛 사이로 선선한 바람이 불고, 뭇별이 총총히 수놓은 하늘 아래 산과 호수는 곤히 잠들어 있었지만 레스토랑은 벌집을 쑤셔놓은 것처럼 어수선했다. 사람들이 우르르 주차장으로 달려가 시동을 걸고 차들이 뿜어낸 헤드라이트 불빛이 밤하늘을 어지럽게 가로질렀다.

뤼밍싱이 자기 앞을 달려 지나가는 뤼위정을 붙잡고 물었다. "위정, 무슨 일이야?"

"선배님, 언제 또 오셨어요?" 뤼위정이 깜짝 놀랐다. "범인을 찾았어요. 지금 체포하러 가요."

"범인?"

"네. 푸 교수님의 추리에 따르면……." 뤼위정이 말하고 있는데 앞에서 녹색 윈드재킷을 입은 키 크고 후리후리한 남자가 차문을 열고 큰 소리로 외쳤다. "뤼 경관, 빨리 와요. 2등 되고 싶어요?"

뤼위정이 뤼밍싱에게 말했다. "선배님, 같이 가시죠. 차에 한 자리 남아요."

호수순환도로를 따라 북쪽으로 연결된 도로 위를 달리며 뤄위정이 뤄밍싱에게 뒷자리에 탄 두 남자를 소개했다. 젠완 대학교의 푸얼타이 교수와 의사인 화웨이즈 선생이라고 했다. 그들은 지방검찰서의 부탁으로 살인사건 조사를 돕고 있었다. (반면 뤄위정은 뤄밍싱을 "이쪽은 뤄 선생님입니다. 제 선배님입니다"라는 말로 눙쳤다.) 푸 교수는 예리한 추리력으로 이 사건의 의문점을 해결했다. 우선 산책로에 떨어져 있는 아기새를 보고 범인이 사격한 위치를 알아냈고, 나아가 황아투를 범인으로 지목했다. 그 후 란니와 황아투가 주종관계라는 사실을 알아내 란니가 살인을 교사했음을 밝혀내더니, 이제는 황아투의 은신처가 캉티로 북쪽 기슭에 있는 원숭이 봉우리의 안부*라는 걸 알아냈다.

뤄밍싱은 그의 추리 과정을 들으며 고개를 끄덕였다. 야오 신부는 바이웨이뒤의 피살 당시 상황을 듣자마자 킬러의 잠복 지점이 절벽일 것이라고 판단했다. CIA의 매뉴얼은 적이 가장 예상하지 못하는 곳에서 저격하라고 가르치기 때문이다.

'단서 하나 없이 저격 지점을 추리해내다니 이 교수 제법인걸? 결론적으론 틀렸지만.' 뤄밍싱은 속으로 생각했다.

"푸얼타이, 황아투가 거기 숨어 있는 건 어떻게 알았어?" 닥터 화의 목소리가 밝고 또랑또랑했다.

"호수관리소 자오 씨가 알려줬어."

뤄위정은 호기심이 동했다. "자오 씨? 그 노인? 그분이 왜 교수님께 알려줬습니까?"

"그가 공범이에요. 범행 후 장비를 가지고 호수를 헤엄쳐 건너오

---

* 산의 능선이 말안장 모양으로 움푹 들어간 부분.

는 황아투를 기다리고 있다가 그의 피신을 돕는 게 그의 임무였어요."

뤄위정이 큰소리로 물었다. "네? 그 노인이 공범이라고요? 황…… 황아투를 기다리고 있다가 그의 피신을 도왔다고요? 하지만 CCTV 영상에서는 호수에서 수영하는 사람이 없었는데요?"

"잠수." 푸얼타이가 말했다. "자오 씨가 야간 당직을 마치고 잠수복으로 갈아입은 뒤 또 다른 잠수장비를 가지고 호수관리소 부두의 CCTV 사각지대에서 물에 들어갔어요. 잠수로 호텔 산책로 쪽으로 건너가서 막 범행을 마친 황아투에게 장비를 건네주고 두 사람이 함께 잠수해서 다시 호수 건너편으로 건너간 거예요. 야간 투시경과 수중스쿠터만 있으면 호수를 가로질러 2킬로미터쯤 잠수하는 건 별로 어렵지 않아요."

뤄위정이 계속 캐물었다. "자오 씨가 공범이라는 건 어떻게 아셨어요? 평범한 노인 같아 보이던데."

푸얼타이가 대답했다. "이상한 점이 있었어요. 그 사람 근무복 바지에 신발 자국 두 개가 찍혀 있는데 좌우 양쪽이 달랐죠. 몰랐어요?"

"봤어요. 교수님이 신발 자국이 찍혀 있다고 했더니 자오 씨가 바지를 털었잖아요."

"바지를 털면서 당황한 표정을 지었죠."

"그건 못 봤어요……. 하지만 그것만 가지고 그가 공범이라고 단정할 순 없잖아요."

"물론 그렇죠. 그런데 신발 자국 두 개가 다 그의 것이었어요."

뤄위정이 잠시 생각하다가 말했다. "자기 다리를…… 자기가 밟았다?"

202

푸얼타이가 말했다. "뭘 그렇게 복잡하게 생각합니까? 바지를 벗으면 간단한 일인데. 그런데 신발을 벗지 않고 바지만 벗는 건 불가능하죠. 즉, 그는 어디선가 신발과 바지를 모두 벗고 신발을 바지 위에 올려놓았던 거예요. 왜 그랬을까요? 호숫가에서 물에 들어갈 준비를 했기 때문이죠."

"아하!" 함께 차에 타고 있던 세 사람이 고개를 끄덕이며 감탄했다.

"내가 일부러 바지에 신발 자국이 있다고 지적했고 조금 전 기자회견도 생중계됐으니까 지금쯤 자오 씨에게 틀림없이 어떤 움직임이 있을 거예요."

푸얼타이가 차예단이 든 비닐봉지를 건네며 천천히 말했다. "호수관리소 옆에서 차예단 파는 녀석들에게 자오 씨를 감시하라고 했어요. 이 차예단이 그 대가랍니다……. 저녁 내내 꾸역꾸역 먹었더니 더 먹으면 토할 거 같아요. 나머지는 여러분이 좀."

그들은 '차예단 파는 녀석'들이 보내온 GPS 정보를 따라 자동차도로를 빠져나와 외길 임도로 들어섰다. 조금 더 가자 비포장 산길이 나왔다. 해 진 뒤 산속의 밤은 무거운 어둠이 깔려 있었다. 차가 길 위에 가로로 누운 고목을 밟고 지나가자 우지끈 소리가 났다.

자동차가 암벽을 돌자 빨간색 혼다 시빅 한 대가 서 있었다. 그 옆에 오토바이도 석 대 서 있고 '차예단 청년 장수'들이 골짜기를 향해 소변을 보고 있었다. 그들이 소변을 누다 말고 한쪽을 가리켰다. 작은 나무문 하나가 관목 수풀 뒤에 감춰져 있었다.

차이궈안도 도착했다. 그는 부하들에게 방탄조끼를 착용하고 경계를 높이게 했다. 경찰 세 명이 앞장서서 나무문을 향해 다가갔다. 그런데 문 앞에 도착하기도 전에 문이 벌컥 열렸다. 와락 달려

드는 환한 불빛과 사람들을 보고 놀란 자오가 허둥지둥 도망치려 했지만 뤄위정이 재빨리 그를 덮쳐 쓰러뜨리고 팔을 등 뒤로 꺾어 제압했다. 자오가 바닥에 엎어져 아파 죽겠다고 비명을 질렀다.

차이궈안이 푸얼타이에게 고개를 끄덕이고는 총을 빼 들고 앞장 선 경찰들을 따라 문으로 들어갔다.

문 뒤에 50제곱미터 남짓 되는 공간이 있었다. 자연적으로 생긴 동굴을 개조해 만든 공간인 듯했다. 한구석에 소형 발전기와 냉장 고, 전기포트가 있고 한가운데 넓은 곳에 플라스틱 테이블과 의자 가 있었으며, 다른 한쪽에는 곡식 자루와 약품이 쌓여 있고 또 다 른 쪽 구석에는 생수통, 대야, 세면도구가 있었다. 침상은 동굴의 제일 깊은 곳에 있었는데 야전침대 위에 두꺼운 겨울이불 두 장을 깔아놓은 것이었다.

다른 문제가 없다면 한 사람이 몇 주, 심지어 몇 달은 버틸 수 있 을 정도로 준비되어 있었다.

하지만 이 모든 게 이제는 의미가 없었다. 야전침대에 누워 있는 건 살아 있는 사람이 아니었기 때문이다.

황아투였다. 푹 젖은 온몸은 진흙범벅이고 가슴에 총알구멍이 있었다. 이미 숨진 뒤였다.

그 뒤에 일어난 일은 자세히 설명하기가 어려웠다. 기자들이 벌 떼처럼 몰려들고 경찰은 필사적으로 저지했으며 차이궈안의 고함, 푸얼타이의 중얼거림, 화웨이즈의 물색 모르는 질문이 뒤섞여 마 치 선생님이 등나무 회초리로 칠판을 두들겨 질서를 잡아야 할 만 큼 아수라장이 된 중학교 교실 같았다.

뤄밍싱은 지원 나온 경찰이라고 거짓말을 하고 다른 경찰의 차 를 얻어 타고 먼저 호텔로 돌아온 뒤 어수선한 틈을 타 소연회장으로 들어갔다. 경찰 두 명이 의자를 나란히 붙여놓고 자고 있고, 란니는 구석의 소파에서 웅크린 채 잠들어 있었다. 그녀의 민낯이 부쩍 나이 들고 피곤해 보였다.

뤄밍싱은 조용히 수사자료를 살펴보았다. 현장조사보고서, 감식보고서, 부검보고서, 관련자 진술서, 호텔평면도, 투숙객 정보 등등. 그의 퍼즐은 이미 중요한 얼개가 잡혔고 작은 부분의 빈틈을 채울 퍼즐 조각들이 필요했다.

새벽 6시, 수사대 형사들이 소연회장으로 돌아왔다. 대부분 24시간째 눈 한번 붙이지 못한 상태로, 정신이 몽롱하고 몸에서 쿰쿰한 냄새가 진동했다. 그들은 책상에 앉자마자 엎어져 잠이 들었다. 레스토랑 종업원이 커피, 샌드위치, 물을 가져와 나눠주자 아직 유일하게 온전한 정신이 남아 있는 화웨이즈가 종업원을 도왔다.

"내가 진즉에 참여형 사건 해결이니 뭐니 하며 끼어들지 말라고 했지? 기자들이 전부 너한테 들러붙어 못살게 굴잖아."

"그들은 이런 걸 아주 좋아해……. 기자들은 좋은 친구야. 무서울 거 없어." 옆에 앉은 푸얼타이가 거미줄처럼 핏발 선 눈을 게슴츠레하게 뜨고 최대한 차분한 말투를 유지하려고 애썼다.

"환자가 의료사고로 죽으면 기자들은 말벌보다 집요해져. 한번 물면 절대 놔주지 않아. 잠이 부족한 기자들은 더더욱 그렇고."

소연회장 문이 열리고 중년 남자와 젊은 여자가 달려 들어오며 화웨이즈를 향해 외쳤다. "웨이즈, 바깥이 난리법석이야. 무슨 일이야? 황아투가 죽었다고?"

"예기치 못한 사건이야." 화웨이즈가 황아투를 발견했을 때의 상황을 간단히 얘기해주었다.

"충분히 그럴 수 있는 일 아냐? 황아투가 살인을 한 뒤 동료와 다투다가 동료의 총에 죽었겠지." 여자가 말했다.

화웨이즈가 고개를 저었다. "아냐. 황아투의 옷과 상처가 진흙투성이었어. 방수복도 입고 있지 않았고. 호수에 들어가기 전에 총을 맞은 거야."

"바이웨이둬처럼?"

"음…… 조금 달라. 황아투는 가슴에 총을 맞았어."

여자는 고개를 끄덕이고 중년 남자는 지친 표정으로 앉아 커피를 마셨다.

뒤이어 들어온 건 차이궈안과 뤄위정이었다. 두 사람 역시 상당히 지쳐 보였다. 특히 뤄위정의 눈 주위는 세게 한 방 얻어맞은 것처럼 거무스름했고 등도 평소처럼 꼿꼿하지 않았다.

"법의학자의 간이 부검 결과." 뤄위정이 보고서를 읽었다. "총알이 좌측 폐엽을 관통한 뒤 척추 옆에서 멈췄지만 직접적인 사인은 아니며, 입과 코에 진흙과 점막이 있는 것으로 보아 총상을 입었으나 살아 있는 상태로 물에 빠진 것으로 보입니다. 출혈량으로 볼 때 바이웨이둬보다 오래 버틴 것으로 판단됩니다. 총격당한 시각은 바이웨이둬와 마찬가지로 어제 새벽 5시에서 6시 사이로 추정되며, 사용된 총알도 역시 6.5밀리미터 아리사카 탄입니다."

"같은 총에서 발사된 건가요?" 푸얼타이가 물었다.

"그건 정밀감정을 해봐야 알 수 있습니다." 뤄위정이 수첩을 꺼냈다. "호수관리원 자오 씨는…… 심한 충격을 받은 상태로, 자신이 아는 바대로 진술했습니다. 2주 전 어떤 사람에게 돈을 받아 동굴을 은신처로 만들고 잠수장비를 구입했습니다. 그 사람은 1월 1일 새벽 6시에 잠수장비를 가지고 호텔 산책로 남측 계단에서 가까운 곳에서 기다리라고 했습니다. 자오 씨는 어제 새벽 계획대로 실행했습니다. 5시 30분 근무 교대를 마치고 6시 전에 잠수해서 지정된 장소에 도착했습니다. 10분간 기다렸지만 아무도 오지 않아 산책로를 따라 헤엄치다가 산책로에 쓰러져 있는 바이웨이뒤의 시신을 목격했습니다. 놀라서 왔던 길을 절반쯤 되돌아가던 중 황아투를 보았습니다. 아직 숨이 붙어 있는 것을 보고 그를 끌고 부두로 돌아온 뒤 차에 태워 은신처로 데려다놓았습니다. 신고하기도 겁이 나서 지혈을 시키고 상처를 붕대로 감아준 뒤 돌아왔다고 합니다.

원래는 아무 일도 없었던 척하려고 했지만 경찰들이 와서 조사하고 기자회견을 본 뒤에는 수사망을 좁혀올 것이 겁이 나 황아투를 다른 곳으로 옮기기 위해 은신처로 갔지만 황아투는 이미 숨을 거두었고 곧바로 경찰이 들이닥쳤다고 합니다."

푸얼타이가 턱을 괴고 중얼거렸다. "황아투가 범행 후에 숨어 있을 은신처를 미리 준비한 건 충분히 가능한 일이에요. 잠수장비를 가지고 자신을 데리러 올 사람을 구해놓은 것도 그럴 수 있죠. 그런데 그는 왜 총에 맞았을까요? 같은 총에 맞았나요? 누가 쏜 걸까요?"

뤄위정이 피곤한 목소리로 말했다. "푸 교수님, 자오 씨에게 은신처를 준비하라고 시킨 건 황아투가 아니라 바이웨이뒤였습니다."

그 순간 소연회장이 정적에 휩싸였다. 푸얼타이의 손에 들린 커피잔이 잔받침에 가볍게 부딪히는 소리만 들렸다.

"이제 어떻게 할 겁니까?" 차이궈안이 푸얼타이를 향해 외쳤다. "젠장, 당신이 사태를 이 지경으로 만들었잖아요. 지금 밖에 기자들이 벌 떼처럼 몰려와 있다고요! 나더러 어쩌라는 겁니까? 나가

서 '죄송합니다. 이번 판은 수를 잘못 썼으니 물리고 다시 합시다'
라고 말할까요?"

"생각 좀 해봅시다. 다른 사람, 다른 총이 있는지…….."

"여러분, 내 예상이 맞는 것 같군요." 뤄밍싱이 말했다. 그의 걸
음걸이는 느리지만 가벼웠고 말투는 무거웠다. 흡사 신공을 완성
한 뒤 악의 무리를 소탕하기 위해 하산한 무림의 대협 같았다.

차이귀안의 눈이 휘둥그레지며 큰 소리로 외쳤다. "뤄밍싱! 젠
장, 어떻게 여길 온 거야?" 그가 고개를 홱 돌려 뤄위정을 노려보
자 뤄위정이 황급히 고개를 저으며 해명했다. "저도 여기서 우연히
마주친 겁니다."

"샤오쉐리 사건을 조사하러 왔다가 우연히 만났네. 샤오셰리를
죽인 범인을 알아냈어. 그리고 바이웨이둬를 누가 죽였는지도 알
아……. 우연히 만났다고 할 수는 없겠군. 두 사건이 서로 연관되
어 있으니까."

"범인이 황아투가 아니란 말입니까?" 푸얼타이가 말했다.

"황아투가 아닙니다." 뤄밍싱이 말했다. "푸 교수님 말씀이 맞습
니다. 황아투는 란씨 집안에서 일하던 사람입니다. 란니가 바이웨
이둬의 불륜 사실을 그에게 털어놓은 것도 사실이고요. 하지만 그
는 란니의 복수를 돕지 않았습니다. 나는 그가 오히려 바이웨이둬
에게 매수됐다고 생각합니다. 그는 이 사건에서 바이웨이둬의 편
이었지만 불행히도 목숨을 잃었습니다."

"바이웨이둬와 황아투가 다른 누군가에게 살해당했다는 말씀인
가요?"

"그렇습니다. 저는 우선 린 선생부터……."

"잠깐, 이 개자식!" 차이귀안이 불같이 성을 냈다. "당신은 경찰

이 아니잖아. 게다가 살인사건의 유력한 용의자라는 걸 잊지 마. 지금 당신이 이 살인사건 현장에도 나타난 이상 나는 당신이 사이코 연쇄살인범이라고 믿을 수밖에 없어. 반드시 내 손으로 체포하고 말겠어."

뤄밍싱이 두 손을 내밀었다. "어디 체포해보시지."

차이궈안의 분노가 점점 극한으로 치달았다. "못할 거 같아? 위정…… 아, 아니, 취안짜이, 수갑 채워!"

"내가 뤄밍싱에게 수사를 도와달라고 요청했네." 갑자기 들린 목소리에 모두의 시선이 문쪽으로 쏠렸다. 정수리가 조금 벗어지고 키가 아담한 중년 남자가 성큼성큼 걸어 들어왔다. 낡은 양복 외투에 굽과 앞코가 닳은 구두를 신고 있었지만 허름한 차림새도 '수사의 주체'라는 위엄을 퇴색시키지는 못했다.

검사 왕쥐잉이 상갓집 개처럼 주눅 들었던 어제의 분위기를 싹 벗어던지고 무대의 주인공처럼 휘황한 오라를 발산하며 당당한 자태로 등장했다.

"하이, 푸 교수, 닥터 화, 수고 많았어요. 오, 이런 눈이 빨갛군. 이렇게 열정적으로 일해본 것도 오랜만이죠? 하이, 뤄짜이, 오랜만이야. 말 안 했으면 몰라볼 뻔했어. 이왕 살찐 거 스모 선수로 나서 볼 생각 없나?"

"영감님, 왜 이러십니까? 깜짝 카메라라도 찍으십니까?" 차이궈안이 버럭 성을 냈다. "어제는 무슨 명탐정을 데려왔다며 저희 체면을 짓밟더니 오늘은 이 뚱보에게 도와달라고 하셨다고요? 또 데려올 사람은 없습니까? 왕자님, 임금님, 온갖 상전을 다 데려오시지요! 아니, 아예 특별팀을 짜서 떼거리로 데려다 놓으십쇼!"

왕쥐잉이 노여워하지 않고 태연하게 말했다. "궈안, 진정하게.

푸 교수가 도움이 안 된 건 아니잖아. 푸 교수가 아니었으면 지금 범인이 어디서 총을 쐈는지 실마리도 못 잡고 있겠지. 뤄짜이는 내가 불렀네. 복잡한 사건일수록 인력이 많아야지. 뤄짜이가 이래 봬도 왕년에 귀신 잡는 형사였어. 쌴허토막살인사건도 나와 뤄짜이가 해결했어. 그러고 보니 뤄짜이가 자네 선배지? 선배를 존경해야지. 그거야말로 경찰들이 제일 강조하는 덕목 아닌가?"

"저 사람은 경찰이 아닙니다! 게다가 샤부쯔 살인사건의 용의자라고요!"

왕쿤잉이 차이궈안의 항의를 들은 체도 않고 뤄밍싱에게 말했다. "뤄짜이, 나도 알아봤어. 자네 말이 맞았어. 나도 다 알아챘어. 자, 이제 우리가 이 수수께끼의 진실을 파헤쳐봄세!"

왕쿤잉이 유리창 앞에 가서 두 손을 뒷짐 지고 섰다. 유리창으로 들어온 해사한 아침 햇빛이 그의 작달막한 그림자를 길게 늘여 영화 〈쿵푸팬더〉의 레서판다 사부처럼 보이게 했다. 뤄밍싱이 한숨을 길게 내쉰 뒤 그의 옆에 서서 천천히 입을 열었다.

"여러분, 차이궈안의 말처럼 저는 지금 경찰 신분이 아닙니다. 바이웨이둬 사장 피살사건 때문에 캉티뉴쓰 호텔에 온 것도 아닙니다. 샤오쉐리라는 매춘부가 12월 21일 샤부쯔의 한 원룸에서 살해당했습니다. 그 원룸은 어떤 남자에게서 도망치게 도와달라는 그녀의 부탁으로 제가 구해준 것이었습니다. 제가 이 호텔에 온 건 샤오쉐리가 바이웨이둬와 통화한 기록이 있어서입니다."

뤄밍싱은 샤오쉐리와 바이웨이둬의 관계를 간략하게 설명했다. 샤오쉐리가 애인에게서 린 선생이 바이웨이둬를 죽이려 한다는 정보를 알아내 그 정보를 사진으로 찍어 감춘 뒤 바이웨이둬에게 거래를 제안했고, 두 사람이 T-Vont 비즈니스호텔에서 만난 뒤 그녀가 누군가에게 미행당하다가 증거물을 교묘하게 감췄지만 역시 피살되는 불운을 피하지 못했다는 사실까지.

"처음에는 바이웨이둬와 샤오쉐리가 불륜 관계였다고 생각했습니다. 샤오쉐리가 헤어지자고 하자 그가 그녀를 죽였다고 추측했죠. 하지만 제가 틀렸습니다. 샤오쉐리는 린 선생의 정보를 바이웨이둬에게 팔았고, 바이웨이둬는 그 대가로 그녀에게 수만 달러를 줬습니다."

뤄웨이정이 말했다. "선배님, 린 선생은 또 누군지……. 농담처럼 들려요."

뤄밍싱이 말했다. "린 선생이 누군지 란니 총지배인이 말해줄 거야."

초췌한 얼굴로 소파에 앉아 있던 란니가 가슬가슬한 목소리로 말했다. "예전에 우리 옆집에 살던 맹인 점쟁이예요. 그의 성만 알뿐, 이름을 아는 사람은 없었어요. 점술이라면 모르는 게 없었죠. 자미두수, 팔괘역산 등등……. 내가 아는 건 그게 다예요."

"그뿐만이 아니지. 둘이 결혼한 뒤로 바이웨이둬가 그 사람을 자주 찾아갔잖아?"

"바이웨이둬는 린 선생과 차 마시는 걸 좋아했어. 가끔은 친구들과 함께 가기도 했어."

뤄밍싱이 고개를 저었다. "어떤 친구들?"

란니가 입술을 비죽이며 더 말하지 않았다. 왕쥔잉 검사가 휴대폰을 들고 읽었다. "웨이둬건설의 바이웨이둬, 신화新華건설의 거젠슝葛劍雄, 난타이南泰건설의 차이이황蔡一煌, 안원安穩부동산의 루핑산盧萍珊……. 이들이 지금까지 조사국에서 파악한 '린 선생 그룹'의 회원이며, 다른 회원들이 있는지 계속 조사 중입니다."

왕쿼잉이 모두를 둘러보며 의기양양한 말투로 말했다. "조사국은 2년 전부터 이 기업들이 은밀한 관계를 맺고 있다는 걸 알고 있었습니다. 이들은 담합해 부동산 가격을 올리고 공공사업을 독점입찰해왔습니다. 이와는 별도로 형사국에서도 이 그룹이 폭력 사건들과 연관되었을 가능성이 있다는 첩보를 입수했습니다. 2009년 타이베이 둥*구의 지주총격사망사건에서 건설사는 신화건설이었고, 킬러가 도주할 때 이용한 차는 난타이건설 소유 차량이었습니다. 난타이건설이 그로부터 3개월 전 이 차량을 도둑맞았다고 신고했습니다. 아직은 내사 단계이고, 린 선생 그룹이란 것도 경찰이 임의로 지은 명칭입니다. 아직은 증거가 부족하니 이 그룹이 실제로 존재한다고 단정할 수는 없습니다."

화웨이즈가 물었다. "바이웨이둬가 린 선생 모임의 일원이라면 린 선생은 어째서 그를 죽이려 한 겁니까?"

뤄밍싱이 말했다. "바이웨이둬가 배신하려 했을 겁니다. 그가 어떤 '자료'를 가지고 있었다고 하는데, 저는 그게 린 선생의 범죄에 관한 증거일 거라고 생각합니다. 무슨 이유에서인지 바이웨이둬가 린 선생의 불법행위를 경찰에게 알리려 했을 가능성이 있어요. 하지만 그는 린 선생의 세력이 얼마나 큰지 알지 못했죠. 그가 린 선생에게 제거당하기 전에 피신해 있을 요량으로 자오 씨에게 은신처를 준비해달라고 부탁한 것 같습니다. 풍파가 지나간 뒤 내부고발자로서 세상에 나타날 계획이었겠죠."

"배신한 이유가 뭔가요? 바이웨이둬와 함께 일한 직원들은 모두 그가 평소에 누구에게 원한 살 만한 일을 하지 않았다고 했잖습니까?"

뤄밍싱이 고개를 저었다. "그건 나도 모르겠습니다. 어쩌면 직원들이 모르는 게 있었을 수도 있죠. 란니에게 물어보면 알려줄지도 모르겠군요……. 어쨌든 바이웨이뒈는 자기 조직을 배신하려 했고, 린 선생은 어떤 루트를 통해 그 사실을 알고 그가 비밀을 폭로하기 전에 그를 제거하기로 했을 겁니다. 린 선생 그룹의 회원들이 직접 제거하지 않고 중간연락책을 통해 킬러를 고용했고, 1월 1일 새벽을 디데이로 정했습니다. 그런데 샤오쉐리가……." 뤄밍싱이 샤오쉐리의 사진을 꺼냈다. "이 여자가 바로 이 중간연락책의 정부이거나 매춘부와 손님의 관계였을 겁니다. 그녀가 린 선생과 그가 나눈 SNS 대화를 우연히 보고 큰돈을 벌 기회라고 직감하고 아까 말했던 것처럼 바이웨이뒈에게 연락해 정보를 팔았죠. 하지만 그 사실을 들켜 미행당하자 바이웨이뒈에게 받은 돈과 중요한 물건을 감췄습니다. 그 후 미행을 따돌렸다고 생각하고 샤부쯔로 돌아왔지만 중간연락책은 그녀가 상대할 수 있는 적수가 아니었습니다. 그는 금세 그녀의 원룸을 찾아내 그녀를 폭행, 끝내 사망에 이르게 했습니다."

소연회장 분위기가 무겁게 가라앉았다. 란니는 냉담한 얼굴로 침묵했고, 푸얼타이는 생각에 잠긴 듯 눈을 감고 미간을 찡그렸으며, 화웨이즈는 젊은 여자를 부축하고 있었다. 경찰들은 각자 기댈 곳을 찾아 커피를 마시며 그의 얘기에 집중했다.

"샤오쉐리를 살해한 범인이 누굽니까? 바이웨이뒈를 살해한 범인과 동일인인가요?"

뤄밍싱이 말했다. "샤부쯔 살인사건에서 가장 이해할 수 없는 점은 범인이 너무나 노련하고 범행 수법 또한 대담했다는 겁니다. ……그 원룸은 내가 구해준 곳이었으므로 보안이 철저했고, 샤오쉐리는 미행을 따돌리는 방법도 알고 있었습니다. 이론적으로는 허점이 없었어요. 하지만 그 중간연락책에게는 이 모든 대비책이 애들 장난이었죠. 그는 샤오쉐리를 찾아냈을 뿐 아니라 밤 9시에 아파트에서 여자를 무참히 때려죽였습니다. 누가 보거나 듣는 걸 전혀 개의치 않았죠. 이 사실이 당혹스러웠습니다. 그가 그 정도로 똑똑하고 자신만만한, 또는 단순한 미치광이인 줄은 몰랐습니다.

그러다가 샤오쉐리가 바이웨이둬에게 팔아넘긴 SNS 대화를 보고 모든 의문이 풀렸습니다.

중간연락책이 고용한 킬러의 암호명은 WEI305. 미국 CIA 요원이었다가 조직을 배신하고 도망친 인물입니다."

연회실에서 나직한 탄성이 터져 나왔다. 왕쿼잉 검사가 큰 소리로 말했다. "그건 너무 황당하잖아! CIA? 우리가 지금 〈미션 임파서블〉이라도 찍고 있단 말이야?"

뤄밍싱이 대답했다.

"황당하지 않습니다. CIA는 어디에나 있습니다. 어쩌면 그들이 지금 검사님의 이메일을 읽고 있을지도 모릅니다!

중간연락책과 린 선생이 나눈 SNS 대화를 보면 중간연락책은 WEI305의 행방을 파악하고 있을 뿐 아니라 그의 약점까지 쥐고 그걸 빌미로 WEI305를 협박해 바이웨이둬를 살해하도록 했습니다. 여기서 의문이 생기죠. 이 중간연락책이 얼마나 대단한 자이기에 CIA 요원을 협박할 정도로 대담하고 기세등등한 것인가? 다른 기관의 정보요원인가? KGB? MI6? 타이완 국가안전국? 아니면 제3국 정보기관?

하지만 반대로 생각하면, 만일 범인이 정보요원이라면 그가 이렇게 거칠고 잔인한 수단으로 매춘부를 살해했을까요? 신분 노출의 위험을 무릅쓰고? 최소한 그의 생물학적 증거를 타이완 경찰에게 남겨줄 수 있는데도? 그런데, 만일 정보요원이 아니라면 범인의 신분은 무엇일까요?

마침내 저는 한 가지 가능성을 생각해냈습니다. ……형사국 국제팀 3조."

뤄위정이 물었다. "그런 조가 있습니까? 국제팀에는 두 개 조뿐이에요. 귀안 선배님, 그렇죠?"

뤄밍싱이 말했다. "3조는 비밀조직입니다. 원래는 국가안전국과 법원의 간섭을 피하기 위해 설치한 조직이었습니다. 그 조직을 아는 건 내가 바로 그 조직에 있었기 때문이죠. 3조는 CIA와 연계되어 있습니다. CIA가 스파이나 테러 활동과 관계된 인물이 타이완에 체류하고 있다는 증거 자료를 보내면 형사국에서 그에게 죄명을 만들어 씌워 그를 수배하죠. WEI305처럼 배신한 정보요원을 체포하는 것도 3조의 일입니다. 물론 모두 다 체포하지는 못하지만, 만약 3조의 한 경찰이 WEI305의 행방을 파악하고, 그가 뛰어난 기술을 가진 고수라는 걸 알았다면 그는 무슨 생각을 할까요? CIA에 사실대로 보고한다? 아니면 이 카드를 남겨뒀다가 결정적인 순간에 내놓기로 한다? 여기까지 다 이해했나, 차이궈안 경관?"

팔짱을 낀 채 듣고 있던 차이궈안이 웃을 듯 말 듯한 표정으로 말했다. "국제팀 3조에 있었던 사람이 용의자라는 뜻입니까?"

뤄밍싱이 차분한 말투로 말했다. "내 추측이네."

차이궈안이 차갑게 웃었다. "내가 그 조에 있었습니다. 하지만 선배도 그 조에 있지 않았습니까?"

"난 2002년에 그만뒀고, WEI305가 배신하고 도망친 건 2004년이야. 자넨 2005년에 3조에 들어갔지."

차이궈안은 평소와 다름없는 표정으로 대답했다. "그게 뭐가 어

쨌단 말입니까? 용의자가 3조 출신이라는 것도 선배의 추측일 뿐
인데, 3조에 있었던 사람은 모두 용의자라고 결론 내린 겁니까? 그
렇다면 용의자가 대체 몇 명입니까? 검사님, 이분이 바로 검사님이
말씀하신 명탐정입니까?"

뤼밍싱이 배낭에서 커다란 운동화를 꺼내 테이블에 올려놓자 차
이궈안의 낯빛이 변했다.

"츠산궁 뒷골목에 있는 샤오쉐리의 아파트를 말끔히 치웠더군.
샤부쯔의 원룸도 정리했고. 그 바람에 자네와 관련된 단서를 찾지
못했어……. 하지만 아쉽게도 자넨 운이 나빴어. 샤오쉐리가 정신
없이 짐가방을 싸면서 이 운동화를 넣었을 줄이야. 문밖에 두면 성
가신 일을 피할 수 있다고 둘러댔었지. 하지만 내가 챙겼어. 이렇
게 큰 치수의 운동화는 흔치 않은데, 자네 신발 사이즈와 똑같은
건 우연이 아니겠지?"

차이궈안이 짧게 내뱉었다. "어디서 가져온 신발인지 알게 뭡니
까?"

"그건 감식팀에서 알려주겠지. 사실 감식팀은 우리에게 훨씬 더
많은 걸 알려줄 거야. 여자 머리를 한 손으로 쥘 만큼 큰 손을 가진
사람이 누군지, 팔을 들어 올리면 복층 바닥판에 닿을 만큼 키가
큰 사람이 누군지. 이런 건 아주 쉽게 알 수 있는 단서지만, 법의학
자와 감식팀은 자네 말을 너무 잘 들어. 자네가 검사하라고 시키는
것만 검사한단 말이지. 그 여자를 그토록 대담하고 잔인하게 죽일
수 있었던 이유가 바로 이거야. 자넨 자네가 이 사건을 맡게 될 줄
알았고, 그 어떤 증거라도 없앨 수 있지."

왕췐잉이 덧붙였다. "샤부쯔 살인사건 담당검사의 협조를 얻어
다른 팀 인원을 파견해 시신 부검과 현장감식을 재실시했네. 그들

216

이 현장에서 발견된 생물적 증거를 누구와 대조해야 하는지 묻더군……. 차이궈안, 법망을 빠져나갈 수 있을 거라 생각했나?"

차이궈안은 말없이 커피만 마셨다.

뤄밍싱이 낮게 내리깐 목소리로 말했다. "샤오쉐리가 이런 말을 했지. 자신이 도망치려는 남자가 '나와 비슷하다'고. 그게 무슨 뜻인지 이제야 알았어……. 또 자네가 샤부쯔를 어떻게 찾아냈는지도 알았네. 위정이 알려준 거야. 내 불찰이지. 쑤웨이에게 샤오쉐리를 돌봐달라고 할 생각이었는데 위정 앞에서 샤부쯔와 여자 얘기를 하고 말았어. 위정이 자네에게 그 얘길 했겠지."

뤄위정이 놀란 표정을 감추지 못하고 더듬거렸다. "저…… 저는 그저 도와드리고 싶었습니다. 샤부쯔 관할인 동료에게 신경 써달라고 부탁한 건데."

"자넬 탓하지 않아, 위정. 자넨 좋은 경찰이야. 백번 죽어 마땅한 죄인은 바로 이놈이지. 유능한 경찰이지만, 너무 유능해서…… 경찰에서 많은 일을 하고 사회를 위해 기여할 수 있었지만 비뚤어진 길을 가는 바람에…… 세상에 해악을 끼쳤어."

차이궈안이 웃었다. 그의 웃음소리가 시원했다. 그의 굳은 얼굴에서 꼼짝도 하지 않던 피부와 근육이 일시에 되살아난 것 같았다.

"과연 동문답군. 내 꾀에 내가 넘어갔어." 그가 뤄밍싱을 향해 웃었다. "과연 선배답습니다. 지난번에 내가 선배의 그 빌어먹을 알리바이도 확인하지 않고 구치소에 수감했죠? 경찰국 사람들에게 선배에 대해 많이 들었고, 그 여자도 선배 얘기를 자주 했어요. 그러니까, 나는 뭐랄까…… 선배의 오랜 솔메이트라고 할까요? 내가 하는 모든 행동은 선배한테 배운 겁니다. 정보원 협박, 검사 조사, 매춘부와 자고 정보원 만들기. 이게 다 선배한테 배운 거죠. 내가 선배를 얼마나 동경하는지 모르실 겁니다. 하하하!" 그가 혼자 웃다가 다시 말을 이었다. "안 그러면 어쩌겠어요? 멸사봉공, 유능한 경찰로서 일선에서 사건 해결. 그다음엔? 선배처럼 되라고요? 돈없고 여자도 없는 뚱보요?"

"예전엔 나도 잘못된 선택을 했지. 내 자료를 봤으니 알겠군. 하지만 난 경찰 배지를 판 적은 없어. 내 양심을 팔아먹은 적은 한 번도 없다고!" 뤄밍싱이 대답했다.

차이궈안이 웃음을 거두고 말없이 뤄밍싱을 응시했다. 뤄밍싱이 말을 이었다. "바이웨이둬가 먼저 자네에게 린 선생 그룹의 범죄 증거를 제공하겠다고 제안했지? 중구 경찰계의 가장 유능한 형사인 자네를 선택해 자료를 제공하고 자신이 내부고발자로서 증언할 테니 린 선생 그룹을 뿌리 뽑자고 했겠지. 하지만 그는 자네가 사건을 수사하기는커녕 오히려 린 선생 그룹에 자신을 팔고, 그것도 모자라 킬러까지 고용해주며 린 선생에게 충실하게 봉사할 줄은 꿈에도 몰랐겠지."

차이궈안의 입에서 냉소가 비어져 나왔다. "선배 말이 대부분 맞지만 하나는 틀렸습니다. 바이웨이둬가 스스로 날 찾아온 건 맞지만 그는 나서서 증언하지는 않겠다고 했습니다."

"그럼 그가 그걸 폭로해서 얻으려는 게 뭐였지?"

"사라지고 싶다고 했습니다." 차이궈안이 커피를 한 모금 마셨다. "사는 게 너무 지치고 힘들어서 멀리 날아가 원하는 인생을 살고 싶었지만 린 선생이 놓아주지 않자 날 찾아온 겁니다. 한마디로 그는 경찰을 이용해 자기 손에 피를 묻히지 않고 린 선생을 제거하려고 했던 거예요."

"자료는?"

"나한테 주지 않았어요. 1월 20일 타이완신생보 광고를 보면 그 자료를 어디에 숨겨뒀는지 힌트가 있을 거라고 했죠. 그는 내가 신화건설 거젠슝과 오랜 친분이 있다는 사실을 몰랐습니다. 내가 그에게 이 사실을 얘기했고, 린 선생 측 사람들이 크게 놀랐습니다. 자신들이 그동안 무슨 일을 했는지 누구보다 잘 알고 있으니까. 그들이 그 자료를 사겠다며 3천만 위안을 제시하더군요. 바이웨이둬를 죽여주는 대가로 또 3천만 위안을 주겠다고 했죠. 나는 자료를 찾지 않아도 바이웨이둬를 죽이면 저절로 일이 끝날 거라며 그 대가로 4500만 위안을 제시했죠……."

말없이 듣고 있던 뤄밍싱이 말했다. "그래도 그 여자는 끌어들이지 말았어야……."

"제 발로 끼어든 거예요. 난 그 여자를 함부로 대하지 않았어요. 먹여주고 입혀주고, 성가신 일을 처리해줬어요. 그런데도 날 배신하고 선배를 찾아간 겁니다. 휴, 생각하면 아깝죠. 빨아주는 기술이 끝내주는데……. 나한테 맞아서 이빨이 다 날아가고도 선배 이름을 부르더군요……. 빌어먹을, 선배, 내가 졌어요. 아랫도리가 얼마나 대물이길래 뒈지는 순간까지 선배 이름을 부르는지."

뤄밍싱이 와락 다가가 차이궈안의 멱살을 휘어잡자 차이궈안이 킬킬대며 이죽거렸다. "왜? 내 말이 틀렸어요? 조루인가? 지금은 고개를 숙여도 거시기가 안 보여요?"

왕쿼잉이 다가가 좋은 말로 타일렀다. "뤄짜이, 흥분하지 마. 일부러 자넬 자극하는 거야. 이런 쓰레기는 우리가 처리할게. 이놈 수작에 걸려들지 마."

뤄밍싱이 멱살을 놓고 옆으로 물러났다. 두 손이 아직도 파르르 떨리는 것 같았다. 왕쿼잉이 말했다. "차이궈안, 바이웨이둬와 샤오쉐리 살인사건의 용의자로 널 체포한다. 넌 묵비권을 행사할 수 있으며, 변호사를 선임할 수 있다……. 살인죄는 사형 판결을 받기에 충분하다는 걸 너도 알겠지. 하지만 킬러가 누군지 자백한다면 검찰 기소 시 구형량 경감을 고려해줄 수 있다."

"WEI305 말인가요? 좋아요. 누군지 알려드리죠……." 차이궈안이 앞으로 한발 성큼 나아가 왕쿤잉의 목을 한 팔로 감아 뒤로 홱 끌어당기며 오른손으로 총을 뽑으려 했다. 하지만 그 순간 갑자기 온몸에 경련을 일으키며 바닥에 쿵 쓰러졌다. 그의 얼굴이 고통스럽게 일그러지고 목구멍에서 "허, 허" 하는 괴상한 소리가 비어져 나왔다.

"무…… 무슨 일이야?" 놀란 왕쿤잉이 상황 판단을 하기도 전에 화웨이즈가 달려가 차이궈안의 상태를 보더니 황급히 외쳤다. "사이안화칼륨*! 창문 열어! 창문 열어! 구급차 부르고 주방에 가서 아질산나트륨이 있는지 물어봐요!"

뤄밍싱은 바닥에서 몸을 뒤틀고 있는 차이궈안을 내려다보며 식은땀을 흘렸다. 제길, 자살인가? 아냐. 그럴 거면 검사를 인질로 잡으려 하지 않았겠지. 입막음을 위한 살인? WEI305? 그는 고개를 홱 돌리다가 자기 생각이 틀렸다는 걸 알았다. 그 사람도 역시 바닥에 쓰러져 몸을 떨고 있었기 때문이다.

"또 한 사람 쓰러졌어요!"

"의사! 여기요!"

현장이 더 혼란해졌다. 여러 사람이 동시에 구급차를 부르고 어떤 사람은 인공호흡을 하고 또 어떤 경찰은 총을 쥔 채 어딜 조준

---

* 극소량을 섭취해도 사망할 수 있는 매우 강력한 독극물. 흔히 청산가리로 불린다.

해야 할지 몰라 허둥댔다.

바닥에 쏟아진 커피가 뤄밍싱의 시야에 잡힌 순간 커피와 아침식사를 나른 레스토랑 종업원이 뇌리에 스쳤다. 통통한 체구의 단발머리 여성이었다.

제기랄!

연회장을 뛰쳐나가 사방을 둘러보았지만 보이지 않았다. 로비 직원들에게 종업원의 인상착의를 대며 물어보았지만 모두 모른다고 했다.

그가 다시 연회장으로 돌아왔을 땐 바닥에 쓰러진 두 사람의 몸부림이 멎은 뒤였다.

"그가 WEI305입니까?" 푸얼타이는 별로 놀란 기색이 없었다.

"스티븐 하, 미국 출생. 아버지는 말레이시아 화교, 어머니는 타이완인. 1990년 걸프전 때 미 육군 제1사단에서 복무했으며, 전쟁 후 CIA에 흡수되어 오랫동안 동아시아 지역에서 정보 임무를 수행했습니다. 2005년 CIA에 의해 배신자로 판정된 후 행방을 감췄죠. 그가 이름을 바꾸고 미국으로 건너갔을 줄은 아무도 몰랐고요. 이언 히사, 샤이옌." 뤄밍싱이 말했다.

바닥에 쓰러진 샤이옌의 얼굴빛은 청회색이고 입가에서 흰 거품이 부글대고 있었다. 뭐라고 말하려다가 강제로 입막음당한 듯한 표정이었다. "그게 무슨 헛소리예요? 우리 아빠가 정보요원이라고요? 말도 안 돼! 아빠 평범한 사람이라고요!" 샤위빙이 뤄밍싱에게 대들며 울부짖었다. 화웨이즈가 눈물범벅이 된 얼굴로 그녀를 끌어안고 진정시켰다.

뤄밍싱이 말했다. "미스 샤, 부친은 미스 샤를 보호하기 위해 진짜 신분을 감춘 겁니다. 그가 차이궈안에게 협박당한 것도 아마 당신 때문일 거예요. 차이궈안이 당신을 죽이겠다고 협박했을 수도 있고 더 쉽게는 당신의 행복한 결혼을 방해하겠다고 협박했을 수도 있어요. 부친도 어쩔 수 없이 다시 총을 들었을 거예요."

"내가 약혼하는 날 아빠가 사람을 죽였을 리 없어요. 그럴 리 없다고요!"

"딸이 약혼하는 날을 디데이로 잡으면 제일 먼저 의심을 피할 수 있죠……. 범행에 사용한 엽총은 차이궈안이 장물창고에서 빼낸 것이었어요. 과거 가스 폭발 사고에 대한 이곳 주민의 보복 범행인 척 수사에 혼선을 줄 수 있으니까. 어쨌든 초기에 용의선상에 오르는 걸 피하기만 하면 미국으로 출국해 수사망에서 벗어날 수 있었죠."

샤위빙이 얼굴을 두 손으로 감싼 채 약혼자의 가슴에 묻고 흐느꼈다.

"의문이 있습니다." 뤄위정이 손을 들고 물었다. "샤이옌이 어떻게 프런트 직원들의 눈을 피해 호텔 뒤 테라스로 가서 난간에 로프를 묶고 내려갔을까요? 푸 교수님은 범인이 큰 짐가방을 들고 로비를 가로질렀을 테니 목격자가 있을 거라고 했습니다."

"그의 객실이 512호가 아닌가? 레이크뷰 객실이지. 창문을 열면 절벽 쪽으로 내려갈 수 있어. 훈련된 사람이라면 로프 없이 맨손으로도 가능하지. 그렇지 않습니까, 푸 교수님?"

푸얼타이가 고개를 끄덕였다. "샤이옌은 어제 저녁 식사 후에 술을 조금 마시고도 취해서 오늘 아침까지 곯아떨어졌다고 했어요. 다 계획된 일이었군요."

뤄위정이 또 물었다. "선배님, 저는 아직 의문이 남았습니다. 1월 1일 새벽 누군가 자신을 죽이려 할 거란 사실을 알면서도 바이웨이둬는 왜 평소처럼 조깅을 하러 나갔을까요? 황아투의 죽음은 또 어떻게 된 거죠?"

"그건 나도 추측할 수밖에 없어. 바이웨이둬가 린 선생 그룹을 제거하기 위해 린 선생이 킬러를 보냈다는 걸 알고도 모험을 했던 것 같아. 킬러를 유인해서 붙잡는다면 린 선생의 범죄 증거가 하나 더 늘어날 테니까. 그래서 황아투를 설득했겠지. ……어젯밤에 두 사람이 주차장에서 만나는 걸 봤어. 바이웨이둬는 자신이 평소처럼 조깅을 하고 황아투가 어딘가에 잠복하고 있다가 킬러가 나타나면 그를 제압해 경찰에 넘기는 계획을 짰던 것 같군. 자신은 은신처에 숨어 풍파가 지나가길 기다릴 요량이었겠지. 하지만 상대는 그들과 적수가 될 수 없는 전직 CIA요원이었고 두 사람 모두 그의 총에 목숨을 잃었지."

뤄위정이 고개를 끄덕였다. 충격에서 겨우 빠져나온 왕쥔잉 검사가 말했다. "뤄짜이, 그…… 그럼 이제 어떻게 하지? 두 사람이 다 죽었어. 한 사람은 CIA 사람이고, 한 사람은 경찰이야. 이, 이걸 어떻게 처리해야 돼?"

뤄밍싱이 어깨를 으쓱였다. "영감님의 지위가 있는데 뭐가 걱정이세요? 마음대로 처리하세요. 모두 자살했다고 하셔도 되고, 국가안전국에다가 미국 CIA가 타이완에서 살인을……." 그 순간 바닥에 쓰러져 있던 샤이옌이 솟구치듯 벌떡 일어나 쏜살같이 밖으로 뛰쳐나갔다.

너무 순식간에 벌어진 일이라 모두들 멍하니 지켜보기만 했다. 제일 먼저 사태를 파악한 뤄밍싱이 뤄위정을 끌어당겼다. "젠장, 쫓아가! 뭘 보고만 있어?"

뤄밍싱과 뤄위정이 주차장까지 쫓아갔지만 샤이옌은 이미 차를 몰고 산을 내려가고 있었다. 두 사람도 차를 타고 급하게 추격했다. 구불구불한 내리막길에서 차량 두 대가 경주하듯 질주했다. 아스팔트를 지치는 타이어 마찰음이 산속 새벽 공기를 가르며 고막을 날카롭게 긁었다.

뤄밍싱이 뤄위정의 허리춤을 더듬었다.

"선배님, 뭐 하시는 거예요?"

"운전에 집중해." 뤄밍싱이 뤄위정의 총지갑 단추를 풀고 총을 꺼낸 뒤 상체를 차창 밖으로 내밀었다. 숨을 참고, 조준하고, 숨을 내쉬고, 방아쇠를 당겼다.

앞차의 뒷바퀴가 펑 소리와 함께 터지며 차량이 커브길에서 미끄러져 구르다가 가든바 옆에서 멈췄다. 샤이옌이 차에서 기어 나와 비틀거리며 숲을 향해 뛰어갔다. 뤄밍싱과 뤄위정도 차에서 내려 뒤를 쫓았다. 그때 야합화 수풀 옆에 서 있는 사람이 그들의 시야에 들어왔다. 여자였다.

샤이옌이 그녀를 뒤에서 덮치더니 한 팔로 턱을 감은 뒤 총구를 그녀의 관자놀이에 들이대고 외쳤다. "물러서! 물러서! 다가오지 마!"

"거레이!" 뤄밍싱의 낯빛이 굳어지며 큰 소리로 외쳤다. "위정, 섣불리 행동하지 마."

"총은 선배님이 들고 계시잖아요."

인질로 잡힌 여자는 거레이였다. 그녀는 셔츠에 청바지 차림이었고 지난밤 한숨도 자지 못한 듯 초췌한 얼굴이었다. 그녀의 손에 글씨가 쓰인 종이 한 장이 들려 있었다.

푸얼타이와 경찰들이 속속 도착했지만 이 광경을 보고 함부로 움직이지 못했다. 샤위빙이 울면서 외쳤다. "아빠!" 앞으로 달려나가려는 그녀를 화웨이즈가 붙잡았다.

샤이옌이 창백한 얼굴로 가쁜 숨을 몰아쉬며 말했다. "샤론, 아이 엠 소리. 처음부터 네게 솔직히 말하지 못했다. 그때 널 데리고 헌팅을 가고 싶다며 네게 총을 쏠 줄 아느냐고 물었을 때, 그게 다 내 계획이었어. 내가 미리 세트한 질문이었어. 네 엄마도 베테랑의 총에 죽은 게 아냐. 역시 랭리, CIA가 죽인 거야. 난 너무 많은 스캔들을 알아. ……움직이지 마!"

샤이옌이 살며시 총을 꺼내려던 경찰을 향해 눈을 부라렸다. "아이 엠 소리, 샤론. 그토록 오랜 세월을 넌 거짓말 속에서 살았어. 난 그저 네가 노멀 라이프를 살길 바랐어. 네가 자라는 걸 보고, 남편감을 찾은 걸 보면서 나도 내 프러블럼과 대면할 수 있게 됐지. 그런데 바로 그때 차이궈안이 날 찾아왔단다. 그는 내가 누군지 알았고, 너에 관한 모든 걸 알았어……. 그가 널 망치도록, 내 딸의 행복을 빼앗도록 둘 수 없었어. 그래서 내가…… 샤론, 아이 엠 소리……."

샤위빙이 울부짖었다. "아빠, 플리즈, 그러지 말아요. 총 내려놔요. 제발!"

샤이옌이 말했다. "데이 윌 네버 렛 잇 비, 그들은 내버려두지 않아. 차이궈안이 독약에 당했을 때 난 알았어. 데이 아 히어, 그들이 여기 있어. 휴…… 이 인젝션을 지니고 다닌 지 오래됐는데 오늘에야 쓰게 됐구나……. 그들을 속일 수 있는 유일한 방법이었어."

그가 고개를 돌려 뤼밍싱을 향해 말했다. "뤄 경관, 임프레시브, 대단해. CIA까지 움직이다니."

뤼밍싱이 거레이에게서 눈을 떼지 않고 말했다. "그…… 그들은 당신의 신분만 알려줬어요. 그들이 사람을 죽일 줄은 나도 몰랐어요. 진정하고, 총 내려놔요……. 차분히 대화로 해요."

샤이옌이 싸늘하게 웃었다. "총을 내려놔야 하는 건 너지. 지금 내 이마를 조준하고 있잖아? 누구 총이 더 빠른지 내기할까?"

뤄밍싱이 손을 들며 다섯 손가락을 활짝 폈다. "그 여자 해치지 말아요! 조건이 있으면…… 대화로 해결할 수 있어요."

뤄밍싱이 협상을 시도했다. 그는 총을 손가락 끝에 걸고만 있어도 상대보다 먼저 방아쇠를 당길 수 있었다. 그 옛날 정위안룽도 그의 이 방법에 죽었다. 그는 계속 더듬거리며 샤이옌의 이마를 집요하게 주시하고, 기다렸다.

샤이옌이 말했다. "대화하더라도 너와는 안 해. 여기서 제일 높은 사람이 검사지? 아이 슈드 톡 투 유. 검사님과 말하겠어."

왕쿤잉 검사가 사람들에게 떠밀려 앞으로 나왔다. 그가 주춤주춤 입을 열었다. "나…… 나는…… 아니…… 난……."

"퍼스트, 타이완 경찰이 나를 샤이옌의 신분으로 살인죄로 체포해도 좋다. 나는 미국 시티즌의 모든 권리를 포기할 수 있다. 하지만 타이완 정부는 미국 정부와 나에 관한 그 어떤 것도 소통해선 안 되며, 나를 미국의 그 어떤 정부 기관에도 인도해선 안 된다. 언더스텐드?"

"아니…… 난……."

"둘째, 지금 즉시 사람을 보내 내 딸을 보호해. 내 딸에게 새로운 신분을 부여하고 비밀 거처도 제공해. 내 딸은 그 어떤 매스컴에도 노출돼선 안 되고 법정에서 테스티모니, 증언을 해서도 안 된다."

샤이옌이 계속 말했다. "셋째, 뤄 경관의 말대로 내가 바이웨이둬를 살해했다는 건 인정한다. 하지만 난 한 사람밖에 죽이지 않았다. ……황아투는 내가 죽인 것이 아니다."

"뭐라고?"

"새벽 4시부터 절벽 바위에 잠복하고 있다가 5시 15분에 바이웨이둬가 후디 재킷을 입고 뛰어오는 것을 보고 그의 가슴을 조준하고 저격했다. 핏줄기가 튀고 그가 호수에 빠지는 걸 보고 내려왔던 대로 다시 클라이밍해서 내 방으로 돌아갔다……. 댓츠 잇, 그게 다야. 난 두 번째 사람은 죽이지 않았어. 황아투는 내가 죽이지 않았다."

뤄위정이 말했다. "샤이옌, 부인해도 소용없어. 황아투를 죽일 사람이 당신 말고 또 누가 있겠나?"

"아이 돈트 노우. 댓 이즈 낫 마이 비즈니스."

"바이웨이둬는 샤오쉐리를 통해 당신이 자신을 죽이려 한다는 정보를 입수했어. 당연히 대비를 했겠지."

"중국어로 다시 말해주마. 난 모르는 일이야."

"계속 부인하면 당신과 협상할 수 없어!"

"이 여자의 목숨을 걸고 내 말이 진실인지 확인하고 싶은가?"

샤이옌과 뤄위정이 언쟁하는 사이 뤄밍싱이 천천히 손목을 돌렸다. 근육이 저릿거리고 손가락 끝이 떨렸다.

"당신이 한 사람만 죽였다는 걸 알아요."

그 말을 한 사람은 거레이였다. 그녀의 목소리는 작고 부드러웠지만 그 순간 모든 남자들의 목소리를 압도했다.

"당신이 한 사람만 죽인 건 사실이에요. 하지만 다른 하나는 틀렸어요." 총구와 맞닿은 거레이의 얼굴에 온화한 미소가 떠올랐다.

"당신이 죽인 사람은 바이웨이둬가 아니에요."

제3장

거레이
변호사

1

"웨이둬를 처음 만난 건 내 생일파티에서였어. 유행이 한참 지난 양복을 입은 모습이 어찌나 촌스럽던지. 자기를 웨이둬건설 사장이라고 소개했어. 그때 난 매주 이런 '사장'들을 수십 명씩 만났어. 작은 회사를 만들고 사장 명함을 파서 들고 다니는 사람들이었어. 그렇게 하면 우리 아빠의 하수인이라도 될 수 있을까 해서 말이야. 나는 그에게 눈길도 주지 않았어. 그런데 그가 겁도 없이 우리 아빠 앞에서 나에게 춤을 추자고 청하더라. 춤을 추다가 내게 드라이브하러 가지 않겠느냐고 물었어. 내가 생일파티 주인공이고 아직 케이크 커팅도 안 했는데 어떻게 나갈 수 있느냐고 했더니, 생일파티 주인공이니까 하고 싶은 대로 해도 되지 않느냐고 하더라. 드라이브 가기 싫다고 했더니 나더러 거짓말을 하고 있다지 뭐야. 내가 따분해하는 게 다 보인다나? 케이크 커팅도 하기 싫고 펍에 가서 맥주나 마시고 싶어하는 것 같다고. ……빌어먹을, 속마음을 들켜버렸지.

그와 결혼하겠다고 했을 때 아빠 심장병에 걸릴 뻔했어. 돈으로 회유해도 안 되니까 아투를 시켜서 그를 감금하고 총 열 몇 자루를 들이대며 나랑 헤어지라고 협박했어. 나는 너무 화가 나서 부녀 관계를 의절하겠다고 악을 쓰고 울었어. 하지만 웨이둬는 아무 일도 없었다는 듯이 웃으며 무슨 일이 있어도 나랑 결혼할 거라고 했어. 결국 아빠도 그를 인정했지. 요즘은 이렇게 패기 있는 젊은이가 없다면서. 돈은 없어도 되지만 패기가 없으면 내 딸의 반평생이 불행해질 거라고 하셨어.

거레이, 15년 전 일인데도 아직도 그때를 생각하면 눈가가 시큰해져. 일주일 전 일인 것 같아. 나와 웨이둬는 혁명가 연인 같은 낭만에 푹 빠져 있었어. 모든 여자는 죽을 때까지 잊을 수 없는 사랑을 갈망해. 어떤 사람은 평생 그런 사랑을 못 해보잖아. 난 행운아야. 힘든 시간을 보냈지만 그래도 지금은 가졌으니까. 지금 죽어도 여한이 없어.

하지만 바꿔 생각해보면, 와, 15년이 순식간에 지나가버렸어. 목숨을 바쳐도 아깝지 않을 것 같던 뜨거운 열정도 점점 식고 있어. 역사의 뒤안길로 사라진 혁명가들처럼 결국엔 무덤 속에 고이 잠들겠지. 해가 바뀔 때마다 옛날을 회상하면 흥분과 감동이 다시 밀려와. 감격의 눈물이 울컥 쏟아질 것 같지만 현실로 돌아오면 눈앞에 있는 건 지금의 결혼 생활이야.

내가 아기를 가질 수 없다는 걸 알았을 때 웨이둬는 한참 동안 실의에 빠져 지냈어. 자신이 평생 악착같이 일궈낸 성공이 이 세상을 떠나는 순간 사라진다는 사실을 참을 수가 없다면서. 영원히 사라지지 않는 걸 원한다고 했어. 참 우습지? 아이만 있으면 우리가 죽어서도 계속 뭔가 가질 수 있는 것처럼 말이야. 내가 임신할 수 없다는 걸 그에게 숨긴 게 잘못이란 걸 알아. 그래서 보상해주려고 노력했어. 그가 원하는 건 뭐든 다 해줬어. 호텔 사업을 하고 싶다고 해서 아무것도 모르지만 최선을 다해 도왔어. 제일 어려운 일을 처리해주고 제일 어려운 사람을 상대해줬어. 호텔이 완공된 날 그가 날 끌어안고 울었어. 그날이 오기까지 우리가 어떤 일을 겪었는지는 우리 말곤 아무도 모를 거야.

난 우리 문제가 아이나 호텔 때문은 아니라고 생각해. 결혼 생활이라는 게 원래 이런 거겠지. 아무리 좋은 찻잎도 여러 번 우려내면 맹물이 되잖아. 감정이 담담해야 오래갈 수 있지 않겠어? 우리가 평생 변치 않고 마시는 건 물이잖아. 물은 아무리 많이 마셔도 잠도 잘 자고 배탈도 나지 않아. '상선약수上善若水*'라는 말도 있지. 결혼도 그럴 거야.

가끔은 로맨틱할 때도 있어. 어느 해 결혼기념일에 그가 레스토랑 풀장 옆 테이블에 만찬을 준비해놓고 날 초대했어. 촛불이 놓인 테이블에 앉아 1982년산 샤토 라피트 로쉴드를 곁들여 웨지우드 접시에 담긴 앵거스 스테이크를 먹었어. 호수도 밤하늘도 말할 수 없이 아름다웠어. 서로 말없이 맛을 음미하며 식사를 한 뒤 디저트가 나왔을 때 드디어 그가 첫마디를 했어. 철판구이 메뉴에 스테이크를 추가하면 어떨까? 라고.

우습지? 다른 부부들도 다 이럴 거야. 그 사람도 나랑 더 오래 살고 싶어서 조깅을 시작했겠지? 원래 운동을 거의 하지 않았어. 아침에 일찍 일어나지도 않았고. 그런데 요즘은 날마다 날이 밝기도 전에 호숫가에 나가서 조깅을 해. 매일 한 시간 반씩. 요즘은 그를 보고 있으면 내가 아는 웨이둬가 맞는지도 잘 모르겠어. 그는 아주 좋아 보여. 어떻게 표현해야 할지 모르겠지만…… 밝아졌다고 할

* '최고의 선은 물이다'라는 뜻.

까? 더 자주 웃고 말도 많아졌어. 다만, 그가 요즘 갑자기 장미나 향수를 내게 선물해. 내가 장미보다 야합화를 좋아한다는 걸 잘 알면서도 말야. 그 사람도 늙었나 봐. 기억력이 나빠졌어.

거레이, 예전에 그 주책맞은 음악선생이 이런 말을 했지. 남자가 여자에게 잘해주면 몸을 원하든 돈을 원하든 둘 중 하나라고. 그 얘길 듣고 아이들이 깔깔거리고 웃었어. 지금 생각해보면…… 그 때 우린 정말 순진했어. 그런 얘기를 재밌다고 생각했으니. 자기가 그런 일을 겪게 될 거라고는 아무도 상상하지 않았잖아. 나도 마찬가지였고. 린 선생은 나한테 '아무것도 잃지 않고 부부가 백 살까지 서로 따르며 잘 살리라'라고 했어. 기억나? 그래서 난 웨이뒈가 그런 일을 벌일 줄 정말 몰랐어. 내가 너와 운명을 바꿔서일까?

빌어먹을, 내가 무슨 말을 하고 있는지 나도 모르겠다. 나만 특별한 일을 겪는 건…… 아니겠지? 몇몇 친구들은 여자의 육감을 믿으라고 했어. 그렇다는 느낌이 들면 그런 거라고. 중요한 건 그 다음에 어떻게 하는지라고……. 참, 너도 이런 일을 경험했다는 걸 잊고 있었어. 그때 너도 육감적으로 알았어? 남편이 바람을 피운다는 걸?

대답하지 않아도 돼. 그냥 물어본 거야. 지금 머리가 멍해. 왜냐하면……. 빌어먹을, 내 육감이 맞는지 틀리는지 모르겠지만 내 머릿속에서 어떤 목소리가 계속 내게 경고하고 있어. 그에게 다른 여자가 있다고. 꺼도 꺼도 계속 울리는 알람시계처럼 경고하고 있어. 짜증 나 죽겠어. 네 도움이 필요해. 거레이."

"뭘 고민해? 맡기 싫으면 거절해." 아이阿易가 소파에 다리를 꼬고 앉아 휴대폰에 든 바이웨이뒈의 사진을 훑어보았다. "10년이나 연락하지 않다가 동창회에서 만나자마자 도와달라고 했다며. 그런 관계를 친구라고 할 수 있어?"

거레이가 창밖을 물끄러미 바라보다가 한참 만에 말했다. "하지만 란니니까. 알잖아……. 내가 란니에게 빚이 있다는 거……."

"알지. '복을 타고난 란니'라고 몇 번이나 말했잖아. 옛날에 당신이 다른 아이들에게 왕따당하고, 놀러 가서도 어떤 남학생이 당신을 좋아하니까 다른 아이들이 질투했는데 란니가 당신의 방패막이가 되어주었다면서. 그래서 란니에게 빚진 게 많다고 했잖아. 잘됐어. 이 사건 수임해. 가격은 적당히 조율하고. 내가 잘 처리해서 란니의 억울함을 풀어줄게. 어차피 우리가 늘 하는 일이잖아?"

또 한 번의 긴 침묵 후 거레이가 시선을 창 너머에 둔 채 말했다. "좋아."

"좋긴 뭐가 좋아? 거 변호사님, 정신 차려요! 당신과 오랫동안 일했지만 이러는 거 처음 봐."

"알았어. 정신 차렸어." 거레이가 따뜻한 차를 한 모금 마시고는 한숨을 내쉬었다. "내일부터 미행해. 시간은 2주. 방 밖에 있는 걸 찍어. 방 안에 들어갈 필요는 없어. 의심이 사실로 확인되면 대화로 해결할 거니까."

'방 밖'과 '방 안'의 차이는 성관계 장면을 촬영할 것인가 말 것인가였다. 법률적으로 성관계를 했다는 증거가 있어야만 간통죄*가 성립된다.

"웨이둬가 캉티뉴쓰 호텔을 나설 때부터 미행해. 란니 말로는 그가 은행 업무나 사업상의 미팅이 있을 때도 낮에만 외출하고 저녁

---

* 타이완 사법원은 2020년 간통죄를 위헌으로 결정했다.

7시 전에는 반드시 호텔로 돌아온대……. 은밀한 만남도 낮에 외출한 시간을 틈타서 하겠지. 여기, 그의 자동차야. 차대번호를 조회해보니 문제없었어."

아이가 몸을 똑바로 세우고 앉았다. "잠깐, 맹점이 있어. 밀회 장소가 호텔에 있을 수도 있잖아? 그 호텔에 가봤는데 레스토랑 종업원, 프런트 직원 등등 예쁜 아가씨들이 아주 많던데. 대담하게 사장실에서 만나면 아무도 모를 텐데 뭣 하러 귀찮게 밖으로 나가겠어?"

"란니가 호텔 총지배인이고, 란니의 사무실이 사장실 옆에 있어. 그건 불가능해. 호텔 내부에도 감시하는 사람을 붙였다고 하니까 우린 외출 시간만 책임지면 돼."

"그렇다면 식은 죽 먹기지." 아이가 어깨를 으쓱였다. "14일 동안, 주간 외출 시에만 방 밖에 있는 사진을 찍는데 15만 위안이면 짭짤한 장사잖아? 신년 연휴 컨딩墾丁* 여행비용을 두둑하게 후원해주시네! 이걸 왜 고민해?"

"우선 내일 하루 미행하고 상황 보고해줘."

"늦을지도 몰라. 너무 늦으면 기다리지 말고 자."

"누가 널 기다린대? 상황이 궁금한 거야."

아이가 양손으로 책상을 짚고 몸을 앞으로 기울이며 거레이의 눈을 똑바로 응시했다. "지금 너 심하게 감정 이입을 했어. 꼭 직접 외도 현장을 덮치러 가는 사람 같아. 바이웨이둬의 외도 사실을 알게 될까 봐 겁나?"

거레이가 피식 웃었다. "난 모든 사건을 이렇게 대해. 세상이 무

---

* 타이완 남부 휴양도시.

너지고 온몸이 송두리째 심연으로 빠져드는 기분이 어떤지 잘 아니까. 내 고객이 그런 경험을 하는 걸 원치 않아."

"그녀들이 그런 경험을 하지 않으면 당신은 백수가 될 거야." 아이가 몸을 일으켜 밖으로 나가려다가 다시 몸을 돌려 말했다. "그런데 말이야, 레이……. 란니가 당신 친구인 것도 있고 나도 공적인 일은 최선을 다하겠지만, 사적인 의견도 한마디 해야겠어. 내가 나이는 어리지만, '운명이 바뀌었다'는 얘기를 입버릇처럼 하는 사람은 진정한 친구가 아닌 것 같아."

'복을 타고난 란니.' 예전 친구들은 그녀를 이렇게 불렀다. 170센티미터의 키, 희고 가는 다리, 촘촘한 눈썹, 학창 시절 란니는 발육이 완성되지 않은 아이들 사이에서 글로벌 인기스타처럼 돋보였다. 매일 등하교 때 검은색 자동차가 태워다주고 태우러 왔으며, 수입 메리제인 구두를 신고, 호출기, 워크맨, 휴대폰 등 최신 물건을 가지고 있었다. 공부에는 관심이 없고 성적도 바닥을 기었지만 별로 신경 쓰지 않아서 아침 자습시간에는 매니큐어를 바르고 수업시간에도 소녀잡지를 팔랑팔랑 소리가 나게 넘기며 읽곤 했다.

작고 깡마르고 홀어머니와 살며 성공을 위해 죽기 살기로 공부하는 거레이에게 '복을 타고난 란니'는 다른 세계에 사는 선녀 같았다. 하지만 두 사람은 친한 친구가 되었다. 어느 해 시험 기간에 거레이가 란니에게 지도 위의 선이 중관선縱貫線* 철도가 아니라 펑한선平漢線**이라고 은근히 돌려서 알려주었다. 그 후 란니는 주변 사람들에게 거레이가 똑똑하고 아는 것도 많다고 칭찬하고, 그녀

---

* 타이완 서부 지역을 잇는 철도.
** 베이징北京에서 후베이湖北 한커우漢口를 연결하는 철도로, 청나라 정부가 근대화의 일환으로 건설했다.

와 함께 맛있는 걸 먹으러 가거나 쇼핑을 가곤 했다. 그러다가 시간이 늦으면 자동차로 그녀를 집까지 데려다주었는데 거레이는 그 차의 내부가 무척 넓고 은은한 꽃향기가 났던 것을 기억하고 있었다. 운전기사는 피부가 까무잡잡하고 말수가 적었다. 낮이든 밤이든 선글라스를 꼈기 때문에 두 소녀는 그를 '턱시도가면'이라고 불렀다.

'운명이 바뀌었다'는 건 란니가 말하지 않았으면 그녀도 기억하지 못했을 것이다. 어느 해 모의고사가 끝난 뒤 두 사람이 린 선생을 찾아가 나중에 어떤 결혼을 하게 될지 점쳐달라고 했다. 린 선생은 알 수 없는 주문을 한참 외다가 란니에게 '아무것도 잃지 않고 부부가 백 살까지 서로 따르며 잘 살리라'라는 점괘를 뽑아주었다. 하지만 거레이에게는 '지금은 서로 사랑하고 즐거워하는 듯하나 훗날 남남이 될 것이다'라는 점괘를 주었다. 거레이가 점괘를 보자마자 울음을 터뜨리자 란니가 슬며시 자신의 점괘와 바꾸며 이렇게 말했다. "린 선생님, 각각 이름을 써주세요. 안 그러면 누구 점괘인지 헷갈리겠어요."

나중에 점괘가 적힌 쪽지를 찾아보았지만 진즉에 사라지고 없었다. 거레이는 인터넷에서 그때 나왔던 글귀를 찾아 속으로 더듬더듬 읽어보았다.

아무것도 잃지 않고 부부가 백 살까지 서로 따르며 잘 살리라.*

지금은 서로 사랑하고 즐거워하는 듯하나 훗날 남남이 될 것이다.

하지만 란니는 지금도 그 글귀를 똑똑히 기억하고 있었기 때문

---

* 중국 남부와 타이완에서 신으로 숭배하는 마조媽祖의 점괘로 전해 내려오는 육십갑자첨六十甲子籤 중 40번째 괘의 내용.

에 보자마자 술술 읽었다.

어떤 게 란니의 운명일까?

"란니는 복을 타고난 애야. 이런 일을 겪을 리 없어." 거레이가
말했다.

일주일이 지나도록 아이는 특별한 소식을 가지고 오지 않았고,
거레이는 그날도 그를 기다리지 않고 잠자리에 들었다. 그런데 깊
은 밤 아이가 간지럼을 태워 그녀를 깨웠다. 거레이가 짜증을 내
며 일어나자 아이는 바이웨이뒤가 사흘 동안 매일 외출해 은행 업
무를 보고, 식당에서 접대를 하고, 지정사무소地政事務所*에도 갔지만
상대가 남자든 여자든 모두 공개된 장소에서 만났고 화장실에 가
도 10분을 넘기지 않았다고 했다. 또 란니의 말처럼 저녁 7시 전에
는 반드시 호텔로 돌아갔다며 이런데도 바람을 피울 수 있다면 불
가사의한 일일 거라고 했다.

"미행당하는 걸 알아챈 건 아닐까?" 거레이가 말했다.

"그럴 리 없어. 내 기술 알잖아?" 아이가 목청을 높였다.

하지만 아이도 바이웨이뒤에게 수상한 점이 있다는 건 인정했
다. 그의 바지가 눈에 띄게 헐렁해졌으며 얼굴에서 화장품 냄새가
나더라는 것이었다. "나이 오십에 멋을 부리기 시작했다면, 가능성
은 두 가지야. 커밍아웃 아니면 바람."

거레이는 시인도 부인도 하지 않았다. 남자 나이 오십이 되면 제
2의 사춘기가 온다고들 한다. 오십을 기점으로 자전거 전국일주,
마라톤, 세계일주 같은 새로운 시도를 하는 남자들도 있다. 그녀

---

* 토지 및 부동산을 관리하는 행정기관.

주위에도 그런 사람이 몇 명 있었다. 바이웨이뒤가 부쩍 살이 빠지고 외모에 관심이 많아진 것이 뭔가를 증명하는 특별한 징조가 될 수 있을까?

"그럼 컨딩 여행은……." 아이가 말했다.

"다음에 다시 얘기할까? 너무 늦었어. 피곤해." 거레이가 몸을 돌렸다.

란니는 복을 타고났어. 바이웨이뒤가 바람을 피울 리 없어. 모든 건 쓸데없는 생각이야.

12월 21일 일요일, 미행하기로 한 마지막 날 오후 4시, 거레이의 휴대폰이 울렸다. 아이였다.

"레이, 라지프 식당, 강커우둥港口東로. 바이웨이뒤가 방금 여길 떠났어. 택시. BX-4890, 빨리!"

"그게 무슨 말이야?"

"바이웨이뒤가 방금 여길 떠났어. 라지프 식당." 아이가 숨을 헐떡였다. "바이웨이뒤의 차가 당신이 있는 쪽으로 가고 있다고. 빨리 나가. 기회야. 차량번호 BX-4890."

"넌 왜 안 따라오고? 차 있잖아?"

"화장실에 갇혔어. 잔말 말고 빨리 나가서 쫓아가!"

거레이는 길게 생각할 틈도 없이 밖으로 뛰쳐나갔다. 아직 러시아워가 되지 않아 강커우둥로에 차가 많지 않았다. 휴대폰을 열었다. 라지프 식당까지는 2.5킬로미터. 차로 5분 거리였다. 아이가 전화를 걸었을 때 바이웨이뒤가 막 택시를 탔다고 했으니 아직 2분 정도 남아 있었다…….

거레이가 고개를 들었을 때 택시 한 대가 그녀 앞을 휙 지나갔다. 차창을 통해 뒷자리에 앉아 있는 바이웨이뒤가 보였다. 그는 차분해 보였다.

주위를 둘러보았지만 택시가 한 대도 보이지 않았다. 그녀는 앞에 있는 공공자전거 대여소로 달려가 카드를 긁고 자전거를 빌린 뒤 택시 뒤를 쫓았다. 페달을 밟으며 생각했다. '요즘 운동을 걸렀더니 조금만 달려도 숨이 차네. 이래 봬도 조금은 유명한 변호사인데 어쩌다 미행까지 하게 된 거지? ……길이 너무 울퉁불퉁해. 신임 시장은 뭐 하는 거야? 개가 물어뜯은 거 같잖아.'

이런 뜬금없는 생각들을 하며 두 블록을 달려 따라가는데 노란 택시가 앞에 있는 모퉁이로 사라졌다.

자전거에서 내려 비틀거리며 옆으로 가 벽에 몸을 지탱하고는 턱 밑까지 차오른 숨을 골랐다.

바이웨이둬의 차는 어디에 있지? 왜 택시를 탔지?

아이는? 화장실에 갇혔다는 건 무슨 말이야? 들켰나? 이제 어떻게 하지? 놓쳤는데 다시 따라가야 하나? 따라간다고 소용이 있겠어? 안 따라가면 아이에게 뭐라고 하지?

그때 은색 도요타 캠리 한 대가 옆에 있는 골목에서 빠져나와 맞은편 좁은 골목으로 들어갔다. 바이웨이둬가 뒷좌석에 타고 있었다. 그의 표정은 여전히 차분했다.

거레이가 어이없는 웃음을 터뜨렸다. 미행을 따돌리는 전형적인 수법이었다. 우선 택시를 타고 멀리 간 다음 우버 택시를 불러서 온 길을 되돌아가는 것. 영리한 수법이었다. 다만 바이웨이둬는 자전거를 탄 어수룩해 보이는 숙녀가 자신을 미행할 줄은 예상하지 못했을 것이다.

다시 자전거를 타고 뒤를 쫓기 시작했다. 골목이 좁아 차가 빨리 달릴 수 없었기 때문에 조심스럽게 거리를 유지하며 따라갔다.

골목을 빠져나간 자동차가 우회전해서 강베이 1가로 접어든 뒤 100미터쯤 가다가 어느 빌딩의 지하주차장으로 들어갔다. 주차장 입구에 형형색색의 간판이 잔뜩 붙어 있었지만 한눈에 목표지점을 찾아냈다. 'T-Vont 비즈니스호텔'.

엘리베이터를 타고 13층으로 올라갔다. 엘리베이터 문이 열리자 어두컴컴한 복도가 나타났다. 붉은 카펫에 로즈메리와 장미 향기가 흩뿌려져 있고 음악이 들릴 듯 말 듯 낮게 깔렸다. 조금 실망스러웠다. 오래된 빌딩 속에 감춰진 모텔. 지하주차장에서 엘리베이터를 타고 13층까지 곧장 올라올 수 있으므로 남의 눈에 띄지 않을 수 있었다. 부적절한 밀회가 아니고서야 이런 곳에 올 사람이 있을까?

"뭘 도와드릴까요?" 직원이 다가와 나직한 목소리로 말을 건넸다. 어슴푸레한 등불 아래서 그의 몸집이 유난히 거대하게 느껴졌다.

"체크인하려고요." 거레이가 곁눈질로 프런트 쪽을 가리켰다. 한 여자가 누군가를 기다리고 있었다. 중간 정도 체구에 다른 옷과 전혀 어울리지 않는 알록달록한 니트 코트를 입고 있었다.

"성함을 알려주세요."

"장팡쉐張芳雪요."

"예약자 명단에…… 없는 것 같네요." 직원이 태블릿PC를 조작하며 냉랭하게 말했다.

바로 그때 바이웨이둬가 엘리베이터에서 내려 거레이 옆을 스쳐 지나갔다. 그는 프런트 앞에 있는 여자에게 다가가 작은 소리로 얘기를 나눈 뒤 프런트 직원에게 말을 걸었다.

"손님, 손님? 못 들으셨어요? 예약자 명단에 손님 성함이 없다고

241

요……."

"그래요? 분명히 예약했는데. 확인해볼게요……." 거레이가 가방에서 휴대폰을 꺼내려다가 갑자기 가방을 떨어뜨리는 바람에 소지품이 와르르 바닥으로 쏟아졌다.

"도와드릴게요……." 직원이 몸을 굽혀 물건을 줍는 사이에 거레이가 재빨리 셔터를 누르며 중얼거렸다. "분명히 예약했을 텐데……. 이상하네……."

바이웨이둬가 카드키를 받아들고 그 여자와 나란히 안으로 들어갔다.

"손님, 조심하세요." 직원이 거레이에게 가방을 건네고는 휴대폰을 만지작거리는 그녀를 보았다. 거레이는 재빨리 메일함 화면으로 전환한 뒤 훑어보는 척하다가 말했다. "비서가 예약하는 걸 깜빡 잊었나 봐요……."

"지금 객실을 잡아드릴까요?"

"아뇨. 됐어요." 거레이가 휴대폰을 닫으며 냉정하게 말했다. "용납할 수 없어요. 어떻게 이런 황당한 실수를! 지금 당장 가서 해고할 거예요……. 그래요. 난 악덕 보스예요."

사무실로 돌아오는 길에 거레이는 자기 머릿속이 공공자전거 같다는 생각을 했다. 어딘가 나사가 풀린 듯 흔들릴 때마다 삐걱삐걱 소리가 나는 이 자전거 말이다. 자신에게 무슨 문제가 생긴 건지 알 수 없었다. 아마도 T-Vont의 암울한 분위기 때문에 숨을 쉴 수 없었거나, 란니가 그렇게 행운만 타고난 건 아니라는 사실을 결국 받아들이지 않을 수 없어서일 것이다.

사무실에서 아이가 분이 풀리지 않은 듯 한참을 투덜댔다. 바이웨이둬의 뒤를 밟아 인도식당에 갔고, 그가 2층으로 올라가기에 뒤따라 올라가려고 했지만 우람한 체격의 인도인 종업원이 유창한 중국어로 2층은 회원들만 쓸 수 있는 프라이빗룸이라며 그를 저지했다. 그래서 1층에서 기다리고 있는데 얼마 후 백발 남성이 2층으로 올라갔다. 약 30분 뒤 백발 남성이 내려와 식당을 떠날 때까지도 바이웨이둬는 내려오지 않았다. 뭔가 잘못됐다 싶어 주방을 가로질러 후문으로 뛰어나가자 바이웨이둬가 막 택시를 잡아 타고 떠나고 있었다. 그래서 다시 뒤를 돌아 나오려는데 방금 전 그 우람한 인도인 종업원이 마치 병아리를 잡듯 그를 답삭 낚아채 화장실에 가뒀다.

"그 인도인이 타이완 방언으로 '니미씨부럴, 원숭이 새끼냐?'라고 말했어. 발음도 아주 정확했어. 나도 모르게 '연놈이 붙어먹는 현장을 잡으러 다니고 있다!'라고 말할 뻔했다니까." 아이가 말했다.

연놈이 붙어먹는 현장을 잡는다?

거레이의 머릿속이 번쩍하며 어떤 장면이 떠올랐다. "니트 코트 입은 그 여자. 본 적 있어."

다음 날 거레이는 아이의 조사보고서와 모텔에서 찍은 사진을 란니에게 이메일로 전송한 뒤 그 일에 관심을 껐다. 란니에겐 냉정해질 시간이 필요했고 그녀 역시 마찬가지였다. 그녀는 위성衛星그룹 회장의 간통 사건에 모든 신경을 집중했다. 형사소송과 그에 따른 민사소송이 연달아 열리는 바람에 이틀 내내 재판에 참석했다. 소송대리인의 신분으로 검사 옆에 앉았는데 온몸이 근질거리고 자꾸만 재채기가 났다. 또 고양이였다. 요즘은 검사들도 고양이 집사 노릇을 하는 모양이었다.

판결은 29일에 나왔다. 법원은 남편에게 정신적 피해보상 명목으로 1380만 위안, 재산분할로 일시금 3억 5천만 위안(타이베이 신이信義구에 위치한 주택 포함)을 지급하는 한편, 매월 부양비 10만 위안도 지급하라고 판결했다. 의뢰인은 함박웃음을 웃으며 남자친구의 팔짱을 낀 채 거레이에게 고맙다고 인사하고는 약정한 변호사 수임료에 두둑한 보너스까지 얹어주었다.

거레이는 아이에게 수고비를 송금했다. 신년 휴가 일이 생각났지만 묻지 않았다. 그녀는 비서에게 사무실에 산더미처럼 쌓여 있는 서류를 정리해달라고 한 뒤 따뜻한 차 한 잔을 들고 창 앞에 서서 길 건너 백화점의 화려한 크리스마스 장식을 응시했다.

휴대폰 알림음이 울렸다. 새 메일이 도착했다. 발신자는 란니이고 메일 제목은 '캉티뉴쓰 호텔에서 함께 새해를 맞이하자'였다.

이메일을 열었다.

안녕, 거레이,

잘 지내? 나 때문에 수고 많았어. 돈은 모두 받았지?

신년 사흘 연휴에 무슨 계획 있어? 너처럼 유명한 변호사는 젊은 애들 같은 파티는 하지 않겠지?

우리 호텔에 와서 나랑 같이 보낼래? 숙식 포함 모든 걸 제공할게.

우리 호텔은 경관도 아름답고 주방장 실력도 일품이야. 꼭 와줘. 오랜만에 너랑 수다 떨고 싶어. 할 얘기가 아주 많을 거야. 안 그래?

답장 기다릴게.

란니

이메일에 호텔과 호수 전경 사진이 몇 장 첨부되어 있었다.

거레이는 잠시 생각하다가 란니가 보낸 편지와 사진을 아이에게 전달하며 마지막에 이렇게 덧붙였다. '관심 있어?'

아이가 이메일을 수신하길 기다리다가 휴대폰을 내려놓고 〈재야법조在野法潮〉 잡지를 뒤적였다. 다시 휴대폰을 확인했지만 아이는 아직도 이메일을 확인하지 않았다. 창가로 가서 천천히 차를 마시는데 SNS 알림음이 울렸다. 아이가 보낸 사진이었다. 그는 상반신을 드러낸 수영복 차림으로 고개를 들어 카메라를 보고 있었고, 그의 뒤에서 그와 비슷한 차림의 남자 셋이 각자 비키니 차림의 여자들을 팔에 끼고 있었다. 사진 속 백사장과 햇빛처럼 그들의 웃음도 찬란하게 반짝였다.

사진 한 장 외에 다른 말은 없었다.

거레이는 그 자리에 우두커니 선 채 숨을 깊이 들이마셨다가 토해낸 뒤 SNS 입력창을 손끝으로 두드렸다. '재밌게 놀고 있구나. 해피 뉴 이어.'

그녀는 이메일 어플을 열어 답장을 쓰기 시작했다.

2

　나중에 거레이는 란니의 초대에 응한 자신의 결정이 이 사건 전체를 통틀어 가장 중요하고도 가장 잘못된 결정이었다고 생각했다. 모든 음모는 그녀의 이 결정에서 시작됐고, 일련의 살인과 비극도 바로 이때부터 돌이킬 수 없는 반응 기제로 진입했다.

　란니가 직접 차를 몰고 마중 나오자 거레이는 조금 놀랐다. 차에서 무슨 할 말이 있는 것 같다고 생각했지만 란니는 마치 성실한 호텔 가이드처럼 도로, 호수, 호텔을 보여주며 소개하기에 바빴다. 거레이는 미소 띤 얼굴로 듣기만 했다. 이런 일은 결심을 했다가도 중요한 순간에 위축되기 마련이라는 걸 그녀는 알고 있었다.

　"거레이, 전남편과 연락해?"

　"아니. 다시 만난 적 없어."

　"지금 어떻게 변했는지 궁금하지 않아?"

　"물론 가끔 생각하지……. 그건 왜 물어?"

　"아무것도 아냐."

　이것이 그들이 차에서 나눈 가장 사적인 대화였다.

　두 사람은 저녁 7시경 호텔에 도착했다. 그들을 맞이하러 나온 건 란니의 비서 장커커였다. 단발머리에 이목구비 중 어느 하나도 튀지 않는 평범한 인상이었다. 란니와 장커커가 작은 소리로 뭔가 논의했다. 예약해놓은 어떤 단체가 송년파티에 오지 못하게 됐다는 얘기를 하는 것 같았다. 거레이는 장커커의 팔찌에 달려 있는 쌍십자 펜던트를 보고 쉬루이사 수녀님을 떠올렸다. 쉬루이사 수녀님이 그들의 성당에 와서 연설하고 성당 수녀님, 원생들과 저녁 식사를 함께한 적이 있었다.

"돈을 두 배로 준다고 해……. 돈이면 해결되는 걸 뭣 하러 나한테 물어?" 란니가 나무라듯 말하고는 거레이를 데리고 자리를 떴다.

거레이는 란니가 자신에게 객실 하나를 내어줄 거라고 생각했지만, 뜻밖에도 란니와 바이웨이둬가 사는 '1호 기숙사'로 그녀를 데려갔다. 3층짜리 직원 숙소의 꼭대기층에 숙소 세 개를 터서 만든 330제곱미터 크기의 펜트하우스였다. 커다란 유리창을 통해 호수가 내려다보이고 무른 재질의 목재로 바닥을 깔았으며 목제 상들리에를 매달아 전체적으로 아늑한 전원 분위기가 풍겼다. 코끝에 감도는 은은한 꽃향기가 익숙했다. 학생 시절에 란니의 차를 탈 때마다 이런 향기가 났다.

란니는 자기 집에서 묵으면 밤에 함께 옛날 얘기를 나눌 수 있어서 좋지 않겠느냐고 했다. 거레이는 아무 말도 하지 않았다. 팬스레 송년파티 분위기를 망치고 싶지 않았다. 호텔 경영은 란니의 재산과 직결된 문제이고, 아름다운 총지배인은 호텔의 가장 큰 홍보전략이기도 했다. 란니는 드레스룸에서 한참 동안 옷을 고르다가 블랙 앤드 화이트 체크무늬 원피스를 입고 천천히 공들여 올림머리를 한 뒤 화장을 하고 매니큐어를 발랐다. 그러는 동안 거레이는 따뜻한 차 한 잔을 들고 발코니의 라운지체어에 앉아 란니와 드문 드문 얘기를 나눴다. 석양이 내려앉으며 호수의 물결이 비늘처럼 반짝였다. 거레이는 갑자기 아이 생각이 났다. 이런 산과 호수, 차를 마시는 마흔 살 여자는 그에게 너무 정적이고 재미없을 것이다. 그에게는 백사장, 작열하는 햇볕, 비키니 입은 젊은 여자들이 더 어울렸다.

그녀들이 가든바에 도착했을 때는 해가 완전히 지기 전이었고 사람들도 많지 않았다. 란니는 가방을 팔에 낀 채 무대 상황을 점검했다. 야외 좌석에 있는 두 중년 남자는 술이 거나하게 취한 듯 산이 떠나가게 시끄럽게 떠들고 있었다.

장커커가 다가와 작은 소리로 속삭였다. "총지배인님, 캉티초등학교에서 역시 올 수 없다고 합니다."

란니가 미간을 찡그렸다. "돈을 더 주겠다고 해봤어?"

"저음무는 조상에게 제사를 드릴 때 추는 무용이지 무대 공연을 위한 것이 아니라고 하는군요."

란니가 피식 웃었다. "언제는 온종일 귀찮게 굴며 여기서 조상에게 제사를 지내겠다고 졸라대더니 이젠 기회를 줘도 싫다? 돈을 세 배로 줄 테니 송년파티에서 공연할 수 있도록 12시 전에 오라고 해봐. 이것도 거절하면 앞으로 호텔에 한 발짝도 못 들여놓을 줄 알라고 해."

"그건……"

"미세스 바이, 제 생각에 돈 문제는 아닌 것 같습니다." 한 남자의 목소리가 끼어들었다.

고개를 돌려 소리 나는 쪽을 보니 한 남자가 다가오고 있었다.

백발이 성성하고 금테 안경을 썼으며 웨일즈체크 문양의 사냥복을 입은 남성으로 정통 영국 신사의 분위기가 풍겼다.

"저음무는 코야오서 원주민들이 풍요로운 수확을 한 뒤 절굿공이로 좁쌀을 찧으며 조상신의 은혜에 감사하기 위해 추는 춤입니다. 코야오 문화 중 가장 신성하고 중요한 춤이지요. 그들에게 그걸 송년파티에서 공연해달라고 하는 건 관광객들 앞에서 원숭이처럼 쇼를 보여주라는 것과 같은데 그들이 받아들일 수 있겠습니까?" 남자의 억양이 독특했다.

란니가 싸늘한 말투로 물었다. "누구시죠……?"

그가 명함을 내밀었다. "뵙게 되어 반갑습니다. 말레이시아 중국어뉴스그룹의 마이관제입니다."

"마이 선생님, 안녕하세요. 말레이시아인이 타이완 원주민 문화에 대해 그렇게 잘 알고 계실 줄은 몰랐네요. 설마 타이완 원주민이 말레이시아인과 같은 민족이라고 생각하시는 건 아니죠?"

"사실 그럴 가능성도 있죠. 오스트로네시아 민족은 모두 동일한 기원을 갖고 있다는 연구 결과도 있습니다." 마이관제가 작은 책을 꺼냈다. 표지에 《캉티호 지역 문사회편文史匯編》이라고 적혀 있었다. "특집 기사를 쓰기 전에 충분한 자료 조사를 하는 것은 제 원칙입니다. 제 말에 악의가 있었던 건 아닙니다. 다만, '존중'은 충돌을 줄이는 가장 좋은 방법이라는 걸 알려드리고 싶었습니다."

란니가 웃으며 말했다. "존중이라고요? 자료 조사를 충분히 하셨다면 제가 란씨이고 이 호텔의 총지배인이라는 걸 아실 텐데요. 제 남편 성을 따라 저를 '미세스 바이'라고 부르셨잖아요? 이건 어떤 종류의 '존중'인지 모르겠군요."

"그런 뜻은 아니었습니다. 다만 몰라서……."

"어쨌든 선생님은 저를 무지하고 타인을 존중할 줄 모르는 여자라고 생각하셨어요. 세상 모든 여자가 다 그렇다고 생각하시니까요. 안 그래요? 말레이시아인들의 관념은 원래 그런가요?"

"오해입니다. 미세스 바이, 저는 몰랐습니다……."

그때 그들 사이에 서 있던 한 남자가 웃으며 그의 말을 끊었다. "마이 선생, 죄송합니다. 제 아내는 '란 총지배인'이라고 불리는 걸 좋아합니다. 미리 말씀드리는 걸 잊었군요……. 란니, 마이관제 선생은 프레지던트룸 VIP 고객이야. 마이 선생 신문사에서 우리 호텔과 호수에 관한 특집 기사를 내보낼 예정이야. 우리가 동남아 시장에 진출하는 데 큰 도움이 될 거야."

그 남자는 바로 바이웨이둬였다. 15년 전 결혼식 때와 달라진 게 별로 없었다. 그녀는 이제야 란니가 남편을 의심하는 걸 이해할 수 있었다. 바이웨이둬는 나이가 들었지만 몸이 제법 탄탄하고 양복이 잘 어울렸으며 말투와 행동에서 세련된 멋이 풍겼다. 오일 바른 검은 머리칼은 오른쪽 눈썹산 위에서 가르마를 타 옆으로 빗어넘겼으며, 얇은 입술에는 언제나 미소가 걸려 있었다. 얼핏 보면 영화 〈화양연화〉 속 양조위 같은 분위기도 풍겼다.

바람둥이 중년 남자의 전형적인 상이라고 거레이는 속으로 생각했다. 게다가 사랑에 몰입하는 그런 유형이었다. 바깥세상에서 찾은 로맨스에 푹 빠져 있는 그의 모습으로 보아 란니가 자신이 쥔 카드를 아직 내보이지 않은 것 같았다. 하지만 아무리 그래도 그런 여자와?

마이관제가 미소 지으며 말했다. "란 총지배인님의 언변이 무척 날카로우시네요. 캉티뉴쓰 호텔의 성공은 총지배인님 같은 훌륭한 경영인이 있기에 가능했을 겁니다. 결례를 범했다면 용서하세요."

"마이 선생님, 선생님을 보니 캉티초등학교 교사들의 짧은 안목이 더욱 안타깝네요. 이 호텔은 선생님처럼 영향력 있는 전문가도 찾아올 만한 곳이죠. 그들이 선생님 앞에서 전통 무용을 선보였다면 그들에겐 큰 영광이었을 거예요. 말레이시아인들에게 현지 문화를 홍보할 기회를 놓친 게 아니고 뭐겠어요?"

"그들은 자신의 문화를 무대에 올려 공연한다는 사실을 받아들일 수 없을 겁니다. 홍보보다는 문화에 담긴 의미와 정신이 그들에겐 더 소중하겠지요."

"그 문화가 송두리째 사라진다 해도요?"

"제가 방금 말씀드렸죠. 이건 존중의 문제라고요……. 예를 들어 보죠. '미세스 바이'라는 호칭에는 의식이 풍족하고 삶이 안락하다는 의미가 내포되어 있습니다. 동의하시나요?"

란니가 바이웨이둬를 흘긋 보더니 비웃는 투로 말했다. "그 가설은 성립되지 않아요. ……오히려 제 남편이 '미스터 란'이라고 불려야 풍족하다는 뜻이겠죠!"

모두들 웃음을 터뜨렸다.

란니가 숲 쪽으로 시선을 옮기다가 뭘 발견한 듯 말했다. "마이 선생님, 제 손님이 오셔서 인사하러 가야겠어요. 저보다는 바이 사장님처럼 지적인 남자와 대화하시는 게 더 나을 거예요. 그럼 이만 실례할게요. 죄송해요." 그녀가 고개를 돌려 거레이에게 작은 소리로 말했다. "저쪽에 아는 사람이 있어. 가자."

거레이가 대답하기도 전에 란니가 몸을 돌려 잰걸음으로 자리를 떴다. 바이웨이둬가 미소 짓는 얼굴로 그녀에게 인사를 했다. "거레이 씨죠? 오랜만이에요. 오래전에 봤는데 하나도 안 변했네요……. 아니. 더 아름다워졌어요……. 나 기억하죠? 바이웨이둬.

버블티 가게에서 처음 만났던 거 기억해요. 란니가 단짝친구라고 내게 소개해줬죠."

거레이가 미소 지으며 바이웨이뒤와 악수를 했다. "기억력이 좋으시네요. 15년 전 일이라 저는 기억이 잘 안 나요."

그녀는 바이웨이뒤, 마이관제와 의례적인 인사를 나누다가 갑자기 재채기가 연달아 나는 바람에 난처한 표정으로 자리를 떴다. 란니가 그리 멀지 않은 곳에서 누군가와 대화를 나누고 있었다. 키가 크고 뚱뚱한 남자였다. 그쪽으로 다가가 말을 걸기도 전에 그 남자가 그녀를 발견하고는 똑바로 쳐다보며 당황한 듯 더듬거렸다. "거…… 거…… 오랜만…… 잘 지냈어?"

거레이가 의아한 표정으로 고개를 살짝 까딱이고는 고개를 돌려 란니에게 물었다. "란니, 이분은?"

란니가 웃으며 말했다. "뤄밍싱, 너와 결혼했던 남자."

거레이는 자신이 란니의 말을 제대로 이해한 건지 확신하지 못했다. 천천히 고개를 돌려 그 남자를 위아래로 훑어보는데 갑자기 발밑이 훅 꺼지며 깜깜한 심연이 그녀를 와락 덮쳤다. 온몸이 송두리째 나락으로 떨어지며 비명을 질렀고 심장과 혈액은 무게를 잃었다. 몸 밖으로 흩어진 영혼이 끝을 알 수 없는 시공으로 날아가 버리는 것 같았다. 그중 일부는 허공에서 멈췄다가 화이트셔츠와 까만 치마 유니폼 위에 내려앉았고, 어떤 건 산산조각 난 뒤 빗물에 섞여 차디찬 도로 위로 떨어졌다. 또 아주 아름다운 어떤 영혼은 신부의 얼굴처럼 아름답고 붉은 꽃송이가 되고, 어떤 영혼은 테이블 위의 식어버린 음식처럼 멀리 날아갔으며, 어떤 영혼에서는 담배와 향수가 섞인 냄새가 났다.

그녀는 계속 추락했다…….

빛이 보였다. 불꽃. 총구에서 내뿜은 불꽃. 총알이 그녀를 휘감아 돌고 계단도 똑같이 돌았다. 갑갑함, 뜨거움, 붉은 쇠난간은 꿈틀거리며 올라가는 수많은 지렁이였다. 그녀는 그렇게 냉정하지 말았어야 했다. 냉정함은 잘못이었다. 발소리, 비명, 신음, 히스테리, 하얀 초, 향불…….

그녀는 계속 추락했다…….

"괜찮으세요? 괜찮으세요? 이게 몇 개죠?"

낯선 얼굴이 보였다. 간신히 "세 개"라고 대답했다. 그 사람이 말했다. "괜찮을 거예요. 심하게 놀란 것뿐이에요. 조금 휴식을 취하면 회복되실 거예요."

"고마워요, 닥터 화…….' 란니의 목소리였다. 아주 멀리서 들리는 것 같았다.

거레이가 완전히 정신이 들었을 때 그녀는 자동차 조수석에 앉아 있었다. 달리는 트럭 위였고, 어떤 대머리 남자가 담배를 물고 운전하고 있었다. 공기 중에서 고약한 담배 냄새가 났다.

"깨어났어요? 괜찮죠? 물을 마시면 더 나을 거예요." 대머리 남자가 말했다.

거레이가 몸을 세우며 자기 머리를 두드렸다. "누구세요? 여긴 어디죠?"

"나 모르겠어요? 하하하, 이래도 모르겠어요?" 대머리가 야구모자를 쓰고 손으로 턱을 가린 뒤 얼굴에서 웃음기를 지웠다.

"턱시도가면?" 거레이가 깜짝 놀라 외쳤다. "왜 이렇게 변했어요?"

"지금은 캉티호 지역발전협회 이사장 황아투예요." 그가 웃으며 말했다. "남들에겐 말하지 말아요. 내 과거 신분을 아는 사람이 몇 안 되거든요."

거레이가 놀람이 아직 진정되지 않은 표정으로 고개를 끄덕였다. "숙소로 모시라고 란니가 부탁했어요. 건강 챙겨요. 이제 그럴 나이잖아요."

트럭이 호텔 단지를 빠져나와 호수순환도로로 접어들었다. 산속의 밤은 몹시 깊었다. 산과 숲이 송두리째 어둠에 삼켜져 그림자조차 보이지 않았다. 거레이가 차창 밖 어둠을 응시했다. 현실인지 꿈속인지 아직 분간할 수가 없었다.

"이혼했다면서요?" 황아투가 말했다.

"10년 전에요⋯⋯. 갑자기 그 사람이 내 앞에 나타났어요. 전혀 예상도 못했어요. 란니는 정말⋯⋯. 이 물 마셔도 돼요?"

"물론이에요. 란니는 여전해요. 무슨 일을 하든 앞뒤 가리지 않아요. 그래도 악의는 없어요. 거레이가 전남편을 만나고 싶어할 거라고 생각했을 거예요."

거레이가 웃으며 페트병에 든 물을 한 모금 마셨다. "무슨 이사장이라고요? 지금도 란니의 일을 도와주고 계세요?"

황아투가 웃었다. "난 평생 못 벗어나요. 란 회장님이 나한테 그렇게 잘해주셨는데 내가 어떻게 모른 척하겠어요?"

"란니의 아버지가요?"

"내가 얘기 안 했어요?"

"예전엔 웃지도 않았잖아요. 말을 못하는 사람인 줄 알았어요."

황아투가 담배 한 모금을 빨았다. "난 원래 이 호수 지역 출신이에요. 어릴 적 부모님이 폐결핵으로 돌아가셨죠⋯⋯. 평지에도 폐결핵으로 죽은 사람들이 있나요? 없겠죠. 여기선 감기만 걸려도 죽었어요. 그래서 열다섯에 여길 떠나 도시로 갔어요. 돈을 벌 수만 있다면 무슨 일이든 다 했어요. 가짜 명품 장사, 경비원, 겁도 없이 불법 도박장을 열었다가 죽을 뻔한 적도 있어요.

란 회장님은 구치소에서 처음 만났어요. 아우를 데리러 왔다가 웅크리고 있는 날 보고 같이 풀어주셨죠. 집에 데려가서 따뜻한 물로 목욕하게 하고는 국수를 주셨어요. 울면서 국수를 먹었죠…….제기랄, 얘기하니까 또 눈물이 나네. 어쨌든 그때부터 회장님 댁에서 등 따시고 배부르게 살았어요. 회장님이 시키는 건 뭐든지 다 했어요. 그러다가 문제가 생기면 회장님이 책임지고 해결해주셨으니까. ……그런 주인에게 목숨 바쳐 충성하지 않을 수 있겠어요? 그렇다고 회장님이 내 목숨을 원한 것도 아니었어요. 내 임무는 회장님 따님을 보호하는 거였어요. 회장님이 이민을 떠나시면서 저를 불러 특별히 당부하셨죠. 란니가 욱하는 성질이 있으니 바이웨이둬와 다투지 않게 곁에서 잘 보살피라고. 그러니 어쩔 수 있겠어요? 맡겨진 일은 끝까지 책임져야지."

거레이는 말없이 물을 마시며 운전석 옆 그릇에 담긴 야합화가 차의 움직임에 따라 흔들리는 걸 응시했다. "란니와 바이웨이둬가 다퉜어요?"

황아투가 어깨를 으쓱였다. "난 몰라요. 서로 사이는 좋아요. 바이웨이둬는 좋은 사람이에요. 똑똑하기도 하고요. 그는 양보하는 법을 알아요. 내 말은…… 란니에게 예의를 갖춰서 양보한다는 뜻이에요. 그러니까…… 별 문제 없어요."

"남자가 계속 양보하다 보면 더 이상 참을 수 없는 때가 오잖아요. 안 그래요?"

"그건 나도 모르겠어요. 하하! 난 결혼을 안 해봤으니." 황아투가 담배를 또 한 모금 빨았다. "왜요? 뭐 들은 거 있어요?"

"아뇨. 란니와 10년 동안 연락이 끊어졌다가 이제야 만난걸요. 아무것도 몰라요."

황아투가 핸들을 돌리자 트럭이 비탈길을 오르기 시작했다. "란니는 마흔이 넘은 지금도 여전히 주인 아가씨예요. 요즘은 내게 속마음을 잘 털어놓지 않아요. 일 시킬 때만 얘기해요. 하지만 지금은 일이 많이 줄었어요. 다들 돈 버느라 바쁘죠. 안 그래요? 그래서, 란니가 하고 싶은 얘기가 있어서 거레이 씨를 부른 거 같아요. 얘기 잘 들어줘요……. 여자들끼리 속닥거리며 비밀 얘기를 하는 건 내가 해줄 수 없는 일이니까."

"란니를 좋아하시죠?" 거레이가 웃으며 말했다.

황아투가 잠깐 주춤거리다가 말했다. "젊었을 때 얘기죠. 예쁜 아가씨를 보고 마음이 흔들리지 않는 남자가 있겠어요? 오래된 일이지만 아직 가끔은 생각나요. 그걸 들켜버렸네. 항상 말도 없고 조용하더니 몰래 날 관찰하고 있는 줄은 몰랐네."

"그냥 느낌이에요."

"거레이 씨도 혼자인데 시간 되면 이 홀아비와 한잔할래요?"

"저는 술 못 마셔요." 거레이가 말했다. "이렇게 매력 있는 분은 젊은 미인을 만나셔야죠."

바이웨이둬와 란니는 자정이 넘어서 숙소로 돌아왔다. 바이웨이둬는 거레이에게 예의 바르게 말을 건넸지만 몹시 피곤해 보였고 곧바로 방으로 들어갔다. 란니가 거레이의 팔짱을 끼며 사과했다. "아깐 미안했어. 레이레이, 괜찮아?"

거레이가 복도 반대편을 보며 물었다. "각방 쓴 지 오래됐어?"

"좀 됐어." 란니가 일어났다. "화장 지우고 얘기 더 나누자."

거레이는 소파에 누워 란니가 자신을 '레이레이'라고 부르던 시절을 회상했다. 운동장 스탠드에 나란히 앉아 비뚤배뚤 악필로 쓴 연애편지를 읽으면서 거레이는 귀밑까지 빨개졌고 란니는 새된 비명을 지르며 호들갑을 떨었다. 란니는 자기 얼굴이 거레이의 어깨 높이에 오도록 조금 낮은 곳에 앉곤 했다. 거레이가 말랐지만 어깨가 넓어서 기대고 있으면 편안하다고 했다. 나중에는 이 남자만 그 어깨에 머리를 기댈 수 있을 거라며 아쉽다고도 했다.

"미안해, 레이레이. 네가 뤄밍싱을 보고 그렇게 충격받을 줄 몰랐어······." 란니가 말했다. 그녀가 나이트가운 차림으로 따뜻한 차를 한 잔 들고 다가와 거레이 옆에 앉았다.

"날 일부러 골탕 먹인 거지?"

"아냐! 나도 아까 오후에 그를 만나고 깜짝 놀랐어. 그렇게 살이 찌다니. 어떤 사람의 아내가 행방불명돼서 찾으러 다니고 있다고 했어. 정신질환이 있는 여자가 가출했는데 불쌍해서 도와주고 있다고······. 그래서 파티에 초대했어."

거레이가 차를 마셨다. "좋아. 이제 네 얘기를 해도 될까? 너랑 상의하고 싶어. 법률적으로······."

"시간 참 빠르지!" 란니가 밤하늘로 시선을 던졌다. "그 사람이 구이산龜山에 있었을 때 내가 널 내 차에 태워 린커우林口까지 데려다줬잖아. 너는 거기서 또 귀신 나올 것 같은 타오위안桃園 교통의 버스를 기다려야 했어······. 겨울 바람이 너무 추워서 아투에게 널 차로 태워달라고 했지만 넌 굳이 혼자 버스 타고 가겠다고 고집을 부렸어. 그가 정류장에서 기다리고 있다가 널 꼭 안아주면 작은 새가 된 기분을 느낄 수 있다면서."

"내가 그렇게 유치했다고?"

"본능적인 어리광이지."

"란니, 네 일은……."

"어떻게 그를 떠날 결심을 했는지 말해줄 수 있어?"

거레이가 잠시 침묵하다가 천천히 입을 열었다. "난 너와 상황이 달랐어."

"뭐가 달라?"

"내가 그와 헤어진 건 여자 때문이 아니야. ……란니, 날 믿어. 내 얘길 들어도 네겐 도움이 되지 않아."

란니가 고개를 저었다. "그래도 말해야 돼. 말하고 나면 훨씬 나을 거야. 누구에게 그 얘기를 해본 적 있어?"

순간 거레이의 눈가가 붉어지더니 주체하지 못하고 와락 울음을 터뜨렸다. 억울한 일을 겪고도 아무에게도 하소연할 수 없었던 어린 소녀처럼.

"나와 뤄밍싱은 너처럼 열렬하게 사랑하지는 않았어. 우린 몇 년의 연애를 거쳐 결혼했고, 결혼식은 양가 식구—내겐 우리 엄마뿐이었어—가 해산물식당에서 식사하는 걸로 대신했어. 우리 엄마는 나더러 복 많은 팔자라고 했지. 자신처럼 한 남자와의 결혼을 위해 평생 쓸 돈을 낭비하지 않는다면서.

그때 우린 다 가난했어. 나는 관세사사무소에서 비서로 일하면서 밤에는 사법고시를 준비했고, 그는 막 경찰국에 들어갔을 때라 매일 정신없이 바빴어. 그는 아주 유능한 경찰이 되고 싶다고 했어. 그래야 대변호사의 남편으로 어울린다면서. 그럴 때마다 나는 평생 고시에 붙지 못하고 호호할머니가 될 수도 있다고 말했지.

그가 승진하자 일은 더 바쁘고 복잡해졌어. 담배를 피우기 시작했고 인사불성이 되도록 취해서 들어오기도 하고, 베개 밑에 총을 두고 자기도 하고, 그의 옷에서는 늘 술, 담배, 향수 냄새가 진동했어. 하지만 난 캐묻지 않았어. 형사 업무의 일부라는 걸 알았으니까. 난 그를 사랑하고 지지했으니까.

그런데 그 여자가 내게 편지를 보내기 시작했어. 내 남편의 정보원이라며 그를 사랑하고 그도 자신을 사랑하니까 내가 양보해주면 좋겠다고 하더라. 사진도 함께 보내왔어. 두 사람이 모텔에 있는 사진. 그 여자는 속옷만 입은 채 담배를 피우고 있고, 뤼밍싱은 옷을 입고 그 옆에 앉아 있었어. 치열하게 고민한 끝에 그 사진을 불태워버리기로 했어. 만약 그들이 정말 그런 사이라면 그 여자가 그런 사진만 내게 보내진 않았을 거라고 생각했어.

내가 너무 이성적이었나? 하지만 내가 옳았어. 뤼밍싱은 날 배신하지 않았어. 한 번도.

그날, 그 여자가 내게 전화를 걸어 뤼밍싱이 쓰러졌다고 했어. 츠산궁 뒷골목의 낡은 아파트로 달려갔지. 거기서 두 사람이 전라로 함께 누워 있는 걸 봤어. 그 여자가 그의 몸 위에 올라타서 몸을 흔들고 있더라. 어떻게 된 일인지 알았어. 그녀에게 옷을 던지며 입으라고 했더니 그녀가 비명을 지르며 내게 물건을 던졌어. 나를 난잡한 여자라고 욕하고, 뤼밍싱은 뻔뻔한 도둑이라고 욕했어. 그녀가 던진 라디오를 머리에 맞고 쓰러졌을 때 옆집에서 총을 든 남자가 뛰어나오며 그녀에게 총을 쏜 뒤 나를 끌고 계단을 내려갔어."

란니가 그녀의 말을 가로막았다. "그럼 넌 뤼밍싱과 그 여자 사이에 아무 관계도 없었다는 걸 알고 있었어? 그런데 왜 뉴스에선……."

259

"아무도 내게 묻지 않았거든. 그들은 경찰과 윤락녀의 치정 스토리를 좋아했고, 배신당한 여자는 이성적으로 추리하는 여자가 아니라 마땅히 동정받아야 하는 여자라고 생각했지."

"그럼 왜 이혼한 거야?"

"그가 내 목숨을 걸고 모험을 했으니까." 거레이가 침을 삼켰다.

"범인에게 총으로 위협받고 있을 때 뤄밍싱이 달려나와 계단에서 대치했어. 한쪽은 총을 내려놓으라 하고 한쪽은 사람을 풀어주라고 했지. 그때 아래층 계단에 있는 제복경찰과 눈이 마주쳤어. 그가 총을 든 채 긴장된 표정으로 위를 올려다보고 있었어. 나중에 알고 보니 바로 그 아파트에 살고 있던 경찰인데, 출근하려고 막 집을 나서는 길이었대. 나는 그와 눈빛을 주고받은 뒤 비명을 지르며 울기 시작했어. 총격범이 화가 나서 허공을 향해 총을 쏘았어. 그렇게 가까이에서 총소리를 들은 건 처음이었어. 죽을 것 같았지만 경찰이 올라올 거라는 걸 알고 있었으니까 더 악을 쓰며 울었어. 그런데 그때 뤄밍싱이 갑자기 '뒤에!'라고 소리쳤어. 총격범이 고개를 돌려 총 세 발을 연달아 쏘았고, 그와 동시에 뤄밍싱이 쏜 총이 총격범의 미간을 관통했어.

그 제복경찰의 이름은 리밍쿤이었고 얼굴에 총 세 발을 맞았어. 그의 한쪽 눈알이 튕겨져 나와 계단 아래로 굴러가는 걸 내 눈으로 봤어. 나중에 들었는데, 끝내 찾지 못했다고 하더라. 그는 고작 스물여덟 살이었고 두 아이를 둔 가장이었어. 둘째는 소아마비였고 통통한 그의 아내는 방직공장에서 일하다가 그만두고 집에서 아이들을 기르고 있었어. 부부는 그 아파트 2층에 있는, 한쪽 벽이 곰팡이로 뒤덮인 66제곱미터짜리 집을 샀고, 30년 만기 1천만 위안 대출이 남아 있었어.

내가 어떻게 이렇게 자세히 알고 있는 줄 알아? 내가 뒷일을 처리했기 때문이야. 조의금을 들고 찾아갔다가 바닥에 꿇어앉아 그의 아내에게 따귀도 맞았고, 저축해놓았던 돈을 다 털어 아이의 병원비로 쓰도록 병원을 수소문해주고, 보상금을 신청해주고 집수리도 해줬어. 평생 그들을 보살피겠다고 했어. 그들의 남편이자 아빠가 나 때문에 죽었으니까. 뤄밍성은? 그는 집에 틀어박혀 24시간 먹기만 했어. 제도가 불공평하다고 불평하고, 열심히 일한 경찰에게 정직 처분을 내렸다고 원망하고, 공무원 사회가 썩어빠졌다고 비난했어. 자신은 피해자라면서……. 그 때문에 동료가 목숨을 잃었다고 말했지만 그는 인정하지 않았어. 날 보호하기 위한 행동이었다고 했지만, 난 그게 아니라 그가 공을 세우고 싶었던 거라고 했어.

우리는 그렇게 서로에게 고함을 지르며 2주 동안 싸웠어. 그가 더 이상 내가 아는 뤄밍성이 아니라는 걸 알았을 때 동창을 찾아가 이혼합의서를 작성해달라고 했어. 그는 떠났고 나는 다시는 그를 찾아가지 않았어."

란니가 거레이의 어깨에 머리를 기댔다. "레이레이, 미안해. 네가 그렇게 힘들게 지냈는지 몰랐어."

"다 지나간 일이야. 지금은 아주 잘 지내." 거레이가 미소를 지었다. "네가 그날 운명을 바꿨던 얘기를 했을 때 그 일이 생각났고, 그 후 계속 이런 생각이 들었어. 내가 그렇게 끔찍한 시간을 보낸 걸 보면 그때 너의 행복한 운명이 나와 바뀌지 않은 게 틀림없다고 말이야. 그렇게 생각하고 나니까 마음이 훨씬 편해졌어."

"넌 정말 이상해. 어떻게 마음이 편해질 수가 있어?"

"너에게 행복한 운명을 빚지지 않았다는 뜻이잖아. 앞으로 네 인생이 행복할 거라는 뜻이기도 하고."

란니가 한숨을 내쉬었다. "그럼 그 맹인 점쟁이는 돌팔이 사기꾼
이겠네. 아니면 우리 둘 중 적어도 한 사람은 행복해야지."

"넌 어쩔 건데?"

란니가 입술을 비죽 내밀고 고개를 숙인 채 한참을 생각했다.
"네가 보낸 이메일을 받았을 때 웨이뒤가 바로 내 앞에 앉아 있었
어. 호텔 사람들 몇 명과 함께 회의 중이라 참았어. 회의가 끝난 뒤
화장실에 가서 문을 잠갔어. 내가 소리를 지르며 울 줄 알았는데
그냥 그 사진만 계속 들여다봤어. 나도 그 속에 있는 것처럼, 유령
처럼 그들 옆을 떠다니며 그들의 그 구역질 나는 짓거리를 지켜보
고 있는 것 같았어……. 그렇게 사흘 동안 사진을 보고 또 봤지만
어떻게 하면 좋을지 모르겠어."

"그에게 말했어?"

란니가 고개를 저었다. "아니. 그의 반응을 마주할 마음의 준비
가 안 됐어. ……말하고 나서 어떻게 할 건지도 결정하지 못했고."

"내가 여러 번 말했잖아. 이 사진만으로는 이혼 소송의 증거가
될 수 없다고. 그와 대화를 해야 돼."

"대화를 할 수가 없어. 만약 그가 바람피운 걸 인정하고 후회하
며 그 여자를 떼어버리겠다고 해도 난…… 난 그를 용서할 수 없을
거야. 그를 위선자라고 생각하고 다시는 믿지 못하겠지. 그가 이혼
에 동의한다면 난 그를 사무치게 증오할 거야. 그런 여자 때문에
날 버리다니. 또 만약…… 그가 바람피우지 않았다고 부인한다면
그를 죽여버리고 싶을 것 같아."

거레이가 아무 대답도 하지 않았다.

란니가 숨을 깊이 들이쉬었다. "그래서 어떻게 하면 좋을지 모르

겠어. 매일 그 사진을 볼 때마다 오장육부를 도려내는 것 같아. 제일 고통스러울 때마다 이런 생각을 해. 아예 그를 죽여버리자. 그를 죽여버리면 이렇게 고통스럽진 않겠지. 하지만 그를 보면 또 마음이…… 맙소사. 이렇게 오랫동안 부부로 사는 건 쉽지 않은 일이잖아. 우리 집에 와서 굽히지 않고 나와 결혼하겠다던 그를 생각하면 도저히 미워할 수가 없어……. 심지어 내가 모른 척 지나간다면, 아무 일도 없었던 셈 치고 예전처럼 살 수 있지 않을까 하는 생각도 해."

말없이 듣고만 있던 거레이가 물었다. "아버지는 이 일을 아셔?"

"아빠 돌아가셨어. 재작년 멜버른에서. 장례 절차도 웨이둬가 맡아서 처리했어."

"미안해."

"괜찮아." 란니가 말했다. "아빠가 살아 계셨더라도 아마 말씀드리지 않았을 거야. 내가 우겨서 한 결혼인데 무슨 면목으로? 아빠는 말년에 적적하게 살다 가셨어. 돈도 얼마 남지 않고 주변 사람들도 다 떠났는데 또 아빠에게 걱정을 끼칠 수는 없었을 거야."

"턱시도가면은 지금도 있잖아."

"아투? 그 사람도 이젠 늙었어." 란니가 피식 웃고는 다시 얼굴이 어두워졌다. "레이레이, 나 참 한심하지? 모른 척 덮고 지나가면 문제가 해결될 수 있겠어?"

"많은 사람들이 너 같은 선택을 해. 그게 가장 간단하니까. 수면 위로 끄집어내지 않으면 갈등도 없고 아무것도 할 필요가 없잖아. 시간은 계속 흐를 거고. 고통스럽겠지. 하지만 이 사실을 그에게 말한 뒤에 더 고통스러울지 어떨지는 알 수 없어."

"넌 그렇게 하는 게 옳지 않다고 생각하지?"

"이건 그냥 선택이야. 옳고 그름을 따질 수 없어."

"지금 만나는 남자 있어?" 란니가 물었다.

"있는 셈이지." 거레이가 말했다.

"있는 셈인 건 뭐야?"

"표면적으로는 있지만, 아마 곧 헤어질 거야."

"왜?"

거레이가 차를 한 모금 마시고 대답했다. "이젠 나이가 들어서 젊은 애들처럼 유연하지 못해. 사랑을 위해 어떤 그릇에 들어가서 날 맞추는 건 이제 힘들어. ……예를 들면 신년 연휴 컨딩의 좁고 지저분한 민박집에서 젊은 애들 틈에 끼어 자고 클럽에 가서 춤추고 술을 마실 수 없는 거랄까."

"남자친구가 연하라는 얘기야? 몇 살 어린데?"

"열네 살."

"네 살? 열네 살? 맙소사, 거레이, 그럴 줄 몰랐어……. 사귄 지 얼마나 됐어? 어떻게 만났어?"

거레이가 담담하게 대답했다. "3년 됐어. 탐정이야. 능력 있어. 뭐든 다 찾아내. 3년 전에 국제결혼 사기꾼을 찾아달라고 의뢰했었어. 사건이 끝난 뒤에 내가 밥을 사겠다고 했고 밤 1시까지 얘기를 나누다가 우리 집에 와서 밤을 보냈어."

란니의 입에서 새된 소리가 튀어나왔다. "밤을 보냈다고? 섹스를 했단 뜻이야?"

"내가 보수적인 편이잖아. 완곡하게 표현한 거야."

"보수적이라고? 세상에. 만난 지 얼마 되지도 않은 열네 살 연하 남과 섹스를 했다니……. 너 정말 내가 아는 거레이 맞아?"

거레이가 미소 지었다. "나 마흔 살 싱글이야. 이혼한 지도 오래

됐는데 남자와 데이트하고 섹스한 게 이렇게 놀랄 일이야?"

란니도 웃음이 터졌다. "듣고 보니 그러네. 그저 생각지 못한 일이라서."

"싱글의 세계로 돌아오는 걸 환영해."

"아냐. 아직 몰라."

"너랑 이렇게 얘기를 나누는 게 정말 좋아." 란니가 말했다.

"나도 그래. 몸이 피곤해서 그렇지." 거레이가 하품을 했다. "요즘은 밤샘을 하면 며칠은 쉬어줘야 피로가 회복돼."

"이런. 어린 남자친구도 있는데 해 뜰 때까지 밤새우는 것쯤 별 거 아니잖아?"

"밤새워 뭘 하려고?"

"수다 떨지." 란니가 무거운 눈꺼풀을 게슴츠레하게 뜨고 웅얼거렸다. "오늘이 지나면 모든 게 달라질 거야."

"왜?"

"새해가 됐잖아. ……레이레이, 해피 뉴 이어. 네가 있어서 정말 좋아."

"턱시도가면도 있잖아."

"아투? 너 아투에게 관심 있는 거 같아."

"많이 변했더라. 예전에는 미남이었는데 이젠 대머리 아저씨가 됐어. 깜짝 놀랐어."

"네가 아투를 미남이라고 생각하는 걸 진즉에 알았지. 그때 내가 둘을 연결시켜줬어야 하는데."

"그는 널 사랑해."

"그럴 리가? 그는 오빠처럼 내가 어릴 적부터 자라는 걸 다 봤어."

"진짜 오빠라면 매일 널 위해 야합화를 가져다주진 않을걸?" 거레이가 테이블 위 유리그릇을 가리켰다. 새하얀 야합화 한 송이가 은은한 향기를 풍기고 있었다.

"그게 뭐? 꽃을 잘라서 물에 꽂아놓은 것뿐인데. 오래전부터 습관처럼 해주는 일이야."

"야합화는 밤에만 꽃을 피우고 향기를 뿜어. 밤이 깊을수록 향기가 짙어지다가 동이 트면 시들어버리지. 그러니까 잘 핀 야합화 한 송이를 얻으려면 해가 뜨기 전에 줄기를 잘라서 물병에 꽂아야 돼. 친오빠라면 그런 일을 할 수 있겠어?"

"넌 오빠도 없는데 어떻게 알아?" 거레이가 말없이 미소만 짓자 란니가 말했다. "내가 웨이둬와 이혼하고 황아투와 재혼할 수도 있다는 뜻이야?"

"그냥 널 사랑하는 사람이 있다는 걸 알려주고 싶었어."

"그게 뭐? 내가 사랑하는 사람은 날 사랑하지 않는데 그게 무슨 소용이야?"

침실 문이 열리는 소리가 나고 바이웨이둬가 빨간색 트레이닝재킷과 짙은 색 트레이닝팬츠 차림으로 나오다가 깜짝 놀랐다. "아직 안 잤어?"

"수다 떠느라 5시가 된 줄도 몰랐어."

바이웨이둬가 웃으며 재킷에 달린 후드를 머리에 뒤집어썼다. "어서 자. 오늘은 별일 없으니 푹 자고 천천히 일어나."

그가 이렇게 말하고 문을 나섰다.

란니가 일어나 기지개를 켠 뒤 발코니 쪽으로 가며 중얼거렸다.

"예전에는 계단 올라가는 것도 귀찮아하던 사람이 요즘은 매일 조깅을 해. 하지만 날 위한 건 아냐."

거레이가 말없이 그녀 옆으로 다가가 섰다. 창 너머로 바이웨이 뒤가 보였다. 그는 가로등 밑에서 몸을 풀고 두 손에 입김을 불면서 좁은 보폭으로 돌계단을 뛰어 내려갔다.

거레이는 이제 너무 피곤해서 눈만 감으면 바로 잠들 수 있을 것 같았다.

3

그 뒤에 일어난 일은 그저 꿈 같았다. 거레이는 잠든 지 얼마 되지 않아 누가 흔들어 깨우는 바람에 일어났고 살인사건이 발생했다는 걸 알았다. 황급히 세수하고 옷을 갈아입은 뒤 란니와 함께 호텔로 달려갔다. 호텔은 이미 분주하게 움직이는 경찰들로 인해 몹시 어수선했다. 한참 뒤 수사책임자인 차이퀘안 경관을 만나 바이웨이둬가 피살됐음을 확인했다. 거레이는 란니가 몸을 가누지 못할까 봐 그녀 곁에 꼭 붙어 있었지만, 란니는 발갛게 된 눈으로 심호흡을 하며, 대형 호텔 총지배인다운 강인함을 보여주었다. 그녀는 연회장에 수사팀의 현장사무실을 마련해주라고 연회부에 지시하고, 객실부에는 모든 투숙객에게 비보를 알리고 조건 없이 체크아웃 조치해줄 것임을 알리게 했다. 또 홍보부에는 호텔 측의 이성적이고 책임 있는 태도를 보여줄 수 있는 보도자료를 준비하라고 지시했다. 그러는 동안 장커커의 모습이 보이지 않았다. 누군가 장커커가 시신을 발견한 충격에서 벗어나지 못하고 있다고 했다.

란니는 거레이와 함께 시신을 확인한 후 경찰의 신문을 받았다. 변호사인 자신이 이 모든 절차를 매우 익숙하게 처리할 거라 예상했지만, 사실 그녀가 변호사로 일하면서 시신보관실에 가본 건 딱 한 번뿐이었다. 그마저도 경찰이 사우나에서 급사한 남성을 그녀의 고객으로 오인하는 바람에 갔던 거였다. 정작 고객은 그 시간에 모텔에서 뜨겁게 스리섬을 즐기고 있었다.

바이웨이둬의 시신은 참혹했다. 온몸이 진흙범벅에 등은 붉은 피로 물들었다. 경찰은 총알이 등으로 들어가 갈비뼈 사이에 박혔으며, 엽총용 탄알이라고 했다. 또 총을 맞고 즉사하지 않고 호수에 빠졌다가 산책로로 기어 올라오려 안간힘을 쓰다가 사망했다고 했다.

"몹시 고통스러웠겠네……." 거레이는 란니가 작게 중얼거리는 소리를 들었다.

경찰의 신문은 두 사람의 신상정보와 지난 24시간 동안의 행적, 호텔 경영 상태 등등 의례적인 질문이 대부분이었다. 란니는 있는 그대로 대답했고, 경찰이 부부 사이가 어땠는지 물었을 때는 1초쯤 망설이다가 "결혼 15년차 부부치곤 좋은 편이었어요"라고 대답했다.

경찰은 거레이에게도 질문을 했지만 그녀에게는 별로 관심이 없어 보였다. 어젯밤부터 오늘 아침까지 란니의 알리바이를 확인하는 것 외에 다른 질문은 하지 않았다.

거레이의 머릿속에는 한 가지 의문이 떠나지 않았다. '란니의 짓일까?'

그녀의 경험에 비추어보면 남편의 외도 사실을 알았을 때 거의 모든 여자들이 남편을 죽이고 싶어한다. 잔인한 형벌로 끔찍한 고통을 주고 싶다거나, 거세시키고 싶다고 말하는 여자들도 있다. 하지만 그중 그 말을 실제 행동에 옮기는 경우는 본 적이 없다. 사실

이혼소송을 끝까지 진행하는 여자는 소수에 불과하다. 대부분은 고통스럽고 지난한 소송을 견디지 못해 화해하고 소를 취하한 뒤 조용히 남편 곁으로 돌아간다.

란니는? 그녀는 그런 여자들보다 더 단호할까? 바이웨이둬의 외도 사실을 모른 척 지금 상태를 유지할까 고민하지 않았던가? 그 여자는 스쳐 지나가는 인연일 뿐, 언젠가는 바이웨이둬의 마음이 돌아오길 기대하는 걸까? 아니다. 예전에 란니는 이렇지 않았다.

거레이는 고등학교 시절의 그 피크닉을 떠올렸다. 뤄밍싱이 거레이에게 호감을 표시하자 다른 친구가 질투하며 거레이를 못살게 굴었다. 그런데 어느 날 그 친구가 개에게 물어뜯긴 것처럼 봉두난발이 되어 교실로 뛰어 들어왔다. 거레이는 그걸 보자마자 무슨 일이 있었는지 직감했다. 하지만 란니는 아무 일도 없다는 듯 버버리 모자를 꺼내주며 울지 말라고 그 친구를 위로했다.

란니는 더러운 걸 피하지 않았다. 그녀는 어떻게 하면 자기 손을 더럽히지 않으면서 남들 눈에 도도하고 단순하고 깨끗한 귀족 아가씨로 보일 수 있는지 잘 알고 있었다.

세월이 흘러 변한 걸까? 사람은 누구나 변한다. 더 좋게 변하느냐, 더 나쁘게 변하느냐의 차이만 있을 뿐.

거레이는 갑자기 그 알록달록한 니트 코트를 입은 여자가 생각났고, 그다음엔 뚱뚱해진 전남편이 생각났다.

몇 가지 안 좋은 생각이 뇌리를 스쳤다. 이보다 더 나쁠 수 없을 만큼 나쁜 생각들이.

그녀는 모험을 하기로 결심했다. 이 모험을 해볼 필요가 있다고 생각했다. 그러면 적어도 경찰이 알아차리기 전에 필요한 행동을 취할 수 있다.

그녀는 기자들에게 둘러싸여 있는 란니를 내버려두고 프런트로 가서 객실 번호를 물은 뒤 엘리베이터를 타고 4층으로 올라갔다. 초인종을 누르자 안에서 급한 발소리가 나더니 전라의 뚱보가 문을 열었다. 그와 동시에 허리에 둘렀던 수건이 툭 떨어졌다.

"안녕?" 거레이가 차분한 미소를 얼굴에 띠며 말했다. "오랜만이야!"

뤄밍싱과의 만남은 예상보다 더 감정을 요동치게 했다. '시간이 최고의 약'이라는 말을 신봉하는 사람들은 아마도 이혼이란 걸 해보지 않았거나, 이혼 후에 전남편과 1대1로 대화해보지 않은 사람일 거라고 거레이는 생각했다. 뤄밍싱이 대단한 매력의 소유자여서는 결코 아니었다. 그녀의 감정에 파문을 일으킨 건 순전히 과거였다. 그의 말 한마디 한마디가 머릿속 깊이 들어와 기억을 하나씩 끄집어냈다. 하마터면 그 기억이 정수리까지 차올라 그녀를 통째로 매몰시킬 뻔했다. 거레이는 미소를 유지하기 위해 애썼고, 질문과 대답으로 평정심을 유지했다. 뤄밍싱의 결점을 크게 부풀려 생각하려고 했다. 뚱뚱하고, 초라하고, 여전히 자기만 옳다는 착각에 빠져 있으며, 그녀도 자기만큼, 아니 자기보다 더 똑똑하다는 사실을 인정하지 않았다. 그는 아직도 그때 무슨 일이 있었는지 알지 못했고, 리밍쿤이 누군지도 알지 못했다.

하지만 그럼에도 그녀는 뤄밍싱이 떠난 테이블에서 혼자 허탈하게 앉은 채 얼굴을 팔꿈치 사이에 파묻고 가쁜 숨을 몰아쉬었다.

적어도 란니가 뤄밍싱을 부른 것은 아니다. 그는 바이웨이둬와 샤오쉐리에게 불륜의 대가를 치르게 하려는 란니의 앞잡이가 된 것이 아니다. 또 란니가 살인범일 가능성도 없었다. 뤄밍싱에게도 말했듯이 샤오쉐리가 살해됐을 때 란니는 샤오쉐리가 누군지도 모르고 있었다.

그런데, 정말 그럴까?

T-Vont 사진을 다시 보았다. 어두운 배경 가운데 비상구가 약간 열려 있고 그 틈으로 사람이 희미하게 보였다. 머리가 백발인 사람이었다.

몇 번을 자세히 들여다보아도 사진이 너무 흐려서 얼굴 생김새를 확인할 수는 없었지만 그녀의 머릿속에 불현듯 떠오르는 이름이 있었다. 어젯밤 파티에서 본 말레이시아인 기자 마이관제.

바이웨이둬는 자신이 호텔 특집 기사를 위해 마이관제를 초대했다고 했다. 그게 사실이라면 그가 어떻게 T-Vont에 나타난 걸까?

혹시 란니를 너무 과소평가한 걸까?

그녀가 거레이에게 바이웨이둬를 미행해달라고 부탁해놓고 또다른 사람을 붙여 뒤를 밟게 한 걸까? 그가 바로 마이관제일까? 12월 21일 마이관제도 바이웨이둬의 뒤를 좇아 T-Vont까지 갔고, 사진을 찍어 곧바로 란니에게 전송한 걸까?

만약 그랬다면 란니가 샤오쉐리를 죽였을 가능성도 있다. 그런 다음 마이관제가 기자라는 가짜 신분으로 초청받아 호텔에 온 뒤 오늘 아침 바이웨이둬까지 살해했을 수 있다. 그렇다면 유명한 변호사인 거레이는 바이웨이둬가 피살될 당시 란니의 알리바이를 증명해주는 역할을 위해 초대된 셈이다.

거레이는 가만히 앉아 있을 수가 없었다. 그녀가 정말 자신이 아는 란니일까? 소녀잡지나 보던 그 아가씨일까?

거레이는 자기 카드를 내보이기로 했다. 레스토랑을 나가 란니를 찾으러 갔다. 경찰이 범인을 찾아내기 전에 란니에게 자수를 권유하기로 했다. 하지만 몇 걸음 내디디다 말고 한 가지 일이 생각났다. 12월 21일 오후, 바이웨이둬는 한 남자와 라지프 식당 2층 프라이빗룸에서 은밀한 만남을 가졌다. 아이는 그 남자도 '백발'이었다고 했다. 혹시 그가 마이관제였을까? 만약 그가 란니의 사주를 받고 바이웨이둬를 미행하고 있었다면 어떻게 바이웨이둬와 만날 수 있을까?

"이럴 때 아이가 있다면 좋을 텐데……." 아이를 떠올리자 왈칵 화가 치밀었지만 금세 생각을 고쳐먹었다. 사람이 죽었는데 그깟 사랑놀음이 대수인가. 휴대폰을 집었다가 휴대폰이 방전됐다는 걸 알았다.

거레이는 자신에게 화가 났다. 피곤한 몸을 이끌고 1호 기숙사로 갔다. 집에는 아무도 없었다. 가방에서 충전기를 꺼내 휴대폰에 꽂고 휴대폰 화면에 건전지 모양의 불빛이 켜지는 것을 지켜보았다.

그러다 곧 잠이 들었다.

그녀가 다시 깨어난 건 땅거미가 짙게 깔린 늦은 밤이었다. 시계를 보니 밤 10시가 넘어 있었다. 허둥지둥 휴대폰을 켜보니 메시지가 100통도 넘게 와 있었다. 제일 마지막에 온 메시지는 란니가 보낸 것이었다. '어디야? 경찰이 범인을 찾았대. 황아투래. 그가 이곳 코야오서 출신이고, 1999년 코야오서 가스 폭발 사고에 대한 보복으로 범행을 저질렀대. 밤 11시에 대연회장에서 기자회견이 열릴 거야.'

거레이는 세수도 하지 않고 호텔로 달려갔다. 자신을 속일 수 있다고 생각하다니, 그건 란니의 자신감일까, 어리석음일까. 란니와 황아투가 주종 관계라는 사실을 아직 경찰에게 들키지 않았을지 몰라도, 언론을 속일 수는 없다. 한때 란씨 집안을 집요하게 파헤쳤던 그 기자들 말이다. 그들의 사진 한 장이면 란니의 가면이 단숨에 벗겨질 것이다. 너무 늦기 전에 자수시켜야 한다.

뜻밖에도 란니와 황아투의 관계를 밝혀낸 건 기자들이 아니라 괴짜 조류학 교수 푸얼타이였다. 그가 그 사실을 밝혀내는 데 결정적인 역할을 한 단서는 '꽃과 맹인'이었고, 그 단서의 출처는 란니와 황아투의 입이었다.

"거레이 변호사님, 죄송하지만, 역시 제 추리가 맞은 것 같군요. ……황아투를 찾았습니다." 푸얼타이가 승리자의 자태로 선언했다. 현장은 벌집 쑤셔놓은 듯 혼란했다. 경찰과 기자들이 앞다퉈 대연회장을 빠져나가고 호텔 밖이 자동차 엔진 소리로 요란했다.

여자 경관이 란니를 데리고 소연회장으로 돌아오자 거레이가 변호사증을 제시하며 말했다. "란니 씨의 변호사입니다. 경찰 측에 요구합니다……."

"됐어, 레이레이." 란니가 작은 소리로 말했다. "미안해."

330제곱미터 크기의 대연회장에 거레이와 뒤죽박죽 뒤엉킨 접이식 의자들만 남았다.

의자를 끌어다 앉은 뒤 두 손으로 얼굴을 감쌌다. 귓가가 왱왱 울렸다.

운 나쁘게 걸려들었다는 걸 직감했다.

'자전거 추격전'으로 알아낸 조사 결과가 불운의 시작이었다. 바이웨이둬와 샤오쉐리는 불륜 관계가 아니었다. 란니가 그 엉터리 사진들을 보고 황아투에게 울면서 하소연했고 황아투가 주인 아가씨를 위해 바이웨이둬를 죽인 뒤, 혼자 죄를 뒤집어쓰려고 도망친 것이다.

그들은 이 멍청한 변호사 거레이를 산으로 초대해 란니의 알리바이를 증명하는 데 이용했다. 그러기 위해 그녀 앞에서 어설픈 연기를 했다. 황아투는 바이웨이둬의 외도 사실을 모르는 명랑한 아저씨인 척했고, 란니는 상처받고도 상처를 핥는 것 외엔 아무것도 할 줄 모르는 암컷 짐승을 연기했다. 거레이의 귓가를 휘감은 왱왱 소리가 점점 더 커졌다.

모든 일은 피할 수 있었다. 아이에게 호텔 직원들을 조사해달라고 했더라면 장커커라는 핵심 인물을 놓치지 않았을 것이고, 란니에게 조사 보고서를 발송하면서 대화를 나눴더라면 폭력으로 해결하려는 그녀를 단념시켰을 수도 있다. 또 어제 란니와 황아투 사이에 흐르는 이상한 기류를 눈치챘더라면 이 비극을 막을 수 있었을지도 모른다.

아니, 오늘 란니에게 조금만 더 일찍 얘기했더라면 그녀가 자수하고 감형받을 가능성이 있었을지도 모른다…….

모든 게 너무 늦었다…….

거레이가 자기 귀를 탁탁 두드렸다. 왱왱거리는 소음을 떨쳐버리고 싶었다. 그제야 주머니 속 휴대폰이 울리는 소리가 들렸다. 아이의 전화였다.

"기자회견 봤어. 거기 있었구나!" 아이가 말했다.

"전화는 왜 걸었어?"

"어제부터 찾았어. 거의 이틀이나 찾으러 다녔다고. 휴대폰도 꺼져 있고 메시지에 답장도 없고……. 명색이 탐정인데 자기 여자친구도 못 찾다니. 창피하게."

"컨딩에 있는 거 아냐? 왜 날 찾아?"

아이가 헛웃음을 몇 번 웃었다. "그 사진 몇 년 전에 찍은 거야. 일부러 당신 골려주려고 장난쳤지. 내가 지금 그렇게 말랐어?"

거레이의 말문이 막혔다.

"컨딩 여행은 진즉에 취소했어. 친구놈한테 욕을 실컷 얻어먹었지. 당신한테 묻지도 않고 내 멋대로 컨딩 여행을 계획한 것도 한심한데 친구들까지 떼거리로 같이 가려고 하다니 무슨 졸업여행이냐면서……." 아이가 웃으며 사과했다. "미안해, 레이. 내가 이래. 내가 좋아하는 건 당신도 당연히 좋아할 거라고 착각했어. 당신 감정은 생각도 안 하고."

"사실 난 아무렇지 않아. 난……."

"당신은 맡은 사건도 많고 피곤해서 그렇게 신나게 노는 건 좋아하지 않겠지. 당신 입장을 헤아리지 않고 당신 의견도 묻지 않고 나 좋은 대로만 했어."

거레이가 조금 울컥해서 호흡을 가다듬으며 말했다. "아냐. 나 혼자 불편해했어. 내가 너무 나이가 들어서 당신 친구들과 같이 있을 자신이 없었어. 그들이 날 비웃을까 봐 걱정도 되고."

"어떤 마음인지 알아. 지난번에 당신의 변호사협회 만찬에 따라갔을 때도 의자가 바늘방석 같았어."

"하지만 넌 끝까지 같이 있어줬잖아……. 네가 나보다 성숙해. 난 스스로 깊은 골을 파놓고 넘어가지 못했어. 바보처럼."

"바보라고 하면 인정하지 않을 거면서."

"휴, 그렇게 뻔뻔하진 않아."

"난 당신이 남들 앞에서 비키니 입는 게 창피해서 컨딩에 가기 싫어하는 줄 알았어."

"그 부분만큼은 아주 자신 있어."

둘이 웃음을 터뜨렸다. 거레이가 말했다. "나 전남편을 만났어."

"호텔에서? 전남편과 호텔에서 만나기로 약속한 거야?"

"아냐. 우연히 마주쳤어. 잠깐 차 마시며 얘기 나눴어. 살인사건에 대한 얘기. 많이 변했더라. 잘 지내지 못한다는 걸 알 수 있었어. 나보다도 더."

아이가 침묵하다가 말했다. "지금도 그를 사랑해?"

"왜 그런 생각을 해?"

"당신 말투가 꼭 로맨스 소설 읽는 거 같아."

"잊었다고 생각했는데 어떤 사람이나 말로 인해 갑자기 들춰지면 문득 가슴이 저리기도 하잖아. 어쨌든 그건 내 과거고, 한때 가졌었지만 영영 잃어버린 일부니까." 거레이가 말했다. "하지만 그를 사랑하는 건 아냐."

"그렇다면…… 나한테 말할 필요 없어."

"난 그냥 좋은 여자친구로서 책임을 다하고 싶었어." 거레이가 말했다, "너도 내게 좋은 남자친구가 되어주면 좋겠어."

아이가 알았다며 낯간지러운 애교를 부리고는 그제야 용건을 꺼냈다. "본론으로 들어갈게. 지금 거기 어때?"

"텔레비전으로 봤잖아. 아수라장이야."

"그건 우리 잘못이 아니야. 바이웨이뒤가 그 여자와 모텔방으로 들어간 건 사실이야……."

"그녀는 윤락여성이었어." 거레이가 말했다. "만약 내가 란니에게 그 사실을 알려줄 수 있었다면, 어쩌면 란니는 바이웨이뒤와 한바탕 싸우고 넘어갔을 수도 있고, 설령 이혼을 결심했더라도 결코 그를 죽이지는 않았을 거야."

"그래도 죽였을 수도 있지."

"그렇게 쉽게 죽이지는…… 않았을 거야. 어쨌든 저질러진 일이고, 돌이킬 수 없어. 최악의 상황이야."

"최악이 아닐 수도 있어."

"그게 무슨 뜻이야?"

"컨딩에 안 갔지만 아무것도 안 하고 놀기만 한 건 아냐. 흥미로운 걸 찾아냈어."

"그게 뭔데?"

"그날 라지프 식당에서 바이웨이뒤와 만난 백발 남자."

"뭐라고?" 거레이의 눈동자가 반짝였다. "내가 바로 그 사람을 찾으려던 참이었어. 이거 알아? 그 사람이 나중에 T-Vont에도 왔었어. 바이웨이뒤의 뒤를 밟은 거야. 게다가 그가 지금 이 캉티뉴쓰 호텔 프레지던트룸에 있는 것 같아. 말레이시아 무슨 신문사 편집장이래. 이름은 마이관제."

아이가 웃었다. "우리 텔레파시가 통했나 봐. 레이, 내가 그날 봤던 그 사람 계속 어디선 본 것 같았어. 최근은 아니고 아주 오래전에 본 것 같다는 느낌에 이틀 동안 옛날 신문을 뒤지다가 알아냈어.

그의 이름은 마이관제가 아니야. 말레이시아인 기자도 아니고. 그는 타이완 사람이야. 전설적인 보석 도둑이지. 언론에서는 그를 '인텔 선생'이라고 불러.

인텔 선생은 1991년부터 1996년까지 타이완 전역에서 총 64건의 절도를 저질렀어. 다이아몬드, 보석, 명품 시계 등 각종 사치품만 골라서 훔쳤는데, 한 번도 경찰에 체포되지 않았어. 흐릿한 CCTV 사진 몇 장으로 그가 젊은 남자라는 것만 추측할 뿐이었지. '인텔 선생'이 한 사람이 아니라 여러 사람으로 이루어진 팀이라는 설, 국제절도집단의 타이완 지부라는 설, 공산당의 음모라는 설 등 의견이 분분했어. 그러다가 1996년 이후 인텔 선생이 갑자기 자취를 감췄고, 그가 훔친 장물들은 아직 타이완 시장에 나타나지 않았어.

그땐 어린 마음에 괴도 인텔이 잘생겨 보여서 그가 나온 신문을 모두 스크랩했어. ……그날 그를 봤을 때 어쩐지 낯이 익더라고. 스크랩북을 펼쳐보고 그의 얼굴과 비교해보고 그가 맞다고 확신했어. 코와 턱은 성형수술을 한 것 같지만 광대뼈와 이마는 그가 확실해." 아이가 상기된 말투로 말했다.

아이가 그날 라지프 식당에서 찍은 인텔 선생의 또렷한 사진을 휴대폰으로 전송해주었다. 거레이가 미간을 바짝 찡그리며 사진을 살펴보았다. 마이관제가 확실했다.

이 괴도 선생이 란니가 가진 비장의 카드일까? 그런데 그는 12월 21일 어째서 바이웨이둬를 만난 걸까?

"흥미로운 사실이 하나 더 있어." 아이가 말했다. "오래전 인텔 선생이 활동할 때 경찰은 '웡지翁記'라는 보석도매상이 그의 장물 처분 루트일 거라고 의심했지만 증거를 찾지 못했어. 웡지는 지금도 있어. 제2 광장 안에 숨어 있지. 최근 웡지에 다이아몬드 나석이 대량으로 들어왔다는 소문이 있어. 수십억 어치는 될 거래. 그런데 그 다이아몬드를 어디다 팔았는지 아무도 몰라."

거레이가 미심쩍은 말투로 물었다. "거기 수상한 뭔가가 있다는 거야?"

"그럴 가능성이 농후해."

"그게 바이웨이둬의 피살과 관계가 있어? 괴도, 다이아몬드, 가짜 신분……."

아이가 잠시 침묵했다가 말했다. "내 생각엔…… 바이웨이둬에게 다이아몬드가 필요했던 것 같아."

"왜?"

"생각해보면 알 수 있지."

거레이가 눈을 감고 중얼거렸다. "다이아몬드……, 수십억 어치 다이아몬드, 돈세탁, 아니 재산 은닉…… 재산 은닉! 그래! 바이웨이둬가 이혼을 준비했던 거야!"

"그렇지……. 바이웨이둬는 진즉부터 돈을 가지고 애인과 도망칠 준비를 하고 있었어. 우리가 멍청하게 그가 바람을 피우는지 조사하러 다니는 동안에 말이야."

"하지만 그렇다면 란니가 그를 살해할 동기가 더 커지잖아. 안 그래?"

"음, 난 란니가 범인이 아니라고 말한 적 없어." 아이가 말했다. "사실 난 푸얼타이의 추리에 문제가 없다고 생각해. 다만 바이웨이둬의 재산 은닉은 란니의 살인 동기를 더 부추기는 역할을 했겠지."

거레이가 한숨을 쉬었다. 란니가 살인 교사를 시인했으므로 이 사건을 재조사할 가능성이 없다는 걸 알고 있었다. 하지만 그녀의 무의식 속에서는 아이가 알아낸 새로운 정보가 어떤 반전을 가져오기를 기대하고 있었다. 란니를 위해서, 또 그 오만한 푸얼타이의 코를 납작하게 해주기 위해서……. 어?

거레이가 움직이던 손을 우뚝 멈추고 머릿속 기억을 빠르게 검색했다.

"거레이. 란니가 당신 친구라는 건 알아. 하지만…… 이런 상황에서 사적인 감정을 개입시키면……"

"혹시 바이웨이뒤가 담배를 피워?" 거레이가 밑도 끝도 없는 질문으로 아이의 말을 급하게 잘랐다. "바이웨이뒤가 담배 피우는지 안 피우는지, 알아?"

"안 피울걸……. 미행하는 동안 담배를 갖고 있는 것도 못 봤고, 피우는 것도 못 봤어." 아이가 얼떨결에 대답했다. "왜? 그건 갑자기 왜 물어? 그게 중요해?"

거레이가 거의 뛰듯이 급한 걸음으로 호텔 옆문을 나가더니 주차장을 가로질러 직원숙소로 향했다. 그녀는 직원숙소 현관 옆에서 자신이 찾으려던 것을 찾았다. 담뱃대였다. 이곳 원주민들이 쓰는 형태로, 설대는 대나무로 되어 있고 담배통은 나무로 되어 있는데, 표면에 날개를 활짝 펼친 매 문양이 새겨져 있고 타다 만 담배가 남아 있었다.

"아주 중요해." 거레이가 상기된 목소리로 중얼거렸다. "아이, 곧 진실이 밝혀질 거야."

4

"아투는 매일 아침 그 무렵…… 5시에서 5시 30분에 왔어요. 정문을 순찰할 때쯤 그를 만나곤 했죠. 화초를 관리하러 오는 것 같았는데 나도 잘 몰라요. 정문은 내 순찰코스 중 마지막 지점이라서 순찰을 다 돌고 나면 나도 집에 가서 잤어요."

호텔 경비팀의 야간근무자 양광밍楊光明은 잘 씻은 고구마처럼 작달막하고 통통했다. 그는 경찰에게 1월 1일 새벽 5시 10분 호텔 정문 옆에서 황아투가 트럭을 몰고 지나가는 걸 봤다고 증언했다.

"오늘 황아투에게서 뭔가 다른 점은 없었나요?" 거레이가 물었다.

"다른 점이라……. 없었어요. 모자를 쓰긴 했었어요. 평소에는 모자 쓴 걸 거의 못 봤거든요."

"그가 인사를 했나요?"

"아뇨. 날 못 봤을 거예요. 하지만 아투 아저씨는 항상 그랬어요. 운전할 때 무슨 생각을 하는지 내가 손을 흔들어도 못 보고 지나치곤 했어요." 양광밍이 뒤통수를 긁었다. "죄송해요, 변호사님. 순찰돌 시간이에요. 어젯밤 내내 경찰이 묻는 대로 다 얘기했으니까 궁금한 게 있으면 경찰한테 물어보세요.”

거레이는 소연회장 바깥 복도를 서성거렸다. 심장이 흉강 밖으로 튀어나올 것처럼 방망이질했다. 지금 그녀는 거의 확신하고 있었다. 어제 새벽 5시에 그녀가 보았던, 산책로로 뛰어 내려가던 사람은 바이웨이둬가 아니라 황아투였고, 경비병 양광밍이 5시 10분에 정문에서 본 사람은 황아투가 아니라 바이웨이둬였을 것이다. 두 사람은 직원숙소 현관 옆에서 만나 트레이닝재킷을 바꿔 입고 모자도 바꿔썼다. 그러고 나서 바이웨이둬는 주차장에 있던 트럭을 몰고 정문으로 빠져나갔다가 다시 호텔로 돌아왔고, 황아투는 마지막 담배 한 모금을 피운 뒤 돌계단 입구에 나타난 것이다. 란니와 거레이가 숙소에서 자신을 내려다보고 있다는 걸 알고 있던 황아투는 재킷에 달린 후드로 조심스럽게 얼굴을 가리고 산책로로 뛰어갔다.

거레이는 새벽 5시에 본 광경을 떠올렸다. 그 ‘바이웨이둬’는 손에 하얀 입김을 내뿜은 뒤 짧은 보폭으로 돌계단을 따라 내려갔다. 1월 한겨울 산속에서는 일반적인 풍경이지만, 올겨울은 별로 춥지 않다. 거레이는 얇은 긴팔 티셔츠만 입고도 포근하다고 느꼈다. 새벽 5시 캉티호 지역의 기온을 검색해보니 영상 18도, 습도 10퍼센트 미만이었다. 숨 쉴 때 하얀 입김이 나올 수 없는 날씨다.

그러므로 그때 가로등 밑에 있던 사람은 담배를 피우는 사람일 것이다. 직원숙소 현관 기둥 뒤에서 발견된 담뱃대가 그녀의 추측이 사실임을 입증해주었다.

마찬가지로 양광밍은 트럭을 운전하는 사람을 정확히 보지 못했다. 그가 남에게 얼굴을 들키지 않으려는 듯 모자로 얼굴을 가렸기 때문이다.

거레이는 자신의 추리에 점점 확신이 생겼다. 하지만 결론을 내리기에는 아직 한 가지 문제가 남아 있었다. 만약 산책로로 뛰어내려간 사람이 바이웨이둬가 아니라 황아투라면, 어떻게 바이웨이둬가 산책로에서 총을 맞고 죽은 채 발견됐을까? 또 황아투는 어떻게 산책로를 빠져나갔을까? 황아투는 바이웨이둬를 죽여달라는 란니의 부탁대로 했을까? 설마 '역할 바꾸기'도 황아투의 살인 계획에 포함된 것이었을까?

몇 가지 가설을 떠올렸지만 어떤 상황으로도 '역할 바꾸기'의 이유가 설명되지 않았다.

"뭔가 빠진 조각이 있어……."

그녀가 새로 발견한 이 사실을 아이에게 알리려고 하는데 복도 끝에서 누군가 획 지나갔다. 얼굴은 보지 못했지만 그의 백발이 거레이의 눈에 포착됐다.

어쩌면 그 빠진 조각은 방향일지도 모른다.

장커커가 빨갛게 충혈된 두 눈과 초췌한 얼굴로 소연회장을 빠져나왔다. 그녀는 입구 밖에서 거레이를 보더니 반대 방향으로 도망치듯 몸을 돌렸다. 거레이가 따라가 팔을 붙잡고 뭐라고 말하려는데 장커커가 황급히 말했다. "다 말했어요. 정말이에요……. 다 털어놨어요……. 바이웨이둬와는 올해부터였어요. 자기가 불행하다고 했어요. 과거에는 선택하지 못했지만, 이제는 자기 양심에 떳떳한 인생을 살고 싶다고 했어요. 란니가 그를 빈틈없이 감시하고 있어서 우린 그가 조깅하고 돌아온 잠깐 동안 만날 수밖에 없었어요. ……이게 제가 아는 전부예요. 그는 내게 기다려달라고 했어요. 인내심을 갖고 기다려달라고. 무슨 일이 있어도 꼭 데리러 오겠다고. 꼭 돌아와서 날 데리고 가겠다고. 그가 왜 그랬는지 나도 몰라요."

장커커가 흐느끼기 시작했다. 밋밋했던 그녀의 이목구비에 굴곡이 생기며 더 부드럽게 보였다. 거레이가 티슈를 건넸다. "곤란하게 할 생각은 없어요. 하지만 몇 가지 의문이 있어서 커커씨의 도움이 필요해요."

장커커가 계속 흐느껴 울자 거레이는 그녀가 더 울도록 기다려 준 뒤 조심스레 물었다. "바이웨이둬가 란니와 이혼하겠다고 말한 적 있어요?"

"불가능할 거라고 했어요. 란니가 자길 죽이고, 나도 죽일 거라고……. 그래서 날 데리고 여길 떠날 거라고 했어요."

"여길 떠나서…… 어디로 가려고요?"

"몰라요. 그건 말하지 않았어요."

"그의 계획은 뭐였어요?"

"모르겠어요. 잠시 사라질 거라고만 했어요. 기다리면 데리러 오겠다고."

"그가 다이아몬드를 줬나요?"

갑자기 장커커의 안색이 변하더니 고개를 숙이고 아무 말도 하지 못했다. 거레이가 말했다. "내놓으라고 하지 않을게요. 난 이 사건을 해결하려는 거예요."

장커커가 안주머니에서 붉은 실크로 감싼 작은 상자를 꺼냈다. 상자를 열자 핑크빛 광채를 내는 다이아몬드가 들어 있었다. 다이아몬드에 대해 잘 모르는 거레이도 핑크색 다이아몬드는 아주 귀하다는 것쯤은 알고 있었다.

"바이웨이둬가 이걸 31일 오후에 줬어요?"

장커커가 놀라며 물었다. "그걸 어떻게 아세요?"

"그가 또 뭐라고 하던가요?"

"이걸 잘 가지고 있으라고 했어요. 증거라면서."

"프레지던트룸에 투숙한 손님에 대해 얘기한 적 있나요?"

장커커가 멍한 표정으로 반문했다. "프레지던트룸요? 아뇨…….
그가 프레지던트룸에서 절 기다릴 거라는 말씀이세요?"

거레이가 고개를 저었다. "도움이 필요해요."

캉티뉴쓰 호텔 프레지던트룸에는 독립된 출입구가 있었다. 엘리
베이터는 1층 남측 날개쪽 복도 아래 감춰진 미닫이문 뒤에 있는
데, 마그네틱카드를 긁어야만 출입할 수 있었다. 엘리베이터 내부
의 CCTV 영상을 확인해보니 마이관제가 밤 10시에 객실에서 나
간 뒤 돌아오지 않았다.

거레이는 장커커가 가지고 있던 예비 마그네틱카드를 이용해 엘
리베이터를 타고 호텔 꼭대기층으로 올라갔다. 그녀는 내리기 전
1층 버튼을 눌러 엘리베이터가 1층으로 돌아가게 해놓고 손전등
으로 깜깜한 엘리베이터홀을 비췄다. 마그네틱카드를 센서에 대고
위아래로 두 번 긁자 프레지던트룸의 스테인리스 문이 달칵 소리
를 내며 열렸다.

평면도에 따르면, 프레지던트룸의 실내 면적은 241제곱미터. 현
관 뒤에 거실이 있으며 왼쪽 통유리창 밖에 호수 전경을 내려다볼
수 있는 발코니가 있고, 오른쪽으로는 바테이블 너머로 열 명이 앉
을 수 있는 다이닝룸이 있었다. 텔레비전이 걸려 있는 벽 뒤편에는
회의실과 서재가 연결되어 있고 복도 끝에 침실 세 개가 있었다.

손전등 불빛을 비춰 거실을 둘러보았다. 가죽소파, 유리꽃병, 수
묵화 족자. 수상한 점은 없었다. 시선을 다이닝룸으로 옮겼다. 식

탁 위에 나무상자가 놓여 있었다. 화려하게 조각된 상자를 열자 멧돼지 모양의 술병에 '샌디워커—특선 좁쌀술'이라고 쓰여 있었다. 바테이블 가장자리에 빈 샴페인병이 놓여 있고, 싱크대에는 깨끗이 닦은 샴페인잔 세 개가 거꾸로 놓여 있었다. 그중 하나를 집어 들고 손전등을 비춰 살폈다. 유리잔이 지문 하나 없이 말끔히 닦여 있었다.

회의실과 서재에서도 별다른 소득이 없었다. 메인침실에 들어가 보니 침대 시트는 펴지도 않은 채 그대로인데 이불 위에 주름진 자국이 있었다. 잠시 누워 쉬기는 했지만 깊은 잠은 자지 않았다는 뜻이었다. 침대 주위에서도 특별한 건 발견되지 않았다. 드레스룸에는 텅 빈 검은색 여행가방이 덩그러니 놓여 있고, 옷장 선반 위에 팬티 몇 장이 어지럽게 쌓여 있고, 드레스룸 한쪽 귀퉁이에 앞코가 마모된 낡은 구두 한 켤레가 놓여 있었다.

거레이는 방금 전 호텔 당직 지배인이 했던 말을 떠올렸다. "마이 선생님은 버틀러 서비스는 필요 없다고 하셨습니다. 하우스키핑 서비스도 받지 않겠다고 하셨고요. ……그래서 31일 정오 무렵 체크인을 하신 뒤 호텔 직원 중 누구도 프레지던트룸에 들어가지 않았습니다."

대체 무슨 음모를 꾸미고 있는 걸까? 어떻게 작은 단서 하나 없을 수가 있지?

아, 금고!

번뜩 떠오른 생각에 드레스룸을 나가 서재로 가려는데 갑자기 문이 열리는 소리가 들리더니 침실 불이 환하게 켜지고 발걸음 소리가 들렸다.

깜짝 놀라 재빨리 손전등을 끄고 드레스룸으로 다시 들어가 미닫이 옷장 속에 몸을 숨겼다. 하지만 옷장에 들어가자마자 자신이 실수했다는 걸 알았다. 공기 중에 떠다니는 무언가가 자꾸만 코를 자극해 재채기가 나올 것 같았다. 억지로 숨을 참고 몸을 낮춰 둘둘 말려 있는 어떤 물건 위에 몸을 웅크렸다.

밖에 있는 사람의 초조한 발소리가 들렸다. 방 안을 이리저리 돌아다니는 것 같더니 욕실에서 물소리가 들렸다. 코를 움켜쥐고 죽을힘을 다해 참았지만 결국 아주아주 작은 소리로 재채기가 터져 나왔다.

그 순간 물소리가 멈추고 걸음 소리가 빠르게 가까워지더니 드레스룸 앞에서 멈췄다. 거레이는 있는 힘을 다해 숨을 죽이고 몸을 웅크렸다. 그 순간 옷장 왼쪽 문이 끼익, 하고 열리더니 손이 불쑥 들어와 양복 외투를 꺼내고 다른 외투를 걸어놓고는 옷장 문을 닫았다. 발소리가 멀어졌다. 신발을 갈아 신은 듯 걸음 소리가 조금 전과 달랐다.

거레이는 한시름 놓았다. 콧속도 한결 편안해졌다. 옷장에 숨은 채 걸음 소리가 점점 멀어지고 현관문이 열렸다 닫히고, 방 안이 다시 어두워지길 기다렸다. 그런 다음 살금살금 옷장에서 나와 손전등을 켰다. 이제 보니 그녀의 엉덩이 밑에 깔려 있던 물건은 커다란 등산로프 두 무더기였다. 옷걸이에 웨일스 체크무늬 헌팅복이 새로 걸리고, 귀퉁이에 있던 신발도 연한 색 옥스퍼드화로 바뀌어 있었다.

서재로 가서 장커커에게 들은 대로 책장 뒤에 감춰진 금고를 찾아냈다. 금고는 여섯 자리 비밀번호가 있는 전자식 자물쇠로 굳게 잠겨 있었다. 자세히 보니 금고 문 틈으로 은백색 머리카락 몇 가닥이 비어져 나와 있었다.

휴대폰으로 장커커에게 메시지를 보냈다. '조금 전에 왜 알려주지 않았어요?'

장커커에게 답장이 왔다. '아무도 올라가지 않았어요.'

'방금 그가 왔었어요. 하마터면 들킬 뻔했다고요!'

'CCTV 화면을 계속 보고 있었는데 아무도 엘리베이터를 타고 올라가지 않았어요.'

거레이가 미간을 찡그리며 잠시 생각하다가 일단 넘어가기로 했다. '금고는 어떻게 열어요?'

'금고 비밀번호는 투숙객이 설정하는 거라 다른 사람은 열지 못해요.'

'마스터키 없어요?'

'그건 금고 회사에 연락해야 해요. 그들이 출근한 뒤에요.'

거레이가 또 침묵했다. 아무래도 오늘은 여기까지인 듯 했다.

'거 변호사님,' 장커커에게 메시지가 왔다. '그들이 돌아온 것 같아요.'

'그들?'

'경찰과 기자들요.'

'그래서요?'

'동료 얘기로는, 황아투를 찾았는데, 이미 죽었대요.'

거레이는 얼음물을 뒤집어쓴 듯 소름이 돋았다. '죽었다고? 어떻게 죽었대요?'

'가슴에 총을 맞았대요. 역시 엽총이었고요. 호수관리소 뒷산에 있는 동굴에서 찾았는데 동굴 안에 비상식량과 발전기가 준비되어 있었대요.'

'황아투가 숨을 곳을 준비해뒀군요.'

'아뇨.' 장커커의 짧은 메시지가 도착하고 조금 뒤 또 다른 메시지가 왔다. '바이웨이둬가 호수관리소 직원을 시켜서 준비한 거래요. 새벽 6시에 잠수장비를 가지고 산책로 근처로 자신을 데리러 와달라는 부탁도 했대요.'

거레이가 "음." 하는 소리를 길게 뺐다. 깜깜했던 머릿속에 희미한 불꽃이 반짝이며 나타난 것 같았다.

'변호사님,' 장커커의 메시지가 아까보다 더 긴 간격을 두고 도착했다. '누군가 그를 해치려 했고, 그는 자신을 지켜야 했어요.'

'누굴 해쳐요?'

'바이웨이둬요.'

'누가 그를 해치려고 했어요?'

'몰라요. 그들이 너무 악해졌다는 얘기만 했어요. 혼자 선하고 싶어도 그럴 수가 없다면서 누가 자신을 해치려 한다고 했어요.'

'그 얘길 왜 경찰에게 하지 않았어요?'

'그 얘길 하면 그와의 관계를 인정하는 거잖아요. 전 그가 대수롭지 않게 하는 말인 줄 알았어요. ……그 얘기를 한 뒤 곧바로 린 선생의 점괘가 하나도 맞지 않는다는 얘길 했거든요.'

거레이가 또 놀랐다. 린 선생? 최근에 누가 그 사람 얘기를 한 적이 있지 않던가?

휴대폰 불빛을 받은 책상다리 쪽에 희고 작은 물체가 있었다. 주워보니 야합화 꽃잎이었다. 꽃잎 가장자리가 어떤 액체에 의해 짙은 색으로 물들어 있었다. 꽃잎을 코끝에 가져가자 희미한 피 냄새가 났다.

'그는 정말 좋은 사람이었어요. 날 데리고 여길 떠나서 평범한 인생을 살고 싶어했을 뿐이에요.' 장커커의 메시지가 왔다. '돌아

와서 날 데려가기 위해 은신처를 마련했던 게 틀림없어요.'

거레이가 골프카트를 몰고 가든바에 도착했을 때 하늘이 어슴푸
레하게 밝아오고 낮게 걸린 반달이 코야오 연못가에 핀 야합화에
고즈넉하고 우아한 미감을 더해주었다. 거레이가 야합화 수풀 사
이에 손전등을 비췄다. 떨어진 야합화 꽃잎이 바닥을 덮고 있었지
만 핏자국은 보이지 않았다.

프레지던트룸에서 주운 야합화 꽃잎을 다시 자세히 살펴보았다.
꽃잎 가장자리에 피가 묻어 있고 그 위에 모래도 붙어 있었다. 야
합화 수풀과 연못 사이에 모래 바닥이 있었다. 손전등으로 그곳을
비췄지만 역시 아무것도 발견할 수가 없었다. 하지만 포기하지 않
고 바닥에 엎드려 살폈다. 마침내 단서를 찾아냈다. 한쪽에 모래와
돌멩이가 엉겨 붙어 있고 넓적하고 길쭉한 돌과 지면 사이에 손가
락 네 개가 비집고 들어갈 만한 좁은 틈이 있었다. 두 손으로 돌을
들어 올리자 돌 아래 있던 나무판이 딸려 올라왔다. 비밀공간을 숨
기기 위한 위장이었던 것이다. 나무판 밑에 구불구불 내려가는 돌
계단이 있었다.

심호흡을 했다. 이 사건이 이토록 복잡하게 커질 줄은 그녀도 미
처 예상하지 못했다. 3초쯤 망설였다. 아무리 생각해도 여기서 그
만둘 이유를 찾을 수가 없었다. 안쪽을 더듬어 보니 간이 스위치가
손에 잡혔다. 스위치를 켜자 누리끼리한 백열등 빛무리가 돌계단
위에 어른거렸다. 계단을 따라 내려가다가 모퉁이를 두 번 돌자 바
닥이 넓고 평평해지며 높이 2미터, 넓이 16제곱미터 남짓 되는 지
하실이 나타났다. 돌계단과 지하실은 자연적으로 형성된 동굴을
조금 다듬어서 만든 것 같았다. 돌벽은 울퉁불퉁했고 물기를 머금

은 야합화 향기가 공기 중에 떠다녔다.

지하실의 주인은 분명 황아투였다.

지하실 벽에 비료, 전지가위, 삽 등 원예용품이 쌓여 있고, 야합화가 담긴 플라스틱 그릇이 간단히 못질해서 만든 나무 탁자 위에 올려져 있었다. 낡은 스탠드 아래 작은 담배 주머니와 담뱃대가 놓여 있고 탁자 옆에 데크체어가 있는데, 의자 다리 옆에 작은 종이 상자가 뒤집어져 있고 총알 하나가 상자에서 굴러 나와 있었다.

거레이가 데크체어와 마주 보고 있는 벽 쪽으로 몸을 돌렸다가 숨을 훅 들이쉬었다. 벽에 수십 장의 사진이 붙어 있었다. 증명사진만 한 작은 크기부터 웨딩사진만큼 큰 것까지 한쪽 벽을 빼곡히 차지하고 있었고, 모든 사진 속 주인공은 단 한 사람, 바로 란니였다. 거레이는 벽에 붙어 있는 사진을 한 장씩 살펴보았다. 머리를 땋은 초등학생, 발랄한 소녀, 원숙미가 풍기는 호텔 경영인, 란니의 일생 중 가장 중요했던 순간들을 포착한 것들이었다. 거레이는 그중 한 장 속에서 자신을 찾았다. 린 선생의 집에서 란니와 함께 찍은 사진 옆에 코팅된 쪽지가 붙어 있었다. 누렇게 변한 쪽지에 '지금은 서로 사랑하고 즐거워하는 듯하나 훗날 남남이 될 것이다. 란니'라고 쓰여 있고 그 위에 붉은 펜으로 가위표가 그려져 있었다.

거레이는 소름이 돋았다. 황아투가 란니를 좋아한다는 건 알고 있었다. 그의 태도는 공주를 흠모하는 기사 같았다. 오래전에는 양복에 선글라스를 끼고 뒤에서 묵묵히 자신의 작은 공주를 보호했다. 나이가 든 지금은 캉티호 지역 무슨 협회 이사장이라는 감투가 더해지고 말과 웃음이 많아졌지만, 여전히 날마다 동틀 무렵 호텔에 와서 란니를 위해 가장 싱싱한 야합화를 딴 뒤 이 지하실에 들어와 야합화를 그릇에 꽂아놓고 담뱃대를 입에 문 채 데크체어에 기대어 앉아 자신의 소장품을 감상했던 것이다.

거레이는 숨쉬기가 힘들어져서 데크체어에 앉아 잠시 가슴을 진정시켰다. 그러다가 문득 생각했다. 그가 사람을 죽여달라는 란니의 부탁은 들어주지 않았을 수 있지만, 만약 바이웨이둬가 어떤 조건을 제시했다면 거절할 수 없었을 것이라고 말이다.

지하실 벽 한 귀퉁이에 백지 한 장이 붙어 있었다. 종이 상태로 보아 최근에 붙인 것 같았다. 그 위에 급하게 휘갈겨 쓴 필체로 이렇게 적혀 있었다. '네가 잃은 모든 걸 돌려줄게.'

종이를 뜯자 돌벽이 움푹 파인 곳이 드러났지만 그 속에는 아무것도 없었다.

5

지하실 밖으로 나오자 이미 날이 환하게 밝아 있었다. 거레이는 조심스럽게 나무판을 닫고 모래로 틈을 덮었다. 그때 어디선가 총성이 들리더니 급제동하던 자동차가 전복되고, 남자가 고함을 지르며 달려오더니 한 손으로 그녀의 턱을 감싸고 차디찬 총구를 그녀의 관자놀이에 디밀었다. 뤄밍싱이 총을 든 채 눈앞에 서 있었다. 투실투실한 그의 뺨에 경련이 일고 그의 뒤에는 실탄으로 무장한 경찰 수십 명이 서 있었다. 안전핀이 뽑힌 수류탄처럼 일촉즉발의 긴장이 흘렀다.

나중에 돌이켜보며 거레이는 첫 번째 경험(한 사람의 일생에 인질로 잡혀 총으로 위협당하는 일을 두 번 겪을 수 있다는 게 이상하지만) 덕분에 당장이라도 머리통이 날아갈 수 있는 상황에서도 마음은 이상하리만치 냉정했다고 생각했다. 그녀는 뤄밍싱이 두 손을 높이 올리는 것을 보았다. 당황해 어쩔 줄 모르는 표정이었다. 저항하길 포기한 쓸모없는 뚱보 같았다. 하지만 그녀는 그것이 그의 속임수라는 걸 알았다. 그의 동공은 축소되고, 팔의 근육과 맥박은 펄떡이고 있었다.

조용히 그들의 대화를 들었다. 빠진 퍼즐 조각들이 조금씩 맞춰졌다. 총으로 자신을 위협하고 있는 사람이 샤이옌이며, 조직을 배신한 전직 미국 CIA 정보요원이고, 그가 바로 어젯밤 절벽에 매복해 있던 사람이라는 걸 알았다. 그는 차이궈안의 협박에 떠밀려 바이웨이둬를 죽였고, 차이궈안의 배후에 주모자가 있다는 것도 알았다. 더 중요한 건 바이웨이둬가 1월 1일 새벽 누군가 자신을 죽이려 할 것임을 알고 있었고, 그 사실을 그에게 알려준 사람이 샤오쉐리라는 사실이었다.

샤이옌은 자신이 바이웨이둬를 죽였다는 건 인정했지만 황아투는 죽이지 않았다고 했다.

"바이웨이둬는 샤오쉐리를 통해 당신이 자신을 죽이려 한다는 정보를 입수했어. 당연히 대비를 했겠지." 뤄위정이 큰 소리로 외쳤다.

"중국어로 다시 말해주마. 난 모르는 일이다."

"계속 부인하면 당신과 협상할 수 없어!"

샤이옌이 그녀의 관자놀이에 댄 총구를 더 바짝 들이밀며 외쳤다. "이 여자의 목숨을 걸고 내 말이 진실인지 확인하고 싶은가?"

"당신이 한 사람만 죽였다는 걸 알아요." 거레이의 말투는 가볍고 부드러웠으며 입가에 미소도 떠올랐다. 그녀는 마치 중생을 내려다보는 관음보살 같았다.

"하지만 다른 하나는 틀렸어요. 당신이 죽인 사람은 바이웨이둬가 아니에요."

뤄밍싱이 말했다. "거레이…… 아무 말도 하지 마. 그를 자극하지 마……. 우리가 구해줄게."

거레이는 그의 말에 대꾸하지 않고 계속 말했다. "샤 선생님, 피살자의 가슴을 명중시켰다고 하셨죠? 하지만 바이웨이둬는 등에 총을 맞았어요. 당신이 죽인 사람은 바이웨이둬가 아니에요."

관자놀이를 누르는 총구의 힘이 약간 느슨해졌다. "그럼 누구요?"

"황아투. 바이웨이둬로 변장한 황아투였어요."

현장이 술렁였다. 뤄위정이 말했다. "그럴 리 없어요. 바이웨이둬가 산책로로 내려가는 걸 본 사람이 있어요. 바로 변호사님이잖아요? 산책로로 내려가는 바이웨이둬를 봤다고 하더니 이젠 또 조깅하고 있던 사람이 황아투라고요?"

"그 둘이 서로 바꿔치기한 거예요. 바이웨이둬가 후드 달린 빨간 트레이닝재킷을 입고 나와 란니가 보는 앞에서 숙소를 나섰어요. 그러고는 숙소 아래에서 재킷을 황아투에게 벗어줬죠. 황아투가 그 재킷을 입고 후드를 뒤집어써 머리와 얼굴을 가린 뒤에 일부러 우리 눈앞에서 산책로로 내려갔어요. 이른 새벽 어스름에 빨간 트레이닝재킷이 눈에 띄었고, 두 사람의 체형도 비슷해서 우리는 산책로로 내려간 사람이 조금 전에 본 바이웨이둬라고 생각했던 거예요. 황아투가 담배 연기를 내뿜지 않았더라면 나도 이걸 알아내지 못했을 거예요."

"증거 있습니까? 그저 변호사님의 추리입니까?"

"황아투가 직원숙소 현관기둥 뒤에 담뱃대를 숨겨놨어요. 붉은 트레이닝 재킷도 내 추리로는 황아투가 죽은 채 발견된 그 동굴에 있을 거예요."

뤄위정의 안색이 변하며 말없이 고개를 끄덕였다.

경찰들 속에 서 있던 란니가 이해할 수 없다는 표정으로 물었다. "거레이, 그러니까 네 말은…… 아투가 웨이둬를 죽이지 않고 오히려 웨이둬와 짜고 날 속였단 말이야?"

"아냐. 바이웨이둬 혼자 널 속인 거야. 황아투는 널 속이지 않았어. 사실 그도 바이웨이둬에게 속은 거야. 그렇게 하면 널 얻을 수 있을 줄 알았지."

"날 얻는다고?"

"내가 말했잖아. 그는 널 사랑한다고."

"퍽Fuck! 지금 무슨 얘길 하는 거야?" 샤이옌이 버럭 성을 냈다. "누가 누굴 사랑하든, 누가 누굴 속였든 나랑은 상관없어. 이 사건이 어떻게 된 건지 똑바로 얘기해! 내 결백을 밝혀!"

거레이가 미소 지으며 말했다. "황아투는 오랫동안 란니의 보디가드로 지내며 란니를 사랑하고 있었어요. 물론 그들에겐 신분의 차이가 있었고, 란니가 바이웨이둬와 결혼하자 황아투는 란니를 향한 사랑을 가슴에 품고 묵묵히 아가씨를 지켰죠. 그런데 어느 날 란니가 황아투에게 울면서 하소연했어요. 바이웨이둬가 바람을 피운다며 그를 죽이고 싶다는 암시를 전했죠. 하지만 황아투는 피 끓는 킬러가 아니었어요. 오히려 그는 오랫동안 품어온 사랑을 이룰 수 있는 절호의 기회라고 생각했죠.

그는 바이웨이둬를 찾아가 그의 외도 사실을 알고 있다고 말했어요. 바이웨이둬가 외도를 시인하고 애인과 도망칠 계획이라고 털어놓았고, 바로 그 점이 황아투의 이해관계와 맞아떨어졌죠. 바이웨이둬가 란니를 배신하고 도망친다면 란니는 바이웨이둬에게 절망할 것이고, 그러면 그가 란니를 차지할 수도 있을 테니까요. ……황아투와 바이웨이둬는 적에서 파트너로 변했어요. 바이웨이둬는 황아투에게 란니의 감시 때문에 도망칠 틈이 없다며 자신인 척 위장하고 란니의 눈앞에서 산책로로 내려가준다면 자신이 그

한 시간 동안 애인과 도망칠 준비를 하겠다고 제안했어요."

"하지만 바이웨이둬는 린 선생이 자신을 죽이려 할 거라는 걸 알고 있었잖아……." 뤄밍싱이 말했다.

거레이가 고개를 끄덕였다. "맞아. 그래서 나도 처음엔 바이웨이둬가 애인과 도망칠 시간을 벌기 위해 황아투와 역할을 바꿨다고 생각했어. 그런데 이제 보니 그렇게 단순하지 않았어. 바이웨이둬는 황아투를 자기 대신 희생양으로 내세우기 위해 역할을 바꾼 거였어. 그렇게 하면 란니뿐 아니라 린 선생도 속일 수 있고, 자기 아내를 사랑하는 남자를 죽일 수도 있으니 일석삼조지."

현장에 정적이 감도는 가운데 뤄위정이 말했다. "그럼 바이웨이둬는 왜 죽었습니까?"

"뤄 경관님, 기꺼이 경찰 수사에 협조할게요. 우선 샤 선생님께 제 머리에서 총을 치워달라고 해주시겠어요?"

샤이옌이 말했다. "내 요구조건을 들어주면……."

"뒤에!" 뤄밍싱이 갑자기 외쳤다.

노련한 샤이옌이 잽싸게 몸을 돌려 총구의 방향을 틀었고, 경험자인 거레이도 몸을 구부렸다가 힘껏 뒤로 젖혀 들이받았다. 그와 동시에 두 발의 총성이 들리고 샤이옌이 바닥에 무릎을 꿇었다. 샤이옌의 권총에서 발사된 총알은 숲을 가로질러 허공에서 사라졌고, 앞에서 날아온 또 한 발은 샤이옌의 정수리를 스치고 지나가 야합화를 맞혔다.

그 순간 아이가 표범처럼 순식간에 덮쳐 샤이옌의 무기를 빼앗고 그를 바닥에 눕혀 제압하자 경찰이 우르르 달려들었다.

거레이가 일어나 흙을 툭툭 털고는 아직도 연기가 피어오르는 총을 들고 있는 뤄밍싱을 보며 미소지었다. "세월이 흘렀어도 여전하네."

"바이웨이뒤가 황아투에게 애인과 도망치겠다고 한 건 거짓말이 아니었어요. 그는 정말 그럴 생각이었어요." 거레이가 장커커에게 시선을 옮기자 그녀가 말없이 고개를 끄덕였다.

"바이웨이뒤의 이 계획에 몇 가지 걸림돌이 있었어요. 첫째, 그의 아내 란니가 이혼에 동의해주지 않을 것이고, 더욱이 그를 놓아줄 리 없었죠. 란니는 온종일 그를 감시하고 있었어요. 둘째, 그의 배후에 이해관계가 얽힌 사업가들이 있었어요. 바로 린 선생 그룹이에요. 그들도 그를 놓아줄 리 없었죠. 그래서 그는 그들의 비리를 경찰에 제공해 그들을 제거하려고 했어요. 셋째, 도피생활에 쓸 돈이 필요했어요. 바이웨이뒤의 신분과 지위를 생각하면 아주 많은 돈이 필요했죠.

황아투와 역할을 바꿔치기하면 첫 번째, 두 번째 문제를 해결할 수 있죠. 바이웨이뒤의 계획대로 됐다면 바이웨이뒤는 란니의 눈앞에서 감쪽같이 사라지고, 린 선생은 엉뚱한 사람을 죽인 뒤 그를 놓쳤을 거예요. 그가 호수 맞은편에 숨어 있는 줄도 모르고 그를 찾으려고 모텔, 공항, 항구 등을 뒤지며 수색했겠죠. 황아투의 죽음을 계기로 경찰이 개입해 조사하게 되면 린 선생과 차이궈안의 검은 거래도 밝혀질 거고요. 하지만 세 번째 문제인 돈은 감춘다고 해결되는 게 아니었어요. 그래서 그는 다이아몬드를 샀어요."

거레이가 여기서 말을 멈추고 청중을 한 바퀴 휘 둘러보았다. 푸얼타이, 화웨이즈, 샤위빙, 뤄밍싱, 뤄위정, 란니, 장커커, 경찰들. 이건 그녀가 법정에서 변론할 때의 습관이었다.

"바이웨이뒤가 도망쳐서 어디로 가려고 했는지는 모르겠어요. 하지만 이름을 감추고 살려면 은행계좌도 신용카드도 쓸 수 없죠.

그래서 현금을 다이아몬드로 바꿨어요. 하지만 구입처를 잘못 선택했죠." 아이가 거레이에게 종이 한 장을 건넸다. 젊은 남자와 백발의 중년 남자 사진이 출력되어 있었다. "마이관제, 자칭 말레이시아의 미디어 재벌. 12월 31일부터 캉티뉴쓰 호텔 프레지던트룸에 투숙하고 있어요. 하지만 이건 그의 가짜 신분이에요. 진짜 신분은 오래전 자취를 감춘 보석 도둑 인텔 선생이죠."

모두 얼떨떨해 아무런 반응도 하지 못하고 있는데 푸얼타이가 가만히 고개를 끄덕이며 중얼거렸다. "역시⋯⋯."

"바이웨이둬가 다이아몬드를 구입한 웡지라는 보석도매상이 불행히도 인텔 선생의 파트너였어요. 웡지는 인텔 선생을 내세워 마이관제라는 신분으로 바이웨이둬와 접촉하게 했죠. 처음부터 그들은 공평한 거래에는 관심이 없었어요. 바이웨이둬에게 크게 한 몫 뜯어내는 게 목적이었죠."

"어떻게요?" 뤄위정이 물었다.

"세부적인 건 모르지만, 거물급 도둑이 등장했다면 뭔가 훔치려고 했겠죠. 제일 단순하게는 바이웨이둬에게 다이아몬드를 판 뒤 다시 훔치는 게 목적이었을 거예요. 인텔 선생은 바이웨이둬와 이 호텔에 여러 가지 사전작업을 했어요. 바이웨이둬에 대해 조사하고 그를 미행하고, 그와 만나 거래에 관한 협상을 하고, 최종적인 거래일을 31일로 잡은 뒤 캉티뉴쓰 호텔 프레지던트룸에 투숙했죠. 프레지던트룸은 사생활 보호가 철저한 데다가 사장이 VIP를 초대하는 건 관례이므로 아무도 의심하지 않았어요. 31일 오후 인텔 선생은 약속대로 거액의 값어치를 지닌 다이아몬드를 바이웨이둬에게 넘겼고, 바이웨이둬는 온라인으로 그에게 대금을 송금했어요."

란니가 말했다. "거액의 다이아몬드? 웨이둬에게 그런 큰돈이 어디 있다고. 그럴 리 없어."

거레이가 아이에게 시선을 옮기자 아이가 말했다. "시간이 없어서 파나마은행으로 송금한 금액밖에 조사하지 못했지만 그것만도 4천만 위안이었어요. 계좌 소유자는 2년 전에 바이웨이둬로 바뀌었고 그 전에는 '타이거 란'이었어요."

"우리 아빠잖아!" 란니가 새된 소리로 외쳤다. "하지만 웨이둬는…… 아빠가 아무것도 남기지 않았다고 했어……. 맙소사, 웨이둬!"

"아마 이렇게 됐을 거예요. 몇 년 전 란니의 아버지인 란후안 선생이 오스트레일리아에서 사망했을 때 바이웨이둬가 뒷일을 처리하면서 장인이 남긴 돈을 숨겼겠죠. 그때는 애인과 도망칠 생각이 없었겠지만 이제 그 돈을 쓸 곳이 생긴 거예요. ……그런데 그가 인텔 선생과 거래할 때 그 자리에 또 한 사람이 있었어요. 그도 파나마은행 계좌를 보고 아마 란니처럼 분노했을 거예요. 바로 황아투예요."

"바이웨이둬가 왜 다이아몬드 거래를 할 때 황아투를 데리고 갔을까요? 비밀 거래인데 아무도 모르는 게 좋잖아요?" 뤼위정이 물었다.

"바이웨이둬가 황아투를 과소평가한 거예요. 십수 년을 함께 일했으니 그가 충성스럽고 믿을 만한 사람이라고 생각했겠죠. ……또 멀리 도망치겠다는 자신의 말이 거짓이 아니라는 걸 보여줄 수도 있고요.

하지만 문제는 황아투가 란씨 집안 사람이었다는 거예요. 그는 그 돈이 란후안 선생이 남긴 돈이라는 걸 알고 분노했고, 바이웨이뒤가 그 다이아몬드를 잘 보관하라고 하자 그걸 감췄어요. 바로 여기에……." 거레이가 발로 지하실 입구를 가리키자 감식요원들이 입구를 열고 바쁘게 들락거렸다. "……그의 비밀 지하실 안에 란니의 사진이 가득해요. 황아투가 이런 쪽지도 남겼어요. '네가 잃은 모든 걸 돌려줄게.' 그는 바이웨이뒤가 떠난 뒤 란니를 이곳으로 데려와서 고백할 계획이었을 거예요. 네가 잃은 남편과 네 아버지의 돈을 네게 돌려주겠다고."

란니가 말없이 고개를 숙인 채 가로젓기만 했다.

"감식요원이 샅샅이 뒤졌지만 다이아몬드를 찾지 못했어요. 또 이게 바이웨이뒤의 죽음과 무슨 관계가 있습니까?"

"서두르지 마세요. 이제 얘기할 차례니까." 거레이가 뤄밍싱을 향해 말했다. "뤄 경관님, 31일 밤 10시 넘어서 바이웨이뒤와 황아투가 주차장에 세워진 트럭 안에서 다투는 걸 보셨죠?"

뤄밍싱은 예상치 못한 질문에 머뭇거리며 고개만 끄덕였다.

"바이웨이뒤가 지시해둔 장소에서 다이아몬드를 찾지 못하자 황아투에게 화를 냈겠죠. 두 사람이 그것 때문에 다퉜고 모종의 합의에 도달한 뒤 황아투가 바이웨이뒤에게 다이아몬드를 숨긴 장소를 알려줬을 거예요. 바이웨이뒤가 1월 1일 새벽 런닝셔츠에 야구모자를 쓰고 황아투로 위장한 뒤 트럭을 몰고 호텔로 왔어요. 호텔 경비원이 목격한 사람이 바로 바이웨이뒤였죠.

그런데 공교롭게도 같은 시간에 다이아몬드의 행방을 찾고 있는 또 한 사람이 있었어요. 바로 인텔 선생이에요. 가든바가 4시에 영업을 마치고 4시 40분경 모든 직원이 퇴근한 새벽 5시경이 가장 안전한 시간이죠. 그래서 바이웨이뒤와 인텔 선생이 바로 그 시간에 이 지하실에서 마주쳤고 다툼이 벌어졌어요."

"인텔 선생이 바이웨이뒤를 죽인 겁니까?" 질문한 사람은 푸얼타이였다.

"맞아요." 거레이가 미소 지었다. "황아투가 지하실에 보관 중이었던 엽총을 사용했어요. 세부적인 과정은 감식 결과가 나와야 알겠지만, 바이웨이뒤가 먼저 다이아몬드를 손에 넣고 차를 향해 달려갈 때 인텔 선생이 뒤에서 총으로 쏜 것 같아요. 바이웨이뒤가 등에 총상을 입고 사망했으니까요."

뤄위정이 또 물었다. "그건 불가능합니다. 여기서 총을 맞은 바이웨이뒤의 시신이 어떻게 호숫가 산책로에서 발견될 수가 있습니까? 이치에 맞지 않습니다."

"아뇨. 충분히 가능해요. 그건 인텔 선생만이 할 수 있어요. 프레지던트룸은 단독 출입구가 있어서 프런트를 거치지 않고도 시신을 메고 객실로 갈 수 있어요. 프레지던트룸의 발코니가 호수를 바라보고 있고, 그에겐 등산용 로프도 있어요……." 거레이가 잠시 멈췄다가 다시 말을 이었다. "그에게 등산용 로프가 있다는 걸 내가 어떻게 알았는지는 묻지 마세요. 어차피 조사해보면 알게 될 테니까……. 그가 그걸 어디에 쓰려고 했는지는 모르겠어요. 아마 직업상 필수적으로 가지고 다니는 도구겠죠. 어쨌든 그 로프가 아주 요긴하게 쓰였어요. 총상을 입은 바이웨이뒤를 메고 객실로 돌아간 뒤 그를 업고 로프를 이용해 절벽 아래로 내려간 다음 호수에 던졌을 거예요……."

"하지만 프레지던트룸 출입구에도 CCTV가 있습니다. 호텔의 모든 CCTV를 조사했지만 수상한 점을 발견하지 못했습니다……. CCTV를 피해 사람을 메고 객실로 올라가는 건 불가능하지 않습니까?" 뤄위정은 아직 풀리지 않은 의문을 집요하게 파고들었다.

아이가 작은 상자를 꺼냈다. "프레지던트룸 엘리베이터에서 찾은 겁니다. 고성능 원격교란장치죠. 이걸 이용해 CCTV 화면을 대체화면으로 바꿀 수 있습니다……. 인텔 선생은 이걸로 CCTV에 잡히고 싶지 않은 장면을 감춘 겁니다."

뤄위정이 교란장치를 받아들고 신기하다는 표정으로 살펴보았다.

아이가 또 비닐봉지를 꺼냈다. 검은색 바지와 운동화가 들어 있었다. 그가 말했다. "호텔 옆 의류기부함에서 발견했습니다. 옷을 쓰레기통에 버리면 너무 눈에 띄겠죠. 의류기부함은 남들 눈을 속이는 탁월한 방법입니다. ……이걸로 유전자검사와 초연반응* 검사를 해보면 알 수 있을 겁니다."

뤄위정이 비닐봉지를 받아들고 왕쿼잉 검사에게로 시선을 옮겼다. "영감님, 즉시 호텔 출입을 폐쇄하고 인텔 선생을 수색해야 하겠습니다."

왕쿼잉은 아직 충격에서 벗어나지 못한 듯 창백한 얼굴에서 식은땀만 줄줄 흘리고 있었다.

"저는 프레지던트룸으로 가보겠습니다. 같이 가실 분?"

"경관님, 잠깐만요. ……그럴 필요 없어요. 어차피 인텔 선생은 도망치지 못해요." 천천히 말하는 거레이의 얼굴에 미소가 번졌다. "그렇죠? 왕쿼잉 검사님. 영감님의 예전 별명으로 불러도 될까요, 인텔 선생님?"

---

* 총을 발사할 때 화약이 폭발하며 생성되는 이산화질소와 디페닐라민이 만나면 보라색을 띠는 원리를 이용한 범죄감식방법.

제4장

인텔
선생

1

아름답구나, 코야오 고독한 연못가
연못 물 길어 술 담그니 향기로워라.
홀로 있는 연못이 어찌 이리 맑은가.
혹시 에덴동산을 다시 만난 것인가.
—빌헬름 칸디디우스, 1767

유치하지만 스위스인이 중국어로 지은 시라는 걸 감안하면 제법
훌륭한 편이다. 왕쿼잉은 《캉티호 지역 문사회편》을 뒤적였다. 칸
디디우스 목사의 일생을 소개하는 데 많은 지면을 할애하고 있었
다. 그는 스위스 제네바 출신의 칼뱅교파 목사였으며, 1720년 선
교를 위해 타이완 중부에 왔다가 청나라 옹정제가 천주교 금교령
을 내리자 귀국을 거부한 채 깊은 산속에 숨어 선교를 계속했다.
그는 타이완 중앙산맥 일대에서 주로 선교활동을 했으며 그의 이
름을 따서 이 호수를 칸디디우스호라고 명명했다가, 국민당 정부
가 타이완으로 넘어온 뒤 '캉티호'로 변경했다.*
《캉티호 지역 문사회편》 뒷부분에 옛날 사진들이 실려 있었다.

주로 저음무, 수렵, 술 빚기, 낚시, 목조 조각, 매 숭배 등 캉티호 지역 원주민의 전통에 관한 사진들이었고, 맨 뒤 백지 페이지에 만년필로 쓴 글귀가 있었다. '성니콜라스 십자가를 찾지 마. 바보야!' 그리고 그 아래 서명이 있었다.

'구야오원, 1995'

왕쿼잉은《캉티호 지역 문사회편》을 책장에 툭 던지고 가발 앞머리를 매만지며 자신이 지금 '마이관제'로 이곳에 있다는 걸 다시금 상기했다. 담배 한 개비를 꺼내 불을 붙인 뒤 호수 전경을 바라보며 한 모금 빨았다. 제법 강한 호수 바람이 숲의 나무와 호수 수면을 흔들었다. 왕쿼잉의 마음도 바람에 흔들리는 것 같았다. 담배 연기를 깊이 빨아들였지만 그것으로 흔들리는 가슴을 진정시키기에는 역부족이었다. 담배를 또 한 모금 빨았을 때 초인종 소리가 들렸다. 거실을 가로질러 가 문을 열었다. 바이웨이둬가 입가를 살짝 올린 표정으로 서 있고, 그의 뒤에서 거무스름한 피부의 대머리 남자가 엄숙한 표정을 짓고 있었다.

"정확히 약속시간에 맞춰 왔습니다, 마이 선생." 바이웨이둬가 말했다. "시작해볼까요?"

왕쿼잉이 담배를 한 모금 더 빨고 미소 지었다. "물론이죠."

이야기는 한 달 전으로 거슬러 올라간다. 왕 검사가 6시간에 걸친 마라톤 재판을 끝내고 돌아와 사무실 문을 열자 웡수주翁淑珠가 데스크체어에 다리를 꼬고 앉아 왕 검사가 먹으려고 둔 간식을 먹고 있었다. 간식 옆에는 그가 최근 어렵게 구한 세계차경연대회

---

* 호텔의 이름인 캉티뉴쓰康堤紐斯는 칸디디우스CANDIDIUS를 음역한 것이다.

1등 수상 차도 놓여 있었다.

"어…… 어떻게 들어왔어?"

"네 아내라고 했더니 들여보내주더라." 윙수주가 담배 한 모금을 빨았다. "마지막으로 만난 게 3년 전 아룽阿龍의 장례식이었지? 어때? 잘 지내? 아내랑 애들도 잘 있고?"

왕쥔잉이 급하게 문을 닫고 목소리를 낮추어 말했다. "제기랄, 미쳤어? 여기가 어디라고 와? 여긴 지방검찰서라고. 겁대가리도 없이 여길……."

"큭, 너도 여기서 차 마시는데 내가 무서울 게 뭐가 있어? 나도 지금은 너처럼 법을 수호하는 훌륭한 국민이야. 안 그래, 인텔 선생?"

"그렇게 부르지 마! 손 씻은 지가 언젠데. 나 손 씻는 거 네 눈으로 똑똑히 봤잖아. 그때 왕쥔잉으로 되돌아가겠다고 맹세했어. 이제 이 세상에 인텔 선생은 없다고 했잖아."

"알아. 그래서 인텔 선생을 강호로 다시 모셔가려고 왔어."

"미…… 미…… 미쳤어? 손 씻었다니까! 손 씻었는데 어떻게 강호로 다시 돌아가?"

"은퇴했다가 다시 나오는 거야 흔한 일이잖아. 정치인들을 봐."

"난 정치인이 아니야. 더욱이…… 윙 여사, 여긴 금연이야!"

"그래?" 윙수주가 보란 듯이 담배 한 모금을 더 빨았다. "누군가의 이름을 들으면 흥미가 생길걸?"

"어림없어. 다신 안 해."

"구야오원 목사."

왕쥔잉이 뭐라고 말하려다가 입을 다물지 못하고 얼어붙었다.

왕쿼잉이 웡수주를 만난 건 두 사람이 열여덟 살 때였다. 그해에 그는 젠톤 대학교 법학과에 진학했다. 공무원 집안 출신으로, 어려서부터 공부와 과외, 시험에 익숙했으며, 부모로부터 주입된, '다른 생각 말고 공부만 하면' 행복의 나라로 갈 수 있다는 '루트'를 착실히 밟고 있던 그였다. 하지만 대학에 진학한 뒤 그는 이 세상이 자신이 알고 있던 곳과 다르다는 걸 깨달았다. 지식은 쓸모없고 돈이 모든 걸 결정한다는 사실을 알게 된 그는 지난 18년간 배운 지식을 돌이켜보며 지금의 체제가 생크림이 가득 든 짤주머니에 불과하다고 생각했다. 수많은 젊은 영혼을 한꺼번에 뒤섞어 개성이라곤 없는 반죽으로 만든 뒤 톱니 모양 깍지가 끼워진 짤주머니를 짜서 케이크를 장식하는 데 쓴다는 사실을 알았다.

그는 수치스러웠고 주체할 수 없는 분노에 휩싸여 이 위선적인 세상에 저항하기로 했다. 웡수주와 아룽은 그때 알게 된 친구들이었다. 그들은 '좌익연구학회'를 결성했다. 서클룸에 체 게바라의 초상화를 걸어놓고 마르크스와 마르쿠제를 읽었으며 취해서 〈인터내셔널*〉을 고래고래 불렀다. 어느 해 학교 축제에서 역대 총통들의 초상화를 세워놓고 생고기를 던지고 비비큐 소스를 뿌린 뒤 불태운 다음 반쯤 익은 고기를 구경꾼들에게 던졌다. 그들은 그걸 수준 높은 행위예술이라고 정의했다. 하지만 실수로 무대에 불이 옮겨붙는 바람에 왕쿼잉의 머리에 큼직한 화상 흉터가 생겼다.

이 일로 세 사람 모두 학사징계를 받았지만 그들이 추구하는 '인터내셔널'의 결심을 막지는 못했다. 어느 날 그들은 서클룸에서 담배를 피우다가 텔레비전에서 중국 호스티스 출신 귀부인이 두 줄

---

* L'Internationale. 〈국제가〉로도 불리며 노동 해방과 사회적 평등의 메시지를 담은 민중가요.

짜리 진주목걸이를 하고 나와 불우아동돕기에 관심을 가져달라고 호소하며 〈타이베이의 하늘〉이라는 노래를 부르는 것을 보았다.

"쌍, 더럽게 못 부르네." 아룽이 술을 퉤 뱉었다. "씨부럴, 저 여자 볼수록 밉살맞아."

"예전에 자주 봤던 여자야." 웡수주가 말했다. "저 목걸이도 우리 집에서 산 거야."

"저 목걸이 훔쳐버릴까?" 왕쿼잉이 말했다.

이 한마디에 세 사람은 오토바이 한 대에 올라타고 와이솽시外雙溪까지 달려가 정말로 그 목걸이를 훔쳤다. 왕쿼잉은 목걸이를 훔친 뒤 〈인터내셔널〉 가사에서 오려낸 '인터내셔널은 인류의 미래가 되리라'라는 글귀를 빈 보석함에 남겨두고 왔고, 이튿날 신문에서 '괴도 인텔'이라는 별명이 등장했다. 그들은 그 기사를 보고 무식한 기자들을 욕했다.

왕쿼잉은 자신이 절도에 뛰어난 재능을 타고났다는 걸(또는 절도가 그리 어려운 일이 아니라는 걸) 알았다. 담장이 아무리 높은 대저택도 거의 대부분 화단에서 비상열쇠를 찾을 수 있었고, 문을 열고 들어가 세 발짝도 안 가서 보안스위치를 찾을 수 있었으며, 책장 밑에서 금고 비밀번호를 찾았다. 어쩌다 운이 나빠 이웃이나 우체부와 마주쳐도 웃으며 인사를 건네면 미국에서 여름방학을 보내러 온 집주인의 외조카로 생각했다.

경찰국장이 번번이 용의자의 신상을 파악했다고 큰소리를 쳤다가 기자들에게 혼쭐이 날 때마다 그는 쾌재를 불렀고, 보석을 도둑 맞은 부자 피해자가 백몇십 만 위안짜리 보석 때문에 격노해 정부의 무능함을 성토할 때마다 더욱 짜릿한 쾌감을 느꼈다.

웡수주는 장물 판매를 담당했다. 훔친 보석을 판 돈의 90퍼센트

는 자선단체에 기부하고, 나머지 10퍼센트는 사회주의국가 건설자
금으로 아룽의 계좌에 저축했다.

그들은 자신들이 멋지다고 자부했고, 체제가 붕괴되고 있으며
부르주아가 동요하고 있다고 생각했다. 자신들의 절도로 인해 전
체 사회에 천지개벽할 변화가 생기고 자신들은 혁명가로 기억될
것이라고 믿었다.

"마이 선생, 우리 프레지던트룸이 마음에 드십니까?" 바이웨이
뒤가 샴페인잔을 손에 들고 물었다. "타이완에서 제일 좋은 프레
지던트룸입니다. 자화자찬이 아니라 타이완 어느 호텔에도 호수가
내려다보이는 66제곱미터짜리 발코니를 가진 객실도, 가구 전체를
원목으로 꾸민 객실도 없습니다. 이 건축자재를 보세요. 방음이 완
벽해서 문을 닫으면 외부의 소음이 완전히 차단된답니다. 호화로
우면서도 자연과 조화를 잃지 않기 위해 여러모로 공을 들였습니
다."

왕췬잉은 이렇다 할 대꾸 없이 샴페인만 한 모금 마셨다.

"북유럽 감성을 내기 위해 스웨덴 건축가에게 설계를 맡겼답니
다. 숲, 호수, 눈……. 아주 큰돈을 지불했죠. 건축가를 한 달 동안
데려와 설계를 맡긴 비용이 객실 50개 인테리어 비용과 맞먹었으
니까요."

"건축가가 여길 이케아 샘플룸으로 꾸며놓지 않은 걸 다행으로
여기셔야겠군요."

"하하하, 유머 감각 한번 뛰어나십니다……. 아투, 안 그래? 아주
유머러스한 분이야……. 참, 특상품 좁쌀술 샌디워커도 있습니다.
한정판이라 귀빈에게만 선물하지요. 우리 아투가 심혈을 기울여

만든 작품입니다. 아투, 마이 선생에게 직접 소개하겠어?"

황아투가 "음" 하고 짧게 대답하고는 더 말하지 않았다.

"전 유머러스한 사람이 아닙니다. 고된 일 속에서 작은 여유를 찾을 뿐이죠. 이 객실이 바깥세상과 단절될 만큼 방음이 완벽하다고요? 그렇다면 지금 이 대머리 형님이 날 겁탈하려고 해도 구조 요청을 듣고 달려와 줄 사람이 없겠군요. 그러니 우스갯소리 말고 내가 또 뭘 할 수 있겠습니까?"

바이웨이둬가 피식 웃었다. "저와 공평하고 합리적인 거래를 하실 수 있습니다. 제가 원하는 물건을 건네주기만 하면 큰돈을 받고 며칠 동안 VIP 대접을 받으며 쉬실 수도 있죠."

"돈부터 보여주시지요."

바이웨이둬가 태블릿PC를 꺼내 인터넷 창 몇 개를 띄웠다. "총 일곱 개 계좌에 4800만 달러가 예치되어 있습니다. 환전 손실까지 부담하고 마이 선생의 계좌로 송금해드리겠습니다. 5분이면 송금이 완료됩니다."

왕쿼잉이 손가락으로 태블릿PC 화면을 움직여 훑어보고는 일어나서 서재로 향했다. 그는 금고에서 마작상자만 한 크기의 낡은 가죽상자를 꺼내 가지고 오더니 바이웨이둬의 눈앞에서 열쇠로 열었다. 검은 벨벳으로 감싼 바닥에 붉은 깔개가 깔려 있고 그 위에 복주머니 형태의 붉은 벨벳 주머니가 놓여 있었다. 왕쿼잉이 주머니를 열어 거꾸로 들자 다이아몬드가 좌르르 쏟아졌다.

"약속한 대로 70퍼센트는 화이트 다이아몬드, 30퍼센트는 유색 다이아몬드입니다. 그날 보여드린 샘플과 동일한 등급입니다."

"아주 좋군요." 바이웨이둬가 장갑을 끼고 작은 가방에서 전자저울, 분광기 등을 꺼냈다. "아투, 우선 마이 선생께 마실 것 좀 드려."

바이웨이둬가 다이아몬드를 집어 꼼꼼히 검사했다.

세 남자 모두 아무 말도 하지 않았지만, 왕쿼잉은 작은 변화를 감지할 수 있었다. 무표정했던 황아투의 얼굴이 일그러지기 시작하더니 태블릿PC를 들여다보는 그의 얼굴에 주체할 수 없는 분노가 차올랐다.

"바이웨이둬가 15억 어치를 사겠다고 직접 전화를 걸었어. 30퍼센트는 DEF* 무색으로, 30퍼센트는 유색으로 하고 나머지 40퍼센트는 어떤 색이든 상관없으니 올해 안으로 구입하고 싶대. 계약금으로 20만을 달라고 했더니 흔쾌히 수락했어. 우리 물건은 믿을 수 있으니까 기꺼이 양보할 수 있대."

웡수주가 담배 연기로 만든 동그란 고리를 뱉은 뒤 설명했다. "그 제안을 받자마자 네 생각이 났어. 바이웨이둬, 캉티뉴쓰 호텔, 코야오서 가스 폭발 사고, 구야오원 목사……. 넌 그때 구야오원의 이름을 하루에 열 번도 넘게 얘기했어. 잘 때도 그의 꿈을 꿨지. 그래서 내가 널 찾아온 거야. 네가 분명히 관심을 가질 거라 생각했어. 바이 사장에게 복수할 기회니까."

"그렇게 많은 다이아몬드로 뭘 하려는 거지?"

"나도 몰라. 설마 좋은 일에 쓰겠어?"

왕쿼잉이 담배 연기를 길게 뿜었다. 10년 넘게 끊은 담배였다.

"어이, 왕쿼잉, 생각해봐. 사실 난 그와 짭짤한 거래를 할 수 있어. 15억이면 10년은 편히 먹고 살 수 있는 돈이야. ……네가 그 가

---

* 다이아몬드 색을 나타내는 등급. DEF는 무색에 가까운 등급임.

스 폭발 사고 때 피붙이를 잃은 것처럼 상심했던 기억이 떠오르지 않았다면 말이야. 지금이야말로 인텔 선생이 복귀할 때라고 생각하지 않아?"

굳게 다문 왕쿼잉의 입이 떨어지지 않았다. 웡수주가 말했다. "그때 우리 끝내졌잖아. 그런데 지금은? 네 꼴 좀 봐. 머리숱은 점점 줄어들고 발 고린내를 풍기며 승진이 유일한 목표인 양 아등바등하고 있잖아. 꼭 부르주아처럼. 더 일할 수 없는 나이가 되면 양로원에 가겠지. 당뇨, 중풍, 삽관, 휠체어. 아랫도리는 간병인이 씻겨줄 거고……."

"가스 폭발 사고를 그가 저질렀다는 증거가 없잖아."

"그래서, 그가 좋은 사람일 거라고 믿어? 사비를 털어 이재민들의 거처까지 마련해준 은인이라고 생각해?"

"직접 물어볼게." 왕쿼잉이 담배를 눌러 껐다. "어떤 신분으로 할까?"

"마이관제." 예전에 인텔 선생이 사용한 신분이었다. 말레이시아 페낭 출신 화교로, "아무짝에도 쓸모없어"라는 말을 입버릇처럼 자주 하고, 바쿠테*를 좋아하며 제일 좋아하는 연예인은 장청팡張淸芳인 캐릭터였다. 물론 세월이 흘렀으므로 캐릭터도 업그레이드 했다. 백발과 웨일즈체크 사냥복은 특별히 고른 것이었다. 웡지의 총지배인에 걸맞은 그럴듯한 이미지가 필요했다.

강커우둥로에 위치한 라지프 식당은 바이웨이둬가 선택한 장소였다. 두꺼운 나무문을 닫으면 외부의 간섭을 완전히 차단할 수 있고, 어두컴컴한 실내 조명과 공기에 밴 향신료 냄새, 인도 음악이

---

* 돼지갈비에 각종 약재를 넣고 푹 고아낸 말레이시아의 보양식.

왠지 사람을 나른하게 만들었다. 식당 2층은 회원제 프라이빗룸으로 되어 있는데 문을 열고 닫을 때 요란한 댄스음악과 물담배의 흰 연기가 들어오는 걸 제외하면 아주 조용했다.

왕쿤잉은 그날 바이웨이둬를 처음 만났다. 속물적인 사업가일 거라는 예상과 달리 사진보다 착실해 보이고 피부도 약간 까무잡잡했다. 입가에 걸린 오묘하고 야릇한 미소가 아니었다면 왕쿤잉은 그를 나이 오십에 마라톤을 시작하고 제2의 사춘기를 맞이한, 활기찬 중년 남성이라고 생각했을 것이다.

"몇 군데 보석상에 물어보니 웡지만이 내 기준을 충족시켜줄 거라고 하더군요. 훌륭합니다!" 바이웨이둬가 돋보기로 샘플을 검사했다. "마이 선생, 웡지에는 오래 계셨습니까?"

"20년 됐지요. 대학 졸업하면서부터 일했으니까." 왕쿤잉이 미리 짜놓은 시나리오대로 얘기했다. 그는 시야의 가장자리로 바이웨이둬가 테이블에 올려놓은 가방을 흘긋 보았다. 가방 안에 중고 휴대폰 네다섯 대와 고무줄로 묶은 크라프트지 봉투가 들어 있었다.

"좋습니다. 좋아요." 바이웨이둬가 손에 들고 있던 샘플을 내려놓으며 물었다. "물건은 언제 받을 수 있나요?"

"일주일의 시간이 필요합니다."

"이렇게 하죠. 12월 31일 오후 3시, 캉티뉴쓰 호텔 프레지던트룸, 그 자리에서 물건을 받고 돈을 지불하겠습니다. 프레지던트룸을 배정해드릴 테니 적당한 신분을 만들어보세요."

"여긴 마음에 안 드시나요?" 왕쿤잉이 상체를 살짝 숙이며 오른손으로 테이블에 놓인 돋보기를 슬쩍 밀었다.

"호텔을 오래 비우기가 곤란해서요." 바이웨이둬가 말했다. "우리 프레지던트룸은 사생활 보호가 철저하고 아주 쾌적하답니다. 틀림없이 마음에 드실 겁니다."

"어떤 신분으로 갈까요?"

바이웨이둬가 어깨를 으쓱였다. "뭐든 상관없어요. ……신문사 편집장으로 하시죠. 잘 어울릴 것 같아요." 그가 일어났다. "마이 선생님, 난 약속이 있어서 이만. ……조금 있다가 나오세요. 따로 나가는 게 좋겠어요."

"뭐가 떨어졌네요." 왕췬잉이 바닥에 떨어져 있는 돋보기를 가리키자 바이웨이둬가 고맙다며 몸을 굽혀 돋보기를 주웠다. 그가 몸을 굽힐 때 손에 들린 가방이 왕췬잉 앞을 스쳤다.

왕췬잉이 라지프 식당을 나올 때 주방에서 작은 소란이 벌어진 것 같았다. 한 젊은이가 주방에 난입한 것 같았다. 차에 올라 휴대폰 GPS 프로그램을 켰다. 그리 멀지 않은 곳이었다. 강베이 1가의 어느 오피스 빌딩. 빌딩 지하주차장에 주차한 뒤 바이웨이둬의 행선지를 대번에 찾아냈다. 그는 엘리베이터를 포기하고 방화문을 열고 단숨에 13층으로 뛰어 올라간 뒤 문을 살짝 열고 문틈으로 안을 살폈다. 어두컴컴한 프런트 데스크, 와인색 카펫, 로즈메리와 장미 향기, 벽에 붙어 있는 'T-Vont' 금속 글씨. 바이웨이둬가 몸을 돌려 알록달록한 니트 코트를 입은 여자와 나란히 객실로 들어 갔다.

이거였어? 그 현금 뭉치를 저런 여자에게 준다고? 그 많은 휴대 폰으로 뭘 하려는 거지?

왕췬잉은 계단에 앉아 숨을 고르며 무릎을 두드리며 운동을 그 만둔 지 너무 오래됐다는 생각을 했다. 계단 오르기 같은 고된 일 은 경찰한테 시키면 좋잖아?

바로 그때 GPS 신호가 반짝거렸다. 붉은 점이 강베이가를 따라 동쪽으로 움직이고 있었다.

"이렇게 빨리? 정력이 고작 이것밖에 안 되나?"

왕췬잉이 계단을 내려가 빠른 걸음으로 따라갔다. 방금 전에 본 그 니트 코트 여자가 그리 멀지 않은 곳에서 잰걸음으로 걷고 있었다. 왕췬잉이 망설이는 사이에 그 여자가 빠르게 차도를 건너 마위안터우역에서 출발하려는 전철 문틈으로 잽싸게 들어갔다. 왕췬잉은 급할 게 없었다. 그는 에그카스텔라를 사 들고 빌딩 지하주차장으로 돌아간 뒤 차를 몰고 GPS 신호를 따라 샤마췌역으로 향했다. 역 근처에서 그 여자가 어느 골목으로 들어가는 것을 발견했다. 그는 조심스럽게 거리를 유지한 채 편의점 카달로그를 보는 척하며 그녀를 관찰했다. 그녀는 비쩍 마르고 머리는 헝클어져 있었으며, 놀란 칠면조처럼 올이 비죽비죽 튀어나온 니트 코트를 자꾸만 잡아당겨 옷깃을 여몄다. 그러다가 막다른 골목에서 어느 빌딩 뒷문으로 들어갔다.

왕췬잉도 30초 뒤에 따라 들어갔다. 문을 여는 순간 아차 싶었다. 문 뒤에 엘리베이터가 있고 엘리베이터 외에 다른 출입구는 없었다. 엘리베이터는 이미 3층에서 더 위로 올라가고 있었다. 밖으로 나가 다른 경로를 찾고 싶었지만 달리 방도가 없었다. 엘리베이터가 다시 지하실로 돌아온 건 3분이나 지난 뒤였다. 1층에서 내려 매장을 가로질러 밖으로 나갔다. 거리를 가득 채운 인파 속에서 그녀의 뒷모습을 찾을 수가 없었다. 휴대폰을 꺼내 확인했지만 GPS 신호가 사라지고 없었다.

왕췬잉은 처음으로 자신이 한물갔다는 생각이 들었다. 늙은 여자 하나도 미행하지 못하고 놓치는 주제에 노회한 바이웨이둬와

319

두뇌 싸움을 벌일 수 있을까?

"최소한 손재주는 아직 남아 있잖아. 돋보기를 슬쩍 바닥에 떨어뜨리고 그가 주우려고 허리를 숙인 틈에 돈 봉투 안쪽에 GPS 스티커를 붙이다니. 역시 넌 최고의 고수야." 윙수주가 그를 위로했다.

"천만에. 돋보기는 저절로 떨어진 거야. 내가 집으려다가 떨어뜨려서 내 발등에 떨어졌는걸." 왕쿼잉이 의기소침한 표정으로 말했다. "난 정말 이 바닥으로 돌아와선 안 돼."

"구야오윈 목사를 아십니까?" 바이웨이둬가 테이블에 있던 《캉티호 지역 문사회편》을 집어 들었다. 왕쿼잉은 황아투도 고개를 드는 것을 보았다.

"오래된 사이는 아니지만 서로 터놓고 얘기할 수 있는 벗이었죠."

"장례식장에서 마이 선생을 본 기억이 없군요. 저는 한번 본 사람은 절대로 잊지 않는데."

"그땐 말레이시아에 있었습니다. 나중에 무덤에 가서 향을 올렸습니다. 비참하게 돌아가셨다고 들었습니다."

바이웨이둬가 미소 지으며 고개를 끄덕였다. 왕쿼잉은 그렇게 의미심장한 표정을 상당히 혐오했다.

분위기가 어색해졌다. 태블릿PC 화면에 송금 진행 상황이 표시되고, 세 남자가 들고 있는 샴페인은 김이 거의 빠졌다.

"그분께 무슨 일이 있었는지 아시나요?" 왕쿼잉이 물었다.

"다이아몬드를 팔러 오신 줄 알았는데요."

"어차피 달리 할 얘기도 없으니까요."

"내가 고의로 가스 폭발을 일으켰다고 생각하십니까? 내가 그를 죽였다고 생각하십니까?"

"아닌가요?"

바이웨이둬가 가증스러운 웃음을 지었다. "우선 마이 선생이 구 목사를 어떻게 알게 됐는지부터 들어봅시다. '오래된 사이는 아니지만 서로 터놓고 얘기할 수 있는 벗'이라니 흥미롭군요."

왕쿼잉이 담배갑에서 담배 한 개비를 꺼내 불을 붙인 뒤 한 모금 빨았다 내뱉었다. 희푸른 연기가 칸디디우스 목사의 성니콜라스 십자가처럼 호수 바람에 흩어졌다.

왕쿼잉이 구야오원 목사를 만난 건 1996년 예기치 않은 작은 사건으로 그의 '괴도' 사업이 난관에 부딪혔을 때였다. 어느 날 서클룸에 가보니 아룽과 웡수주가 벌거벗은 채 잠들어 있었다. 두 사람은 오래된 연인이었으므로 그리 놀랄 일은 아니었지만 왕쿼잉은 그들에게 불같이 화를 냈다. 혁명의 본분을 잊고 부르주아의 앞잡이로 전락했다고 몰아세우자 웡수주도 화가 나서 반박했다. 그녀는 그가 자신과 잠자리를 하지 못한 불만 때문에 화풀이를 하는 거라고 받아쳤고, 결국 세 사람이 심하게 다퉜다. 왕쿼잉은 서클을 탈퇴하겠다고 선언한 뒤, 크게 한 건 성사시켜 자신이 진정한 '인텔 선생'임을 증명해 보이겠다고 결심했다.

하지만 냉정을 되찾은 뒤 누구의 도움도 없이 혼자 도둑질하는 것이 쉽지 않다는 사실을 깨달았다. 망봐줄 사람과 도주를 도와줄 사람도 없이 시내의 호화저택에 들어가는 건 제 발로 호랑이굴에 들어가는 것이나 마찬가지였다. 그는 문득 얼마 전 보물찾기 서클에서 들은 성니콜라스 십자가 얘기가 생각났다. 도서관에서 꼬박 사흘 동안 자료를 뒤졌다. 스위스 선교사인 칸디디우스 목사가 타이완에 오면서 보석이 촘촘히 박힌 십자가를 가지고 왔는데, 그 십자가가 코야오서의 한 교회에 보관되어 있다고 했다.

왕취잉은 오토바이를 타고 이틀 동안 중앙산맥을 달려 코야오서로 향했다. 도착해보니 십자가를 훔치는 건 식은 죽 먹기 같았다. 마을에 노인과 아이 들뿐이고, 밤 9시 이후에는 마을 전체가 적막했다. 심지어 교회 주위에 핀 들국화마저 잎사귀를 늘어뜨렸다. 교회를 통째로 훔쳐가도 아무도 모를 것 같았다.

금세 비밀 지하실을 찾아낸 뒤 자물쇠를 따고 들어갔다. 그런데 한 시간쯤 지하실 안을 샅샅이 뒤져도 여러 가지 언어로 된 성경 외에는 아무것도 찾을 수가 없었다. 결국 십자가 찾기를 포기하고 근거 없는 소리를 지껄인 보물찾기 서클 녀석들을 욕하며 지하실을 빠져나왔다. 그런데 지하실 입구를 닫는 순간 어디선가 날아온 총알 한 발이 그의 발 옆에 탕, 하고 내리꽂혔다.

'누가 총을?' 소스라치게 놀라 사방을 둘러 보았지만 민가와 연못, 드문드문 서 있는 나무 외에 아무것도 보이지 않았다. 옆으로 두 걸음 내디딘 뒤 몸을 돌려 도망치려는데 또다시 탕, 하는 소리와 함께 총알 한 발이 그의 앞으로 날아왔다.

"어디 도망쳐보시지." 멀리 있는 나무 두 그루 사이에서 사람 그림자 하나가 불쑥 나타나더니 긴 총을 들고 천천히 다가왔다. 그리 크지 않은 키에 까무잡잡한 피부, 바가지머리를 한 중년 남자가 모습을 드러냈다. 러닝셔츠에 곳곳이 해진 작업복 바지를 입고 맨발인 그가 한쪽 눈을 찡그리고 왕취잉을 노려보며 물었다. "찾았나?"

"아…… 아뇨……."

"아니, 왜 못 찾아? 그렇게 오랫동안 뒤지고도 왜 못 찾아!" 그가 제자리 뜀을 하는 두꺼비처럼 화를 내며 발을 굴렸다.

그가 총을 들어 올려 왕취잉의 가슴을 조준했다. "그렇다면 하는 수 없지. 비밀 유지를 위해 널 죽여야겠다!"

30분 뒤 왕쥐잉은 교회의 야외 화덕 옆에서 달콤한 좁쌀술과 함께 생선 구이와 멧돼지 구이를 씹으며 구야오원 목사와 대화를 나누고 있었다. 그들 옆에서 두 소년이 뜨거운 죽통밥을 익숙하게 열어 왕쥐잉에게 먹는 법을 열심히 가르쳐주고, 한 소녀(어쩌면 소녀의 나이를 넘어섰을 수도 있다)는 한쪽에 앉아 조용히 물을 마시며 가끔 왕쥐잉을 흘끔거리다가 재빨리 고개를 돌리곤 했다.

"목사님, 어떻게 나무 사이에서 나오셨어요?" 왕쥐잉이 멧돼지 고기를 우물거리며 웅얼거렸다.

"나무 사이에 해먹을 달아놨어. 나뭇잎에 가려서 안 보였을 거야. 가끔은 날다람쥐도 못 보고 날아가다가 내 얼굴에 철퍼덕 부딪히지."

"성니콜라스 십자가를 훔치러 오는 사람들을 잡으려고 지키고 계신 거예요?"

"응. 작년에 세 명, 재작년엔 다섯 명. 전부 내 손에 죽었어."

"시체는 어떻게 처리하셨어요?"

"먹을 수 없는 건 연못에 던져버리고, 먹을 수 있는 건 구워 먹었지. 자네 손에 든 그 꼬치처럼."

"이 양반 헛소리 믿지 마세요." 목사의 아내가 집 안에서 나왔다. 아내는 남편과 달리 키가 크고 피부가 백옥처럼 희었다. "성니콜라스 십자가가 있다는 소문을 퍼뜨린 게 바로 이 사람이에요. 젊은이처럼 보물을 찾으러 온 대학생들과 술을 마시려고 말이에요."

"청년들에게 하나님을 알려주고 싶었다고."

목사 부부가 티격태격하다가 아내가 이만 자겠다며 세 아이를 데리고 집으로 들어갔다. 내일 일찍 일어나야 하니까 너무 많이 마시지 말라는 잔소리도 잊지 않았다.

"성니콜라스 십자가는 애초부터 없나요?" 왕쿼잉은 아직도 희망의 끈을 놓지 않았다.

"없어. 그런 게 있을 리가 있나. 옷만 겨우 입고 산으로 도망친 칸디디우스 목사한테 그런 보물이 있겠어?"

왕쿼잉은 시무룩하게 죽통밥을 먹으며 그 문란한 커플의 조롱에 어떻게 대처할 것인지 고민했다. 오랫동안 지켜봤던 신뎬新店의 그 집이라면 혼자서도 훔칠 수 있을 것 같은데…….

"어디 가서 한탕할 생각이야?" 구 목사의 갑작스런 질문에 왕쿼잉이 놀라 더듬거리며 대답했다. "무슨 말씀이세요? 저는…… 그냥 보물찾기 서클 대학생이에요. 다음 보물찾기 지점은 어디일까 생각하고 있었어요."

"평범한 대학생은 그렇게 가뿐히 자물쇠를 따지 못해. 이렇게 더운 날씨에 장갑을 끼지도 않지." 구 목사가 말했다. "자네가 대학생이라는 걸 믿지만, 도둑이라는 것도 알아. 솜씨를 보니 절도 이력이 최소 대여섯 번은 되겠군."

'오륙십 번이에요!' 왕쿼잉은 속으로 이렇게 외치며 기어들어가는 소리로 얼버무렸다. "좀도둑질 몇 번이었어요…….''

"왜 도둑이 되려고 해? 가난해 보이지도 않는데."

"이상을 위해서요." 왕쿼잉이 패기 있게 대답했다.

"어떤 이상?"

"'인터내셔널'을 실현할 겁니다."

"그게 뭐지?"

왕쿼잉이 생각하다가 대답했다. "일종의 해방입니다. 프롤레타리아의 해방, 국제적이고 세계적인 해방. 이 불공평한 세계를 해방시키고 노동자의 피땀을 빨아먹는 부르주아를 타도하는 겁니다. 현재의 제도는 권력자들을 위한 겁니다. 그들은 자기 후손들에게 재산을 복제해주고, 빈민들은 영원히 빈민 신세를 벗어날 수 없습니다. 이런 체제를 붕괴시키고 인터내셔널을 실현하고 싶습니다."

"음…… 하지만 그건……."

"타이완만의 문제가 아니죠. 전 세계 전 인류의 문제입니다. 보세요. 중국인들은 자신들이 일본인을 죽도록 증오한다고 말하지만, 중국의 사업가, 정치가들은 일본의 사업가, 정치가들과 웃으며 샴페인 잔을 부딪고 함께 시가를 피웁니다. 그들은 민족주의를 이용해 프롤레타리아끼리 서로 증오하고 원망하게 하고, 전쟁터에 나가고 민족의 영광을 위해 투쟁하게 하죠. 그건 모두 프롤레타리아를 착취하기 위한 겁니다. ……저는 이 체제를 흔들어 그들이 두려움에 떨며 철저히 반성하게 만들 겁니다."

구 목사가 술을 한 모금 마시고는 혀를 차며 말했다. "지금까지 자네가 한 일로 세상에 변했다고 생각하나?"

"네. 분명히 변했습니다. 비록 느리기는 하지만 세상은 변할 겁니다."

"한 가지 얘기를 들려주지. 목사……."

왕쥔잉이 재빨리 말을 잘랐다. "목사님, 제게 전도하려고 하지 마세요. 좌익인사들은 무신론자입니다. 사실 천주교도 우리가 타도할 대상입니다."

"난 칼뱅교파야……. 전도하려는 것도 아니야. 칸디디우스 목사의 얘기를 들려주려는 거야. 칸디디우스 목사가 산속에서 숨어 지낼 때 여러 마을을 돌아다니며 선교 활동을 했지만 별로 성과가 없

325

었어. 가만히 보니 교회에 오는 사람들은 대부분 병을 치료하러 오는 거였어. 목사가 병을 고쳐주면 신앙 같은 건 깡그리 잊어버리고 교회에 오지 않았지. 그래서 한 가지 방법을 생각해냈어. 어느 날 동이 트기 전에 성니콜라스 십자가를 가지고 코야오봉으로 올라가서 제일 높은 바위에 십자가를 꽂아놓았지. 얼마 후 점점 태양이 떠오르며 햇빛을 받은 십자가가 눈부신 황금빛을 발산하자 사람들은 하나님이 나타난 줄 알고 땅에 엎드려 절했어. 그 후 목사의 전도는 아주 쉬워졌고 코야오서 전체가 하나님을 믿게 됐어."

왕쿼잉이 고개를 숙이고 한참 생각에 잠겼다가 말했다. "이렇게 한 집 한 집 도둑질을 하는 건 너무 느리니까 더 공개적이고 전파력이 강한 방식으로 제 이념을 전 세계에 알려 더 많은 사람을 설득하라는 말씀이신가요?"

"틀렸어!" 구 목사가 큰 소리로 말했다. "성니콜라스 십자가 같은 건 없다고 했잖아. 내가 지어낸 거짓말이야! 칸디디우스 목사는 사람들의 병을 고쳐주면서 그들에게 하나님 말씀을 전했어. 코야오서 주민 500여 명이 하나님을 믿게 만드는 데 40년이라는 세월이 걸렸다네."

그가 왕쿼잉의 머리를 톡톡 두드렸다. "사람들을 하루아침에 변화시키는 방법은 세상에 없어. 천천히 설득해야 해. 그 과정이 무척 고통스럽고 실망스러울 거야. 예수님은 일생 동안 제자를 일흔두 명밖에 얻지 못했어. 그나마도 그중 한 명은 예수님을 팔아넘겼지……. 자넨 똑똑하고 유능해. 자네가 지금 하고 있는 일은 세상에 있지도 않은 성니콜라스 십자가를 찾는 것과 같아. 정말로 이세상을 바꾸고 싶다면 자네에게 필요한 건 뜨거운 피와 땀이라네. 남의 것이 아니라 바로 자네 것 말이야."

2

"젊었을 땐 이상주의자였죠. 이 세상을 바꾸고 싶었습니다. 젊은 객기를 부리다가 총을 맞을 뻔했어요. 내 머리를 겨눈 총의 방아쇠가 당겨졌다면 난 지금 이 자리에 없겠죠. 구 목사님이 날 구해줬어요. 그리고 알려줬죠. 이 세상을 단숨에 바꿀 수 있는 방법은 없다는 걸. 오직 내 피와 땀으로 한 명 한 명 바꿔야 한다는 걸. 예수님은 평생 노력했지만 그가 얻은 제자는 일흔두 명밖에 되지 않았었다는 걸……. 그 후로 다시 만난 적은 없지만 좋은 분이었다는 건 압니다. 열정적이고 선량한 사람이었어요. 그렇게 세상을 떠나선 안 되는 사람이었죠." 왕쿼잉이 담배를 피우며 천천히 말했다.

"선생에겐 귀인이었군요." 바이웨이둬가 말했다.

"그렇지요. 제가 오늘 이곳에 온 것도 그분 때문입니다."

"저도 그분의 불행이 심히 안타깝습니다."

"사장님에겐 다행스러운 일이죠. 그분이 살아 계셨다면 이 프레지던트룸을 자랑할 기회도 없었을 테니까요."

바이웨이둬가 살짝 웃으며 다이아몬드가 든 벨벳 주머니를 양복 안주머니에 넣었다가 생각이 바뀌었는지 다시 꺼내 핑크색 다이아

몬드 하나를 골라 주머니에 넣고는 벨벳 주머니를 황아투에게 건
냈다. "내 사무실 금고에 넣어줘. 난 마이 선생과 좀 더 얘기를 나
누다 갈 테니."

황아투가 주머니를 받아들고 잔에 남은 샴페인을 한입에 털어
넣은 뒤 밖으로 나갔다.

"밖으로 나가서 얘기할까요?"

두 사람이 발코니로 나갔다. 호수에서 불어오는 바람에 두 사람
이 눈을 가늘게 떴다.

"호수 경관이 아주 아름답지요? 조물주가 인간에게 준 보물 같
은 곳입니다." 바이웨이둬가 감탄했다. "마이 선생, 많은 사람들이
마이 선생처럼 생각합니다. 선생 이전에도 그 일로 내게 시비를
걸어오는 사람이 많았어요. 난 그 문제를 공개적으로 언급하고 부
인할 수가 없어요. 오히려 도둑이 제 발 저리는 것처럼 보일 테니
까요. 하지만 사적인 자리에서는 수없이 얘기했죠. 믿는 사람도 있
고, 반신반의하는 사람도 있지만, 난 행동으로 증명할 수밖에 없습
니다. 이 땅과 코야오서에 대한 애정만큼은 누구도 날 따라올 수
없을 겁니다.

1998년 화롄花蓮으로 출장을 가다가 산사태로 도로가 끊기는 바
람에 산길을 돌아가던 중에 우연히 이 호수를 보았어요. 캉티호가
관광지로 개발되기 전이라 제대로 된 도로도 없었죠. 힘들게 코
야오서에 도착했을 때는 이미 밤 늦은 시간이었요. 지치고 배고
픈 몸을 이끌고 찾아왔다가 구야오원 목사님 때문에 기절할 뻔했
습니다. 목사님이 내게 활을 겨눈 채 성니콜라스 십자가를 찾아온
게 아니냐고 묻더군요. 길을 잃고 헤매고 있다고 했더니 나를 교
회로 데리고 가 호수에서 잡은 물고기를 구워 죽통밥과 함께 내어

주시더군요. 좁쌀술과 국화차도 함께요. 우린 밤새도록 얘기를 나눴습니다. 코야오서의 역사에 대해 듣고 코야오봉에 올라가 일출도 봤죠.

그 일을 계기로 캉티뉴쓰 호텔 건설 프로젝트를 구상하게 됐어요. 호수에서 잡은 물고기도 맛있고 좁쌀술도 향기롭고 호수 경치는 넋을 잃을 만큼 아름다웠죠. 수많은 곳을 가봤지만 캉티호와 코야오서만큼 타이완 고유의 더럽혀지지 않은 신성한 감동을 주는 곳은 없었어요."

"그래서 이곳에 호텔을 지어 모든 걸 파괴하셨군요."

"아니오! 아닙니다!" 바이웨이뒤의 목소리가 높아졌다. "난 그들을 돕고 싶었습니다. 여긴 참 아름답지만 사람이 살기에는 척박한 곳이죠. 젊은이들은 돈을 벌기 위해 타지로 떠나고 아이들은 매일 산 하나를 넘어 학교에 다니고 있었습니다. 노인들이 병원에 가려고 해도 일주일에 한 번 오는 버스가 유일한 교통수단이니 작은 병은 참고 큰 병은 버스가 올 때까지 기다려야 했고요. 이곳의 평균 수명이 평지의 3분의 2밖에 되지 않았습니다. ……개발하지 않았다면 코야오서는 도화원이나 아틀란티스처럼 소리 없이 사라져 전설이 되었을 겁니다.

마침 내가 막 결혼했을 때였고 사업자금을 대줄 테니 창업을 하라는 장인어른의 압력이 있었어요. 그래서 이 호텔 건설 계획을 세운 뒤 정부에 로비하고 생태전문가를 찾아가 조언을 구했죠. 구야오원 목사님께 호텔이 완공되면 모든 게 달라질 거라고 했어요. 중앙산맥에 마지막 남은 비경을 많은 사람에게 알릴 수 있고, 이곳 젊은이들은 고향을 떠나지 않고 일자리를 찾을 것이며 현지 농수산품의 판로도 열릴 거라고 했죠.

그때는 목사님도 좋은 생각이라며 현지 사람들과 소통할 수 있도록 중개 역할을 해주겠다고 했습니다. 그때만 해도 호텔 건립이 순조롭게 진행될 것 같았죠."

"뜻밖의 변수가 나타났나요?" 왕쿼잉이 물었다.

"뜻밖의 변수는 아니었어요. 내가 너무 경험이 없고 순진했죠. 모든 게 계획에 따라 진행될 거라고 믿었습니다. 하지만 세상에 그렇게 쉬운 일이 있겠어요. ……세상엔 비릿한 피 냄새만 나면 몰려드는 상어들이 득실득실하죠. 그들이 땅을 차지하고 쇼핑센터와 요트 선착장을 짓겠다고 달려들고 건설업자들은 자기에게 하청을 달라고 요구했어요. 당초 계획은 코야오서의 특색을 살려 50개 객실 규모의 친환경 리조트를 짓는 것이었는데 갑자기 객실 300개 규모의 대형 호텔로 바뀌었어요. 코야오봉 전체를 깎아내서 말이죠! 계획이 발표되던 날 구야오원이 찾아와 따졌죠. 코야오봉은 조상의 영혼이 깃든 신성한 땅이므로 호텔 따위를 짓도록 내어줄 수 없다면서.

쇼핑센터와 오락 시설을 계획에서 제외시키기 위해 내가 얼마나 큰 노력을 기울였는지 설명했지만 그는 내게 조금도 고마워하지 않더군요 마을을 파괴하려 한다며 날 욕했죠. 그는 상인들이 노인들을 몰아내고 그들의 목조주택을 부수고 관광객이 좋아하는 편의점, 기념품점, 식당을 지을 것이고, 코야오서는 영원히 사라질 거라고 했습니다."

"그때 멈췄어야죠."

바이웨이둬가 쓴웃음을 지었다. "역시 마이 선생은 자본가가 아니군요. 투자계획은 일단 시작되면 멈출 수 없어요. 이미 투입된 수백만 위안을 날리는 건 둘째고, 투자자, 건설업자, 지역 유지, 공무원 등등 이미 고깃덩이를 본 수많은 상어들은 그걸 한 입 물기 전까지는 절대로 포기하지 않습니다."

왕쥔잉이 담배 연기를 뿜어냈다. "그래서 가스 폭발 사고를 일으키셨군요."

"아뇨. 그 사고는 나와 상관없는 일입니다."

"어폐가 있군요. 정말 사고였다면 누구와도 상관없는 일이죠. 그런데 사장님은 자신과 상관없는 일이라고 강조하셨어요. 그렇다면 그건 사고가 아니라는 뜻이겠죠."

"아뇨. 그건 사고였습니다. 그 사건을 담당한 검사도 그렇게 판단했습니다."

왕쥔잉도 코야오서 가스 폭발 사고의 사건기록을 열람한 적이 있었다. 사고가 발생하기 전날 밤 양측의 대립이 격화되어 마을 사람들과 개발업체 간에 충돌이 있었다. 마을 사람들이 순찰대를 조직해 초소를 두고 외부인의 마을 출입을 금지했다. 사고가 발생한 뒤 마을 사람들은 수상한 사람을 보지 못했다고 증언했고, 현장에서 인위적인 방화의 흔적도 발견되지 않았으므로 검사는 이를 사고로 판단하고 사건을 종결시켰다. 왕쥔잉도 검사 신분으로는 담당 검사의 판단에 동의했지만, 구야오원의 친구로서는 그 결론을 받아들일 수가 없었다.

"그 후 많은 일을 했습니다. 처음엔 마을의 재건을 도우려고 했지만, 9.21 대지진이 발생하는 바람에 마을 재건은 실패했습니다. 코야오서의 일부 주민들은 캉티진으로 이주하고 나머지는 각지로 흩어졌죠. 그래서 그들에게 집을 구할 돈을 줬습니다. 내 아내조차도 내게 미쳤다고 했어요." 바이웨이둬가 말했다.

두 남자는 도로를 따라 산을 내려갔다. 땅거미가 점점 내려앉고 가로등이 하나둘씩 켜지며 아스팔트 위로 나무 그림자가 길게 드리워졌다.

"양심의 가책 때문에 그렇게 한 건가요?"

"물론 양심의 가책을 느꼈죠. 내가 이 프로젝트를 시작하는 바람에 수많은 문제가 시작됐으니까. ······하지만, 가스 폭발 사고에 대해서는 괴롭고 안타까울 뿐 양심의 가책을 느끼지는 않아요. 9.21 대지진에 양심의 가책을 느끼지 않는 것과 같죠."

둘 사이에 긴 침묵이 흘렀다. 왕쥐잉은 담배를 피웠고 바이웨이뒤는 양손을 주머니에 꽂고 지나가는 사람들에게 묵례를 했다.

가든바에 거의 도착했을 때 바이웨이뒤가 말했다. "마이 선생, 타이완으로 건너온 말레이시아인으로서 아마 공감하실 겁니다. 전 평범한 집안에서 태어나 젊은 시절 밑천 하나 없이 성공하기 위해 분투했습니다. 내키지 않지만 성공하기 위해 어쩔 수 없이 해야 하는 일도 있었어요. 인생의 중요한 결정도 포함해서요. ······잘못된 환경에 뛰어들어 나쁜 사람들에게 둘러싸여 있었기에 나쁜 일도 일어났죠. 막으려고 최선을 다했지만 피해를 백에서 오십으로 줄이는 것밖에는 할 수 없었어요. 캉티뉴쓰 호텔이 바로 그래요. 이제 쉬고 싶어요. 좋아하는 사람과 함께 편안한 삶을 살고 싶어요. 마이 선생과 많은 대화를 나눌 수 있어서 기쁘군요. 특히 바로 지금 말이죠. 나중엔 이런 원망도 필요 없게 될 거예요. 오, 마이 선생, 저 사람이 내 아내 란 씨예요. 이 호텔의 총지배인이죠."

왕쥐잉은 음료를 들고 파티 개회사를 하는 바이웨이뒤를 가만히 응시했다. 방금 전 바이웨이뒤의 말에 마음이 흔들렸음을 그도 인정했다. 성공을 위해 분투하는 가난한 청년이 사람들을 도와주기 위한 사업을 시작했지만 가증스러운 자본주의와 관료들이 그의 호의를 이용해 그가 아끼는 사람들을 해쳤고, 그에게도 악인이라는 꼬리표가 따라붙게 됐다.

어쨌든 이 모든 건 그의 잘못이 아니었다.

왕쿤잉은 이런 생각이 일부 옳다는 걸 알고 있었다. 옳고 그름은 원래 흑백이 분명히 나뉘는 것이 아니고, 정의의 검도 영원히 빛을 발하는 것은 아니다. 배신죄를 저지른 자본가의 선택이 수백 명 직원들의 생계를 위함일 수도 있고, 비참한 처지에 몰린 피해자가 가장 이기적이고 탐욕스러운 인간의 면모를 보여주기도 한다.

어쩌면 바이웨이둬는 좋은 사람일 수도 있다. 그가 정말 부득이한 처지에서 고통스러운 선택을 했을 수도 있고, 구야오윈의 죽음이 정말로 예기치 않은 사고였을 수도 있다.

하지만 빌어먹을, 바이웨이둬, 당신은 사회의 변두리를 떠돌아야 했던 사람이 아니잖아. 당신에게 청각장애인 아버지와 정신지체장애인 어머니가 있는 것도 아니고, 굶어 죽지 않기 위해 시장에서 버려진 채소를 주워야 했던 것도 아니야. 당신이 추구한 건 생존이 아니라 부였어. 당신 주위에 몰려든 상어들은 당신과 호형호제하는 사람들이었고, 당신의 부득이한 처지와 고통스러운 선택은 당신을 백만장자로 만들어줬어. 게다가 당신은 지금 마음 편히 살기 위해 다이아몬드를 양손에 쥐고 떠나려 하고 있잖아?

모든 행동에는 동기가 있고, 모든 동기는 그 사람이 처한 환경과 연관되어 있다. 하지만 모든 행동에는 결과도 있다. 성인이라면 그 행동의 결과에 책임져야 마땅하지 않은가?

왕쿤잉이 휴대폰을 꺼냈다. GPS 지도 위에 빨간불이 깜빡거렸다. 바로 그가 지금 서 있는 자리였다. 발로 바닥의 모래를 살살 밀어내자 가느다란 틈이 보였다.

'당신의 죗값을 치르게 하겠어. 이건 운명이야. 바이웨이뤄.'

다음 행동에 착수하려던 왕쥔잉의 시선이 푸얼타이에게서 우뚝 멈췄다. 뜻밖이었다. 그들은 몇 건의 사건을 함께 해결한 적이 있었다. 저 조류학자는 늘 뜬금없는 질문을 던지고 쓸데없어 보이는 것들을 기웃거리다가 어느 순간 범인을 단번에 지목해 경찰과 검사를 바보로 만들어버리곤 했다. 하지만 왕쥔잉은 그 '명탐정'을 배척하지 않았다. 그가 검찰과 경찰을 자극해 긴장감을 잃지 않게 만드는 순기능을 한다고 생각했다. 하지만 도둑 신분인 그로서는 탐정을 경계할 수밖에 없었다.

한참 생각하다가 빠져나갈 구멍을 마련해두기로 했다.

푸얼타이가 잠시 테이블을 비운 사이 그의 음료에 몰래 신경안정제를 넣은 뒤 푸얼타이가 그걸 마시고 정신이 가물거릴 때쯤 다가가 한마디 건넸다. "푸얼타이 교수? 하이, 괜찮아요?" 푸얼타이가 정신을 잃고 그의 품으로 푹 쓰러졌다.

푸얼타이의 소지품을 챙겨 그를 업고 셔틀버스에 태워 호텔로 돌아온 다음, 그의 주머니에 있던 객실카드로 문을 열고 들어가 그를 침대에 눕히고 신경안정제 한 알을 더 먹였다. 그런 다음 창문 잠금장치를 열고 창문을 살짝 열린 상태로 두었다. 이건 아룽의 습관이었다. 도둑은 하늘이 자신을 위해 창을 열어둘 거란 기대는 절대로 하지 않는 게 좋다는 것이 아룽의 신념이었다.

그는 자기 객실로 돌아가 마이관제 변장을 벗고 위아래로 검은 옷을 입은 뒤 3시 30분경 도구를 가지고 객실을 나섰다. 우선

CCTV 교란장치를 켜고 엘리베이터를 타고 내려왔다. 자동차도로를 피해 미리 탐색해둔 숲길로 산을 내려갔다. 가든바에 도착한 시각은 대략 4시 30분이었고 가든바의 영업이 끝난 뒤였다. 마지막 직원이 떠나는 걸 확인하고 야합화 수풀 옆으로 다가가 감춰진 문을 열었다.

지하실은 20년 전 그때처럼 춥고 벽에 돌이 비죽비죽 튀어나와 있었다. 달라진 게 있다면 그때는 구 목사의 성경과 각종 신학서가 잔뜩 쌓여 있었지만, 지금은 물에 꽂아놓은 야합화와 크고 작은 란니의 사진이 가득 채워져 있다는 점이었다. 처음엔 예상치 못한 광경에 어리둥절했지만 왕쿼잉은 자신이 따분한 사랑 놀음의 현장에 쳐들어왔다는 사실을 알았다. 무뚝뚝한 황아투가 데크체어에 기대어 앉아 란니의 사진을 보며 권총을 들고 있는 모습을 떠올리자 우습고도 슬펐다.

그밖에도 두 가지 물건이 그의 눈길을 끌었다. 그중 하나는 엽총이었다. 탄알은 장전되어 있지 않고, 나무로 된 개머리판에 정교한 문양이 조각되어 있었다. 구야오원의 엽총도 똑같은 형태였다. 혹시 이게 구야오원의 엽총일까?

또 하나는 소니 스마트폰이었다. 전원이 켜져 있고 비밀번호가 걸려 있었다. 몇 번 시도해보았지만 비밀번호가 풀리지 않자 포기하고 원래 있던 자리에 내려놓았다.

벨벳 주머니를 찾는 건 어렵지 않았다. 무게를 가늠해보니 바이웨이둬에게 건넬 때와 거의 비슷했다. 다이아몬드를 확인하며 지하실에서 기어나왔다. 그동안 했던 모든 도둑질을 통틀어 이번이 제일 쉬웠다.

왕쿼잉은 또렷하게 기억했다. 그건 남자의 두 발이었다. 발목까지 조금 올라오는 하이탑 운동화를 신은 발. 운동화는 얇은 재질로 되어 있고, 오렌지색 바탕에 파란 스트라이프 무늬가 있으며, 빨간 운동화 끈이 스트라이프 무늬와 강렬하게 대비됐다. 그 두 발이 왕쥔잉이 돌계단을 올라가 문을 열었을 때 눈앞에 버티고 서 있었다.

왕쥔잉은 자신이 그토록 짧은 찰나에 그렇게 많은 부분을 관찰해냈다는 사실이 놀라웠다. 탕, 하는 소리가 그의 고막을 울리는 순간, 열린 문틈으로 날아 들어온 붉은 핏방울이 그의 얼굴에 튀었다. 본능적으로 뒤로 물러나다가 돌계단에서 발을 헛디뎌 떨어졌고 열렸던 문도 닫혔다.

그다음 밖에서 어떤 물체가 물에 빠지는 소리가 들렸다.

왕쥔잉은 바닥에 몸을 웅크리고 가쁜 숨을 몰아쉬었다. 머릿속이 어지러웠다.

젠장, 이게 무슨 상황이야? 다이아몬드를 훔쳤을 뿐인데 왜 이렇게 됐지? 밖에 무슨 일이 있었던 거지? 누가 총을 쐈나? 누가 총에 맞았나? 그게 아니라면 그 피는 어디서 튄 걸까? 죽었나? 총을 쏜 사람은……. 놀라서 이가 딱딱 부딪혔다. 그가 고개를 들었을 때 문이 열리고 기관총을 든 팔이 문틈으로 쑥 들어왔다. 탕…… 탕……탕…….

안 돼! 그가 용수철 튕기듯 벌떡 일어나 얼굴에 묻은 피를 닦았다.

아직 갚아야 할 20년 만기 주택 대출이 남아 있고, 아들이 대학 가는 것도 봐야 하고, 자편과 세계일주도 해야 한다. 젠장, 괴도 인텔 선생이 어떻게 숨어서 죽기만 기다릴 수가 있단 말인가?

정신을 가다듬고 데크체어 옆에 있는 엽총을 집어 들고 총알 다섯 발을 장전했다. 콧구멍으로 깊은 숨을 내뱉었다. 밖으로 나가 생사를 건 일전을 벌이기로 했다. 하지만 몇 걸음 내딛다가 안 되겠다 싶었는지 다시 걸음을 돌려 소니 휴대폰을 집어 주머니에 넣고 지하실 귀퉁이에서 부직포 몇 장을 꺼내 머리를 감싼 뒤 쇠양동이를 헬멧 대신 머리에 썼다. 또 크기가 적당한 비료 두 자루를 골라 앞뒤로 하나씩 몸에 묶은 다음 용기를 내 돌계단을 올라갔다. 살며시 문을 밀며 속으로 되뇌었다. '그 나무 사이는 보지 말자⋯⋯. 그 나무 사이는 보지 말자⋯⋯.'

하지만 인간에겐 하면 안 된다고 다짐할수록 더 하게 되는 이상한 습성이 있다. 왕췬잉은 땅 위로 올라와 조심스럽게 문을 닫고 앞으로 몇 발짝 내딛다가 결국 참지 못하고 고개를 돌려 그 메밀잣밤나무 사이를 흘긋 보았다. 어스름한 나무 그림자 사이로 희미한 사람 모습이 보였다.

"젠장!" 왕췬잉이 무거운 '장비'를 멘 채 재빨리 앞으로 엎드렸다. 어둠을 가르는 총성이 울리고 오른쪽 무릎에 극심한 통증이 느껴졌다. 몸을 굴리다시피 기어서 작은 흙무덤 뒤에 몸을 숨긴 뒤 무릎을 만져보았다. 피가 났지만 다행히 찰과상인 듯 했다.

젠장, 여기서 죽겠군.

고개를 숙여 시계를 보니 5시 18분이었다.

아무것도 안 할 수도 있었다. 흙무덤 뒤에서 숨죽이고 버티면 저 킬러가 가슴 졸이고 있다가 더 기다리지 못하고 동이 트기 전에 스스로 떠날 것이다.

하지만, 젠장, 가슴 졸이기는 그도 마찬가지였다. 남들에게 들킬까 봐, 다이아몬드를 지키지 못할까 봐, 인텔 선생이라는 신분까지 들통날까 봐 초조했다. 사람을 죽이는 건 휴대폰을 떨어뜨리는 것처럼 단순한 일이 아니었다.

제일 좋은 방법은 킬러와 좋게 대화로 해결하는 것이었다. 대화로 풀고 각자 갈 일을 간다면 좋은 만남이었다고 할 수 있을 것이다. 그런데, 어떻게 대화하지? 팬티를 벗어 백기라도 흔들어야 하나? 하지만 그는 오늘 울긋불긋 화려한 색깔의 팬티를 입었다. 울긋불긋한 팬티를 흔드는 건 상대를 도발하는 게 아닌가? 엽총을 꼭 쥐었다. 뛰쳐나가 일전을 벌이는 게 나을 것 같았지만, 어쩌면 이 총이 수십 년 동안 쓰지 않은 총이라 킬러의 머리를 날려버리기 전에 자기 가슴팍에서 터져버릴 수도 있다는 생각이 들었다.

또 무슨 방법이 있을까?

몸에 묶은 비료 포대를 보니 '질산칼륨'이라고 쓰여 있었다. 그걸 보고 문득 재작년 한 농부가 정부를 상대로 소송을 제기했던 사건이 기억났다. 한 농가의 비료 창고에서 화재가 발생했는데 시커먼 연기가 거세게 피어오르는 바람에 소방대의 진화 작업이 늦어져 농가가 전소되고 말았다. 그러자 농부가 소방대원들을 직무태만과 살인미수로 고소했던 사건이었다.

한번 해보자.

왕쥔잉이 머리에 쓰고 있던 부직포를 벗어 적당한 크기로 자른 다음, 엽총에서 총알 두 발을 꺼내 총알에 든 화약을 부직포에 쏟은 뒤 비료와 화약을 섞어 부직포로 감쌌다. 이렇게 만든 화약주머니 세 개를 비료 자루 끈으로 묶어 도화선으로 삼았다. 또 벨벳 주머니를 꺼내 다이아몬드는 모두 자기 주머니에 털어 넣고 벨벳 주머니에는 작은 돌과 모래를 가득 채우고 화약을 넣어 도화선을 연결했다.

그는 뒤이어 일어날 일을 머릿속으로 반복해서 예상하며 라이터로 도화선 네 개에 불을 붙이고 휴대폰 카메라 기능을 켠 뒤 조심스럽게 휴대폰을 흙더미 위로 들어 올렸다. 휴대폰 화면으로 킬러가 보이자마자 총성이 울리며 휴대폰이 산산조각 났다. 그는 때를 놓치지 않고 킬러가 있는 쪽으로 화약주머니를 던졌다. 주머니가 공중에서 회전하며 시커먼 연기를 뿜어냈다. 킬러가 숨을 참고 있다가 벨벳 주머니가 자기 앞으로 거의 날아왔을 때 총을 쏘아 연못에 빠뜨렸다. 하지만 벨벳 주머니는 연막용이었고, 부직포로 감싼 화약주머니 세 개를 동시에 던졌다. 하나는 땅에 떨어졌지만 다른 두 개는 메밀잣밤나무의 빽빽한 가지 사이에 정확히 걸려 흰 연기를 마구 뿜어냈다. 킬러가 나뭇가지에서 뛰어내렸지만 왕쥔잉은 이미 사라지고 없었다. 왕쥔잉은 다친 다리를 끌고 숲을 향해 미친 듯이 달렸다. 최대한 높은 곳으로 기어 올라갔다. 나무뿌리를 넘고 바위를 타고 미친 듯이 기어올라 더 버틸 수 없는 지경이 되었을 때 불빛이 보였다. 호텔 주차장이었다. 그는 바닥에 엎드려 아스팔트에 안도의 입맞춤을 했다.

절룩거리며 객실로 돌아와 침대에 큰 대자로 뻗어버렸다. 눈이 스르르 감기고 까무룩 잠이 들려는 순간 몸을 뒤척이는데 주머니에 있는 다이아몬드가 그의 가슴을 찔렀다. 어릿한 감촉에 잠이 깬 그는 뒷일을 어떻게 처리할지 생각했다.

그의 앞에 놓인 선택지는 두 가지뿐이었다. 도망칠 것인가, 그대로 있을 것인가. 지금으로서는 도망치는 것이 가장 쉽고 깔끔한 선택이었다. 호텔을 떠나기만 하면 '마이관제'라는 사람은 영영 사라지고 그는 '왕쥔잉'으로 돌아가 법을 수호하는 검사 역할에 충실하면 된다.

하지만 문제가 있었다. 사람이 죽었다. 검사 경험에 비추어볼 때

'마이관제'가 이유 없이 사라지면 그는 보나 마나 가장 유력한 용의자로 지목될 것이다. 경찰이 모든 수단을 동원해 그의 행방을 쫓다가 그가 세상에 존재하지 않는다는 걸 알아내면 호텔 CCTV에 찍힌 그의 얼굴을 판독해 결국 마이관제가 옛날의 그 인텔 선생이자 지금의 왕쿼잉 검사라는 걸 알아낼 것이다.

도망치지 않고 그대로 있는다면? 그가 계속 말레이시아 미디어 재벌을 연기한다면 이 모든 일은 그와 무관해지고 경찰도 그를 의심하지 않을 것이다. 기껏해야 그에게 바이웨이둬의 어제 행적을 물어보는 정도에 그칠 것이고 그는 명쾌하게 대답할 수 있었다. CCTV를 확인하든 다른 투숙객들에게 물어보든 그가 바이웨이둬와 함께 산책했다는 증거는 차고 넘쳤다.

유일한 문젯거리는 다이아몬드였다…….

그 순간 좋은 생각이 났다. 그는 테이블에 있던 샌디워커 선물상자를 열고 술병과 상자 밑에 깔린 얇은 나무판을 꺼낸 뒤 상자 밑바닥에 두껍게 풀칠을 하고 다이아몬드를 그 위에 얇게 펼쳐놓았다. 그런 다음 그 위에 나무판을 다시 덮고 가장자리로 비어져 나온 풀을 닦아내고 드라이기 바람으로 말린 뒤 다시 술병을 넣고 상자 아래에 GPS 추적 스티커를 붙였다.

예비용으로 가지고 온 클라이밍용 로프를 발코니로 가지고 나가 난간의 정확한 위치에 로프를 묶은 뒤 로프에 매달려 5층으로 내려갔다. 창문 너머에서 푸얼타이가 깊이 잠들어 있었다. 열어둔 창문을 열고 살금살금 방으로 들어가 푸얼타이 방에 있는 샌디워커 상자와 자신의 상자를 바꿨다.

푸얼타이는 오래전부터 경찰 수사에 협조해왔기 때문에 경찰의 의심을 받지 않을 것이고, 또 추리 능력은 뛰어나지만 의외로 덜렁

거리는 성격 때문에 소지품을 잘 챙기지 않으므로 이 풍파가 지나
간 뒤 샌디워커 상자를 되찾아오는 건 어렵지 않을 것이다.

그는 절룩이는 다리를 끌고 길을 조금 돌아 의류수거함으로 가
서 작업복 바지와 신발을 모두 수거함에 넣었다. 그제야 조금 마음
이 놓였다.

객실로 돌아와 샤워를 하고 가발을 쓰고 분장을 한 뒤 잠옷가운
을 입었다. 이제 경찰이 찾아오면 막 잠에서 깨어 아무것도 모르는
척 연기하면 된다.

동쪽 하늘이 어렴풋이 밝아오기 시작했다. 왕쿼잉은 창밖을 응
시하고 있다가 문득 생각났다. 총에 맞은 사람은 누굴까? 그는 지
하실이 있다는 걸 어떻게 알았을까? 의문의 킬러는 또 누굴까?

휴대폰 벨소리가 몽롱한 왕쿼잉의 의식을 비집고 들어왔다. 지
방검찰서에서 받은 공무용 휴대폰이었다.

"왕 검사, 나 펑鳳팀 추이팡翠芳이에요. 이른 시간에 전화해서 미
안해요. 해피 뉴 이어! 응, 방금 경찰국에서 전화가 왔는데 중요한
피살사건이 발생했다면서 당장 사람을 보내달라는데……. 그렇대
요. 오늘 내가 당직인데 어제 저녁에 송년파티에 갔다가 다리가 부
러졌지 뭐야. 지금 응급실에 있어요. ……아유, 천레이陳雷* 너무 잘
생겼잖아. 흥분해서 무대 위로 뛰어 올라갔다가 경호원한테 발로
차여서 떨어졌어요. ……그렇다니까. 피곤한 왕 검사한테 이런 부
탁 하면 안 되는 거 알지만, 예상치 못한 상황이라.

곤란해요? 그렇구나. 알았어요. 참, 지난주에 자편이랑 온천 갔
었어요. ……그럼. 자편이랑 내가 얼마나 친한데. 베스트프렌드예

---

* 타이완의 유명한 원로가수.

요. 자편이 나한테는 뭐든지 다 얘기해⋯⋯.

응? 생각이 바뀌었다고요? 왕 검사가 적임자일 줄 알았어. 경찰 쪽 책임자는 차이귀안이래요. 그 사람 알죠? 사건 현장은 캉티호에 있는 캉티뉴쓰 호텔. ⋯⋯응, 왜? 그렇게 소리를 질러⋯⋯. 어디까지 얘기했지? 사건 현장은 캉티뉴쓰 호텔이고, 피살자는 호텔 사장 바이웨이뒤래요. 총상을 입고, 어디서 발견됐다더라? ⋯⋯무슨 연못이라든가, 아니, 절벽 아래 산책로⋯⋯ 거기서 발견됐대요. 그게 어딘지는 모르지만⋯⋯."

3

왕쥔잉은 모텔에서 마이관제의 가발을 벗고 분장을 지웠다. 머리가 터질 것 같고 다리는 구름 위를 걷는 것 같았다. 이 사건을 맡겠다고 한 것이 옳은 결정인지 의심이 들기 시작했다. 원래는 담당 검사로서 상황을 통제해 마이관제가 조사에 휘말리는 걸 막을 생각이었다. (자편 때문에 승낙한 건 결코 아니다!) 그런데 현장에 도착해보니 차이궈안에게서 작은 지휘권 하나도 빼앗아오기가 쉽지 않아 보였다. 그리고 더 중요한 건 그 자신은 바이웨이뒤 피살 사건과 아무 관련이 없었다.

바이웨이뒤의 시신이 발견된 산책로는 오늘 아침 그가 총성을 들은 가든바와 코야오봉을 사이에 두고 있었고, 코야오봉이 호수와 맞닿은 쪽은 깎아지른 듯 험한 절벽이었다. 설사 우공이산*의 기적이 실현되어 하루아침에 봉우리가 사라진다 해도 직선거리로 몇 백 미터나 떨어진 거리였다.

킬러가 가든바에서 바이웨이뒤를 죽인 뒤 시신을 산책로로 옮긴

* 우공이 산을 옮긴다는 뜻으로, 어떤 일이든 끊임없이 노력하면 반드시 이루어짐을 이르는 말.

걸까? 그것도 불가능하다. 바이웨이둬는 새벽 5시 3분에 산책로로 내려갔고 시신이 발견되기 전까지 아무도 산책로로 내려가지 않았다. 바이웨이둬가 같은 시각에 가든바에 나타났을 리도 없고, 산책로에서 발견된 혈흔은 그가 산책로에서 총을 맞았음을 증명하는 확실한 증거였다.

그렇다면 오늘 새벽 두 건의 살인사건이 발생했단 말인가? 산책로에서 바이웨이둬가 죽고 가든바 옆에서도 아무개가 죽었는데, 바이웨이둬의 시신은 발견되고 아무개의 시신은 아직 연못 바닥에 가라앉아 있는 걸까?

그 아무개는 누굴까? 킬러는 누굴까? 바이웨이둬를 죽인 범인은 또 누굴까? 그는 어떻게 총을 쏘았을까?

수수께끼가 호기심을 자극하고 호기심이 아드레날린을 자극해 점점 흥분되기 시작했다. 차이궈안이 오만방자하게 굴지만 않았어도 1, 2주 호텔에 머물며 의문점을 파헤쳐보고 싶기도 했다. 하지만 아직은 영웅이 등장할 때가 아니었다. 자신이 사건을 완전히 통제할 수 없는 상황에서 '마이관제'가 오랫동안 사라지는 건 의심을 살 위험이 있었다.

차이궈안을 전담 수비해줄 누군가가 필요했다.

왕쿤잉은 결재서류에 결재를 마치고 우아하게 퇴장한 뒤 공무수행 차량을 타고 산간분지의 작은 마을에 있는 모텔로 갔다. 운전수에게는 친구를 만나러 간다고 둘러댔지만 운전수의 음흉한 눈빛은 그의 핑계가 너무 군색하다고 말하고 있었다. 운전수가 돌아가기 전 문득 든 생각에 급하게 메모를 적어 지하실에서 가져온 소니 휴대폰과 함께 운전수에게 건네며 난南구 전핀眞品빌딩 2층 5호에 가져다주고 왕 검사가 사건 수사에 필요한 급한 부탁이라고 전하게

344

했다.

그는 다시 마이관제로 변장하고 캉티뉴쓰 호텔로 돌아가 2층 레스토랑의 프라이빗룸에서 식사를 하며 종업원들에게 이것저것 물어보았다. 직원들은 대부분 바이웨이뒈의 죽음을 안타까워했다. 그가 다정하고 급여도 후하게 주는 사장이었다고 말하는 직원도 있고, 왕가위 영화에서 걸어 나온 듯 중후한 매력을 지닌 신사였다고 말하는 직원도 있었다. 유일하게 여자 직원 한 사람만 그가 늘 미소 지었지만 별로 행복해 보이지 않았다고 말했다.

왕쥔잉은 바이웨이뒈가 어제 마지막으로 했던 말을 떠올렸다. '이제 쉬고 싶어요. 좋아하는 사람과 함께 편안한 삶을 살고 싶어요……'

포크로 에그롤 하나를 찍어 입에 넣고 천천히 씹었다. 바이웨이뒈는 어떤 사람일까? 선한 사람일까, 악한 사람일까? 지금까지 살았던 인생은 성공이었을까, 실패였을까?

그때 밖에서 푸얼타이의 목소리가 들렸다. "……그러면 또 다른 머저리들이 튀어나와 '부엉이도 사건을 해결할 수 있다', '조류 셜록' 등의 기사와 평론을 발표할 거고요. 그런 일들은 인류 사회에 대한 내 관심을 사그라뜨릴 뿐만 아니라, 범죄를 연구하는 내 본래 취지와도 맞지 않아요. 결론은, 난 집에 돌아가겠다는 것."

그 말만 들어도 무슨 일이 있었는지 알 수 있었다. 왕쥔잉은 몇 초쯤 주저하다가 명함을 챙겨 들고 당당하고 차분한 걸음으로 푸얼타이 쪽으로 걸어가 말을 건넸다. 그는 푸얼타이가 자신과 악수하지 않을 거라고 예상했다. 그렇다면 그의 신분을 들킬 위험이 현저히 줄어든다. 하지만 그래도 억양과 시선, 손짓 하나까지도 신중하게 처리해 최대한 의례적인 인사처럼 보이게 했고 때마침 공문이 송달되며 대화가 자연스럽게 마무리됐다.

푸얼타이와 화웨이즈가 자리를 뜬 뒤 샤이엔, 샤위빙과 대화를 나누었다. 그들은 황아투가 범인이라는 걸 믿지 않았다. 그들이 말하는 황아투는 왕쿼잉이 알고 있는 사람과 완전히 다른 사람인 것 같았다. 그들이 묘사하는 황아투는 밝고 쾌활하고 늘 웃는 인상이었다. 마치 작열하는 태양 아래서 흙투성이가 된 손을 흔들며 반갑게 인사하는 아저씨 같은 이미지였다. 왕쿼잉은 그들이 얘기하는 사람이 까무잡잡한 피부의 대머리 남자인지 재삼 확인한 뒤에야 자기가 아는 황아투가 맞다는 걸 믿을 수 있었다.

그는 샤위빙의 손에 들려 있는 샌디워커 쇼핑백을 흘긋 살폈다. 조금 전 푸얼타이가 자리를 뜨기 전 그녀에게 맡긴 것이었다. 그는 지금 다이아몬드를 되찾아갈까 망설였다. 어차피 살인사건은 '마이관제'와 무관하고, '왕쿼잉'은 검사이므로 의심받을 가능성은 없었다. 하지만 고민 끝에 역시 다음으로 미루기로 했다. '장물이 없으면 도둑이 아니다.' 이 중요한 '절도'의 개념을 다시 한번 상기했다. 완벽하게 안전한 상황이 아니라면 장물을 몸에 지니지 않는 것이 좋다. 아룽은 위험에서 벗어나기도 전에 성급하게 장물을 운반하다가 임시검문에 걸리는 바람에 자동차와 함께 태평양으로 돌진했다.

먼저 황아투의 비밀을 풀기로 했다.

자동차 도로를 따라 가든바로 향했다. 아직 가든바 영업시간 전이었고 투숙객들이 두세 명씩 코야오 연못가에서 산책하고 있었다. 몇 시간 전 어둠 속의 총격전은 마치 평행우주에서 발생한 일인 듯했다. 왕쿼잉은 연못 주위를 천천히 돌며 살펴보았지만, 엽총, 총알, 비료, 쇠양동이 등 현 세계에 있어서는 안 되는 것들은 하나도 보이지 않았다. 나무 사이에 숨겨진 받침대도 어디론가 사라져 있었고, 그의 숨통을 끊을 뻔했던 탄두도 아마 다 치워졌을 것 같았다. 사격 기술만 뛰어난 줄 알았더니 공중도덕도 철저히 지키는 킬러였다.

유일하게 이곳에서 총격이 발생했을 수도 있음을 증명할 수 있는 건 연못 바닥에 가라앉아 있을 시체였다. 연못가에서 셀카봉을 들고 셀카를 찍는 젊은 여자들을 보며 만약 지금 시신이 떠오른다면 얼마나 흥미진진할까 생각했다.

황아투를 범인으로 지목한 푸얼타이의 추리에는 그 역시 동의하지 않았다. 이유는 간단했다. 황아투는 그 시간에 이미 가든바에서 총알에 머리통(심장이나 또 다른 곳일 수도 있다)을 관통당한 뒤였기 때문이다.

지하실 주인이 황아투인 것에는 의심의 여지가 없고 다이아몬드도 그가 가지고 있었다. 오늘 새벽 지하실 입구에 서 있던 그 두 발의 주인이 황아투가 아니면 누구겠는가?

그런데, 황아투는 그 시간에 그곳에 왜 나타났을까?

샤이옌 부녀의 말대로 그가 호텔의 정원 관리를 책임지고 있었다면 이른 새벽 호텔에 나타나는 건 전혀 이상한 일이 아니다.

황아투는 어째서 다이아몬드를 지하실에 감췄을까? 다이아몬드 거래를 마친 뒤 바이웨이뒤는 그에게 다이아몬드를 '사무실 금고'에 넣어놓으라고 했다. 황아투는 바이웨이뒤의 말대로 하지 않았을 뿐 아니라 다이아몬드를 비밀장소에 감췄다. 그는 왜 바이웨이뒤를 배신했을까?

휴대폰이 울렸다. 전화를 받자마자 윙수주의 날카로운 목소리가 고막을 두들겼다.

"어떻게 된 거야? 다이아몬드 몇 개 훔치는 건데 어쩌다 사람을 죽였어? 살인은 하지 않는 게 우리 원칙이라는 거 잊었어?"

"원칙 같은 소리 하고 있네! 내가 죽인 게 아니야. 내가 물건을 훔치고 나서 자기들끼리 죽였는데 나랑 무슨 상관이야?"

"그럼 거기서 뭘 하고 있어? 빨리 물건 가져오지 않고! 돈은 절반 떼어줄 테니까 어서 가져와! 손님이 기다리고 있어!"

"지금은 못 가. 여길 뜨자마자 용의자가 될 거야…….." 왕줜잉이 목소리를 눌러 말했다. "그리고 난 지금 이 사건의 담당 검사야…….."

"젠장, 무슨 소릴 하는 거야? 용의자인데 또 검사라고? 머리가 어떻게 됐어?"

"말하자면 복잡해……. 어쨌든 지금은 못 가. 물건은 안전하게 지킬 테니까 넌 내가 시키는 일이나 해…….."

"이 휴대폰 비밀번호를 풀라고? 내가 어떻게 풀어?"

"넌 기술 담당이잖아! 그 정도도 못하면서 어떻게 기술자라고 할 수가 있어? 예전에 아룽은 이 정도는 식은 죽 먹기였어."

"헛소리 마. 그 옛날에 이런 휴대폰이 어디 있었다고……. 알았어. 방법을 찾아볼게." 웡수주가 조금 뜸을 들였다가(아마 담배 한 모금을 빨았을 것이다) 다시 말했다. "그건 그렇고, 네가 쪽지에 쓴 그 일 말이야."

"어떻게 됐어? 그것도 못하겠다고 하면 우린 찢어지는 게 낫겠어."

"조금 찾아보긴 했어. 잘 들어. 황아투, 나이 오십, 미혼, 현재 캉티호 지역발전협회 이사장, 캉티호 차문화홍보협회 이사장, 캉티호…… 무슨 향우회장, 캉티호 가라오케파티회 주임위원. 이건 또 뭐야. ……상해, 불법감금, 기물파손 전과가 있어. 주소는 캉티진 ××로 ××호……. 여기까지……."

왕쿤잉이 잠시 생각에 잠겼다가 말했다. "황아투가…… 캉티호 사람이라고?"

"잠깐만. 출생지가 캉티호 코야오서야……. 네가 구 목사를 만났 다던 그곳 아냐?"

"그가 바이웨이둬의 일을 도와준 건 맞아?"

"무슨 일?"

"보디가드라든가 행동대장이라든가……."

"그런 일을 했어? 기록만으로는 모르겠는데……. 전과는 모두 십 대 시절의 일이야. 도시에서 발생했고. 이것만으로는 그가 바이 웨이둬의 부하인지 알 수 없어."

왕쿤잉이 또 생각에 잠겼다가 말했다. "그건 아냐. 황아투가 십 대일 때는 바이웨이둬도 십 대였어. 바이웨이둬의 신원조회를 해 보니 평범한 가정 출신이었어. 학창 시절부터 부하를 거느리진 않 았을 거야."

"이미 다 찾아봤으면서 왜 또 시켰어?" 웡수주가 불쾌하게 쏘아 붙였다. "어쨌든 내가 조사한 건 여기까지야. 그럼 몸조심해. 혹시 라도 체포되면 신속하게 자살하는 거 잊지 마. 날 끌어들이지도 말 고. 네 처자식은 잘 보살필게."

왕쿤잉은 연못가에서 한참을 더 기다렸지만 시신은 떠오르지 않 았고, 오히려 소방차 한 대가 호텔을 향해 빠른 속도로 달려갔다. 호텔에 돌아와 보니 야외 테라스를 가득 채운 경찰들이 긴장된 표 정으로 절벽을 내려다보고 있고 푸얼타이는 비치체어에 느긋하게 기대어 앉아 음료를 마시고 있었다. 갑자기 경찰들이 술렁이기 시작했다. 무전기에 대고 다급하게 뭐라고 외치고, 노트북 키보드를 정신없이 두들겼다. 차이궈안이 호텔 로비로 달려 들어가며 소리 쳤다. "어제 야간당직…… 야간당직 직원들을 다 불러와요!"

약 30분 뒤 차이궈안이 테라스로 돌아와 엄숙한 표정으로 푸얼타이 등과 잠시 대화를 나누더니, 차이궈안과 화웨이즈는 경찰 몇 명을 데리고 주차장 쪽으로 달려가고 푸얼타이는 아기새를 나무상자에 잘 넣어두고는 젊은 형사와 함께 자리를 떴다.

왕쥔잉은 상황이 어떻게 돌아가는지 몰라 어리둥절했지만 인내심을 가지고 기다리다가 밖으로 나오는 샤이옌 부녀를 보고 말을 걸었다. 샤이옌이 신이 난 표정으로 '프로페서 푸'가 어떻게 새끼매 아쿠를 단서로 범인의 범행 수법을 알아냈는지, 어떻게 범인의 범행 수법만 가지고 범인이 양손에 짐을 가득 들고 호텔 로비를 가로질러도 남들 시선을 끌지 않는 사람일 거라고 추측해냈는지, 또 어떻게 그걸 토대로 범인의 신분을 추리해냈는지 들려주고는, 코야오서 출신인 데다 엽총을 소지하고 있던 황아투가 가장 유력한 용의자라는 결론까지 알려주었다. 옆에 있는 샤위빙은 아버지가 말실수를 할까 봐 걱정되는지 "아빠, 그런 얘긴 하면 안 돼요. 차이 경관님이 기밀사항이라고 하셨잖아요"라며 끼어들었다. 하지만 이내 아버지의 입을 다물게 할 방법이 없다는 걸 깨닫고는 "푸얼타이는 정말 경찰보다 훨씬 예리해요. 범인이 헤엄쳐서 도망쳤을 거라고 추리해냈잖아요" "하지만 아투 아저씨가 범인이라는 건 아직도 믿을 수가 없어요. 컬러풀한 운동화를 신은 걸 보면 아주 밝고 쾌활한 사람이 분명해요. 누굴 죽일 사람 같지 않아요" 등등 대화에 적극 동참했다.

왕쿼잉은 삼바풍 플립플롭을 신고 상대를 칼로 찔러 죽인 사람을 본 적이 있다. 재판정에서 보안경찰과 웃으며 농담 따먹기를 할만큼 쾌활한 성격의 소유자였다. 결국 그는 징역 10년형을 선고받고 나서야 죄를 반성한다며 울먹였다. 푸얼타이의 추리를 곰곰이 따라가보았지만 딱히 오류를 발견할 수 없었다. 황아투에게는 동기가 있었고, 유일하게 그런 범행수법을 사용할 수 있는 사람이었으며, 살인사건이 발생한 뒤 행적이 묘연했으므로 누가 봐도 그를 진범이라고 지목하는 데 문제가 없어 보였다.

하지만 그렇다면 오늘 새벽 지하실 입구에 서 있던 그 사람은 누구란 말인가? 총을 쏜 킬러는 또 누구란 말인가?

머릿속이 뒤죽박죽 어지러워 프레지던트룸에 가서 진한 에스프레소 한 잔을 만들어 마신 뒤 소파에서 스르르 잠이 들었다.

잠에서 깨고 보니 비밀로 사용하는 휴대폰에 웡수주에게서 온 부재중전화 다섯 통, 공무용 휴대폰에 문자메시지 열 통이 와 있다. 먼저 웡수주에게 전화를 걸었다. 전화가 연결되자마자 웡수주의 새된 고함이 터져 나왔다. "죽었어? 왜 전화를 안 받아? 자살한 줄 알았잖아!"

"자살했다면 죽기 전에 너한테 유서를 보냈겠지."

"헛소리 닥치고." 웡수주가 말했다. "휴대폰 비밀번호 풀었어."

"이렇게 빨리?" 왕쿼잉이 놀랐다.

"인터넷에서 '소니 휴대폰 비밀번호 풀기'를 검색했더니 오만 가지 방법이 쏟아져나오더라. 그중 아무거나 골라서 해봤더니 3분도 안 돼서 풀렸어."

왕쿼잉이 휘파람을 불었다. "잘했어. 안에 뭐가 있어?"

"통화기록도 없고, 메일함도 비어 있고, 검색기록조차 없어. 아

351

주 짧은 SNS 대화 기록이 전부야. 아이디는 CarrieC. 상대 아이디는 SS."

"대화 내용은?"

"음…… '상처받지 않겠다고 약속해…….' 아니다. 읽기 귀찮으니까 캡처해서 보내줄게."

대화는 길지 않았고 CarrieC의 말이 대부분이었다.

CarrieC 상처받지 않겠다고 약속. 그는 정말 아무것도 하지 않았어. 그는 착한 사람이고 그런 일을 했을 리 없다는 걸 너도 알잖아. 넌 그를 해치지 않을 거야. 그를 해치지 않을 거야. 그렇지?(2015년 12월 27일 오후 7시 35분)

CarrieC 난 그렇게 온화하고 선량한 사람을 본 적이 없어. 그는 개미 한 마리도 함부로 죽이지 않아. 그는 그런 일을 하지 않아. 정말이야. 내가 장담해.(2015년 12월 27일 오후 9시 2분)

CarrieC 난 언제나 혼자였어. 항상 나 자신을 보호하는 법을 배우고 있었어. 그와 함께 있을 때만 마음을 놓을 수 있어. 제발 부탁이야. 내게서 그를 빼앗아가지 마.(2015년 12월 27일 오후 11시 41분)

SS 난 그를 해치지 않아.(2015년 12월 28일 오전 0시 15분)

CarrieC 정말이야? 대답해줘. 그를 해치지 않겠다고.(2015년 12월 28일 오전 0시 16분)

SS 다신 연락하지 마.(2015년 12월 28일 오전 0시 20분)

CarrieC 대답해. 그를 해치지 않겠다고.(2015년 12월 28일 오전 0시 21분)

CarrieC 그를 해치지 않겠다고 했잖아. 배신자!(2016년 1월 1일 오전 7시 15분)

CarrieC 배신자배신자배신자배신자배신자배신자배신자배신자배

신자(2016년 1월 1일 오전 7시 18분)

CarrieC 이 살인자! 배신자! 널 증오해!(2016년 1월 1일 오전 7시 18분)

CarrieC 네 가족을 다 죽여버릴 거야! 모조리 죽여버릴 거야! 전부 불태워

죽일 거야! 넌 악마야! 악마를 태워죽일 거야!(2016년 1월 1일 오전

7시 19분)

SS 내가 한 게 아냐.(2016년 1월 1일 오전 11시 30분)

CarrieC 배신자배신자배신자배신자배신자배신자배신자배신자배신자배

신자(2016년 1월 1일 오전 11시 31분)

마지막 메시지는 미확인 상태였다.

이게 뭐지?

왕쿼잉이 휴대폰 화면을 밀어 움직이며 다른 손으로 담뱃불을
붙였다.

지하실에서 찾은 휴대폰이므로 이론상으로는 황아투의 것이었
다. SNS 외에 다른 기능을 사용한 흔적이 없으므로 SS와 연락하기
위한 휴대폰일 것이다.

CarrieC가 황아투일까? 그럼 SS는 누굴까?

그들이 말하는, 온화하고 선량하며 해쳐서는 안 되는 '그'는 누
굴까? 바이웨이둬? 황아투는 SS가 어떤 행동을 취할 거라는 것을
알고 SS에게 바이웨이둬를 해치지 말라고 부탁했지만 바이웨이둬
가 죽자 SS를 원망했고, SS는 자신이 죽이지 않았다고 말한 걸까?
그렇다면 황아투는 SS에게 복수를 하기 위해 사라진 걸까?

그 순간 왕쿼잉은 간과하고 있던 중요한 사실이 생각났다. 그 휴
대폰은 그가 오늘 새벽 5시 20분에 지하실에서 가져온 것이다. 그
런데 대화 후반부의 발신시각은 오늘 아침 7시 이후다. 그렇다면

CarrieC의 후반부 메시지는 이 휴대폰을 이용하지 않고 발신되었다는 뜻이며, 이는 황아투에게 CarrieC 계정을 쓸 수 있는 또 다른 단말기가 있음을 의미한다.

그런데, 잠깐, CarrieC가 정말 황아투일까? 황아투가 '난 그렇게 온화하고 선량한 사람을 본 적이 없어'라는 말로 바이웨이뒈를 평가할 수 있을까? '온화하고 선량한 사람'은 황아투가 아닐까?

"이게 뭐야?" 웡수주가 다시 전화를 걸었다.

"나도 몰라." 왕췐잉이 담뱃불을 끄고 왼쪽 가슴의 주머니에서 담뱃갑을 꺼냈지만 빈 갑이었다.

"모르면 멋대로 추측하지 말고 어서 돌아와."

"말했잖아. 지금 사라지면 용의자가 된다고……."

"젠장. 뉴스에서 마이관제의 마이도 안 나오던데. 경찰이 너한테 관심도 없는 거 아냐? 너 혼자만 유력 용의자라고 착각하고 있는 거 아니냐고……. 너 지금 너무 몰입했어. 직접 범인을 잡고 싶은 거지?"

왕췐잉은 말문이 막혔다. 실제로 프레지던트룸에 투숙한 VIP가 마씨인지 마이씨인지 아무도 궁금해하지 않았다. 오히려 그가 경찰이 뭘 알아냈는지 궁금해하고 있었다.

"물건 가지고 빨리 돌아와." 웡수주가 말했다. "그러다 궁지에 몰려서 자살하지 말고. 아룽도 죽었잖아."

왕췐잉은 전화를 끊고 담뱃갑을 우그러뜨려 휴지통에 던졌다.

휴대폰 앱을 켜 GPS 신호가 호텔 안에서 반짝이는 것을 확인했다. 푸얼타이의 방에 있거나 샤워빙이 가지고 있을 것이므로 회수하는 건 어렵지 않았다.

술병 상자 두 개를 다시 바꿔친 뒤 VIP에게 걸맞은 거드럭거리는 태도로 살인사건 때문에 귀한 휴가를 망쳤다고 불만을 터뜨리며 예정보다 일찍 체크아웃을 하고 떠난다면 아무도 의심하지 않을 것 같았다.

하지만 바이웨이둬 피살사건의 수수께끼가…….

또 코야오서 가스 폭발 사고의 수수께끼가…….

망설이고 있을 때 전화벨이 울렸다. 이번엔 공무용 휴대폰이었다. 모르는 번호였다.

"여보세요. 검사님, 접니다……. 검사님 찾기가 나랏님 찾기만큼이나 어렵네요."

왕쵠잉이 말투를 가다듬은 뒤 말했다. "실례지만, 누구시죠? 저는 왕쵠잉입니다."

"뤄밍싱입니다."

4

    왕쥔잉과 뤄밍싱이 처음 만난 건 10여 년 전이었다. 한쪽은 수습검사였고, 한쪽은 젊은 경찰 분대장이었다. 두 사람 모두 서로의 영역에서 도움을 주고받을 파트너를 찾는 중이었다. 싼허토막살인사건 이후 그들은 서로의 지적 수준이 비슷하고 생각이 잘 통한다는 것을 알고 차츰 협력 관계로 발전했다. 뤄밍싱은 종종 자신이 맡은 사건의 지휘를 맡아달라고 왕쥔잉에게 청했고, 왕쥔잉은 뤄밍싱의 수사에 필요한 각종 편의를 봐주었다. 이 젊은 검사와 경찰의 조합이 몇 년 동안 훌륭한 합을 자랑하며 굵직한 사건들을 해결한 덕분에 뤄밍싱은 경찰계에서 '넘버원'이라는 별명을 얻었고, 왕쥔잉도 지방검찰서의 스타가 되었다.

    정위안룽 사건이 발생했을 때도 왕쥔잉은 뤄밍싱을 구명하기 위해 백방으로 노력했지만 정직 처분을 막지는 못했다. 그 후 10년간 왕쥔잉은 이따금씩 다른 경찰의 말을 통해 뤄밍싱이 이혼하고 살이 쪘으며 사설탐정으로 생계를 이어가고 있다고 들은 것 외에는 뤄밍싱을 직접 만난 적이 없었다.

    그래서 뤄밍싱의 목소리가 전화기를 타고 전해지는 순간 하마터면 자기도 모르게 소리를 지를 뻔했다. 왕쿼잉은 당황한 기색을 감추려고 이것저것 근황을 물었지만 뤄밍싱은 한가한 대화를 나누고 있을 여유가 없었다. 그는 왕쿼잉이 이 사건의 담당검사라는 사실을 방금 알았다면서 지금 캉티뉴쓰 호텔로 돌아가는 길이라고 했다. 그러면서 바이웨이둬 피살사건에 관한 중요한 정보가 있는데 진위를 확인해달라고 부탁했다.

뤄밍싱의 얘기는 복잡했다. 샤오쉐리에서부터 바이웨이둬, 또다시 린 선생 그룹을 거쳐 조직을 배신한 전직 CIA 요원과 차이궈안으로 이야기가 전개되는 동안 왕쿼잉은 벌어진 입을 다물 수가 없었다. 뤄밍싱의 부탁은 두 가지였다. 하나는 린 선생 그룹에 관한 것이었다. 그 그룹이 바이웨이둬와 친분이 있는 건설사 사장들이 모인 비밀조직으로 여러 건의 범죄와 연관되어 있다고 했다. 그게 사실이라면 형사국이나 조사국이 이미 조사를 진행했을 것이므로 검사의 신분으로 수사자료를 조회해달라고 부탁했다. 둘째는 다른 감식팀을 통해 샤오쉐리 피살사건의 현장감식을 다시 진행하고 감식에서 발견된 생물학적 증거를 차이궈안의 유전자와 대조해달라는 요청이었다.

마지막으로 뤄밍싱은 이 사건에 너무 많은 이해관계가 얽혀 있어 언제 어떻게 변할지 예측할 수 없다며 최대한 신속하게 처리해달라고 강조했다.

왕쿼잉은 몇 분 동안 침묵하며 차분히 생각을 정리한 뒤 어디론가 전화를 걸었다. 1월 1일 저녁 7시에 수사를 부탁하려면 인맥을 동원해야 했다. 다행히 형사국과 조사국의 당직근무자가 잘 아는 사람이어서 간단한 몇 마디만으로 쉽게 도움을 받을 수 있었다. 하지만 샤오쉐리 피살사건의 담당 검사를 찾을 수가 없었다. 마음이 급해진 왕췬잉은 직접 감식센터로 전화를 걸어 외국에 나간 리 검사가 샤오쉐리 사건의 현장감식을 다시 진행해달라고 부탁했다면서 만약 누군지 알 수 없는 사람의 생물학적 증거가 발견되면 차이궈안 경관의 유전자와 대조하라고 지시했다.

왕췬잉은 상대의 대답을 듣지도 않고 전화를 끊어버렸다. 새로운 단서, 새로운 용의자, 새로운 동기, 게다가 CIA와 경찰국의 내부 스파이라니. 정말 뤄밍싱의 방식다웠다. 그런데 이 단서가 산책로에서 발생한 바이웨이둬 피살사건과는 관련이 있어 보였지만 가든바의 살인사건은 여전히 오리무중이었다. 지하실 입구에 서 있던 그 사람은 누굴까? 그를 총으로 쏴 죽인 사람은 또 누굴까?

그때 호텔 로비에서 기자들이 술렁이기 시작했다. 경찰이 30분 뒤 기자회견을 열고 수사 진척 상황을 브리핑하겠다고 발표한 것이다. 기자들이 대연회장으로 속속 들어가 자리를 잡았다. 왕췬잉도 위조한 기자증을 목에 걸고 제일 구석진 자리에 앉았다. 속으로는 담당 검사에게 일언반구 말도 없이 기자회견을 열다니 차이궈안 이 자식은 정말로 검찰을 발가락의 때만큼도 여기지 않는다며 이를 갈았다.

뒤이어 그는 차이궈안이 황아투에 대해 수배령을 내렸음을 발표하고, 란니가 남편을 잃은 아내로서 의연하고 차분한 태도로 발언한 뒤, 푸얼타이가 '참여형' 사건 해결이라는 트릭으로 바이웨이둬가 외도를 했고, 그 상대는 관심의 사각지대에 있던 비서 장커커이며, 황아투가 사실은 란니의 사람이라는 새로운 단서를 드라마틱하게 공개하는 장면을 쭉 지켜보았다.

그는 지하실 벽을 가득 채우고 있던 사진들과 '네가 잃은 모든 걸 돌려줄게'라는 말을 떠올리며 푸얼타이의 추리가 맞아떨어진다는 생각을 했다. 하지만 가장 중요한 부분에서 푸얼타이의 추리와 뤄밍싱의 정보가 충돌했다. 대체 황아투는 바이웨이둬를 죽인 범인일까, 아니면 바이웨이둬와 같은 희생자일까? 그의 머릿속에서 물음표가 떠나지 않았다. 푸얼타이는 자신만만하게 자신이 황아투를 찾아냈다고 말했다. 왕쿼잉은 기자들 틈에 섞여 경찰차 행렬을 따라 호수를 반 바퀴 돌고, 은닉된 동굴 입구에서 거의 한 시간쯤 기다린 뒤에야 들것에 실려 나온 시신의 백포 밖으로 드러난, 흰 운동화를 신은 두 발을 보았다. 경찰관 한 명이 기자들에게 짧은 브리핑을 해주었다. 동굴 안에 호수관리소 관리원 자오 씨가 부탁을 받고 미리 준비해둔 식량과 식수, 발전기가 있고, 가슴에 총 한 발을 맞은 황아투의 시신이 발견됐으며, 바이웨이둬와 마찬가지로 엽총에 의한 총상이었고, 사망추정시각 역시 1월 1일 새벽 5시에서 5시 30분 사이라고 했다. 그 외에는 아직 수사 중이므로 공개할 수 없다고 했다.

그러자 기자들이 더욱 흥분해 푸얼타이를 닦달해 '실토하게' 만들어야 한다고 아우성을 쳤다.

왕쿼잉이 호텔로 돌아갔을 때는 이미 5시가 다 되어갈 무렵이었다. 이틀 동안 한숨도 자지 못해 극도의 탈진 상태였다. 호텔 측에서 배려심 있게 준비해준 커피를 드는데 휴대폰이 계속 부르르 울렸다. 형사국, 조사국, 감식센터에서 차례로 자료를 보내왔다.

뤄밍싱의 추측이 맞는 듯했다. 바이웨이둬는 린 선생 그룹과 차이귀안의 의뢰를 받은 킬러의 총에 맞아 사망했고, 차이귀안은 비밀을 누설한 샤오쉐리를 죽였다. 하지만 황아투에 관한 부분에서 뤄밍싱은 바이웨이둬가 킬러를 밖으로 유인한 뒤 매복하고 있던 황아투를 시켜 킬러를 제거하기 위해 생명의 위험을 무릅쓰고 조킹을 하러 나갔을 것이라고 추측했다. 다만 계획이 마지막에 틀어져 두 사람 모두 킬러에게 죽임을 당했을 뿐.

이 추리는 틀렸다. 황아투는 코야오 연못가에서 피살됐다. 이건 왕쥔잉이 직접 목격한 사실이다…….

응?

왕쥔잉이 문득 뭔가 생각난 듯 멍하니 자기 두 발을 내려다보았다.

바이웨이둬의 시신 사진을 떠올리고, 조금 전 황아투의 시신이 옮겨지던 광경을 다시 떠올렸다.

그렇다면, 그 사람은 왜…….

휴대폰 진동이 울렸다. 뤄밍싱에게 온 문자메시지였다. 수사 상황을 물으며 샤이엔 부녀가 트렁크를 끌고 엘리베이터에서 나와 프런트에 트렁크를 맡겨놓은 뒤 바쁜 걸음으로 소연회장으로 들어갔다고 했다.

샌디워커가 든 쇼핑백은 짐가방 위에 올려져 있다.

이제 마무리 지을 때가 온 것이다.

그는 자신이 받은 보고를 뤄밍싱에게 전달하고 30분 뒤에 도착할 것이라고 알렸다. 그런 다음 프레지던트룸으로 가서 마이관제 가발을 벗고 분장을 지우고 더운 물로 샤워를 한 뒤 얼마 남지 않은 성긴 머리칼을 잘 빗어 정리하고 양복 외투와 구두로 '왕쥔잉 검사'의 신분으로 돌아왔다. 그는 샌디워커를 가지고 로비로 가서 프런트를 지나며 숙련된 솜씨로 샌디워커 상자를 바꿔치기했다. 되찾은 샌디워커 상자를 복도의 소화전함 속에 감춰놓고 옷매무새를 정리한 뒤 가슴을 펴고 당당하게 소연회장으로 걸어 들어갔다.

그 뒤의 상황은 마치 헤어핀 턴을 질주하며 레이싱을 하듯 상황이 반전에 반전을 거듭할 때마다 생사의 갈림길이었다. 차이궈안의 범행 인정, 차이궈안 독살, 샤이옌 독살, 샤이옌의 부활, 샤이옌의 도주, 샤이옌의 인질극, 마지막으로 바이웨이둬와 황아투가 역할을 바꿔 황아투가 산책로로 내려가고 바이웨이둬가 트럭을 몰고 호텔로 들어갔다는 거레이의 추리까지.

왕쥔잉은 사람들 틈에서 고개를 끄덕이며 생각에 잠겼다.

역할을 바꿨다면 그가 지하실 앞에서 본 두 발의 주인은 바이웨이둬였을 것이다. 유일한 의문은 바이웨이둬의 시신이 어떻게 산책로에서 발견됐느냐 하는 것이다. 이미 5시 30분이었으므로 킬러가 중상을 입은 바이웨이둬를 메고 로비를 가로지르거나 CCTV를 피하는 건 불가능하다. 그렇다면 유일하게 시신을 옮길 수 있는 기회는…….

휴대폰이 또 진동했다. GPS 어플의 불빛이 깜박이며 추적기가 이동하고 있음을 알렸다. 그는 깜짝 놀랐다. 누가 다이아몬드를 훔쳐간 걸까? 하지만 GPS 어플을 켜보니 GPS 추적기는 여전히 호텔 안에 있었다.

왕쥔잉의 미간이 일그러졌다. 지도를 축소하자 지도 위에 또 다른 GPS 신호가 나타났다.

그 신호는 캉티호 한가운데에서 깜빡이며 천천히 동쪽으로 이동하고 있었다.

왕쥔잉이 두 번째 추적기가 무엇을 의미하는지 알아내기도 전에 거레이의 목소리가 들렸다. "……그렇죠? 왕쥔잉 검사님, 영감님의 예전 별명으로 불러도 될까요, 인텔 선생님?"

5

"무…… 무슨 말인지 알아들을 수가 없군요……." 왕쥔잉이 목소리를 가라앉히며 애써 차분한 척했다. "거 변호사, 내가 인텔 선생이라니, 농담하는 거죠? 난 국가고시와 신원조회를 거친 검사요! 내 신분이 가짜라는 거요?"

거레이가 미소 지었다. "가짜 신분은 아니죠. '왕쥔잉'은 검사님의 진짜 이름, 진짜 신분이에요. 청렴한 집안에서 태어나 명문대학 법학과를 졸업했죠. '인텔 선생'은 검사님이 아르바이트할 때 사용한 신분이고요. ……젊은 시절의 필명이랄까. 검사님은 그 아르바이트로 세상을 떠들썩하게 했지만 체포되지 않았고 아무 기록도 남기지 않았어요. 정의의 수호자인 검사가 그 옛날의 괴도였다는 걸 누가 상상할 수 있겠어요? 아, 옛날이 아니라, 지금도 괴도시죠."

왕쥔잉이 쓴웃음을 지었다. "거 변호사가 내 옛날 별명을 어떻게 추측하든 상관없소만, 사실 내 옛날 별명은 린즈잉*이었어요.

---

* 林志穎. 1990년대 중화권의 미남 스타로, 한국에는 '임지령'으로 알려졌다.

글로리아 입과 사귀었던 배우 알죠? 변호사라면 자기 말에 책임을
져야지."

아이가 휴대폰을 꺼냈다. 휴대폰 화면에 사진 석 장이 나란히 배
열되어 있었다. 아이가 말했다. "왕 검사님, 요즘 안면인식 프로그
램이 아주 잘 나온답니다. 인텔 선생, 마이관제, 왕쿼잉의 사진을
나란히 놓았더니 단 1초 만에 세 사람이 동일인이라고 알려주더군
요. 그래도 감식센터로 보내 정식으로 감정해봐야 마음이 놓이시
겠습니까?"

첫 번째 방어선이 무너졌다.

"어떻게? 어떻게 '왕쿼잉'을 의심할 생각을 했지?" 왕쿼잉이 계
속 쓴웃음을 지었다. "'마이관제'를 의심했다면 납득하겠지만 '왕
쿼잉'은 왜? '왕쿼잉'과 '마이관제'는 안 닮았잖소? 내 변장술이 그
렇게 허술하지 않은데."

"고양이 털 때문이죠." 거레이가 천천히 말했다. "기억하시죠?
몇 주 전 저와 이틀 연속으로 재판에 함께 참석한 일. 그때 제가 검
사님 옆자리에 앉았어요."

"위성그룹 회장의 간통 사건."

"맞아요. 제가 계속 재채기를 한 것도 기억하세요? 검사님 옷에
붙은 고양이 털 때문이었어요. 겉에 법복을 걸치셨지만 제 재채기
를 막을 수는 없었어요." 거레이가 코를 실룩거렸다. "방금 전 검사
님이 옷을 갈아입으러 객실에 들렀을 때 제가 검사님 옷장 속에 숨
어 있었어요. 거기서도 계속 재채기가 나오려고 했죠. 검사님이 그
외투를 가지고 나간 뒤에는 재채기가 나오지 않았고요. 그때부터
의심하기 시작했죠. 프레지던트룸에 투숙하고 있는 '마이관제'가
혹시 내가 어디선가 만났던 사람은 아닌지."

왕쿼잉이 고개를 저으며 한숨을 내쉬었다. "그 돼지 같은 고양이를 진즉에 버렸어야 했는데……. 맞소. 내가 왕쿼잉이고, 마이관제이고, 또 괴도 인텔 선생이오. ……뤄 경관, 놀랄 거 없네. 지난 24시간 동안 있었던 일들보단 덜 놀랍잖아? 푸 교수, 뤄 경관, 미안하네. 오랫동안 함께 일하면서도 털어놓지 못해서. 자네들도 눈치채지 못했고……."

뤄밍싱은 상관없다는 듯 그를 향해 엄지를 척 들었고, 푸얼타이는 무표정하게 하늘을 올려다보았다.

왕쿼잉이 말을 이었다. "그런데…… 그게 뭐가 문제요? 내가 마이관제로 변장한 건 방해받지 않고 휴가를 보내기 위해서였소. 기껏해야 가짜 여권을 쓴 것 말곤 문제 삼을 게 없을 거요. 인텔 선생이야 20년 전 일이라 공소시효도 진즉에 만료됐고. 언론에선 흥미로워하겠지만 법적으로는 책임이 없소."

거레이가 말했다. "마이관제는 휴가를 보내러 캉티뉴쓰 호텔에 온 게 아니에요. 도둑질을 하러 왔죠. 바이웨이둬에게 거액의 다이아몬드를 팔고 돈을 받은 뒤에 다이아몬드를 다시 훔쳐낼 계획이었어요. 이게 바로 고수가 강호로 복귀한 이유죠."

"잠깐, 잠깐. 다이아몬드라니? 전직 도둑이라고 무조건 누명을 씌워서는 곤란해요. 괴도는 휴가도 못 즐긴답니까? 꼭 뭔가 훔칠 게 있어야……."

왕쿼잉의 말이 끝나기도 전에 거레이의 엄지와 검지 사이에 끼어 있는 핑크색 다이아몬드가 햇빛에 반짝였다. "이건 예상하지 못하셨죠? 장물이 없으면 도둑이 아니다. 다이아몬드는 검사님한테 없을 거예요. 그러니까 그렇게 당당하신 거겠죠. 하지만 아쉽게도 바이웨이둬가 그중 하나를 빼내 애인에게 줬어요. 다이아몬드는 세공 감정만 하면 유통경로를 쉽게 밝힐 수 있다는 걸 아셔야죠. 윙지가 빠져나가지 못하면 검사님도 빠져나갈 수 없어요."

두 번째 방어선이 무너졌다. 왕쿤잉은 속으로 멍청한 바이웨이뒤를 욕하며 주머니 속 휴대폰이 또 진동하는 걸 느꼈다.

그는 한숨을 내쉬고는 뤄위정을 향해 두 손을 내밀었다. "죄를 인정하오. 뤄 경관, 수고해주게."

뤄위정이 수갑을 꺼냈지만 차마 그의 손목에 채우지 못하고 망설이다가 격앙된 말투로 말했다. "귀안 선배가 살인을 했다더니 이젠 검사님까지 사람을 죽이셨습니까? 이…… 이건 너무 황당합니다. 앞으로 제가 누굴 믿고 일할 수 있겠습니까?"

"음, 미안하지만, 뤄 경관, 내게 수갑을 채우라고 한 건 내가 절도를 했기 때문이야. 착각하지 말게. 거 변호사는 내가 살인했다는 건 증명하지 못해. 왜냐하면 난 살인을 하지 않았으니까."

거레이가 얼굴에서 웃음을 거두고 정색했다. "검사니까 잘 아시겠죠. 이렇게 그때그때 증거가 나온 것만 인정하면 재판에서 판사의 반감만 살 뿐이라는 걸요."

"난 증거도 제시하지 못하면서 누구에게 죄를 인정하라고 강요한 적이 없소."

"제가 방금 말했잖아요. 검사님은 살인 동기가 있었어요. 누구의 눈에도 띄지 않고 바이웨이뒤를 산책로에 유기할 수 있는 유일한 사람이기도 하고요. 또 검사님이 버린 옷에서 화약 반응이 나타났고 혈흔도 발견됐어요. 설마 혈흔 감식 결과가 나올 때까지 부인하실 생각은 아니시겠죠?"

왕쿤잉이 고개를 저으며 웃었다. "아니오. 그럴 필요 없소. 바이웨이뒤의 피가 맞소. 하지만 난 바이웨이뒤를 죽인 범인이 아니오."

"피가 하늘에서 떨어지기라도 했단 말인가요?"

"정말로 하늘에서 떨어졌소." 왕쿼잉이 말했다. "그 옷에서 초연 반응은 나타나지 않을 거요. 난 총을 쏘지 않았으니까. 내 객실에 있는 로프도, 길이를 재어보진 않았겠지만, 20미터밖에 안 돼서 호텔 1층까지 닿을 수 없소."

거레이가 아이에게 시선을 옮기자 아이가 미간을 찡그리며 고개를 끄덕였다.

왕쿼잉이 모두를 바라보며 인간 세상을 꿰뚫어 본 듯 달관한 말투로 말했다. "여러분, 지난 몇 시간 동안 황당한 이야기를 연달아 들었을 겁니다. 하지만 마음의 준비를 하세요. 지금부터 내가 하는 얘기는 지금까지 들은 그 어떤 이야기보다 더 황당무계할 겁니다. 할리우드 B급 영화는 저리 가라 할 정도로."

그는 어제 새벽 자신이 겪은 일을 털어놓기 시작했다. 99퍼센트 사실 그대로였지만 액션 부분에 약간의 특수효과를 가미했다. 예를 들면 지하실에서 기어 나오는 장면에서 "눈앞에서 총알이 날아오는 걸 보고 철판교鐵板橋*를 이용해 0.01초 차이로 총알을 피한 뒤 다시 요자번신鷂子翻身**과 이어타정鯉魚打挺***을 연달아 구사해 킬러를 속수무책으로 만들었소"라든가.

"……이것이 바로 바이웨이뎌 피살사건의 진실이오. 난 그와 다투지 않았고, 그에게 총을 쏘지도 않았소. 내가 총을 맞고 죽지 않

---

* 적이 날린 표창을 피하는 무술기법으로 발은 땅에 붙인 채 상체를 완전히 뒤로 젖혔다가 표창이 지나간 뒤 다시 상체를 일으키는 동작.

** 공중제비를 돌 듯 순식간에 몸을 좌우로 돌리는 무술.

*** 바닥에 누운 상태에서 두 다리를 힘껏 올렸다가 내리며 발바닥으로 땅을 딛는 반동으로 일어나는 무술기법.

은 것만 해도 천만다행이지." 왕쿼잉이 말했다.

현장에 정적이 감돌았다. 경찰과 탐정들이 이 도둑의 증언을 믿느냐는 눈빛을 주고받았다.

"의문점이 있습니다." 아이가 정적을 깼다. "황아투와 바이웨이뒤가 역할을 바꿨다는 걸 아무도 몰랐죠? 그런데 그 킬러는 어떻게 여기서 바이웨이뒤를 살해하려고 기다리고 있었을까요?"

왕쿼잉이 말했다. "아주 간단하오. 그 킬러의 목표는 바이웨이뒤가 아니었소. 샤이엔의 목표가 황아투가 아니었던 것처럼."

"킬러의 원래 목표가 황아투였다는 말씀입니까? 하지만 황아투와 바이웨이뒤가 역할을 바꾸는 바람에 예기치 않게 바이웨이뒤가 죽었다는 건가요?"

"'예기치 않게'라는 표현은 적절치 않소." 왕쿼잉이 말했다. "바이웨이뒤의 죽음은 우연이 아니라 누군가의 계획된 살인이었소."

"그게 누구죠?"

"황아투."

모두의 얼굴에 의구심이 떠올랐다. 왕쿼잉이 휴대폰을 꺼내 CarrieC와 SS의 대화를 보여주며 말했다. "비밀 지하실에서 찾은 휴대폰이오. 여기 있는 SNS에 유일하게 남아 있는 대화였소. 아이디는 CarrieC……."

그의 말이 끝나기도 전에 장커커의 입에서 새된 비명이 터져 나왔다. "내 비밀 계정이 어떻게 거기에 있죠? 그건 한 사람과 연락할 때만……." 그녀가 자신의 말실수에 놀라 입을 꾹 다물었다.

"맞소. 그 킬러와 연락한 계정이지."

왕쿼잉이 장커커를 응시하며 천천히 말했다. "내 추측으로는 이렇게 된 것 같소. 황아투는 이미 오래전부터 장커커와 바이웨이뒤의 관계를 알고 있었고 란니를 위해 특별히 장커커를 주시하고 있었소. 그가 어떤 방식으로 장커커의 SNS 아이디와 비밀번호를 알아내 다른 휴대폰으로 로그인했다가 뜻밖에도 장커커와 SS의 대화를 발견했소. 더욱 놀라운 사실은 SS가 바로 황아투 자신을 죽일 계획을 세우고 있었다는 거요. 살인 시각과 장소까지 모두 결정된 상태였소. 일반인이라면 이런 상황에 경찰에 신고했겠지만 황아투는 그러지 않았소. 바로 이때 그의 보스인 란니가 찾아와 바이웨이뒈 뒤의 불륜 사실을 털어놓으며 그를 죽여달라는 은근한 암시를 주었기 때문이지. 그래서 황아투는 일석이조의 방법을 생각해냈소."

"바이웨이뒈와 역할을 바꾼다……." 거레이가 중얼거렸다.

"그렇소. 손에 피를 묻히지 않고 살인하는 방법이지. 하지만 황아투에게는 바이웨이뒈에게 자신과 역할을 바꾸자고 제안할 핑곗거리가 없었소. 그런데 뜻밖에도 바이웨이뒈가 먼저 제안을 했지. 거 변호사의 추측대로 바이웨이뒈가 장커커와 떠날 계획을 털어놓으며 란니의 눈을 속이기 위해 새벽에 자신으로 위장하고 산책로로 내려가달라고 부탁했을 거요. 그러자 황아투는 바이웨이뒈에게 자기 대신 새벽에 가든바에 가서 야합화를 따달라고 했소. 바이웨이뒈가 거절하지 못하도록 다이아몬드를 비밀 지하실에 감춰놓았지. 한마디로 두 사람의 죽음은 서로를 이용한 결과요. 바이웨이뒈는 린 선생 그룹이 자신을 죽이려는 걸 알았고, 황아투는 SS가 자신을 죽이려는 걸 알고 서로를 희생양으로 삼기로 했지만 결국 두 사람 모두 자신을 죽이려는 게 아닌 킬러의 총을 맞고 죽었소."

현장이 또다시 정적에 휩싸였다. 이 황당한 이야기를 이해하려면 어느 정도의 시간이 필요할 터였다.

"의문이 있습니다." 화웨이즈가 말했다. "바이웨이뒈는 가든바에서 죽었는데 그의 시신이 어떻게 호숫가 산책로에서 발견될 수 있죠? 킬러가 시신을 옮겼을까요? 그랬다면 목격자가 있든 CCTV에 찍혔든 증거가 남아 있을 겁니다. 검사님 외엔 아무도 모르게 시신을 옮길 수 있는 사람이 없습니다."

왕쿼잉이 고개를 저었다. "아무도 바이웨이둬의 시신을 옮기지 않았소. 음……. 내 생각엔 바이웨이둬가 중상을 입은 채, 물에 떠내려간 것 같소."

"떠내려갔다고요?"

"그렇소."

"여긴 강이 없습니다. 뭘 착각하신 거 아닙니까?"

"아니오. 코야오 연못과 캉티호 사이에는 통로가 있소. 우리가 모를 뿐이지."

왕쿼잉이《캉티호 지역 문사회편》을 펼쳐 사람들에게 보여주었다. "이건 칸디디우스 목사가 2백여 년 전에 쓴 시요. 그때 코야오서 사람들은 이 연못가에서 살면서 연못 물을 끌어다 술을 빚었소. 칸디디우스 목사는 흐르지 않고 갇혀 있는 연못인데도 물이 썩지 않고 깨끗하게 유지되는 것을 신기하게 여겼지. '홀로 있는 연못이 어찌 이리 맑은가'라는 구절은 아마도 송나라 때 주희朱熹의 시 〈관서유감觀書有感〉 중 '연못이 어찌 그리 맑은가 물으니'라는 구절에서 따온 것 같소. 다만 뒤에 나오는 한 구절을 빼뜨렸소. '아득한 샘에서 맑은 물이 계속 나오기 때문이지'라는 구절이오."

아이가 웃으며 말했다. "수수께끼의 답은 국어 교과서에 있었군요."

왕쿼잉이 그의 말에 대꾸하지 않고 계속 말을 이었다. "다이아몬드의 위치를 파악하기 위해 바이웨이둬에게 건넨 다이아몬드 주머니에 GPS 추적기를 달아놓았는데 킬러와 교전을 벌이다가 그 벨벳 주머니를 코야오 연못에 빠뜨렸소. 무슨 일이 일어났을까? 호수의 정령이라도 나타났을까? 물론 아니오……. 지금 GPS 신호가 깜빡이는 곳은 바로 캉티호 한가운데요.

그 주머니에는 돌멩이가 들어있으니 이론상으로는 연못 밑바닥에 가라앉아 있어야 하오. 누군가 그 주머니를 건져 캉티호에 던졌을 가능성은 전무하오. 그러므로 유일한 가능성은 코야오 연못 바닥에 캉티호와 연결된 수로가 있다는 것이오. 자연적으로 형성된 지하 수로겠지."

왕쥔잉이 믿을 수 없다는 듯한 사람들의 표정을 보며 잠시 말을 멈췄다가 다시 이었다. "이렇게 된 것 같소. 총상을 입고 코야오 연못에 빠진 바이웨이뒤가 물살에 휩쓸려 수백 미터 길이의 지하 수로를 통과해 캉티호로 빠져나간 뒤 호숫가의 산책로까지 떠내려간 거요……. 어쩌면 그의 강인한 생명력 덕분에 물속에서도 오랫동안 숨이 끊어지지 않았다가 자력으로 산책로로 기어 올라갔을 수도 있지……. 이 가설이라면 바이웨이뒤의 시신이 어째서 진흙투성이였는지, 그의 몸에 난 경미한 찰과상들이 어떻게 생긴 것인지 모두 설명되오."

푸얼타이가 말했다. "방류 때문이군요."

"방류?"

"어제 새벽 캉티호 동쪽의 위산댐에서 방류를 하는 바람에 캉티호의 수위가 내려갔었습니다. 그러니 코야오 연못의 물이 캉티호로 흘러갔겠죠. 바이웨이뒤는 아마 그 물결에 휩쓸려 캉티호로 이동했을 겁니다. 바이웨이뒤의 시신에 대해 규조류 감식을 해보면 그가 처음 물에 빠진 지점이 어딘지 밝혀낼 수 있을 겁니다."

왕쥔잉이 어깨를 으쓱였다. "그렇군요. 푸 교수 말이 맞아요. 조금 더 일찍 말했더라면 더 좋았겠지만."

아이가 말했다. "수수께끼의 답은 지리 교과서에 있었군요."

"아마도 지구과학 교과서에 있을 거요. 난 문과라 잘 모르지만."

뤼위정이 수첩에서 고개를 들고 긴 한숨을 내쉬었다. "자, 클라이밍 킬러, CIA, 역할 바꿔치기, 건설업체 범죄집단, 또 신비한 지하수로까지 나왔군요……. 이보다 더 황당한 게 남아 있습니까? 더 없으면 마지막 질문을 해도 될까요? 바이웨이뒤를 죽인 그 킬러는 어디에 있습니까?"

그가 몸을 돌려 장커커에게 물었다. "장 비서님, 경찰에게 사실대로 털어놓을 마지막 기회입니다."

장커커가 뒷걸음질하며 고개를 젓자 여자 경관이 그녀의 팔을 붙잡았다.

왕쥔잉이 목청을 높여 말했다. "친구가 곤경에 처한 걸 보고만 있을 건가요, 구유빙古又冰? 참, 깜빡했군. 지금 이름은…… 샤위빙이지."

모두의 입에서 놀람과 충격이 뒤섞인 외마디 소리가 터져 나왔다. 물론 가장 큰 충격을 받은 사람은 화웨이즈였다. 그는 3초쯤 멍하니 있다가 앞으로 한 걸음 나서며 큰 소리로 외쳤다. "함부로 말하지 마십쇼! 위빙이…… 위빙이 그럴 리가 없습니다!"

"나라는 걸 어떻게 아셨어요?" 화웨이즈의 등 뒤에서 샤위빙의 목소리가 들렸다. 모든 격앙된 감정을 순식간에 동결시키는 듯 차가운 말투였다.

"어제 날 보셨나요? 그럴 리 없어요. 온몸을 감싸고 야시경을 썼으니 알아볼 수 없었을 거예요. 아니면 SS라는 아이디가 샤론 샤 ^Sharon Sia^의 이니셜이라는 걸 눈치채셨나요? 그것도 불가능해요. Sia 라는 성을 쓰지 않은 지 오래됐으니까……. 알 수가 없군요. 어떻 게 알았죠? 어디에 허점이 있었죠?"

"황아투가 컬러풀한 운동화를 신고 있었다고 말했기 때문이오." 왕쿤잉이 말했다. "황아투는 흰색 운동화를 신고 있었소. 그의 시 신이 발견됐을 때도 흰색 운동화를 신고 있었지. 그런데 위빙 씨는 왜 황아투가 컬러풀한 운동화를 신고 있었다고 했을까요? 어제 새 벽, 코야오 연못가의 지하실 입구에 서 있던 그 두 발에는 정말로 오렌지색 바탕에 파란 스트라이프 무늬가 있는 컬러풀한 조깅화가 신겨져 있었소. 하지만 그는 황아투가 아니라 바이웨이둬였소.

바이웨이둬는 컬러풀한 조깅화를, 황아투는 흰색 운동화를 신고 있었지만 황아투가 컬러풀한 운동화를 신고 있었다고 잘못 알고 있는 두 사람이 있었지. 한 사람은 나, 다른 한 사람은 그 킬러요."

왕쿤잉이 샤위빙을 응시하며 천천히 말했다. "사람의 기억이란 참 기묘한 것이에요. '샤위빙'도 처음 듣는 이름이고 위빙 씨 역시 처음 보는 사람이었소. 하지만 위빙 씨가 킬러가 아닐까 하는 의심 이 들었을 때 위빙 씨의 얼굴이 구야오원 목사 딸의 얼굴과 겹쳐 보이기 시작했소. 20여 년 전 바로 이곳. 그때 위빙씨는…… 어린 아이였는데."

샤위빙이 고개를 저었다. "내가 너무 말이 많았네요. 웨이즈도 늘 지적하지만 습관이 고쳐지지 않아요……." 그녀가 왕쿤잉에게 말했다. "어제 새벽 검사님이 30초만 늦게 그 지하실 문을 열고 올 라왔더라면, 아마도 내가 떠난 뒤였을 거예요……. 그땐 나도 정말 놀랐어요. 땅속에 사람이 있을 줄은 상상도 못 했으니까."

"그 메밀잣밤나무 사이에 해먹을 걸고 해먹 위에서 총을 쏜다면 분명히 구야오원 목사님과 관련된 사람일 거라는 생각은 진즉에 했소. 그게 위빙 씨일 거라고는 예상하지 못했지만."

"왜 그랬어?" 화웨이즈가 약혼녀를 보며 믿을 수 없다는 표정으로 물었다. "왜 그랬어? 네가 무슨 목사의…… 딸이라고?"

"구야오원 목사. 내 친아버지의 성함을 정확히 말해줘." 샤위빙이 고개를 떨어뜨렸다. "웨이즈, 미안해. 내가 입양됐다는 걸 말하지 못했어. 가스 폭발 사고 후 고아원에 보내졌다가 이듬해에 아빠에게…… 샤이엔 말야, 입양됐어. 그때 아빠가 내게 이상한 질문을 했어. 총을 쏘아봤느냐고. 친아버지가 나를 데리고 자주 사냥을 갔었다고 했더니 날 입양하셨어. 입양된 후 한동안 사격 훈련을 받았지. 그땐 그저 스포츠라고 생각했지만 오늘에야 알았어. 그게 프로젝트였다는 걸. 그렇죠, 아빠?"

말없이 듣고만 있던 샤이엔이 입을 열었다. "CIA의 요원 육성 프로젝트였다. 에이전트가 외국의 고아를 입양해 직접 훈련시켰지. 위빙은 탤런티드, 재능이 있었어. 내가 계속 CIA에 있었다면 넌 최고의 킬러가 됐을 거야……. 내가 CIA를 떠난 건 위빙의 노멀 라이프를 위한 결정이었어. 네가 일생을 시체와 함께 사는 건 원치 않았다. 그런데 넌 왜……."

"노멀하고 싶어도 노멀해질 수 없어요." 위빙이 목멘 소리로 웃었다. "그 사람이 내 가족을 다 죽였거든요! 아빠의 마지막 모습을 기억하는 한 난…… 평범한 사람으로 살 수 없어요. 총을 잡아야 해요.

이언, 아이 엠 낫 탤런티드. 재능이 아니에요. 복수의 힘으로 이를 악물었을 뿐이에요. 난 계속 방아쇠를 당겨야만 했어요. 방아쇠를 당기며 총알이 그의 몸을 뚫고 나오는 상상을 했어요.

그래서 그 사람이 여기 있다는 얘길 커커에게 들었을 때 가만히 있을 수가 없었어요."

왕쿤잉이 끼어들었다. "확실히 짚고 넘어가지. 위빙씨의 목표가 바이웨이둬가 아니라 황아투였소?"

"어릴 적 난 그 사람의 이름도 몰랐어요. 그가 우리 마을 사람이라는 것만 알았어요. 그는 가족이 없었고 일을 찾아 도시로 떠났는데 가끔씩 마을에 오곤 했어요. 사고 이틀 전 그가 아빠를 찾아와 일자리를 잃었다면서 돌아와서 마을을 지키고 싶다고 했어요. 그리고 얼마 뒤 가스 폭발 사고가 일어났죠……. 그날 집에서 다투고 한밤중에 이 지하실에 숨어서 울고 있었어요. 그런데 밖에서 싸우는 소리가 나더니 아빠의 비명이 들렸어요. 동굴을 나오니 아빠가 피를 흘리며 바닥에 쓰러져 있었고 그 사람이 도망치고 있었어요. 아빠를 구하러 달려갔지만 아빠는 나더러 빨리 도망치라고 했어요. 내가 지하실로 다시 들어가는 순간 엄청난 폭발음이 들렸고, 그 순간 내 인생도 송두리째 끝나버렸어요……."

"왜 경찰에게 그 사실을 알리지 않았소? 가스 폭발 사고의 기록을 찾아봤지만 그런 증언은 없었소."

"그들이 나를 실성한 아이로 몰아갔으니까!" 샤위빙의 언성이 높아졌다. "그 음모가 성공한 건 가스 폭발 사고 후 황아투가 행방을 감추지 않았기 때문이에요. 그도 부상을 입어 두피의 절반이 벗어지고 갈비뼈 몇 대가 부러졌죠. 내가 그를 범인으로 지목하자 그는 날 끌어안고 울었어요. 그러더니 갑자기 나타난 정신과 의사가 충격적인 사건을 겪고 환각이 보이는 거라면서 강제로 나를 일주일간 정신병원에 가뒀어요. 거기서 내가 말을 할 수 없게 된 뒤에야 고아원으로 보냈죠."

"믿을 수 없는 일이군." 왕쿼잉이 중얼거렸다.

"돈으로 매수했다면 가능해요."

"그 일의 주모자가 바이웨이둬가 아니라고 위빙에게 말했어요!" 옆에 있던 장커커가 큰 소리로 외쳤다. "그는 평화적으로 문제를 해결하려고 했어요. 누군가 그를 속이고 그 일을 저지른 거죠. 그 때문에 그는 몹시 괴로워하고 자책했어요. 이렇게 오랜 시간이 흘 렀지만 그는 죄책감에서 벗어나지 못했어요. 구 목사님의 무덤 앞 에 꽃을 바치고 백방으로 위빙을 찾아다녔어요. ……위빙, 그는 피 해를 보상하려고 했어. 그건 그의 잘못이 아니었어!"

그때 갑자기 란니의 입에서 분노에 북받친 고함이 터져나왔다. "그가 그렇게 말했다고? 바이웨이둬가? 비겁한 놈! 쓰레기! 그때 그가 울면서 내게 애원했어. 개발 프로젝트가 진행되지 못해 하청 업체를 볼 면목이 없다면서 자살하겠다고 했어. 그래서 내가 아투 를 시켜서 그렇게 하라고 했다고! 그런데 이제 와서 그 사건과 무 관해? 양심 없는 인간!"

장커커가 새된 소리로 외쳤다. "바이웨이둬는 좋은 사람이야. 이 게 다 당신이 강요한 거라고!"

"천한 게 어디서! 정신 차려! 그 입 닥칠 때까지 맞아볼래?"

하지만 샤위빙이 달려들어 란니의 따귀를 때려 쓰러뜨리고는 이 를 악물고 뇌까렸다. "가스 폭발 사고가…… 네 짓이었어? 널 죽여 버리겠어. 두고 봐. 차라리 죽는 게 나을 만큼 고통 속에 살게 해줄 테니까……." 경찰들이 달려들어 란니에게서 샤위빙을 떼어놓고 란니를 경찰차에 태웠다.

샤위빙이 심호흡하며 평정심을 되찾은 뒤 말했다. "나와 커커는 고아원에서 만났어요. 커커는 내 유일한 친구이자 유일하게 이 일을 알고 있는 사람이에요. 최근에 타이완으로 돌아와 커커에게 결혼 소식을 알렸어요. 그랬더니 바이웨이둬에게 들었다면서 가스 폭발 사고의 범인은 황아투라고 말해주더군요. 커커가 보여준 황아투의 사진을 보고 그때 그 사람이라는 걸 한눈에 알아봤어요. 바이웨이둬는……. 커커는 계속 그가 좋은 사람이라고 했지만 난 믿지 않았어요. 커커를 봐서 목숨만은 살려주려고 했던 건데, 하늘이 그를 용서하지 않으셨네요."

장커커가 서럽게 흐느꼈다. "웨이둬…… 웨이둬……."

샤위빙이 고개를 돌려 화웨이즈를 보며 부드러운 말투로 말했다. "미안해, 웨이즈. 이 일을 잊어야 한다는 생각도 했었어. 미국으로 돌아가 자기와 결혼해서 아이를 낳고 산타바버라에서 휴가를 즐기며 평화로운 일생을 보내야 한다고 생각했어. ……하지만 어쩔 수 없었어. 이 호수로 돌아오자마자 모든 기억과 증오가 되돌아왔으니까. 그래서 일부러 캉티뉴쓰 호텔에서 약혼식을 하기로 한 거야. 자긴 내게 어째서 호수가 바라보이는 객실을 고르지 않았느냐고 물었지. 그건…… 복수를 위한 거였어."

화웨이즈가 그녀의 어깨를 안고 말을 잇지 못할 만큼 울었다. 샤위빙의 표정은 싸늘했지만 눈물 한 방울이 천천히 흘러내렸다.

어느새 정오가 가까워지며 포근한 겨울 햇빛이 꽃덤불과 연못 위, 모두의 머리와 어깨 위로 내려앉았다. 아무도 말하지 않았고, 뭐라고 말해야 할지도 알지 못했다.

왕쥔잉이 한숨을 내쉬며 뤄위정에게 낮은 소리로 말했다. "뤄 경관, 내 손에 수갑을 채울 거야, 말 거야?"

에필로그

"처음엔 단순한 살인사건이라고 생각했는데. 이렇게 많은 사람이 죽을 줄은…… 예상도 못했어요."

"정확히 추리해낸 사람이 하나도 없어요. 하마터면 무고한 사람에게 누명을 씌울 뻔했네요."

"그렇지. 나처럼."

"검사님은 무고하진 않죠."

"사실…… 그 푸얼타이 교수의 추리도 훌륭했어요. 맨 처음 추리를 공개한 게 실수였지……."

"대개 첫 번째 추리는 빗나가는 법. 명탐정이라고 으스대더니 꼴좋게 됐죠."

"푸 교수가 안 보이네. 어디 갔지?"

"몰라요. 검사님도 아시잖아요. 명탐정들이란……."

"친구를 위로하러 갔어요. 이번 사건으로 제일 큰 충격을 받은 사람은 닥터 화죠……."

"괜찮겠지? 나까지 연루돼서 수갑 찬 신세가 됐네."

"검사님은 원래 도둑이잖아요. 그런데 이상하네요. 이렇게 말도 많고 쾌활한 분인 줄 몰랐어요. 예전의 위축된 모습은 연기였어요?"

"그땐 신분이 발각될지 모르는 두려움을 안고 살았으니까……. 과거가 밝혀지고 나니 오히려 홀가분하군."

"여러분, 죄송합니다." 뤄위정이 다가와 몸을 약간 굽히며 말했다. "사건 해결에 도움을 주셔서 진심으로 감사합니다. 장관님께 보고하고 어떻게 감사의 뜻을 전할지 논의해보겠습니다……."

"표창장을 주겠지." 왕쿤잉이 말했다.

"왕 검사, 아니, 왕 선생님, 가시죠."

왕쿤잉이 수갑 찬 손으로 뤄밍싱, 거레이, 아이와 각각 악수를 했다. "또 봅시다. 명탐정 여러분, 다시 만날 기회가 있을 거예요!"

경찰차 넉 대에 샤이옌, 샤위빙, 란니, 왕쿤잉을 각각 태우고, 구급차 한 대가 바이웨이둬, 황아투, 차이궈안의 시신을 싣고 떠나자 가든바 주위가 횅하게 비었다.

"뤄 경관님." 아이가 손을 내밀며 미소를 지었다. "죄송합니다. 제 소개가 늦었군요. 아이라고 합니다. 레이에게 말씀 많이 들었습니다."

뤄밍싱이 아이를 보다가 거레이에게 시선을 옮기고는 머뭇거리며 말했다. "레이, 조용한 데 가서 얘기 좀 할까?"

"안 돼." 거레이가 아이의 다른 쪽 팔에 팔짱을 꼈다. "아이가 악수하려고 기다리고 있잖아."

뤄밍싱이 난처한 표정으로 아이와 악수를 했다. "어, 어, 사건은 해결됐지만 린 선생 그룹의 범죄 증거를 찾지 못해서 아쉽군. 그들이 제일 큰 배후인데."

거레이가 말했다. "어릴 적 란니와 린 선생 집에 자주 갔었어. 앞

도 못 보고 말도 어눌한 그 사람이 바이웨이둬의 배후일 줄은 생각
도 못 했어."

아이가 말했다. "바이웨이둬가 린 선생 그룹의 범죄 자료를 차이
궈안에게 넘기려고 했다면 그의 사무실이나 컴퓨터에 자료가 남아
있지 않을까요?"

뤄밍싱이 피식 웃었다. "노련한 정보원은 사본을 남기지 않지.
역시 어리군 어려……."

거레이가 문득 뭔가 생각난 듯 고개를 돌렸다. "커커, 바이웨이
둬가 준 반지함……. 보여줄 수 있어요?"

의지할 데 없는 아기새처럼 어깨를 움츠린 채 옆에 서 있던 장커
커가 거레이의 말에 힘없이 반지함을 꺼내 내밀며 괴로운 표정으
로 말했다. "반지도 경찰이 가져갔는데 반지함은 제가 가져도 되잖
아요? 바이웨이둬와 나의 마지막 추억이에요……."

"바이웨이둬가 이걸 잘 갖고 있으라고 했다고요? 증거라면서?"

장커커가 고개를 끄덕이자 거레이가 반지함을 열었다. 바닥에
깔린 스펀지를 들추자 작은 USB 스틱이 있었다.

"이건……." 뤄밍싱의 눈이 휘둥그레졌다.

거레이가 미소지었다. "뤄 경관님, 함께 일하는 동안 즐거웠어
요. 참, 시간 나면 리밍쿤이라는 이름을 검색해보세요."

"그러니까 정말로 낮에는 검사, 밤에는 도둑이셨단 말입니까?"
뤄위정이 생수를 벌컥벌컥 들이켠 뒤 물었다.

"그럴 리가. 가정이 있는 몸인데 밤에는 당연히 처자식과 함께
있어야지. 절도는 10년도 더 지난 과거의 일이야."

"그럼 왜 다시 절도를 하신 거예요? 검사로 사는 게 힘드세요?"

왕쿼잉이 창밖으로 시선을 던지며 혼잣말처럼 중얼거렸다. "그래. 처음엔 사회로 뛰어들어 내 손으로 이 사회를 바꿔보려고 했어. 그런데 돈을 벌고 지위가 생기니까 사회가 날 바꿔놓은 것 같더군. ……그 후 여러 가지 일이 닥치면서 세상에 존재하지 않는 십자가를 찾고 싶어졌지. 내가 모든 악을 무찌르고 세상을 구할 수 있을 거라는 생각을 했어. 휴…… 살다 보면 도저히 포기할 수 없는 일들이 있기 마련이야."

"이해할 수가 없어요."

"이해할 필요 없어." 왕쿼잉이 말했다. "자넨 훌륭한 경찰이야. 열심히 하면 성공할 거야. 뤄밍싱이나 차이궈안처럼 되지 말고. 나쁜 놈들이야."

"고맙습니다, 검…… 음, 감사합니다. 어이, 미안하지만, 좀 빨리 달릴 수 없어? 다른 차들과 거리가 너무 벌어졌잖아. ……참, 왕…… 왕 선생님, 다이아몬드는 어디에 있습니까?"

"경찰국에 가서 얘기하면 안 될까?"

"경찰국까지 오래 걸려요. 궁금해서 말입니다. 정말 흥미로운 사건입니다. 미리 말씀드리지만 제가 무슨 사리사욕을 취하려는 건 아닙니다. 상황을 정확히 파악하려는 것뿐이에요."

왕쿼잉이 웃으며 말했다. "그건 운전하는 자네 동료에게 물어봐야지."

"네?"

"자네가 방금 마신 물은 저 동료가 준비한 거야."

뤄위정이 그 말에 대답하기도 전에 머리가 핑 돌며 정신을 잃었다.

경찰차가 산자락의 후미진 평지로 들어섰다. 운전석에서 차를 몰던 제복경찰이 뤄위정의 허리춤에서 열쇠를 꺼내 왕쿼잉의 손목에 채워진 수갑을 풀어주었다. 그녀가 벌컥 화를 냈다. "왜 자살하지 않았어? 이 물러터진 도둑놈아!"

"네가 세계 최고의 기술자라는 걸 아니까." 왕쿼잉이 말했다.

웡수주가 경찰복을 벗고 미리 준비해둔 차로 옮겨탔다. "경찰 위장에 경찰차 탈취까지. 이 나이에 하기엔 심장에 무리야."

"우리 나이에 괴도 일 자체가 무리라고 이미 얘기했잖아. 입만 나불대며 훔치라고 시키는 네가 뭘 알겠어."

"나도 급하게 달려왔잖아. 네가 말한 소화전함도 찾아봤어. 힘들어 죽겠다고." 웡수주가 시동을 걸었다. "자, 물건!"

왕쿼잉이 샌디워커 상자를 받았다. "그러게 진즉 왔으면 이렇게 힘들지 않았잖아. 위험했지만 그래도 잘 끝났어."

"드디어 손 털 수 있게 됐어."

"진즉에 손 털었어야지. 너무 늦었어."

"헛소리 마. 15억을 못 찾았는데 어떻게 손을 털어?"

"이깟 돈이야 기부하면……." 왕쿼잉의 말이 뚝 끊겼다. 나무상자 밑바닥에 흰 비닐로 감싼 돌멩이들만 깔려 있고 다이아몬드는 한 알도 없었다.

"젠장! 내 다이아몬드는?" 웡수주가 새된 고함을 질렀다. 하마터면 차가 가드레일을 뚫고 나갈 뻔했다.

30초 동안 얼이 빠져 있던 왕쿼잉이 앙다문 잇새로 이름 하나를 씹어 뱉었다. "푸! 얼! 타이!"

웨이즈는 벌써 호텔에서 멀리 벗어난 뒤였다. 차 트렁크에서 약혼식 답례품, 약혼식장 장식품 등이 서로 뒤엉켜 부딪히며 달그락 달그락 요란한 소리가 났다. 도로 위에 차를 세우고 잡동사니들이 움직이지 않게 고정해놓으려고 트렁크를 열었다.

"빌어먹을, 푸얼타이, 거기 서서 구경만 할 거야?"

푸얼타이가 상자를 받쳐 들고 뒤에 서 있었다. 아쿠가 상자 밖으로 머리를 내밀고 웨이즈를 보며 구구, 하고 울었다.

"웨이즈, 유감스럽지만……."

"됐어. 입 닥쳐. 유감스럽다고 하지 마. 미안하다고도 하지 마. 너랑은 상관도 없는 일이니까. 내가 헤까닥 정신이 나가서 2년이나 사귄 여자의 아버지가 CIA 요원인 것도 몰랐고, 애인이 고도로 훈련된 킬러인 것도 몰랐어. 하지만 날 탓할 순 없어. 자칭 명탐정이라는 내 친구놈도 알아차리지 못했으니까……."

"샤이옌에 대한 내 추리는 대부분 맞았어. 위빙에 대한 건…… 위빙이 너무 신중하고 똑똑했다고밖엔 말할 수 없겠네. 분명 좋은 아내가 됐을 텐데……."

푸얼타이의 말이 끝나기도 전에 웨이즈가 몸을 돌려 그의 멱살을 낚아챈 뒤 험상궂은 눈빛으로 노려보다가 놓아주고는 차에 던지듯이 몸을 기대며 한숨을 푹 내쉬었다. "그래. 좋은 아내가 됐을 거야."

"더 좋은 여자를 찾을 거야."

웨이즈가 고개를 저었다. "불가능해……. 불가능해……." 그가 쓴웃음을 지었다. "어떤 여자가 나 같은 남잘 사랑하겠어? 난 너무 진지하고, 너무 긍정적이야. 루샤오린도 날 버리고 너랑 잤잖아. 난…… 평생 홀아비로 늙어 죽을 거야."

"다이아몬드로 여자의 마음을 흔들 수 있어." 푸얼타이가 다이아몬드 한 알을 웨이즈의 손에 쥐여주었다.

웨이즈가 손바닥에 놓인 다이아몬드를 한참 들여다보다가 입을 열었다. "제기랄, 다이아몬드잖아. 이렇게 큰 다이아몬드…… 어디서 났어? 혹시, 그 도둑?"

푸얼타이가 아쿠가 들어 있는 나무상자 밑바닥을 들추자 바닥 가득 다이아몬드가 가득 들어 있었다. 명란젓을 평평하게 깔아놓은 것 같았다.

"마이관제와 처음 말을 섞었을 때부터 그가 왕쿼잉이라는 걸 알았어. 가발도 너무 어색하고, 무엇보다 말레이시아인들은 그렇게 앵앵거리며 말하지 않아. 그의 소매에 붙은 땅콩 부스러기는 전날 밤 내가 가든바에서 땅콩을 먹을 때 묻은 거였지. 그가 바로 나를 기절시켜 방으로 옮겨다 놓은 사람이야. 이튿날 깨어났을 때 없어진 물건이 하나도 없었어. 대신 새로 생긴 물건이 있었지. 그래서…… 이걸 찾아냈어."

"맙소사! 이거 알아? 내가 샤위빙에게 준 약혼반지의 다이아몬드가 이것들 중 제일 작은 것보다도 훨씬 작았다는 거……."

"그러니까 이거 몇 알이면 너도 결혼할 수 있어……."

"안 돼. 경찰에 제출해야지."

"이만큼은 국제조류학회에 기증하고, 이만큼은 불우이웃 후원단체에 기부할 거야."

"안 돼. 장물인데 경찰에 제출해야 돼."

"경찰에는 이거 두 알만 주면 돼." 푸얼타이가 말했다. "어차피 경찰은 인텔 선생을 못 잡을 테니까 그가 우릴 대신해 누명을 써주겠지."

푸얼타이가 웃었다. 며칠 만에 처음 짓는 웃음이었다.

작가의 말

내 인생 최대의 엔트로피

나이가 들수록 점점 더 분명해지는 생각이 있다. 생활이란 아무 일도 없을 때는 진저리가 나도록 무료하지만, 일이 생기면 또 주체할 수 없을 만큼 바쁘다는 것.

일주일 전 당신은 요즘 일상이 너무 평온해서 따분하다고 농담을 했을 수도 있다(솔직한 얘기로 웬만하면 이런 농담은 안 하는 게 좋다). 교통체증 없이 출근길이 잘 뚫리고, 퇴근하면 배우자가 미소로 반겨주며, 원고 마감이며 강연 스케줄도 없고, 심지어 회사의 결산 회의에서 당신 혼자만 잘못을 지적당하지 않았을 수도 있다. 하지만 일주일 뒤 당신에게 인생 최대 위기가 닥치지 않으리란 보장이 없다. 자동차가 갑자기 도로 한복판에서 퍼져버릴 수도 있고, 편집자가 당신의 기억 깊숙한 속에서 마감일이 이미 한 달이나 지나버렸다는 걸 끄집어내 상기시켜줄 수도 있으며, 회사에서 당신을 태평양 한가운데의 무인도로 출장 보낼 수도 있고, 배우자는 당신이 출장을 떠나기 전날 밤 당분간 친정에서 지내며 생각할 시간을 갖겠다고 통보할 수도 있다(물론 당신이 배우자의 결정을 반길 가능성을 배제하지는 않겠다).

한 친구는 이것이 '인생의 열역학 제2 법칙'이라고 했다. 외부의 힘이 개입하지 않은 상황에서 인생은 항상 엔트로피(무질서도)가 증대되는 방향으로 자발적으로 변화하며 최종적으로 평형 상태에 도달해야 멈춘다는 것이다. '평형'이 어떤 상태인가라는 내 물음에 친구는 이렇게 대답했다. "혼란이 극대화된 상태지. 너조차도 네가 무엇을 경험했는지 알 수 없을 만큼 혼란한 상태."

《그랜드 캉티뉴쓰 호텔》은 이렇게 극도로 혼란스러운 생활 속에서 완성됐다. 이 소설을 쓰는 동안 나는 결혼을 했고(게다가 결혼식을 세 번이나 치렀다!), 일 때문에 타이베이臺北에서 제네바로 이주했으며, 아이가 태어났다. 이 모든 일들이 인생이라는 트랙의 커브 구간에 해당되므로 똑바로 정신 차려 드리프트하지 않으면 트랙에서 탈선해 뒹굴 수 있었다. 이성적으로 생각하면 소설을 쓰는 건 인생에 엔트로피를 더하는 일이므로 진즉에 때려치웠어야 했다. 하지만 생리적인 관점에서 보면 글쓰기에 필요한 호르몬은 가장 바쁠 때 대량으로 분비되는 법. 바쁠수록 영감이 폭발하며 글을 쓰고 싶다는 열망도 간절해진다. 그러므로 일과 글쓰기, 생활 사이에서 이상적인 균형을 유지하는 건 애당초 불가능하다. 시간은 바닥에 떨어뜨린 케이크처럼 이쪽에 한 조각, 저쪽에 한 조각 어수선하게 흩어져 있기 때문에 온전히 주워 담을 수 없으므로, 손에 잡히는 대로 그때그때 주워 먹어야 한다.

그러나 소설 쓰기의 가장 좋은 점은 눈앞이 깜깜할 만큼 어지러울 때조차도 자신이 무엇을 겪는 중인지 알 수 있다는 것이다. 소설은 작가의 타임캡슐이다. 반짝이는 순간들이 행간에 감춰져 있다가 책장을 펼치면 깃털처럼 폴폴 날아오른다.

각설하고, 소설 얘기로 돌아가자. 《그랜드 캉티뉴쓰 호텔》은 내

두 번째 장편 미스터리이다. 눈치 빠른 사람들은 이것이 영화 〈그랜드 부다페스트 호텔The Grand Budapest Hotel〉에 대한 오마주임을 알아차리겠지만, 사실 내용상의 유사점은 별로 없다. 소설에 나오는 캉티뉴쓰 호텔은 타이완 중앙산맥의 높은 산 속 호숫가에 위치한 5성급 호텔이다. 이 호텔 사장 바이웨이둬는 왕가위王家衛 감독의 영화에서 걸어 나온 듯한 남자다. 포마드로 가지런하게 빗어넘긴 헤어 스타일에 얼굴에는 늘 미소를 머금고 있지만 그 미소 뒤에 비밀을 감추고 있다. 2016년 새해 첫날 아침, 그가 호텔 뒤에 있는 절벽 아래 산책로에서 총에 맞아 죽은 채 발견된다. 단서라고는 그의 몸에 박혀 있는 총알이 전부다.

성격도 내력도 제각각인 탐정 네 사람이 이 사건에 뛰어든다. 조류학 교수 푸얼타이福爾泰, 전직 경찰 뤄밍싱駱明星, 변호사 거레이葛蕾, 신비한 괴도 '인텔 선생'. 과연 이들 중 누가 수수께끼의 해답을 찾을 것인가? 그들이 추리해낸 진실이 정말 진실일까?

이 소설의 영감이 떠오른 건 몇 년 전 르웨탄日月潭*에서 휴가를 보낼 때였다. 호수와 산이 어우러진 절경을 바라보다가 문득 이 경치를 위해 뭐라도 쓰고 싶다는 생각이 들었다. 처음 구상은 아주 단순했다. 트릭과 반전이 있는 탐정소설을 쓴다는 것. 하지만 원고를 쓰는 동안 스토리가 점점 확장됐다. 반드시 들러리가 필요한 인물도 있고, 또 다른 음모를 뒤섞어 거짓을 그럴듯하게 위장해야 하는 경우도 있었다. 마치 몸속에 있는 괴물처럼 스토리가 확장될수록 점점 더 복잡해졌다. 원고를 대대적으로 수정한 것이 몇 번인지

---

* 해발 고도 760미터에 위치한 타이완 중부의 호수. 타이완 최대 담수호로 호숫가에 고급 리조트들이 들어서 있다.

모른다. 썼다 지운 단락을 따로 모아놓은 원고만 해도 7만 자로, 웬만한 소설 한 권 분량이다.

소설이 완성되기까지 많은 분들의 도움이 있었다. 생물연구보육센터 보조연구원 린다리林大利 선생님, 타이베이 지방검찰서 황성黃聖 검사님, 보성博盛지적재산권관리고문유한공사의 뤼위솽呂聿雙 변호사님, 친구 린자허林家禾 그리고 서점가의 극심한 불황 속에서도 중화권 미스터리를 꾸준히 지원하는 젠돤尖端 출판사에 고마운 마음을 전한다.

마지막으로 아내이자 엄마, 뮤즈라는 1인 3역을 수행하느라 분투하는 나의 사랑하는 아내에게 감사를 전한다. 원래는 아들에게도 고마움을 전할 생각이었지만 요즘 밤마다 요란한 울음으로 내 밤잠을 방해하고 있으므로 생략하기로 한다.

2016년 11월 스위스 제네바에서
리보칭

그랜드 캉티뉴쓰 호텔 歡迎光臨康堤紐斯大飯店

1판 1쇄 인쇄 2022년 2월 24일 **1판 1쇄 발행** 2022년 3월 10일

지은이 리보칭
옮긴이 허유영
펴낸이 고세규
편집 이승희 **디자인** 박주희 **마케팅** 이헌영 **홍보** 이혜진
발행처 김영사
주소 경기도 파주시 문발로 197(문발동) 우편번호 10881
등록 1979년 5월 17일(제406-2003-036호)
구입 문의 전화 031)955-3100 **팩스** 031)955-3111
편집부 전화 02)3668-3292 **팩스** 02)745-4827 **전자우편** literature@gimmyoung.com
비채 카페 cafe.naver.com/vichebooks **인스타그램** @drviche **카카오톡** @비채책
트위터 @vichebook **페이스북** facebook.com/vichebook
ISBN 978-89-349-7509-0 03820 책값은 뒤표지에 있습니다.